本书系四川大学专职博士后研发基金（项目编号：skbsh2021-25）研究成果

Research on Chinese and
Foreign Literature and
Art in the English-Speaking World

主编◎曹顺庆

英语世界中外文学与艺术研究丛书

英语世界的莎士比亚研究：新材料与新视域

杨　清◎著

中国社会科学出版社

图书在版编目(CIP)数据

英语世界的莎士比亚研究：新材料与新视域 / 杨清著 . —北京：中国社会科学出版社，2021. 8

(英语世界中外文学与艺术研究丛书)

ISBN 978-7-5203-8056-0

Ⅰ. ①英… Ⅱ. ①杨… Ⅲ. ①莎士比亚（Shakespeare，William 1564-1616）—英语文学—文学研究 Ⅳ. ①I561. 063

中国版本图书馆 CIP 数据核字(2021)第 040702 号

出 版 人 赵剑英
责任编辑 任 明
责任校对 夏慧萍
责任印制 郝美娜

出 版 中国社会科学出版社
社 址 北京鼓楼西大街甲 158 号
邮 编 100720
网 址 http：//www. csspw. cn
发 行 部 010-84083685
门 市 部 010-84029450
经 销 新华书店及其他书店

印刷装订 北京君升印刷有限公司
版 次 2021 年 8 月第 1 版
印 次 2021 年 8 月第 1 次印刷

开 本 710×1000 1/16
印 张 17. 25
插 页 2
字 数 292 千字
定 价 125. 00 元

英语世界中外文学与艺术研究丛书　总序

本丛书是我主编的“英语世界中国文学的译介与研究丛书”之姊妹篇。前后两个系列丛书均有其特定的研究范围、研究对象与研究关键。本丛书的研究范围仍然锁定在“英语世界”，这是因为英语是目前世界上使用最为广泛的语言，英语文化圈在目前世界文明生态中占据着极为重要的地位，通过英语世界的研究可观西方学术研究之概貌。研究对象则由上一丛书的“中国文学”拓展至“中外文学与艺术”，一方面继上一丛书使命，继续梳理英语世界中国文学的译介与研究，查缺补漏；另一方面，通过研究英语世界外国文学与艺术研究成果，向国内学界引介英语世界最新研究成果与研究方法，促进中西对话与文明互鉴。丛书研究的关键就在于清晰把握英语世界中外文学与艺术的研究规律与模式，具体涉及研究脉络梳理、研究方法提炼、研究对象定位、研究特征总结等方面。

学术的发展与创新并非是闭门造车的结果，而是需要不断进行跨文化对话、相互影响与相互汲取养分，借异质文明因子以激活本民族、本文明中的文化、文论与文学因子，从而创造出文化新质，在真正意义上实现文明互鉴。目前，我已指导了50多部英语世界研究的博士论文，绝大多数研究生毕业后从事高校科研与教学工作，并以此研究方向申请到国家社科基金项目11项，出版了不少令人瞩目的研究成果。事实证明，英语世界研究是一个大有可为的研究领域。

之所以说这是一个大有可为的研究领域，还有一个更为重要的原因是，英语世界研究之研究有助于中国文论话语体系的建设。为什么这么说呢？自1996年我正式提出中国文论“失语症”以来，便带领研究生围绕“如何构建中国文论话语体系”这一解决“失语症”的关键举措展开研究，逐渐衍变为四个方面的学术研究领域：一是围绕文论“失语症”本身进行话语建构的内涵与意义阐释；二是研究中国文化经典在英语世界、法语世界、德语世界以及“一带一路”沿线国家中的多语种译介与传播研究，深入跟踪文化经典面向全球的译介、误读、变异、话语权、形象、文化软实力等的学术动向，并结合英语世界外国文学研究最新动态，促进国内理论体系建设；三是基于前两者的研究成果，提出了“比较文学变异学”创新理论，开创了中西文学交流与对话的系统性、延续性特色研究领域，为中国文论话语体系建设做出了重要贡献；四是不断推动比较文学学科理论与中国学派建设。而英语世界中外文学与艺术的研究是我们进行中国文论话语体系研究与建设的关键一环。倘若没有追踪英语世界中国文学与艺术的译介与研究，我们就不会发现跨文化传播中的误读、形象扭曲、译介失落、文化过滤等传播与接受现象，就不会有中国比较文学新学术话语——变异学的诞生；倘若没有梳理英语世界外国文学与艺术的研究，我们就不会发现相对于国内研究而言的新材料、新方法与新视域，就不会反过来促进国内研究；倘若我们没有进行英语世界研究，我们就不会去深入探究中华文化海外传播的接受问题、中西文学与艺术研究的比较问题、中国文论话语建设的他者视域问题，等等。

本丛书是当前国内学界较为系统地深入研究英语世界中外文学与艺术研究的学术实践，内容包括英语世界中国古代诗话研究、英语世界中国山水画研究、英语世界莎士比亚研究、英语世界弗吉利亚·伍尔夫研究等。从研究思路来看，这些研究首先历时性梳理英语世界研究之脉络，或分时间段分析研究历程、特点与难点，或以专题研究形式深入剖析各个专题的研究特征。难能可贵的是，这些研究并未局限于英语世界研究学术史的梳理，而是以此为基础，从跨文明角度审视中国文学与艺术的海外传播，并从文明互鉴与对话的角度，结合英语世界研究状况，或进行中西比较，或对国内研究方法进行重估，其旨归均在于促进国内理论体系的完善。从研究方法来看，这些研究综合运用了比较文学、传播学、译介学、文化研究以及我近几年提出来的中国比较文学研究新话语——比较文学变异学理论，一方面基于学术史的研究，总结中华文化海外传播的路径与规律，为我国中国传统优秀文化海外传播战略提供可行性参照；另一方面清晰地勾勒出英语世界外国文学与艺术研究历程，为国内相关研究提供新材料与新视域。

“士不可以不弘毅，任重而道远。”中国文论话语体系建设仍需长期的推动与实践。发扬和传播本土优秀文学研究成果乃中国文学真正走进世界文学的秉要执本之举。与此同时，中国文学研究成果也要加强与异质文明之间的交流与对话，甚至通过变异和“他国化”互相吸收优秀文明成果，形成文学和文论的互补、互助，不断促进文学创新、文化创新。我们不仅要从西方文学宝库中“拿来”优秀作品和文学理论，更要主动“送去”我国优秀文化与文学瑰宝，在一“拿”一“送”的双向对话与互动过程中，从中总结并发扬文化发展与创新的规律，从而在世界范围内扩大我国文化影响力，从而提升我国软实力。这是我们当前正在做的，也是今后我们将长期从事的事业。

曹顺庆

2021 年 4 月于四川大学

目　　录

引　言

哈罗德·布鲁姆认为，没有莎士比亚我们就无法认知自我。英语世界不断推陈出新的文学思潮与理论建构，均绕不开莎士比亚这一世界文学巨擘。莎士比亚不仅成为理论建构的实践场所与检验理论的试金石，其作品更成为各国文化与文学创新的源泉。尤其进入 21 世纪以来，英语世界莎学学者借后现代主义思潮之风，对传统莎士比亚研究进行解构，并有所建构：或借跨学科等新视域，重新阐释莎士比亚研究中的旧问题；或结合新近出现的“莎士比亚现象”，挖掘莎士比亚研究新问题，拓展研究范式，成果颇丰。本书即是对英语世界莎士比亚研究的新视域与新材料的进一步发掘与研究的成果。

自 19 世纪 30 年代莎士比亚传播至中国以来，在老一辈莎学大家的积极译介与研究之下，在当代莎学学者的阐释与理论构建之中，国内莎士比亚研究蓬勃发展，硕果累累，以中国视角推动了世界莎士比亚研究向纵深发展与横向拓展。因此，想要在现有研究成果的基础上进一步推进国内莎士比亚研究，难度可想而知。然而，无论是文明还是文化的发展，均离不开比较文学中国学派所提倡的跨文明对话——借异质因子，激活本民族与本文明的文化因子，生发文化新质，从而在对话中互鉴，在互鉴中创新。同理，推进学术研究其中一个有效方法就是借“他者之镜”反观自身，用“他山之石”激发、助力本土视域的学术研究。在倡导跨文明对话与文明互鉴的今天，立足国内莎士比亚研究现状，跟进西方莎士比亚研究动向，引介西方莎士比亚研究新成果与新方法，至关重要。这是莎士比亚研究的一次新尝试，也是本研究的学术价值所在。

本书旨在梳理、研究英语世界莎士比亚研究中，或有所涉及但未深入研究国内研究所不曾涉及的新材料与新视域，总结其特征，分析其对莎士比亚研究的贡献，以期为国内莎士比亚研究带来新思路。另外，本书在研究的同时，还梳理了大量英文文献资料，并按主题分类，形成文献资料汇编，附于文末。这类文献多为20世纪后半叶至今出版、发表的成果，大多视角独特。比如人类学视域中的莎士比亚研究、莎士比亚与科学研究、莎士比亚与流行音乐研究、莎士比亚与青年文化研究、莎士比亚与新媒体研究等，国内莎士比亚研究鲜少涉及。这对国内学界引介西方莎士比亚研究新成果、呈现西方莎士比亚研究新动向，具有一定的现实意义。

本书分为绪论、正文、结语三个部分。绪论首先介绍研究对象，界定研究范围，并陈述研究的缘由、研究目的、学术价值与创新。本着梳理与研究国内不曾涉及或有所涉及但未深入研究的新材料与新方法这一研究宗旨，绪论通过比较英语世界与国内莎士比亚相关议题研究，肯定国内研究的价值与贡献，指出其未涉足的研究视域，初步呈现英语世界之“新”，最后指出本研究的研究方法与思路。

第一章“作家生平研究”：之所以要进行作家生平研究，原因有二。其一，作家的生平关乎作家进行创作时的价值选择与风格偏好，而对作家生平进行研究则有助于准确而深入地把握作品；其二，现存莎士比亚生平记录较为匮乏，这为莎士比亚身份及莎剧带来种种谜团，吸引了众多莎学学者的关注。研究莎士比亚生平有助于解答种种莎士比亚问题。目前，国内莎士比亚生平研究基本遵循从出生到死亡的生平叙事。相较之下，英语世界的研究视野丰富，或从女性主义视角研究其妻子，或研究其朋友与家庭关系，或以微观史学观审视某一时间段、某一时间节点的莎士比亚，或基于虚构日记进行生平研究等，均为国内莎士比亚生平研究所不曾涉及的研究视角。

第二章“作品版权与作者归属研究”：从内在逻辑关系来看，第二章实则是第一章的延续与推进。英语世界有关莎士比亚的生平研究远远不止第一章所探讨的内容，还包括由莎士比亚生平所引起的莎士比亚问题（Shakespeare problem）、莎士比亚戏剧版权问题、作者归属问题（authorship attribution）、“莎士比亚之谜”（Shakespeare myth）。而以上问题往往是英语世界莎学学者在进行莎士比亚生平研究时所不可回避的话题与试图解决的难题。因此，第二章延续第一章的生平研究，深入挖掘英语世界有关莎剧作者归属问题、莎士比亚之谜与戏剧版权问题的研究。尽管国内对以上问题有所涉及，但主要集中在莎剧版本这一问题上，鲜少探讨作者归属问题。然而，这一问题在英语世界早已形成多个派别，例如，“反莎士比亚派”（anti-Shakespeareana），或称为“反斯特拉特福德派”（anti-Stratfordian），“莎士比亚派”（Shakespearites），“瓦解派”（Disintegrators）、“牛津派”（Oxfordians），“莎士比亚作者联盟派”（the Shakespeare Authorship Coalition）等。有关莎剧作者归属问题的探讨在英语世界的重要性与不可或缺性可见一斑。本章从西方莎学著名的“培根—莎士比亚”争论切入，梳理了莎剧版权与作者归属问题的源起，并从不同视域进行审视，分析编辑和演员对莎剧版权的拥有权等。本章指出，尽管该问题从始至终未得到有效回答，但莎剧作者归属问题从吸引众多学者力求回答的问题本身，发展至一个派生出诸多学术话题的主题，始终在英语世界莎学界充满学术吸引力，吸引着一批又一批莎学学者进行研究，并在不同时空、语境和文化中产生新的学术话题。

第三章“莎士比亚作品研究”：在前两章讨论莎士比亚生平、作者归属、戏剧版权的基础之上，本章以《哈姆雷特》与《威尼斯商人》为例，审视英语世界莎士比亚戏剧作品研究情况。英语世界莎士比亚作品研究成果可谓汗牛充栋，在此无法一一考察，仅选择两部具有代表性且在中西学界皆备受关注的戏剧来研究。《哈姆雷特》一剧不仅是国内莎剧研究中研究最多的一部作品，更被西方学者视为文学经典的中心。而《威尼斯商人》不仅广受英语世界关注，同时亦为国内学界关注最多的莎士比亚喜剧。故而此章选择这两部作品在英语世界的研究情况为考察对象。国内有关《哈姆雷特》的研究主要集中在人物性格分析、人文主义、复仇、延宕等传统问题以及隐喻、疯癫等后现代概念之上。英语世界有关此剧的研究除上述视角外，还有诸多视角国内学界尚未涉及，比如《哈姆雷特》版本、文本历史、手稿及传播问题，《哈姆雷特》文本内容研究中的虚构性研究、自我争论研究、现代呈现研究、“鬼魂”研究，以及颇为突出的“To Be or Not To Be”专题研究等。英语世界有关《威尼斯商人》的研究，除国内较为关注的人物形象、主题思想、犹太教与基督教的矛盾外，还从挪用理论、交换理论等视角进行解析，同样值得关注。

第四章“莎士比亚的大众传播与接受”：本章从作品研究转向莎士比亚的大众传播。本章并未研究国内时常关注的莎士比亚与电影等大众文化研究，而是探究目前国内尚未涉及的领域：莎士比亚与流行音乐的研究、莎士比亚与青年文化的研究。本章梳理并评述了英语世界莎士比亚与流行音乐、青年文化的研究，探讨莎士比亚如何与作为青年文化元素之一的流行音乐进行联系并生发新内涵，分析莎士比亚在青年文化中的呈现方式与意义。因此，诸如莎士比亚与嘻哈乐、说唱乐、爵士乐、乡村音乐、摇滚乐、朋克等流行音乐体裁之间的借用关系，以及莎士比亚与动作人偶、玩具剧院、青少年电影、漫画与图画小说等青年文化形式之间的相互关系，均在本章的考察范围之内。本章指出，流行音乐、青年文化通过借用代表精英文化与高雅艺术的莎士比亚来证明自身的合法性，通过传统来反传统。尽管在与流行音乐与青年文化进行联结时存在将莎士比亚商品化的潜在危险，但将传统介入后现代大众文化的这一实践使莎士比亚的经典性通过大众文化得以延续。

结语回到“莎士比亚”这一指称本身的意义之上，回顾整个研究。结论部分以后现代特征来概括当前英语世界莎士比亚研究倾向。这种后现代特征集中体现在如下两个方面：其一，基于对莎士比亚权威性与主体性消解的生平研究、作者归属问题研究与莎剧版权研究；其二，打破传统与后现代的对立局面，将传统介入后现代进行莎士比亚与流行音乐、青年文化研究。

绪　论

一　研究缘起与目的

威廉·莎士比亚（William Shakespeare，1564—1616）作为英国文学史上最杰出的戏剧家、欧洲文艺复兴时期最伟大的作家，对世界文学影响深远，至今仍站在世界文学高峰。在当今回顾经典的历史潮流中，重读莎士比亚势在必行，正如哈罗德·布鲁姆（Harold Bloom）所言："没有莎士比亚，就没有经典……没有经典，我们就会停止思考。"[①] 无论是中国学界，还是英语世界，莎学学者都把握时代思潮、站在学术前沿，在重读莎士比亚的学术探究路上不断推陈出新，共同推进了莎士比亚研究。

文化与文明的繁荣发展与延绵不断，离不开异质文明间的对话、相互影响与相互汲取养分。从宏观的人类发展史来看，"一部恢宏的人类发展史，就是一部各种文明相互影响、相互滋养、交融互进的历史"[②]。正如罗素所言，异质文化之间的交流已多次被证明是人类文明发展的里程碑，如希腊对埃及的学习、罗马对希腊的借鉴、阿拉伯对罗马的参照、中世界欧洲对阿拉伯的模仿、文艺复兴时期欧洲对拜占庭帝国的仿效，皆为实例。[③] 从微观的学术研究来看，同样如此。在倡导跨文明对话与文明互鉴

① Harold Bloom：*The Western Canon*：*The Books and School of the Ages*. Orlando：Harcourt Brace & Company，1994，pp. 40-41.

② 季思：《美国"对华文明冲突论"的背后是冷战思维和种族主义》，载《当代世界》2019年第6期。

③ ［英］罗素：《一个自由人的崇拜》，胡品清译，时代文艺出版社1988年版，第8页。

的今天，促进不同文化视域中的学术研究发展的一个有效方法就是借“他者之镜”反观自身，以“他山之石”来激发、助力本土化视域的学术研究。其中，立足于国内莎士比亚研究现状，跟进英语世界莎学研究动向、引进英语世界莎学研究新成果与新视野至关重要。在此时代背景下，本研究应运而生。

本书旨在梳理、研究英语世界莎士比亚研究中国内研究所不曾涉及或有所涉及但未深入研究的新材料与新视域，对其进行充分、系统的研究，总结其特征，并与国内相关议题进行比较，以期为我国引介莎士比亚研究的新材料与新方法，给国内莎士比亚研究带来启发，进一步推动国内莎士比亚研究。此外，本书还按主题分类，整理了英语世界百年来莎士比亚研究成果，附于文末。这类文献视角新颖，鲜少被引介至国内。这在我国引介西方莎士比亚研究新成果方面，具有一定的现实意义。

二　对“英语世界”的界定

为明确本书的研究范围，有必要对本书所述之“英语世界”进行界定。国内学界最早提及“英语世界”这一概念的乃是黄鸣奋教授，出现于其发表的《20世纪中国古代散文在英语世界之传播》（1996）一文。黄鸣奋教授在此文中并未对“英语世界”进行明确的定义，但提及了“英语世界”的边界，即“以英语为交际手叚的文化圈”①，基本上确定了“英语世界”在国内学界的基本内涵。

2012年，曹顺庆教授领衔主持的教育部哲学社会科学研究重大攻关项目“英语世界中国文学的译介与研究”正式立项。该项目主要探讨中国文学在英语世界的译介与研究，其对“英语世界”的界定基本采取了黄鸣奋教授的最初界定，即“以英语为交际手段的文化圈”。后又有系列丛书、多篇围绕英语世界的研究论文问世，其对“英语世界”的界定多遵循此界定。

本书赞同黄鸣奋教授的界定，结合学界常用的其他界定，进一步细化。本书所指“英语世界”即指英美国家以及部分以英语为书写和出版媒介的英联邦国家，如加拿大、澳大利亚、新西兰等。换言之，“英语世

① 黄鸣奋：《20世纪中国古代散文在英语世界之传播》，《厦门大学学报》（哲学社会科学版）1996年第4期。

界”可以简要地概括为以英语为主要语言媒介的西方文化圈。而本书所涉及的莎士比亚研究文献则主要分布于英国、美国、加拿大、澳大利亚和新西兰。

之所以选择将本书的研究范围限定在英语世界而非更为宏阔的西方世界，其原因在于以下三点。其一，英联邦首先是本研究选取文献资料时首要考虑的文化地域范畴。这是因为莎士比亚是在英国诞生，其作品多承载着英国文化，并在英国产生深远影响，后来伴随英国海外扩张与殖民活动才传播至加拿大、澳大利亚、新西兰等海外殖民国家，并跨过大西洋，踏上美国的领土，在美国生根发芽、开花结果。其二，更为重要的是，通过文献计量与信息可视化的方法对世界莎士比亚研究的时空分布进行梳理后发现，目前世界莎学研究形成了两大中心：以英国为中心的欧洲集群研究和以美国为中心的北美洲集群研究。① 其三，从发文量来看，世界莎学研究成果主要集中在英国、美国、加拿大、澳大利亚、法国。换言之，世界莎士比亚研究的重镇主要在以英美为首的英语世界。因此，本书所涉文献包含英语世界（主要以英国、美国为主，加拿大、澳大利亚、新西兰为辅）以英语为媒介语言正式出版的专著、博士论文、期刊论文等，基本能够代表西方莎士比亚的研究动态。

三　学术价值与创新

对作为世界文学经典作家中心之一的莎士比亚进行研究，本身就是一项极具挑战性的工作。而对英语世界莎士比亚研究的新材料与新方法的进一步发掘与研究，亦是一次富有挑战性与创新性的新尝试。然而，正是因为如此，才使此选题更具有一定的现实意义与学术价值。

本研究的创新性体现在以下三个方面。

第一，本书是国内第一部以英语世界莎士比亚研究的新视域与新材料为研究对象的学术专著。本书的最大创新点与学术价值就体现在这一“新”字上。在此，有必要对“新”进行说明。所谓“新”，并非从时间维度来审视的“后”来者，亦非“旧”的对立面，而是从历时性与共时性两方面进行比较而来的“新”，即相较于已有视域与材料的“新视域”与“新材料”。然而，“新”不完全是“推陈出新”，还可能是一种具有

① 冉从敬等：《数字人文视角下的莎士比亚学术传播研究》，《图书馆杂志》2018年第3期。

“反传统”“反经典”后现代特征的相关研究。实际上，“新”除了正面意义，还有“反叛”的意味。诸如流行音乐、青年文化与莎士比亚的耦合，使莎士比亚从世界文学经典这一“神坛”上被驱赶下来，从而大众化。莎士比亚大众化的结果就是要求重建经典，又一次将莎士比亚置于视野中，重论文学经典性问题。

第二，本书首次较为系统地对英语世界与中国莎士比亚研究进行比较研究。本书在进行英语世界莎士比亚研究的新材料与新方法梳理之时，势必首先对国内研究进行概述，并与英语世界相关议题研究进行横向比较，以观中西视域中莎士比亚研究的现状与特征。

第三，本书另一重要创新点体现在资料汇编之上。本书在研究的同时，还梳理了大量英文文献资料，并按主题分类，形成文献资料汇编，附于文末。这类文献多为20世纪后半叶至今出版、发表的成果，大多视角独特。比如人类学视域中的莎士比亚研究、莎士比亚与科学研究、莎士比亚与流行音乐研究、莎士比亚与青年文化研究、莎士比亚与新媒体研究等，国内莎士比亚研究鲜少涉及。

总体而言，国内莎士比亚研究无论是在专著出版、学术论文发表、国家级课题申报、莎士比亚协会建设等方面均取得了显著成绩，构成了世界莎学研究的中国视域。然而，国内莎士比亚研究同时也面临着困境。从宏观的理论体系建构来看，如李伟民教授所述，中国莎学研究缺乏长远规划发展，尚未形成重大中国莎学理论突破，其研究方法有待更新，引进西方最新莎学成果不足，且与西方莎学界缺乏长期而固定的交流①；从微观的研究方法与关注话题来看，如乔国强教授所言，国内莎士比亚研究主要聚焦于剧本研究，而这一研究视域又往往局限在人物、主题、译本方面的探讨，缺乏莎剧话语分析、表演形式、舞台、莎剧学术史、“莎剧产业”与“莎剧文化”等方面的深入研究。② 上述问题至今未得到有效解决，尤其是研究方法有待更新、引进西方最新莎学成果不足这两大问题，诸如生态批评，互文性研究，计算机文本学，莎士比亚作品多渠道、多方位的文化渗透和影响，莎剧中的舞台艺术等西方莎学研究新领

① 李伟民：《莎士比亚戏剧在中国语境中的接受与流变》，中国社会科学出版社2019年版，第59页。

② 乔国强、李伟民：《纪念威廉·莎士比亚逝世四百周年——当代西方文论与“莎学”二人谈》，《四川戏剧》2016年第8期。

域还需国内学界进一步开拓。[1] 这就有赖于国内学者一方面立足于中国莎士比亚批评史，从中国莎士比亚批评现状出发，进行独具中国特色的研究，构建起中国莎学学科理论体系；另一方面，紧紧跟踪世界莎学研究动向，不断引进世界莎学研究资料，不仅要重视 20 世纪世界莎学研究成果的译介[2]，更要牢牢把握 21 世纪 20 年来出现的新成果与研究新趋势，助力国内莎士比亚研究。

英语世界莎士比亚研究方法多样，视角颇为新颖，诸如莎士比亚与流行音乐、莎士比亚与青年文化、人类学视野中的莎士比亚研究等研究领域，国内尚未涉及。因此，本书带着国内莎士比亚研究面临的难题出发，对这类英语世界莎士比亚研究的新材料与新方法进行梳理与分析。这在向国内学界引介英语世界莎士比亚研究新成果、呈现英语世界莎士比亚研究新动向方面，具有一定的学术价值与现实意义。

四　国内外研究现状

英语世界长达 400 余年的莎士比亚研究成果颇丰。相较于国内莎士比亚研究，英语世界莎士比亚研究历时长、范围广、成果多，单博士学位论文就有上百部，专著更是多达几千部，可谓卷帙浩繁。面对浩瀚文献，本书无法研究全部文献，只能选择具有代表性和研究新意，且国内学界尚未涉及的新材料或有所涉及但尚未深入的文献。

结合本书研究目的，本书对英语世界文献资料的选择主要基于以下考虑：其一，与国内莎士比亚研究模式完全不同的文献，或者说，涵盖国内研究根本没有涉及的研究视角、方法和主题的文献，以期为国内莎士比亚研究带来启示；其二，就文献出版的时间来看，本书主要选取 20 世纪下半叶出现的文献，尤其是 21 世纪的最新成果，以期认识英语世界莎士比亚研究的新成果与新动向。需要说明的是，本书在进行资料汇编时，以主题分类，以专著为主，尽可能穷尽英语世界莎士比亚研究成果。

本部分按主题分类，对英语世界莎士比亚研究进行综述，并与国内相关研究议题进行横向比较，以突出本研究的宗旨——英语世界之“新”。

① 曹晓青：《莎士比亚与中国》，《湖南社会科学》2010 年第 1 期。

② 李伟民：《中国莎士比亚批评：现状、展望与对策》，《英美文学研究论丛》2008 年第 2 期。

本书所选文献与研究主题简略分为英语世界的莎士比亚生平研究、与生平研究息息相关的戏剧版权争议与作者身份问题研究、作品研究、大众传播与接受研究等专题，分而述之。当然，英语世界之“新”并不局限于以上几个方面，这有待后续研究对此进行进一步的挖掘。

（一）国内外莎士比亚研究之比较

对国内外莎士比亚研究的再研究，不仅可以勾勒出国内外莎士比亚研究的基本路径与概貌，亦可进行中西比较研究。然而比较不是目的，亦非理由，而是如乐黛云教授所言，在比较中达成对话，在对话中产生互补、互识、互鉴的成果，这才是比较文学的应有之义。[①] 因此，促进中西学界在莎士比亚研究领域的比较，目的是在比较中对话，在对话中互鉴，在互鉴中促进世界莎学的进一步发展。

1. 莎士比亚生平研究

西方第一个正式从事莎士比亚传记研究的是尼科尔斯·罗（Nicholas Rowe）。1709 年，尼科尔斯·罗在其出版的莎士比亚作品六卷本的开头附上其所撰写的莎士比亚传记文章[②]，正式拉开了西方莎士比亚传记研究的序幕。在最近出版的莎士比亚生平研究著作中，最著名的当属斯蒂芬·格林布拉特（Stephen Greenblatt）的新历史主义实践代表作《俗世威尔：莎士比亚新传》（*Will In The World: How Shakespeare Became Shakespeare*, 2005）和乔纳森·巴特（Jonathan Bate）的《时代的灵魂：莎士比亚心灵传记》（*Soul of the Age: A Biography of the Mind of William Shakespeare*, 2009）。

经笔者初步梳理，英语世界莎士比亚生平研究主要呈现出以下特征：

（1）传统传记书写。这类研究主要以纪实性原则进行传记书写，记述莎士比亚的一生。比如，约翰·贝利（John Bailey）的《莎士比亚》（*Shakespeare*, 1929）、赫斯基·皮尔森（Hesketh Pearson）的《莎士比亚的一生》（*A Life of Shakespeare*, 1942）、A. L. 罗伊（A. L. Rowse）的《威廉·莎士比亚：一本传记》（*William Shakespeare: A Biography*, 1963）、埃弗·布朗（Ivor Brown）的《威廉·莎士比亚》（*William Shakespeare*, 1968）、加里·奥康纳（Garry O'Connor）的《莎士比亚：一生》（*William*

① 乐黛云、陈跃红等：《比较文学原理新编》，北京大学出版社 1993 年版，第 81 页。

② David Bevington, *Shakespeare and Biography*. Oxford & New York: Oxford University Press, 2010, p. 15.

Shakespeare: *A Life*, 1991)、帕克·霍南（Park Honan）的《莎士比亚的一生》(*Shakespeare*: *A Life*, 1998)、安东尼·霍尔顿（Anthony Holden）的《威廉·莎士比亚：一本带插图的传记》(*William Shakespeare*: *An Illustrated Biography*, 1999)、皮特·阿克罗伊德（Peter Ackroyd）的《莎士比亚：传记》(*Shakespeare*: *The Biography*, 2005)、威廉·贝克(William Baker）的《威廉·莎士比亚》(*William Shakespeare*, 2009)、罗伊斯·波特（Lois Potter）的《莎士比亚的一生：一本批判性传记》(*Life of William Shakespeare*: *A Critical Biography*, 2012）等著作。

（2）基于莎士比亚作品研究的生平研究。这类生平研究着眼于在莎士比亚戏剧、诗歌文本中寻找蛛丝马迹，并与莎士比亚其人的经历结合起来，试图勾勒出莎士比亚的真实面貌。比如，丹尼斯·凯（Dennis Kay）的《莎士比亚：生活、作品及那个时代》(*Shakespeare*: *His Life*, *Work and Era*, 1992)、伊恩·威尔逊（Ian Wilson）的《莎士比亚：揭开莎士比亚其人及其作品未解之谜的证据》(*Shakespeare*: *The Evidence. Unlocking the Mysteries of the Man and his Work*, 1993)、安东尼·霍尔顿（Anthony Holden）的《莎士比亚的一生与作品》(*William Shakespeare*: *His Life and Work*, 1999)、查尔斯·博伊斯（Charles Boyce）的《威廉·莎士比亚的批判指南：关于其一生与作品的文学参考》(*Critical Companion to William Shakespeare*: *A Literary Reference to His Life and Work*, 2005)、勒内·韦斯（René Weis）的《揭秘莎士比亚：一本传记》(*Shakespeare Revealed*: *A Biography*, 2007）等著作。

（3）基于莎士比亚情史、妻子、家庭与朋友研究的生平研究。这类研究采取了一种类似“曲线救国”的方法，从莎士比亚的感情经历、妻子安妮、家庭关系、朋友角度切入，以勾勒出完整而清晰的莎士比亚全貌。比如，夏洛特·卡米歇尔·斯托普（Charlotte Carmichael Stopes）的《莎士比亚的家庭》(*Shakespeare's Family*, 1901)、查尔斯·艾萨克·埃尔顿（Charles Isaac Elton）的《莎士比亚及其家庭与朋友》(*William Shakespeare*, *His Family and Friends*, 1904)、凯特·艾默里·波格（Kate Emery Pogue）的《莎士比亚的朋友们》(*Shakespeare's Friends*, 2006）与《莎士比亚的家庭》(*Shakespeare's Family*, 2008)、杰梅茵·格里尔（Germaine Greer）的《莎士比亚的妻子》(*Shakespeare's Wife*, 2008）等著作。

（4）微观史学视域中的生平研究。这类研究并不以莎士比亚的一生为研究对象，而是摘取其中某一重要时间段、转折点甚至其中一年为研究对象，专注其中一个微小事件进行研究，以观特定时间段的莎士比亚。比如，艾瑞克·山姆斯（Eric Sams）的《真正的莎士比亚：回顾早年（1564—1594）》（*The Real Shakespeare: Retrieving the Early Years*, 1564-1594, 1995）、詹姆斯·夏皮罗（James Shapiro）的《1599：莎士比亚一生中的一年》（*A Year in the Life of William Shakespeare: 1599*, 2006）、亚瑟·格雷（Arthur Gray）的《莎士比亚早期生活的一章：阿登的波尔斯沃思》（*A Chapter in the Early Life of Shakespeare: Polesworth in Arden*, 2009）、查尔斯·尼科尔（Charles Nicholl）的《莎士比亚作为房客在银街的生活》（*The Lodger Shakespeare: His Life on Silver Street*, 2009）、詹姆斯·夏皮罗（James Shapiro）的《李尔王年：1606年的莎士比亚》（*The Year of Lear: Shakespeare in* 1606, 2015）等著作。

（5）以虚构性叙事重构莎士比亚。这类研究采取虚构莎士比亚事迹的方式，重构莎士比亚的一生。比如，J. P. 维尔林（J. P. Wearing）的《莎士比亚日记：一部虚构的自传》（*The Shakespeare Diaries: A Fictional Autobiography*, 2007）、E. M. 达顿（E. M. Dutton）的《无家可归的莎士比亚——虚构的一生》（*Homeless Shakespeare— His Fabricated Life from Cradle to Grave*, 2011）等著作。甚至还出版了基于莎士比亚生平研究的虚构性小说，如英国著名作家、评论家安东尼·伯吉斯（Anthony Burgess）创作的《没有什么像太阳：莎士比亚的爱情生活》（*Nothing Like the Sun: A Story of Shakespeare's Love-Life*, 1964）、摩根·裘德（Morgan Jude）的《莎士比亚的秘密》（*The Secret Life of William Shakespeare*, 2012）、L. E. 彭布罗克（L. E. Pembroke）创作的历史小说《威廉和苏珊娜：莎士比亚的家庭秘密》（*William and Susanna: Shakespeare's Family Secrets*, 2016）等。

从国内学界来看，不断涌现的莎学研究成果、莎士比亚戏剧演出与戏剧节等，均体现了国人对莎士比亚的热爱。然而，国内学界甚少以学术眼光来探讨莎士比亚生平这一问题。1907年，王国维发表《莎士比传》一文，据笔者目前掌握的文献资料来看，这篇文章应该是国内最早公开发表的莎士比亚传记。1918年，汤志谦翻译了艾比·威利斯·豪斯（Abby Willis Howes）所著的《莎士比亚之历史》，据笔者目前掌握的文献资料来看，尽管只是节选，这应该是国内最早翻译的莎士比亚生平研究著作。直到20世纪80年代，国内才出现了国人自己写就的莎士比亚传记著作。

通过较为详尽地梳理莎士比亚进入中国以来的生平研究可以发现，国内莎士比亚生平研究主要呈现出以下特征。

第一，20世纪国内学界莎士比亚生平研究主要呈现出两个阶段性特征：1900—1949年，国内学界莎士比亚生平研究主要以译介、介绍西方莎士比亚传记和研究著作为主，并将莎士比亚身份问题当作奇闻轶事；1950—1999年，或者更准确地说，自20世纪80年代起，国内学者开始将莎士比亚问题、莎士比亚之谜作为严肃学术问题进行探讨。自此，国内莎士比亚生平研究呈现出繁荣的景象，相继出现了重要莎士比亚生平传记著作，如梁实秋的《名人伟人传记全集——莎士比亚》（1980），赵澧的《莎士比亚传论》（1991），刘丽霞、曾繁亭的《世界十大文学家：艾汶河畔的天鹅》（1999）。国内学界还出现了一批探讨莎士比亚问题与莎士比亚之谜的学术论文，如孙家琇的《所谓“莎士比亚问题”纯系无事生非》（1986）、李伟民的《莎士比亚之谜》（1998）等文章。可以说，20世纪80年代是莎士比亚生平研究在国内学界的转折点。

第二，进入21世纪以来，国内莎士比亚生平研究仍在继续，虽然成果不多，但也出版了一些重要的莎士比亚传记作品，如周姚萍编写的《世界伟人传记：莎士比亚》。21世纪莎士比亚生平研究最为显著的特征便是对英美学界莎士比亚传记的评论，其中备受关注的当属格林布拉特的那本《俗世威尔：莎士比亚新传》。

相较于国内较为传统的生平研究方法，以英美国家为主的英语世界的生平研究方法更为多元、角度新颖，或从莎士比亚情史、妻子、家人、朋友切入，以还原莎士比亚全貌；或仅聚焦于莎士比亚一生中的某个时间段、转折点甚至其中一年进行考察；或从作品中找寻证据；或从莎士比亚的旅行经历来审视莎士比亚其人；或以半虚构性、半真实性的方式，甚至完全虚构性（比如干脆写成小说）的方式，重构莎士比亚生平。尽管已记载的、有证可查的莎士比亚生平材料与档案只有那么多，然而莎士比亚生平研究之所以迷人，原因正如歌德所说的“说不尽的莎士比亚”，世界对莎士比亚的生平研究常论常新。且相较于英语世界众多的莎士比亚生平研究成果，国内有关英语世界莎士比亚生平研究著作的译介为数不多[①]，这就容易造成国内与国际研究的断层，无法追踪西方最新研究动态；并且只有少数已有中译本的国外莎士比亚传记作品才得到了国内学界的评论。因此，有必要梳理以英美国家为主的英语世界莎士比亚生平研究成果，总结特征，分析研究方法与视角，以期为国内莎士比亚生平研究带来新的研究视野。

2. 莎士比亚著作权争议与作者身份问题研究

莎士比亚戏剧版权与作者归属研究与莎士比亚生平研究密不可分。意欲还原莎士比亚真实面貌，势必会对莎士比亚一生中的重重疑点进行分析，这就必然涉及著作权争议以及与之息息相关的作者身份问题。

莎士比亚著作权在西方学界历来存在争议。西方有关这方面的研究可谓独树一帜，形成了一定规模。据有关学者通过文献计量与信息可视化方法对莎士比亚在世界范围内的研究热点与关键词的梳理，世界莎学界有关莎士比亚作品的“作者身份”问题研究颇多。造成这种现象的部分原因在于当时版权意识不强，再加上剧本改编、二度创作现象比较普遍，因此学者对戏剧的作者身份、合作情况、莎士比亚失传作品、疑似作品和伪作等问题进行了辨析和讨论。[②] 比如，威廉·莱希（William Leahy）主编的《莎士比亚及其作者们：作者身份问题的批判视角》（*Shakespeare and His Authors*：*Critical Perspectives on the Authorship Question*，2010）论文集，共收录了10篇有关莎士比亚作者争议的论文，从马克·吐温在其半自传体著作《莎士比亚已死？》（*Is Shakespeare Dead*？，1909）一书中所提出的“弗

---

① 据笔者目前掌握的资料，已译介进中国的莎士比亚传记或生平研究著作有如下几本：美国莎学学者史蒂芬·格林布拉特的《俗世威尔：莎士比亚新传》于2007年被译介，美国朵莫姆斯·科司塔的《莎士比亚》英汉对照本已于2006年由上海外教社出版，澳大利亚作家惠特福德的《莎士比亚传》中译本已于2016年由时代文艺出版社出版，英国学者安东尼·伯吉斯的《莎士比亚》中译本于2015年由广西师范大学出版社出版，美国儿童作家塞莱斯特·D. 曼尼斯所撰的儿童读物《谁是莎士比亚？》英汉双语本已于2014年由北京联合出版公司出版，英国弗兰克·克蒙德的《莎士比亚：时代的灵魂》中译本已于2014年由安徽人民出版社出版，英国著名传记作家彼得·阿克罗伊德的《莎士比亚传》中译本已于2014年由北京师范大学出版社出版，英国查尔斯·威廉斯的《莎士比亚小传》中译本已于2018年由社会科学文献出版社出版，英国维夫·克鲁特的《莎士比亚传》中译本已于2018年由江西美术出版社出版，美国弗兰克哈里斯的《莎士比亚及其悲剧人生》中译本已于2013年由江西教育出版社出版。

② 冉从敬等：《数字人文视角下的莎士比亚学术传播研究》，《图书馆杂志》2018年第3期。

朗西斯·培根才是这些戏剧和诗歌的真正作者”[①] 这一观点出发，聚焦于“莎士比亚作者之争”（Shakespeare authorship controversy）。

塞缪尔·舍恩鲍姆（Samuel Schoenbaum）作为第一个探讨莎剧作者问题的学者，在其《莎士比亚的一生》（*Shakespeare's Lives*，1991）一书中，将作者身份问题研究视为一种“偏离”；乔纳森·巴特（Jonathan Bate）的《莎士比亚的才华》（*The Genius of Shakespeare*，1997）一书专门开辟一章探讨莎剧的作者身份问题。[②]

詹姆斯·马里诺（James J. Marino）的《拥有威廉·莎士比亚：国王剧团及其知识产权》（*Owning William Shakespeare：The King's Men and Their Intellectual Property*，1988）[③] 则考察了《哈姆雷特》《驯悍记》《李尔王》等戏剧作品的创作过程，聚焦于演员的知识产权体系以及莎士比亚表演公司如何通过大幅重写和不断坚持上演来维护戏剧的所有权。马里诺在此书中，采用了戏剧史、文本研究和文学理论等多重视角，重新审视莎士比亚戏剧的创作方式以及这些戏剧何以被称为莎士比亚作品，以勾勒出莎士比亚戏剧创作与成型的动态历史过程。

早期戏剧传播形态同样与莎剧著作权相关。早期版权保护意识的薄弱，加上未出版纸质戏剧文本、演员在舞台上的即兴发挥、导演的指导与改编、编辑的选择与整合等因素，造成同一时期同一部戏剧竟有不同版本。英国牛津大学西蒙·帕尔弗里（Simon Palfrey）教授和蒂芙尼·斯特恩（Tiffany Stern）教授曾撰著《片段中的莎士比亚》（*Shakespeare in Parts*，2007）一书，专门探讨莎士比亚戏剧传播的原始形态——由演员的说辞和表演线索构成，以不完整的剧本形式组成。

值得注意的是，尽管英语世界莎学学者并未直言其采用的研究视角是“书籍史”，但他们往往通过梳理剧本的创作、生产与流通过程，探讨莎剧版权与作者归属问题。这对于我们追踪莎剧剧本的流通过程、莎剧版权的演变历程与作者归属问题，不失为一种行之有效的研究视角。

国内对莎士比亚戏剧版本、版权与作者归属问题有所探讨，但主要集

① William Leahy, *Shakespeare and His Authors：Critical Perspectives on the Authorship Question*. London & New York：Continuum，2010，p. 1.

② William Leahy, *Shakespeare and His Authors：Critical Perspectives on the Authorship Question*. London & New York：Continuum，2010，pp. 2–3.

③ James J. Marino, *Owning William Shakespeare：The King's Men and Their Intellectual Property*. Philadelphia：University of Pennsylvania Press，1988.

中在莎剧版本这一问题上。比如，顾绶昌发表的《莎士比亚的版本问题》一文集中阐述了自16世纪早期四开本起，直到20世纪70年为止的一些重要莎剧版本。[①] 傅光明出版的《天地一莎翁：莎士比亚的戏剧世界》一书通过严格考证，对莎剧版本的丰富性进行了还原，清晰呈现了莎剧内容的变迁史，同时详细地梳理了莎剧故事的渊源、莎士比亚对其他知识的吸纳。[②] 该书有针对性地对莎剧版本进行了研究。此外，傅光明最新出版的《莎士比亚的黑历史——莎士比亚戏剧的“原型故事”之旅》（2019）一书，基于文本细读与考证，从语言、主题、人物、情节等方面，探讨了莎士比亚四大悲剧与四大喜剧在创作素材方面的来源。[③] 王岫庐近期发表在《光明日报》上的《莎士比亚戏剧是抄袭的吗？》一文主要评析傅光明的《莎士比亚的黑历史——莎士比亚戏剧的“原型故事”之旅》一书，认为强调文学的原创性是浪漫主义以降兴起的主张，而莎士比亚只是遵循了伊丽莎白时期的文学创作传统，即因袭、传承传统。因此，王岫庐认为莎士比亚广取博收，吸纳众多故事来进行戏剧创作，并非怠惰或抄袭，而“恰是遵循了那个时代最为普遍的创作传统”[④]。此文同《莎士比亚的黑历史——莎士比亚戏剧的“原型故事”之旅》一书的研究思路相似，通过追溯莎士比亚戏剧的故事素材来源，有效地消解了历史上贴在莎士比亚身上的“抄袭”标签，有力地为莎士比亚进行了正名。此外，国内学界也有专门针对《哈姆雷特》版本及文本历史的研究成果，比如傅光明的《〈哈姆雷特〉的“故事”源头及其版本》一文就梳理了《哈姆雷特》的各个版本。

总体而言，英语世界历来对莎士比亚戏剧版权问题争议颇多，尤其是进入20世纪60年代以后，学界展开过大量研究，形成了以版权、作者身份、文本流传史为中心的莎士比亚研究。这一研究范式被打上了反权威、反传统、不确定性等后现代性印记，刺激了一个又一个学术新话题的生成。

---

① 顾绶昌：《莎士比亚的版本问题》《莎士比亚的版本问题（续）》，《外国文学研究》1986年第1、2期。

② 熊辉：《莎剧的版本考证、故事溯源即文本新读——谈傅光明〈天地一莎翁：莎士比亚的戏剧世界〉对中国莎学的贡献》，《东吴学术》2018年第1期。

③ 傅光明：《莎士比亚的黑历史——莎士比亚戏剧的“原型故事”之旅》，东方出版社2019年版。

④ 王岫庐：《莎士比亚戏剧是抄袭的吗？》，《光明日报》2019年6月5日第16版。

3. 戏剧作品研究——以《哈姆雷特》《威尼斯商人》为例

英语世界有关莎士比亚作品的研究，硕果累累，在此无法一一梳理，只能选择其中最具有代表性和最受国内外学者关注的两部戏剧为例。

对世界莎学传播内容的热点关键词进行爬梳可以发现，“‘哈姆雷特’为研究最多的核心关键词”[①]，其研究成果最为丰富。英语世界《哈姆雷特》研究的诸多视角是国内莎士比亚研究不曾涉及的，比如版权与文本历史研究、手稿及早期传播之间的关系、叙述故事的文化历史、针对“鬼魂”进行的专题研究以及“To Be or Not To Be”经典独白的专题研究等。

英国牛津大学道格拉斯·布鲁斯特（Douglas Bruster）和西蒙·帕尔弗里（Simon Palfrey）两位学者出版的《生存还是死亡》（*To Be or Not to Be*，2007）一书，聚焦于“To Be or Not to Be”这一句独白进行深入研究，探究这句独白如何以及为何会在英国文化中产生巨大影响，让人耳目一新。西方著名莎学家斯蒂芬·格林布拉特（Stephen Greenblatt）的《炼狱中的哈姆雷特》（*Hamlet in Purgatory*，2013）一书关注哈姆雷特父亲的“鬼魂”，关注几百年来《哈姆雷特》始终备受推崇这一现象，探讨促使《哈姆雷特》一剧至今活跃在舞台上的力量。安德鲁·卡垂费洛（Andrew Cutrofello）的《一无所有：哈姆雷特的消极性》（*All for Nothing*：*Hamlet's Negativity*，2014）则将哈姆雷特带入尼采、康德、叔本华、卢梭、福柯和德里达等哲学家视域，考察了哈姆雷特的“忧郁”（melancholy）、“消极信念”（negative faith）、“虚无主义”（nihilism）、“延宕”（tarrying）与“不存在”（nonexistence）五个特点，审视哲学视域中的哈姆雷特之消极性，并与现代哲学家的思想相联系。

就国内研究而言，有学者通过梳理中国《哈姆雷特》研究40年的重要文献，发现20世纪中国《哈姆雷特》研究主要集中在人物性格分析、人文主义、复仇、延宕等传统问题上，21世纪的研究继续探讨传统问题的同时，在隐喻、疯癫等后现代概念上有所拓展。[②] 但国内在引进西方《哈姆雷特》研究新成果方面还存在较大的拓展空间，与英语世界《哈姆雷特》研究相比，国内研究视野有待进一步更新、理论方法有待进一步突破。

---

① 冉从敬等：《数字人文视角下的莎士比亚学术传播研究》，《图书馆杂志》2018年第3期。

② 孙媛：《“重复建设”还是“多重建设”——文献计量学视野下的中国哈姆雷特研究40年》，《四川戏剧》2018年第11期。

除《哈姆雷特》一剧外，英语世界有关《威尼斯商人》一剧的研究同样成果可观。之所以选择以《威尼斯商人》在英语世界的研究情况为研究对象，是因为在莎士比亚喜剧中，《威尼斯商人》是被国内学者关注最多的一部戏剧①，且是最早搬上中国舞台的莎剧。② 可见国内学界对《威尼斯商人》一剧的高度关注。尽管如此，国内以《威尼斯商人》为研究对象的专著、博士学位论文尚未出现。且经过初步梳理，国内《威尼斯商人》研究主要聚焦于常见的人物形象、主题思想、犹太教与基督教的矛盾、女性主义分析、法律观、喜剧性与狂欢化、比较研究等研究视角，尤以此剧中的人物形象研究为甚。但英语世界《威尼斯商人》研究除上述研究视野外，还涉及商业主题、经济学主题、挪用理论视角、法律与伦理问题、动物审判、威尼斯的地点意义等主题。

尽管国内学界同样关注《威尼斯商人》中基督教与犹太教之间的宗教冲突问题，却未对莎士比亚为何在此剧中通过审判的方式让夏洛克强行改信基督教这一情节设计产生疑问。美国当代著名文学理论家哈罗德·布鲁姆在其编写的《布鲁姆的现代批判解读：莎士比亚的〈威尼斯商人〉新版》（*Bloom's Modern Critical Interpretations*：*William Shakespeare's the Merchant of Venice—New Edition*，2010）一书的序言中，提出了这一从未引起人们怀疑的问题。布鲁姆对此情节设计基本持否定态度，认为这一情节的设计与夏洛克人物形象特征自相矛盾，消解了《威尼斯商人》一剧的喜剧性与合理性。

除聚焦夏洛克这一经典人物形象外，英语世界还关注《威尼斯商人》一剧中的“动物审判”暗喻。所谓动物审判是指对动物进行司法起诉，这与夏洛克在《威尼斯商人》一剧中受审判的处境十分相似。美国印第安纳大学莱蒂西亚·C. 利吉特（Leticia C. Liggett）的博士学位论文《莎士比亚〈威尼斯商人〉与〈李尔王〉的动物审判：法律与伦理》（*The Animal Trials of Shakespeare's "Merchant of Venice" and "King Lear"*：*Law and ethics*，2014）聚焦于《威尼斯商人》与《李尔王》两部莎士比亚戏剧中

① 常晓丹：《近40年莎士比亚喜剧在中国的接受研究》，《出版广角》2018年第23期。

② 1902年，中国就有英文版的《威尼斯商人》演出，早于林纾翻译莎剧的时间；1913年，上海新民社上演了中文版的《威尼斯商人》（名为《女律师》），是最早的中文莎剧演出，早于1914年的改编版《哈姆雷特》（名为《杀兄夺嫂》）。参见孙家琇《莎士比亚辞典》，河北人民出版社，第419页。

的动物审判叙事，探析莎士比亚在这两部戏剧中如何利用动物审判叙事来论述人类的法律主体。

《威尼斯商人》同样也成为英美学界检验理论与构建理论的基石。美国布朗大学比较文学与英语教授凯伦·纽曼（Karen Newman）基于交换理论，考察《威尼斯商人》一剧中的女性形象与性别叙事；俄亥俄大学卡罗莱·西凯拉·康特（Carolina Siqueira Conte）的博士学位论文《盟约：莎士比亚〈威尼斯商人〉电影中的挪用理论》（*Bonds: A Theory of Appropriation for Shakespeare's "The Merchant of Venice" Realized in Film*, 2005），基于《威尼斯商人》电影改编建构的"挪用理论"（the theory of appropriation）对此剧进行阐释。这又反过来印证了莎剧创新文学与文化发展这一事实。

4. 莎士比亚的大众传播与接受

在当代大众文化语境中，如何理解精英文学边缘化与大众文学市场化这一新问题成为莎学研究的焦点之一。英语世界学者不断突破精英文化与大众文化之间的界限，甚至将作为精英文化的莎士比亚与流行音乐、青年文化进行有机结合，探讨它们之间的互动关系。

近年来，英语世界开始关注莎士比亚与流行音乐之间对话的可能性。英国贝尔法斯特女王大学学者亚当·汉森（Adam Hansen）的《莎士比亚和流行音乐》（*Shakespeare and Popular Music*, 2010）一书就是一个例子。此外，英语世界还关注与流行音乐密不可分的青年文化与莎士比亚的联结及其意义。比如，美国学者詹妮弗·赫伯特（Jennifer Hulbert）、凯文·维特摩尔（Kevin J. Wetmore, Jr.）和罗伯特·L. 约克（Robert L. York）合著的《莎士比亚与青年文化》（*Shakespeare and Youth Culture*, 2009）一书正是这方面研究的例证。然而，诸如莎士比亚与流行音乐、莎士比亚与青年文化相结合的研究目前在国内学界还是空白，还需进一步挖掘。

尽管国内学界已意识到，将莎士比亚戏剧与电影置于大众文化语境下进行研究是当下莎学领域的新课题①，并涌现了一批以莎士比亚电影为研究对象的莎学成果，同时也出现了少许以莎士比亚戏剧与十四行诗中的音乐（如罗益民的《宇宙的琴弦——莎士比亚十四行诗第十八首的音乐主题结构》）、英美学界根据莎士比亚作品而创作的音乐作品的概述（杨燕迪的《莎士比亚的音乐辐射》）、莎剧中有关音乐的论述（如张泗洋的

---

① 吴辉：《As You Like It——莎士比亚：大众文化的回归》，《四川外语学院学报》2007 年第 5 期。

《音乐世界中的莎士比亚》、王群英的《莎士比亚戏剧文本中的音乐简论》）、音乐中的莎士比亚现象（如李伟民的《莎士比亚文化中的奇葩——音乐中的莎士比亚述评》）等为研究对象的成果，但总体而言还未形成规模，也未曾涉及莎士比亚与流行音乐的跨界研究。

流行音乐是青年文化的一个具象化体现。研究流行音乐必然与青年文化互为参照，否则无法对流行音乐进行全面的理解。有关莎士比亚与青年文化的研究，比如上述提及的《莎士比亚与青年文化》一书基于当前“莎士比亚不吸引年轻人”的普遍看法，考察了包括动作人偶、青少年电影、漫画与图画小说、摇滚等在内的各种媒介形式呈现出来的莎士比亚现象，考察了代表教育、高雅文化以及“旧”文化的莎士比亚与青年、企业营销创造的青年文化之间的交集。目前，国内仅出现一篇聚焦尼尔·盖曼绘本小说《睡魔》对莎士比亚的重构的文章①，但并未上升至青年文化层面进行探讨。国内在莎士比亚与青年文化研究方面尚未出现任何研究成果。

（二）国内对西方莎评的关注

从国内学界来看，国内莎士比亚研究主要关注莎士比亚作品翻译研究、文体与语言研究、主题思想研究、莎士比亚与中国戏剧的比较研究（尤以莎士比亚与汤显祖的比较研究最为常见）、影视研究、莎士比亚戏剧在中国的传播与接受研究，以及从女性主义、文化批评、认知空间、政治哲学、心理学、宗教思想等视角进行的莎士比亚研究。

尽管国内学界尚未出现英语世界莎士比亚研究之系统研究的成果，更未出现以英语世界莎士比亚研究的新材料与新方法为研究对象的成果，但值得肯定的是，国内学界或多或少早已涉及西方莎士比亚研究，引介西方莎学新成果。只不过这类研究大多聚焦于西方莎评之上，且数量不多：目前仅有 1 部莎士比亚评论汇编，1 部专著涉及当代英美马克思主义莎士比亚评论，1 篇博士学位论文涉及西方莎评研究，10 余篇期刊论文涉及英语世界莎士比亚研究的某些方面，并未出现如本研究的研究成果。在此，有必要对国内涉及西方莎士比亚研究的情况进行简要综述，并与前文英语世界研究综述形成对比，进一步论证此选题的独创性与学术价值。

① 武静：《元漫画：评绘本小说〈睡魔〉对莎士比亚的重构》，《外语教学》2016 年第 3 期。

国内学界有关西方莎士比亚评论的研究成果中，最具有代表性的当属杨周翰编选的《莎士比亚评论汇编》上、下两册（1979、1981）。该汇编时间跨度大，收集并译介了从莎士比亚同时代人的评论到20世纪60年代的评论，为国内学界译介西方莎评文献、推动国内莎学研究做出了杰出贡献。孙家琇主编的《莎士比亚辞典》囊括了西方300年来莎评和莎剧演出情况，总结了300年来西方莎评的特征与发展趋势。

近年来，国内学者开始有意识地对英美学界新近研究成果进行研究。张薇于2018年出版的《当代英美的马克思主义莎士比亚评论》一书就是一个例证。该书从文学与文化两个维度出发，梳理并研究了当代英美马克思主义莎评的发展情况，评价了当代英美马克思主义莎评的成就，并指出其中的不足，为我国莎士比亚研究提供了一定的新思路。当前国内有关西方莎学批评研究的博士学位论文仅有一部，即吉林大学辛雅敏的博士学位论文《20世纪莎士比亚批评研究》（2013）。该论文主要探讨了20世纪包括性格分析与精神分析、历史主义莎评、形式主义莎评以及政治文化莎评在内的几大莎评阵营的批评方法与实践，以期从总体上把握20世纪西方莎士比亚批评发展的趋势，并反映西方文学批评发展的轨迹。

在论文发表方面，国内学界主要聚焦西方莎评研究。比如，邱永川的《试论马、恩对莎士比亚的评价——兼谈莎剧研究》（1983）一文基于马克思、恩格斯相关论述，评价了苏联与日本的莎士比亚研究状况，探讨了开创国内莎士比亚戏剧研究新局面的相关问题；华泉坤的《当代莎士比亚评论的流派》（1993）一文主要梳理了20世纪莎剧评论的流派及其方法；熊云甫的《20世纪西方莎士比亚传记研究》（1995）一文主要聚焦20世纪西方莎士比亚传记研究，比较分析了西方有关莎士比亚传记研究的莎学家；董琦琦的《柯尔律治的莎士比亚评论综述》（2005）一文则主要探究柯尔（勒）律治有关莎士比亚评论的观点和独到之处；李莹的《威廉·赫士列特之莎士比亚评论》（2016）一文关注威廉·赫士列特有关莎士比亚的评论；张中载的《约翰逊评莎士比亚——纪念莎士比亚逝世400周年》（2016）一文以约翰逊有关莎士比亚的评论为研究对象。李伟民的《在西方正典的旗帜下：哈罗德·布鲁姆对莎士比亚的阐释》（2011）一文则关注美国文学批评家哈罗德·布鲁姆有关莎士比亚的评论；李艳梅的《20世纪国外莎士比亚历史剧评论综述》（2007）一文主要考察了20世纪以来国外有关莎士比亚历史剧的评论；陈星的《谁的莎士比亚？——

2010—2015 国外莎士比亚研究述评》（2016）一文着重考察 2010—2015 年西方莎士比亚研究的基本状况；杨金才的《当前英语莎士比亚研究新趋势》（2016）一文通过梳理英语莎学研究现状，分析英语莎学研究在内容和方法方面的发展趋势，在一定程度上为我国莎士比亚研究提供了一些新的材料和值得借鉴的方法。张薇的《世界莎士比亚演出与研究的新趋向》（2018）一文基于当今莎士比亚在学术研究和舞台艺术两个方面的发展状况，反思当今莎士比亚现象的特点与趋势。

国内莎学研究的队伍庞大，成果丰硕，推动了我国乃至世界莎士比亚的研究。但需指出的是，当前国内学界进行的西方莎士比亚研究之研究主要以莎评为主。尽管也有学者进行了西方莎士比亚传记研究，却不约而同地从莎评入手，以一种近乎“曲线救国”式的研究路线，从莎学家们的莎评中寻找蛛丝马迹，从而探寻莎士比亚生平事迹。这是其一。其二，国内有关西方莎士比亚研究的研究，目前仅有一篇博士学位论文涉及 20 世纪西方莎评研究，零星几篇期刊论文谈及英语世界莎士比亚研究的趋向，尚未系统呈现英语世界莎士比亚研究的现状。更何况，英语世界莎士比亚研究很多视角是国内莎士比亚研究不曾涉及的，比如“To Be or Not to Be”专题研究、莎士比亚与流行音乐研究、莎士比亚与青年文化研究，等等。因此，本研究分析英语世界莎士比亚研究中国内研究尚未涉及的新材料与新方法，或有所涉及但尚未展开的新视域，在一定程度上可为国内莎士比亚研究带来新思路。

五 研究方法与思路

（一）研究方法

1. 实证性研究方法

本书致力于研究英语世界莎士比亚研究的新材料与新视域，这需要梳理大量一手文献资料，并对文献进行客观、准确的分析。本书主要采取了实证性研究方法，对英语世界一手材料进行梳理与分析，以期求得基于翔实资料的实证性论述，避免泛泛而谈。

2. 比较研究方法

意欲梳理国内莎士比亚研究所不曾涉及或尚未展开的新材料与新视域，首先就要对国内莎士比亚研究文献资料有清晰的认识，并在大量研究相关外文文献的基础之上，借助“他山之石、他者之镜”，寻找英语世界对莎士比亚研究所做出的独特贡献，以期形成中西比较与对话，并为国内研究带来启发。

3. 跨学科的研究方法

英语世界莎士比亚研究所涉及的领域并不仅仅局限于文学与文学理论，还涉及舞台研究、影视研究、心理学、哲学、符号学、音乐、书籍史、版本学、传播学等方面。因此本书参照了其他学科领域，在更宽广的视野中进行跨学科研究。

（二）研究思路

本书首先厘清国内研究现状，对英语世界浩瀚文献进行筛选，并将英语世界研究与国内相关研究进行比较，彰显英语世界之“新”。通过文献筛选与比较研究发现，当前英语世界莎士比亚研究主要呈现出后现代特征，这与当前西方后现代主义思潮的多方强劲渗透密不可分。而后现代主义思潮往往以反传统、反权威、反主流、打破边界和倡导不确定性为主要特征。英语世界莎学学者借后现代之风，对传统莎士比亚研究进行解构，并有所建构：或借跨学科等新视野，重新阐释莎士比亚研究中的旧问题；或结合新近出现的莎士比亚现象，挖掘莎士比亚研究新问题，拓展研究范式，成果颇丰。这类后现代视域中的莎士比亚研究方法与视野往往是国内学界尚未涉足或展开的领域，所以才能称为“新”。

本书在正文部分设置四章，以莎士比亚研究重要构成元素为基准，围绕作者、作品、传播与接受展开，分别探讨：（1）英语世界基于对莎士比亚权威性与主体性的消解性研究的生平研究、作者归属研究、作品研究与莎剧著作权研究；（2）英语世界打破传统与后现代的对立局面，将传统介入后现代进行莎士比亚与流行音乐、青年文化的研究。此外，本书在对英语世界莎士比亚研究之新材料与新方法进行研究的同时，进行了文献资料汇编，以充分呈现英语世界莎士比亚研究之体量与资料之“新”，一并附于书末。

第一章

作家生平研究

我们为什么要进行作家的生平研究？这一问题看似多余，但事“须求其所以然”①，更何况是严谨的学术研究。只有真正理解作家生平研究的重要性与必要性，才能对作家与作品有着较为深入的把握。文学作品并非“无根之木”“无源之水”，而是紧紧与历史环境、文化语境、作家经历与价值选择相联系。作家生平传记以真实性与纪实性为基本准则，集中而较为真实地反映了种种外在环境对作家的影响，及其与作品创作之间的可能内在关系；而莎士比亚生平研究既涉及莎士比亚生平事迹的史料记载，又融入了传记作者和研究者本人的学术观念与价值判断，正如伊格尔顿所言：“在我们的事实陈述中，隐藏的价值结构基本上是意识形态的一部分。”② 作家的生平关乎作家进行作品创作时的价值选择与风格偏好，关乎时代环境与意识形态的影响。因此，对作家生平进行研究则有助于准确而深入地把握作品。

英语世界莎士比亚生平研究早在 18 世纪初便萌蘖，历经三个世纪之久，始终方兴未艾，甚至在后现代语境中大有声势浩大之态。尽管英语世界有关莎士比亚生平传记存在的合理性有一种自我消解式的说法——莎士比亚生平的“意外性、偶然性或目的性揭示了一种历史僵局……这个历史

---

① 朱熹：《朱子全书》（第 14 册），朱杰人、严佐之、刘永翔主编，上海古籍出版社、安徽教育出版社 2002 年版，第 311 页。

② Terry Eagleton, *Literary Theory*: *An Introdution*. 2nd ed., Beijing: Foregn Language Teaching and Research Press & Blackwell, 2004, p. 13.

僵局损害了传记"[①]，但英语世界仍然不断涌现出莎士比亚传记和生平研究著作。据目前笔者所掌握的资料来看，仅 100 年时间内（1920—2020），英语世界莎士比亚生平研究著作多达 80 余部[②]，基本上隔几年时间就会有一本莎士比亚传记或生平研究著作问世，仅 21 世纪以来，就出版了 40 余部传记。英语世界有关莎士比亚生平的研究，可谓成绩斐然。

国内莎士比亚生平研究并未形成规模，但国内学界经历了从"奇闻轶事"到"学术性研究"再到重视"西方传记评述"的历程。尽管国内生平研究产生了一定的成果，但其研究模式往往遵循的是从出生到死亡的历时性叙事。相较之下，除了一般意义上对莎士比亚生平事实进行收集与综合的著作外，英语世界还有从虚构性日记、女性主义和微观史学等多元视角考察莎士比亚生平的研究成果，且这类成果至今还未译介至国内学界。

第一节 国内莎士比亚生平研究概述

"在所有的域外文学家、戏剧家之中，莎士比亚是被中国人研究得最多的外国作家"[③]，不断涌现的莎学研究成果、莎士比亚戏剧演出、戏剧节等体现了国人对莎士比亚的热爱。然而，直到 20 世纪 80 年代，国内才出现了国人自己写就的莎士比亚传记著作：或囿于文化与地域差异，国人无法接触到一手史实材料，无法挖掘莎士比亚一生中鲜为人知的经历；或莎士比亚戏剧作为全人类的财富早已使莎士比亚生平中的重重疑点微不足道；或有关莎士比亚著作权质疑的声音威胁到作家本人在世界文学中的地位，比如孙家琇就强烈批判所谓的"莎士比亚问题"，认为该问题"纯系无事生非"，"甚至还在扰乱我们中国人士的视听"[④]。总之，国人在莎士比亚进入中国之初并未以学术思维来系统探索莎士比亚生平事迹，直到 20 世纪 80 年代才有所改善。尽管如此，国内莎学家在莎士比亚生平研究方面还是取得了一定成绩。

---

① 转引自 Sean Gaston, "No Biography: Shakespeare, Author" in William Leahy ed., *Shakespeare and His Authors: Critical Perspectives on the Authorship Question*. London & New York: Continuum, 2010, p. 91.

② 可参见本书附录"英语世界莎士比亚研究 100 年资料汇编（1920—2020）"。

③ 李伟民：《中国莎士比亚研究：莎学知音思想探析与理论建设》，重庆出版社 2012 年版，第 7 页。

④ 孙家琇：《所谓"莎士比亚问题"纯系无事生非》，《群言》1986 年第 7 期。

目前，国内仅有邵雪萍2016年发表在《戏剧文学》上的《论20世纪前50年中国学者的莎士比亚传记书写》一文对20世纪前50年的国内莎士比亚传记书写进行了综述，将莎士比亚传记书写在20世纪前50年的情况归纳为以下几个发展阶段：筚路蓝缕的20世纪初、逆风而行的20世纪20年代、战时沉寂的20世纪30年代、思路新发的20世纪40年代、遇阻困顿的20世纪50年代。而考察的文献则主要包括王国维于1907年刊登在《教育世界》上的《莎士比传》一文、周越然在《莎士比亚》一书中对莎士比亚生平的概述、李慕白在《莎士比亚评传》中对莎士比亚的评述、佘坤珊的《莎士比亚性格》、莫云在《莎士比亚的故事》一书中对莎士比亚生平事迹的介绍。[①] 该文为我们了解早期国内莎士比亚生平研究情况提供了材料。但国内还未出现莎士比亚自传入中国至今的生平研究综述研究，因此，本书在研究英语世界莎士比亚生平研究之前，首先对国内研究情况尽可能地进行详尽的梳理与分析。

一 20世纪上半叶：作为奇闻轶事的莎士比亚故事

19世纪30年代，“莎士比亚”这一名字经由林则徐首次以中文的形式进入中国[②]，莎士比亚本人及其作品并未得到详细的介绍，直到1903年，上海达文社据查尔斯·兰姆（Charles Lamb）与玛丽·兰姆（Mary Lamb）的 *Tales from Shakespeare*（1807），翻译出版了《澥外奇谭》一书，奠定了莎士比亚作品在中国的流传基础。

当时中国的一些英文报刊已然谈及莎士比亚，只不过这类报纸均在上海开埠后发行，由外商创办，读者群体自然也是当时会英文的读者。1872年3月28日由英国报人休·郎（Hugh Lang）创办的《上海晚邮》（*The Shanghai Evening Courier*）报道了一则名为《莎士比亚终归是莎士比亚》（*Slamese Shakespeare!*）的新闻，提到了“威廉·莎士比亚超凡的力量与至高无上的权威”（the transcendant power and sovereignty of William Shakespeare）[③]。次年《上海晚邮》发布的一篇小短文《莎士比亚的头骨》

---

① 邵雪萍：《论20世纪前50年中国学者的莎士比亚传记书写》，《戏剧文学》2016年第2期。

② 李伟民：《莎士比亚戏剧在中国语境中的接受与流变》，中国社会科学出版社2019年版，第3页。

③ “Slamese Shakespeare!”, *The Shanghai Evening Courier*, 28th March, 1872, 0003.

(The Skull of Shakespeare) 提到莎士比亚"成为英国引以为傲的伟大天才"[①]。

有意思的是，有关莎士比亚作者身份问题早在19世纪70年代就进入中国。1876年，《中华快报》(*The Shanghai Courier & China Gazette*)刊登了一则报道，使西方学界有关莎士比亚作者身份问题的关注在中国初见端倪。该报道称，一封来自新莎士比亚协会成员的信件揭示了"新莎士比亚协会"这一协会名称的意义及其工作趋势，并认为"我甚至还希望我们能知道这些美妙作品的真正作者是谁。我对斯特拉福镇的这个男人完全失去了信心。我相信他是一个可爱的商人，一个资本经理，一个精明的商人，一个有常识的英国人，但是我不相信他是《哈姆雷特》及其姊妹篇的作者，就像我不相信已故的威廉·科贝特（William Cobbett）是作者一样。社会报道中经常使用的一种表达方式让我很满意，那就是某一剧目的'莎士比亚部分'（Shakespearian portion）。"[②] 此外，像《北华捷报》（*The North - China Herad*）、《宇林西报》（*The North-China Daily News*）等在上海开埠后出版发行的英文报刊均报道、介绍了莎士比亚。直到20世纪初，以中文发行的报刊才开始介绍莎士比亚。1907年，《教育世界》上刊登了一篇佚名文章《莎士比传》[③]，目前应该是我国第一篇有关莎士比亚生平研究的文章。1911年，《小说月报》（上海，1910）刊登了莎士比亚的肖像，称莎士比亚为大诗人及大戏曲家[④]。1918年，国内学界才翻译了国外有关莎士比亚生平研究的成果，直到1925年一篇名为《莎士比亚问题之一个解决》的文章公开发表，才开始探讨莎士比亚问题。

无论是在中国办的英文报刊还是中文报刊，早期有关莎士比亚的报道只是稍稍涉及其基本情况，并未进行详细而系统的生平研究。1904年，林纾首次翻译莎士比亚戏剧后，在国内不断出现有关国外莎士比亚生平研究的译介、莎士比亚问题的介绍、莎士比亚之谜的介绍、莎士比亚生平的研究的文章。1907年，王国维发表《莎士比传》一文，据笔者目前掌握

---

① "The Skull of Shakespeare", *The Shanghai Evening Courier*, 30th August, 1973, 0003.

② *The Shanghai Courier & China Gazette*, 8th June 1876, 0003.

③ 该文发表在《教育世界》1907年第159期，未署名。后证实为王国维所写，被收录进《王国维文集》（第三卷），中国文史出版社1997年版。

④ 《世界名人肖像：一、莎士比亚；二、司各得》，《小说月报（上海1910）》1911年第2卷第8期。

的文献资料来看，这篇文章应该是国内最早公开发表的莎士比亚传记。1918年，汤志谦翻译了艾比·威利斯·豪斯（Abby Willis Howes）所著的《莎士比亚之历史》，据笔者目前掌握的文献资料来看，这应该是国内最早翻译的莎士比亚生平研究著作。

总体而言，20世纪上半叶国内莎士比亚生平研究为数不多的成果主要呈现以下特征：其一，以翻译西方莎士比亚生平研究为主；其二，刊登出来的文章要么以介绍莎士比亚为主，要么将萦绕在莎士比亚身份、作品上的种种疑点当作奇闻逸事，鲜少有学者将莎士比亚身份问题、生平当成一个学术问题进行探讨。为清晰把握20世纪上半叶，国内莎士比亚生平研究或介绍情况，现列表如下（见表1）。

表1　　20世纪上半叶国内莎士比亚生平研究

时间	作者/译者	篇名	期刊/出版社	内容/评价
1907	王国维	《莎士比传》	《教育世界》	该文初次刊登在《教育世界》1907年第159期上，并未署名①。后被收录进《王国维文集》（第三卷），中国文史出版社1997年版②。该文被认为在“中国莎学史上具有不可多得的重要学术价值”③
1918	艾比·威利斯·豪斯（Abby Willis Howes）著，汤志谦译	《莎士比亚之历史》	《南京高等师范学校校友会杂志》	据笔者目前掌握的文献资料来看，这应该是国内最早翻译的国外莎士比亚生平研究著作
1920	艾比·威利斯·豪斯著，杨介夫译	《大戏曲家莎士比亚小传》	《美育》	无
1924	C. T. Winchester 著，谢颂羔译	《莎士比亚的人格》	《青年友》	原作为 *Shakespeare the Man*。该作者主要从莎士比亚的作品中来探讨莎士比亚的人格

① 佚名：《莎士比传》，《教育世界》1907年第159期。

② 王国维：《王国维文集》（第三卷），姚金铭、王燕编，中国文史出版社1997年版，第392—397页。

③ 李伟民：《文以纪传，曲以吊古——王国维的〈莎士比传〉》，《外语研究》2013年第6期。

续表

时间	作者/译者	篇名	期刊/出版社	内容/评价
1925	虚生	《莎士比亚问题之一个解决》	《猛进》	该文对莎士比亚作品与当时的历史环境的联系提出质疑，认为“欧洲的历史家对于莎氏一生的行谊，搜求得很完备，但是对于他所处的社会环境和他思想的关系，并没有找出联络”①
1926	舲客	《戏剧家轶事：莎士比亚（未完）》	《晨报副刊·剧刊》	讲述莎士比亚初到伦敦如何从穷困潦倒走上舞台的轶事。但该文只是简要概述，并未对莎士比亚生平事迹进行探索
1929	Neilson、Thorndike 著，梁实秋译	《莎士比亚传略》	《新月》	该译文译至 Neilson、Thorndike 的 *Facts about Shakespeare* 第二章
1929	周越然	《莎士比亚》	商务印书馆	该书被认为是“中国第一部莎学研究专书，同时亦是一本莎学研究的入门书籍”②。该书并非莎士比亚生平研究专门著作，只是在书中有“莎士比亚略传”这一部分，不失为国内早期有关莎士比亚生平的介绍与研究
1932	金震	《莎士比亚叙传》	《珊瑚》	该文分为上、下，分别发表在《珊瑚》，1932 年第 1 卷第 8 期与第 9 期上
1934	无	《世界小闻：关于莎士比亚之谜》	《新中华》	报道了近来美国一位唤作摩尔根氏的学者根据研究结果，宣称培根才是莎士比亚剧本的作者
1935	梁实秋	《关于莎士比亚（附表）》	《自由评论》（北平）	后又在第 7 期与第 8 期上相继刊登《关于莎士比亚》一文
1935	Neilson、Thorodike 著，蒋度平译	《载记的传说的莎士比亚》	《现实》（南京）	后又在《现实（南京）》1935 年第 2 卷第 4 期上发表了《载记的传说的莎士比亚（续）》。该文译自 Neilson、Thorodike 的 *The Facts about Shakespeare* 第二章。Neilson、Thorodike 挖掘了档案中有关莎士比亚的记载，并结合口头传说，梳理了莎士比亚的生平
1938	无	《现世动态：小小报道：莎士比亚之谜》	《现世报》	报道莎士比亚之谜
1938	J. Lindsay 著，何封译	《威廉·莎士比亚》	《民族公论》	无

① 虚生：《莎士比亚问题之一个解决》，《猛进》1925 年第 6 期。

② 李伟民：《中国莎士比亚研究：莎学知音思想探析与理论建设》，重庆出版社 2012 年版，第 98 页。

续表

时间	作者/译者	篇名	期刊/出版社	内容/评价
1938	无	《莎士比亚身世之谜》	《导报》（上海）	一则报道
1938	无	《莎士比亚谜：与亚逢诗人是否一人，将开掘斯宾塞墓证明》	《新闻报》	一则新闻
1940	剑锷译	《莎士比亚传》	《中国文艺》（北京）	后又在《中国文艺（北京）》，1940年第2卷第3期上发表《莎士比亚传（续完）》
1940	李宪章	《名人小传：莎士比亚（附图）》	《好朋友》	只是十分简要地介绍了莎士比亚一生中的各时间段
1941	人堡	《莎士比亚之谜：历时三百余年，终不过疑局一场》	《三六九画报》	后又在《三六九画报》1941年第8期上刊登《莎士比亚之谜：历时三百余年·终不过疑局一场（第二部）》。该作者在该文中描述了莎士比亚为何从乡下前往伦敦，如何成为演员。然而，作者所提之事无从考证
1941	王泠 辑述	《欧美文人轶事（四）：莎士比亚（附图）》	《艺术与生活》	该文实则为一则十分短小的逸事记载，且充满传奇色彩，将莎士比亚生平当作奇闻轶事来进行描述
1942	郭立华	《关于莎士比亚：他的诽谤和他的天才》	《中国文艺》（北京）	作者在该篇论文中直接将有关莎士比亚问题、莎士比亚之谜的论述称为对这位伟大天才的诽谤，乃“咄咄怪事”，并抖判当时美国和欧洲的一些批评家“浅学”，大肆宣扬莎士比亚“空有其诗文之名，实则他和诗文无关涉”①
1944	李慕白	《莎士比亚评传》	中国文化服务社	该书并非莎士比亚生平研究专书，同周越然的《莎士比亚》一样，只是包括了莎士比亚传略
1946	无	《文坛逸话：莎士比亚的妻子》	《书报精华》	该文亦将莎士比亚的生平事迹当成奇闻轶事，认为彼时莎士比亚父亲因做生意失败而破产，莎士比亚被迫与年长自己18岁（该文声称当时莎士比亚18岁，而他妻子36岁）的妻子结婚是被迫的，目的是妻子家的产业。该文大多描述不符合已知事实，多为博人眼球而杜撰

① 蒋度平：《载记的传说的莎士比亚》，《现实》（南京）1935年第2卷第2/3期。

续表

时间	作者/译者	篇名	期刊/出版社	内容/评价
1946	Hatry Prattiudson 著，丁小曾译	《作家介绍：莎士比亚的故事》	《文莽》	介绍莎士比亚的故事
1947	G. D. Benouville 著，黄轶球译	《莎士比亚之谜：附图》	《文坛》（广州）	无
1947	李慕白	《开始写剧后的莎士比亚：英国文学漫谈之二》	《世纪评论》	该文一方面概述了莎士比亚的创作生涯，另一方面对莎士比亚的文学创造力进行了高度评价

二　20 世纪下半叶：作为学术议题的莎士比亚生平研究

20 世纪下半叶国内莎士比亚生平研究是从 20 世纪 80 年代开始重新进行的。自 20 世纪 80 年代起，20 世纪前 50 年那种只是简要介绍莎士比亚生平或将其生平完全当作奇闻轶事来看待的情况有所改观，开始出现一些学术论文进行批判或探索。而大量莎士比亚传记的书写与研究则集中出现在 20 世纪末，诸如赵澧的《莎士比亚传论》（1991），刘丽霞、曾繁亭的《世界十大文学家：艾汶河畔的天鹅》（1999）这两本专门研究莎士比亚生平的传记书写即为代表。

在 1949 年以前，国内学界仅仅介绍了莎士比亚生平事迹以及莎士比亚问题、莎士比亚之谜，并将这类众说纷纭的谜团当作茶余饭后消遣的世界文豪秘闻，并未做深入而系统的严肃研究。自 20 世纪 80 年代起，国内学界开始大范围注意到莎士比亚生平研究的重要性，这可能得益于当时英美学界不断出现莎士比亚生平研究著作。

自此以后，尽管部分学者认为所谓莎士比亚问题其实纯属无事生非的胡诌之言（如孙家琇），但国内学界学者大多将莎士比亚问题、莎士比亚之谜、有关莎士比亚著作权争论当作严肃学术问题来看待，相继出现了凌冰的《莎士比亚的生平和创作》、张泗洋的《莎士比亚的舞台生涯》、孙家琇的《所谓“莎士比亚问题”纯系无事生非》、李伟民的《莎士比亚之谜》等学术文章，以探讨莎士比亚身份问题与莎士比亚之谜，为 21 世纪莎士比亚生平研究在国内的开展奠定了基础。

为清晰把握 20 世纪下半叶，国内莎士比亚生平研究或介绍情况，现列表如下（见表2）。

表2 **20世纪下半叶国内莎士比亚生平研究**

时间	作者/译者	篇名	期刊/出版社	内容/评价
1980	梁实秋	《名人伟人传记全集——莎士比亚》	台湾名人出版社	该书结合事实与逸事进行传记书写，并进行了评价
1983	凌冰	《莎士比亚的生平和创作》	《电大文科园地》	未找到原文
1985	修海涛	《“莎士比亚问题”——一个人为的历史之谜》	《外国史知识》	未找到原文
1986	张泗洋	《莎士比亚的舞台生涯》	《艺圃》	该文基于莎士比亚的生平、作品中有关舞台、表演的表述，结合同时代人疑似评论莎士比亚的文字，梳理了莎士比亚生平的舞台经历
1986	郑土生	《关于莎士比亚的遗嘱和丧葬》	《读书》	作者主要通过有关莎士比亚遗嘱与丧葬的档案记载，认为莎士比亚死亡、丧葬是有证可查、有物可考的
1986	孙家琇	《所谓“莎士比亚问题”纯系无事生非》	《群言》	该文梳理了英美学界有关莎士比亚问题的派别与观点，比如赫赫有名的“培根理论”。孙家琇认为所谓西方学界一直以来争论不休的莎士比亚问题实际上是无事生非，认为那些莎士比亚的反对者们“鼠目寸光，缺乏历史知识”①
1987	杨绍伟译	《莎士比亚之谜的新答案》	《外国文学动态》	未找到原文
1989	汴豫	《莎士比亚之谜与档案》	《上海档案》	该文主要叙述了西方学界的莎学学者如何借助档案考证来探讨莎士比亚之谜
1991	赵澧	《莎士比亚传论》	中国人民大学出版社	该传论兼具专题研究与历时生平事迹梳理，“为给读者提供一部知识性与学术性并重的全面介绍莎士比亚及其剧作的书，在文本中把莎士比亚的生平、创作、思想个性和戏剧人物塑造等分解成几个方面用专题结构的方式进行叙述”②

① 孙家琇：《所谓“莎士比亚问题”纯系无事生非》，《群言》1986年第7期。

② 龚丽可：《巨人斑驳的身影——“莎士比亚传记”的三个不同文本之比较》，《现代传记研究》2015年第2期。

续表

时间	作者/译者	篇名	期刊/出版社	内　容/评价
1992	孙家琇	《莎士比亚辞典》	河北人民出版社	该辞典被称为“一本了解莎学研究历史和现状的具有较高学术水平的好辞典”①。该辞典专设一部分收录了莎士比亚的生平，内容包括莎士比亚姓氏解、莎士比亚的签名、莎士比亚生母玛丽·阿登的家族史、莎士比亚家族简表、莎士比亚家庭大事表、少年时期所受教育和宗教熏陶、结婚证书、“不明的年代”（特指1585—1592年，莎士比亚尚未去伦敦的那几年的生平事迹无从考）、在家乡和伦敦居住过的地方、162号文献（转让107英亩土地）、165号文献（授与盾形纹章）、169号文献（明确不动产）、178号文献（被列入国王剧团成员）、179号文献（索债）、183号文献（欠债清单）、192号文献（法院记录）、213号文献（捐款名单）、215号文献（控诉案摘要）、作为演员和导演的莎士比亚、逮捕令、莎士比亚的遗嘱、莎士比亚的诞辰与忌辰、莎士比亚的墓、高尔纪念像、关于伪托于莎士比亚的剧本、“著作权问题”②
1993	胡昕明	《试析莎士比亚之谜》	《沈阳师范学院学报：社科版》	未找到原文
1998	李伟民	《莎士比亚之谜》	《高校社科信息》	该文首先破解了莎士比亚问题何以出现，莎士比亚之谜何以形成的问题，认为“莎士比亚身世无多少文章可作，所以疑点集中于‘莎士比亚著作权问题’上。否定了莎士比亚对莎作的著作权，也就否定了其人的存在。这就是所谓的‘莎士比亚问题’，也是‘莎士比亚之谜’的由来”③。该文还探讨了莎士比亚姓名的由来、莎士比亚同时代人罗伯特·格林在《千悔得一智》中疑似攻击莎士比亚、有关莎士比亚问题的培根说等。作者认为有关莎士比亚是否为真正作者这一问题仍然会得到否定答案，但学界正是在一否一肯两种态度下逐渐勾勒出莎士比亚越来越真实的面孔

① 李伟民：《评孙家琇主编〈莎士比亚辞典〉》，《外语教学与研究》1993年第1期。

② 孙家琇：《莎士比亚辞典》，河北人民出版社1992年版，第63—79页。

③ 李伟民：《莎士比亚之谜》，《高校社科信息》1998年第7期。

续表

时间	作者/译者	篇名	期刊/出版社	内容/评价
1999	汪乐	《莎士比亚之谜》	《青艺》	作者在该文指出“莎士比亚”这一名字乃一笔名已经确认，但文史学家们至今还未对谁才是莎剧的真正作者下定论。作者还在该文中摘录了俄罗斯莎学专家伊利·基利洛夫出版的一本研究莎士比亚生平的著作片段。该研究著作认为莎士比亚同时代的雷特伦伯爵才是莎剧的真正作者
1999	刘丽霞、曾繁亭	《世界十大文学家：艾汶河畔的天鹅》	河北人民出版社	该传记分为五章：艾汶河畔的丑小鸭、暴发户式的乌鸦、给天籁穿上诗句的外衣、唯一震撼舞台的人、艾汶河畔的天鹅。显然，作者在作传时，对莎士比亚的一生从“艾汶河畔的丑小鸭”到“暴发户式的乌鸦”，最后到“艾汶河畔的天鹅”所取得的成就与经历进行了价值判断

三　21世纪：传记书写与西方莎士比亚生平研究评论并重

进入21世纪，学界开展莎士比亚生平研究，或直接书写传记以探讨莎士比亚生平问题，或研究国内莎士比亚传记，尤为令人瞩目的是评论英美学界有关莎士比亚生平研究的著作。

（一）对英美学界莎士比亚传记的评论

国内学界在评论英美学界莎士比亚传记的选择方面，主要选择斯蒂芬·格林布拉特（Stephen Greenblatt）那本著名的《俗世威尔：莎士比亚新传》（*Will in the World*：*How Shakespeare Became Shakespeare*，2004）为评论对象。目前，国内学界有关此传记的评论性文章已有四篇，更有一篇硕士学位论文对该传记进行了相关评述与研究。[①]

首先对格林布拉特这本传记做出评论的是王丽莉的《新历史主义的又一实践——评格林布拉特的新作〈尘世间的莎士比亚〉》一文。王丽莉一反传统学者对该传记中针对原始证据的“无根据的断言、歪曲或曲解”

① 四篇期刊论文分别是许勤超的《传记写作的互文性解释策略——以格林布拉特的〈俗世威尔：莎士比亚是如何成为莎士比亚的〉为例》、袁祺的《传记的创新还是解构——评〈俗世威尔——莎士比亚新传〉》、杨正润的《莎士比亚传记：传统话语的颠覆》、王丽莉的《新历史主义的又一实践——评格林布拉特的新作〈尘世间的莎士比亚〉》；硕士学位论文为王聪聪的《传记的创新——〈俗世威尔——莎士比亚新传〉研究》。

的指责，以及接受创新的一派认为该传记是“对其理论的背叛”和“回归传统”，反而从整体上来看，认为“格林布拉特在该书中将其批评模式引入传记写作，再次实践了其新历史主义研究方法”[①]。袁祺在《传记的创新还是解构——评〈俗世威尔——莎士比亚新传〉》一文中认为，格林布拉特的这本洋溢着新历史主义思想的传记大多基于臆测，颠覆了传统传记所遵循的纪实性准则，看似是一种“莎士比亚写传的新思路”，是一种创新，实则“瓦解了传记真实性的写作基石”，是“对传记的解构”[②]。杨正润在《莎士比亚传记：传统话语的颠覆》一文中，评论斯蒂芬·格林布拉特的《俗世威尔：莎士比亚何以成为莎士比亚》一书，认为该传记一方面“推动了莎学的普及，深化了对莎士比亚戏剧的认知”，但另一方面“颠覆传记‘非虚构’的特征，传记‘纪实传真’的原则面临着严峻的挑战”[③]。

此外，彼得·阿克罗伊德的《莎士比亚传》也在国内学界引起了关注。许勤超在《阿克罗伊德的〈莎士比亚传〉中莎士比亚成就的空间解读》一文中，主要解读了彼得·阿克罗伊德的《莎士比亚传》一书，认为阿克罗伊德就莎士比亚何以取得如此成就方面做出了积极探索，认为阿克罗伊德那种“将莎士比亚置于不同的自然、城市、历史文化以及个体空间中，对莎士比亚的人生轨迹进行了富有想象力的描述，解释了莎士比亚成就的根源……创造性地对其掌握的庞杂史料巧妙加工、发挥和解读，事实和想象交融在一起，给读者呈现了一个丰满的莎士比亚的世界”[④]。

2015年，冯伟评论了美国教授詹姆斯·夏皮罗（James Shapiro）的《遗嘱分歧：谁创作了莎士比亚?》一书，认为该书为解答格林布拉特所提之莎士比亚何以成为莎士比亚这一问题提供了诸多“可资借鉴的启示”[⑤]。2017年，张琼发表《传记舞台与批评视野——评布里森的〈莎士比亚：世界即舞台〉》一文，评论了美国学者比尔·布里森（Bill

① 王丽莉：《新历史主义的又一实践——评格林布拉特的新作〈尘世间的莎士比亚〉》，《外国文学》2006年第5期。

② 袁祺：《传记的创新还是解构——评〈俗世威尔——莎士比亚新传〉》，《现代传记研究》2015年第1期。

③ 杨正润：《莎士比亚传记：传统话语的颠覆》，《现代传记研究》2018年第1期。

④ 许勤超：《阿克罗伊德的〈莎士比亚传〉中莎士比亚成就的空间解读》，《现代传记研究》2018年第1期。

⑤ 冯伟：《评〈遗嘱分歧：谁创作了莎士比亚?〉》，《外国文学》2015年第4期。

Bryson）所撰写的莎士比亚传记——《莎士比亚：世界即舞台》（*Shakespeare：The World As Stage*，2007）。2017 年，党伟与冯伟以詹姆斯·夏皮罗的《1599：莎士比亚一生中的一年》（*A Year in the Life of William Shakespeare：1599*，2006）一书为例，分析了莎士比亚传记叙事。

（二）莎士比亚传记撰写

2010 年，桂扬清撰写的《伟大的剧作家和诗人：莎士比亚》由上海外语教育出版社出版，这应该是 21 世纪以来的第一本莎士比亚生平研究著作。该书共有 11 章，将莎士比亚的一生分为以下几个阶段：童年和青少年时代、闯荡伦敦、辉煌的岁月、荣归故里、永别人间。该书还涵盖了有关莎士比亚的种种秘闻，如仓促的婚姻、保护人和情妇。此外，该书还囊括了有关莎士比亚生平研究的主题，包括著作权问题、剧本写成的年代，更探讨了莎剧在中国的接受情况、莎士比亚的诗歌等。可以说，该书并不只是传记，还是集人物生平、作品创作与流传于一体的莎学于一体的研究著作。

2014 年，周姚萍编写了《世界伟人传记：莎士比亚》一书，纯粹地研究莎士比亚的生平，记述了莎士比亚从童年时期的生活到结婚生子、前往伦敦谋生、进入剧团、创作剧作以及期间发生在莎士比亚身上的种种事情，甚至包括早年间发现的伊丽莎白对莎士比亚的逮捕令。

而在 20 世纪国内多次报道、议论的莎士比亚之谜在 21 世纪却遇冷，仅 5 篇学术论文探讨这一问题。比如汪乐继 1999 年在《青艺》上发表了《莎士比亚之谜》一文后，于 2000 年在《东方艺术》上发表同名文章；王虹发表《莎士比亚，作者之谜与作者之死》（《广东外语外贸大学学报》2009 年第 3 期）一文，以巴斯有关作者之死的论点来审视莎士比亚的生平与作品研究。其他文章还包括秦莉发表的《莎士比亚身世与作品之谜刍议》［《河南师范大学学报（哲学社会科学版）》2004 年第 3 期］与《莎士比亚身世之谜摭谈——一宗文化史疑案试析》（《商丘师范学院学报》2002 年第 4 期）、全凤霞的《莎士比亚之“名”与莎士比亚之“实”——从莎士比亚剧作的著作权争议说开去》（《湖南税务高等专科学校学报》2010 年第 5 期）。

四　国内莎士比亚生平研究特征

通过较为详尽地梳理莎士比亚进入中国以来的生平研究可以发现，国内莎士比亚生平研究主要呈现出以下特征。

第一，20 世纪国内学界关于莎士比亚生平研究主要呈现两个阶段性特征：1900—1949 年国内学界有关莎士比亚生平研究主要以译介、介绍为主；1950—1999 年，或者更准确地说，自 20 世纪 80 年代起，国内学者大多将莎士比亚问题、莎士比亚之谜当作严肃学术问题进行探讨。国内莎士比亚生平研究呈现出繁荣的景象，相继出现了研究莎士比亚生平或传记的重要著作，如梁实秋的《名人伟人传记全集——莎士比亚》（1980），赵澧的《莎士比亚传论》（1991），刘丽霞、曾繁亭的《世界十大文学家：艾汶河畔的天鹅》（1999）等著作，还出现了一批探讨莎士比亚问题与莎士比亚之谜的学术论文，如孙家琇的《所谓"莎士比亚问题"纯系无事生非》（1986）、李伟民的《莎士比亚之谜》（1998）等文章。可以说，20 世纪 80 年代是莎士比亚生平研究在国内学界的转折点。

第二，进入 21 世纪以后，国内莎士比亚生平研究仍在继续，虽然数量不多，但也出版了一些专门的莎士比亚传记作品，如周姚萍编写的《世界伟人传记：莎士比亚》。相较于 20 世纪莎士比亚生平研究的两个阶段，21 世纪莎士比亚生平研究最为显著的特征恐怕便是对英美学界莎士比亚传记的评论，其中国内学界评论最多的当属格林布拉特的那本《俗世威尔：莎士比亚何以成为莎士比亚》① 一书。

第三，总体而言，国内莎士比亚生平研究尽管对莎士比亚之谜、莎士比亚问题有所探讨，也出现了几部重量级莎士比亚传记，为我国莎学研究做出贡献，但国内莎士比亚生平研究，诸如传记，大多是在对莎士比亚的一生进行梳理的基础上有所阐述。这是一种生平研究的常见方法，英语世界中也多有运用此种方法进行生平研究的著作。

本研究以梳理与研究英语世界莎士比亚研究新材料与新视域为宗旨，鉴于国内已有传统莎士比亚传记书写（如梁实秋的《名人伟人传记全集——莎士比亚》，刘丽霞、曾繁亭的《世界十大文学家：艾汶河畔的天鹅》，周姚萍的《世界伟人传记：莎士比亚》）、结合作品分析来考察莎士比亚一生的生平研究（如赵澧的《莎士比亚传论》），笔者便不再赘述，仅梳理和研究国内有关莎士比亚生平研究不曾涉及或尚未引起充分关注的研究成果。

---

① 该书已由辜正坤、邵雪萍、刘昊于2007 译介到中国，名为《俗世威尔：莎士比亚新传》，由北京大学出版社出版。

第二节 莎士比亚妻子、家庭与朋友研究

自1709年第一位莎士比亚传记家尼科尔斯·罗（Nicholes Rowe）写就一本约40页的莎士比亚生平梗概之后[①]，陆续涌现出多种风格、多元视角的莎士比亚生平研究。其中，英语世界有关莎士比亚情史、妻子、家庭关系及朋友的研究颇为精彩，常常在结合实证性史料的同时，大胆推测与想象，力图还原（实则为建构）莎士比亚的一生。

一 莎士比亚的妻子

莎士比亚之妻在国内学界并未引起注意，要么只是一笔带过（比如据方开国梳理，关于莎士比亚背井离乡之因有种种传闻，其中就包括与妻子感情不和而离家[②]），要么将其当作奇闻轶事，比如王冷在《艺术与生活》1941年第20期上辑叙述道，莎士比亚被迫与不相爱的女子结婚，又如《书报精华》1946年第17期上刊登的一则小文——《文坛逸话：莎士比亚的妻子》，将莎士比亚之妻的生活当作茶余饭后消遣的花边新闻，不仅夸大莎士比亚夫妻之间的年龄差距（声称结婚时莎士比亚18岁，妻子36岁），且将其描绘为私生活混乱的女性。即便是孙家琇主编的《莎士比亚辞典》收录了较为详细的莎士比亚生平事迹，涵盖莎士比亚家族简表、莎士比亚家庭大事表与结婚证书等内容，但对莎士比亚之妻也叙述不多。这与莎士比亚之妻档案记载极其匮乏相关。

国内外学界进行莎士比亚生平研究的大多学者均以莎士比亚本人为中心展开。但澳大利亚作家、社会活动家杰梅茵·格里尔（Germaine Greer）的《莎士比亚的妻子》（*Shakespeare's Wife*，2008）一书，则一反固有莎士比亚生平研究模式，从莎士比亚的妻子安·海瑟薇（Ann Hathaway）切入，基于女性主义相关理论，分析莎士比亚之妻安·海瑟薇在历史上、莎士比亚一生与创作中的位置，以观莎士比亚的爱情观、婚姻观以及相关主题的戏剧创作。

（一）从“不在场”到负面形象

莎士比亚之妻在西方莎士比亚传记或生平考察中同样“不在场”。西

① Park Honan, *Shakespeare: A Life*. Oxford: Oxford University Press, 1998, p. ix.

② 孙家琇：《莎士比亚辞典》，河北人民出版社1992年版，第69页。

方莎学学者有关莎士比亚之妻的书写往往基于推测，要么根据莎士比亚之妻比莎士比亚年长这一事实进行主观臆测，认为莎士比亚之妻并不迷人，如格里尔所说的“年龄的差距本身就足以使她名誉扫地”①；要么根据莎士比亚在遗嘱中留给妻子的遗产少之又少，断定莎士比亚之妻作为妻子而言是失败的。

然而，格里尔认为，推测并未给莎士比亚研究带来多大的意义。格里尔之所以选择以莎士比亚之妻为突破口进行生平研究，源于其女性主义思想。格里尔认为，历史上那些名垂千古的伟大作家与思想家之妻，要么被历史湮没，成为无人提及的“隐形人”，要么最终落得个悍妇的名声。诸如苏格拉底之妻占西比（Xanthippe）、亚里士多德之妻菲利丝（Phyllis）、弗朗西斯·培根之妻爱丽丝·巴纳姆（Alice Barnham），无一不是在历史上落得骂名。在格里尔看来，“所有（男性）观察家几乎下意识地认为，如果一个天才要实现他的潜力，他就必须驱除他的妻子”②。所谓“驱除”，即使妻子“不在场”。莎士比亚也不例外。即便古代西方思想家在其著作中对女性形象有所呈现，然而，他们要么将女性表述为“不足”（lack），要么描述为“畸形”（deformity），要么具有“缺陷”（deficiency）。格里尔因此指出，这种男权主义下的女性呈现在西方思想中有着根深蒂固的形而上基础。③

莎士比亚之妻在历史上经历了一个从“不在场”到逐渐“在场”的过程。今天学界所知的莎士比亚之妻名为安·海瑟薇（Ann Hathaway），然而莎士比亚结婚证书上却公然写的是另一名字——安·惠特利（Ann Whateley）。文件上的名字与流传至今的名字之间的错位进一步让莎士比亚之妻蒙上一层神秘的面纱。人们甚至推测，正是那位年老色衰的安·海瑟薇阻止了莎士比亚迎娶年轻漂亮的惠特利。学者们便从莎士比亚的戏剧、遗嘱中寻找证据，以证明“莎士比亚对自己的婚姻感到痛心疾首”④。比如，托马斯·莫尔（Thomas Moore）就认为，以下几个事实可以证明莎士比亚对其妻子的厌恶之情：莎士比亚在与安·海瑟薇的孩子出生后不久

---

① Germaine Greer, *Shakespeare's Wife*. HarperCollins e-books, 2008.

② Germaine Greer, *Shakespeare's Wife*. HarperCollins e-books, 2008..

③ Moira Gatens, *Imaginary Bodies: Ethics, Power and Corporeality*. London & New York: Routledge, 1996, p. vii.

④ Germaine Greer, *Shakespeare's Wife*. HarperCollins e-books, 2008, p. 6.

便离开了家乡；莎士比亚最初的遗嘱草稿中完全漏掉莎士比亚之妻的名字；后来莎士比亚又在遗嘱中将绝大部分财产留给了子女且作了详细说明，却在遗嘱将近结束之处注明“我给我的妻子我的次优的床及其附件”[①]。约瑟夫·亨特（Joseph Hunter）甚至认为，莎士比亚与安·莎士比亚生活在一起的痛苦是“诗人整个职业生涯的原动力”[②]。在亨特看来，正是婚姻的痛苦与不幸才促使莎士比亚离开家乡来到伦敦谋生，这才有机会进入剧团，相继成为演员、导演与剧作家，最终成为伟大的莎士比亚。

（二）对莎士比亚之妻的重新阐释

然而，上述论断只是学者根据为数不多的史实材料进行的主观臆测，无法解开莎士比亚之谜。正如格里尔所言，“从来没有人对安·莎士比亚的罪证进行过系统的审查，而每一次讽刺和辱骂她的机会都被利用到了可笑的程度”[③]。诸如乔伊斯、安东尼·伯吉斯、安东尼·霍尔顿、斯蒂芬·格林布拉特、菲利普·阿姆斯特朗（Phillip Armstrong）等人均大肆贬低莎士比亚之妻。[④] 但在格里尔看来，那些被他人用作贬低、责骂莎士比亚之妻的材料，实际上“可以有其他更富有成效的解释，特别是在最近的历史编纂的背景下”[⑤]。

基于此研究目的，格里尔将《莎士比亚的妻子》一书分为20章，详尽地叙述了莎士比亚之妻所处的时代、家庭背景、与莎士比亚的结合、生子、养育孩子以及死亡，并与莎士比亚的一生和当时的时代背景结合起来，通过有关莎士比亚之妻的材料与证据的梳理与重新阐释，重新编撰莎士比亚生平事迹史，力图还原莎士比亚之妻以及莎士比亚的全貌。

在《莎士比亚的妻子》一书的结尾，格里尔写道：“那些与莎士比亚相关的人，成功地创造了一个与他们自己相似的游吟诗人，即没有能力与女人交往，然后诋毁终身忠诚的女人，以便为自己开脱。毫无疑问，莎士比亚忽视了他的妻子，让她难堪，甚至羞辱了她。但是试图通过诋毁她来为自己进行辩护是幼稚的行为。”[⑥] 这便是格里尔对莎士比亚、莎士比亚

---

① 孙家琇：《莎士比亚辞典》，河北人民出版社1992年版，第77页。

② Germaine Greer, *Shakespeare's Wife*. HarperCollins e-books, 2008, p. 7.

③ Germaine Greer, *Shakespeare's Wife*. HarperCollins e-books, 2008, p. 7.

④ Germaine Greer, *Shakespeare's Wife*. HarperCollins e-books, 2008, pp. 7-9.

⑤ Germaine Greer, *Shakespeare's Wife*. HarperCollins e-books, 2008, p. 9.

⑥ Germaine Greer, *Shakespeare's Wife*. HarperCollins e-books, 2008, p. 356.

之妻以及他人对莎士比亚之妻的不可靠叙事的态度。在此，格里尔以女性主义的视角进行论述，不仅是为莎士比亚之妻在历史上进行正名，也是试图给那些湮没在历史长河中的伟大思想家与作家生命中的重要女性以公正。

二　莎士比亚的家庭

继《培根—莎士比亚问题有了答案》（*The Bacon-Shakespeare Question Answered*）一书于1889年问世后，英国学者夏洛特·卡米歇尔·斯托普（Charlotte Carmichael Stopes）于1901年推出《莎士比亚的家庭》（*Shakespeare's Family*）一书，通过探讨莎士比亚的家庭谱系，试图解开萦绕在莎士比亚生平事迹之上的莎士比亚之谜。尽管此书距离今天已逾百年，但并未过时。此书详细地梳理了莎士比亚的家庭谱系，为我们研究莎士比亚生平提供了重要的文献资料。

《莎士比亚的家庭》一书遵循历时性叙事顺序，按时间先后分为两个部分，共19章。内容包括：莎士比亚的名字、早期莎士比亚家族的所在地、在诗人莎士比亚时代之前的莎士比亚家族、莎士比亚盾形纹章、威尔梅科特的阿登家族、约翰·莎士比亚、威廉·莎士比亚、莎士比亚的后代、表亲与亲戚、当代沃里克莎士比亚家族、在其他国家的莎士比亚家族、伦敦莎士比亚家族、帕克·霍尔阿登家族、朗克罗夫特的阿登家族、沃里克的其他阿登家族、柴郡的阿登家族以及在其他国家的分支。

斯托普在前言开门见山，否定了长期以来引发莎士比亚身份问题与著作权争议的假设，即“莎士比亚出生低微、职业卑贱”①。在斯托普看来，“天才不限于任何阶级，我们有伯恩斯和乔叟，有济慈和高尔，但我很高兴我的研究结果证明，这只是一个没有根据的假设”②。实际上，斯托普在其1889年出版的《培根—莎士比亚问题有了答案》一书中就通过比较莎士比亚与培根在生活经历与创作风格方面的异同，力证在英美学界盛行的“培根理论”——认为培根才是莎剧的真正作者的论断——毫无根

① Charlotte Carmichael Stopes, *Shakespeare's Family*. London & New York: James Pott & Company, 1901, p. v.

② Charlotte Carmichael Stopes, *Shakespeare's Family*. London & New York: James Pott & Company, 1901, p. v.

据。[①] 可见，斯托普是名副其实的“斯特拉福派”（Stratfordians）或称“莎士比亚派”（Shakespearites），坚信莎士比亚就是莎剧的真正作者。

为进一步论证此观点，斯托普继而在《莎士比亚的家庭》一书中，通过追溯勾勒出莎士比亚家族谱系，试图还原历史上真正的莎士比亚。在斯托普看来，莎士比亚的家族至少是值得尊敬的，并非那些“反莎士比亚派”（anti-Shakespeareana）所质疑的那样，即认为莎士比亚出生卑微，又未接受过良好的教育，如何能创作出如此伟大的戏剧作品？实际上，据斯托普梳理，莎士比亚的家族血统可以追溯到沃里克的盖伊（Guy of Warwick）和国王阿尔弗雷德（the good King Alfred）。莎士比亚良好的家族血统对莎士比亚的创作有所影响。

为了充分证明以上观点，斯托普尽可能收集有关莎士比亚的一切材料。斯托普不仅找到了帕克·霍尔（Park Hall）与威尔姆科特·阿登家（the Wilmcote Ardens）之间的联系，还在伦敦斯特朗的圣克莱门特丹麦找到了一位名为约翰·莎士比亚（John Shakespeare）的人，推测他可能是莎士比亚的表亲。

无独有偶，美国休斯敦大学戏剧系兼职教授、剧作家、莎士比亚戏剧演员凯特·艾默里·波格（Kate Emery Pogue）于2008年出版《莎士比亚的家庭》（*Shakespeare's Family*）[②] 一书，同样探讨莎士比亚的家庭以及莎剧中的家庭关系。该书前言聚焦莎士比亚时代的家庭生活，正文四个部分探讨了包括莎士比亚的祖父母、父亲、叔叔、母亲及兄弟姊妹在内的莎士比亚原生家庭，包括莎士比亚之妻、孩子、女婿及孙子在内的莎士比亚核心家庭，包括莎士比亚的姑姑、表兄妹、姻亲、侄子及侄女在内的莎士比亚大家庭，以及莎士比亚戏剧中的家庭。相较于斯托普的研究，波格对莎士比亚家庭的梳理不免显得简单。但波格围绕家庭这一话题展开，不仅梳理了莎士比亚的家庭关系，还以莎士比亚时代的家庭生活为社会文化背景，考察了莎士比亚戏剧中的家庭关系，不失为莎士比亚生平与戏剧研究的重要文献资料。

---

① Charlotte Carmichael Stopes, *The Bacon-Shakespeare Question Answered*. Cambridge & New York: Cambridge University Press, 1889.

② Kate Emery Pogue, *Shakespeare's Family*. Westport & Oxford: Praeger, 2008; Review: *Shakespeare's Family*. *Comparative Drama*. Vol. 43, Issue 1, 2009, p. 137.

三 莎士比亚的朋友

波格除了上文所述通过探究莎士比亚的家庭关系进行莎士比亚生平研究，还将研究视野拓展至莎士比亚的朋友。2006 年，波格出版了《莎士比亚的朋友们》（*Shakespeare's Friends*）一书，通过研究莎士比亚的朋友来进行莎士比亚生平研究。

学界历来对莎士比亚的性格特征兴趣盎然。除了通过作品解析，透过莎士比亚的朋友以观莎士比亚的人物性格，同样不失为一个有效的探究路径。波格认为，尽管莎士比亚一生中充满了诸多未知，但"通过探究这个人的友谊，我们有可能对他的性格形成大致的了解。这个人三百年前的作品在今天仍然是必读作品，他的戏剧仍然主导着今天的戏剧，他的人物很容易成为我们所有人的朋友"[①]。而莎士比亚戏剧中体现出来的珍贵友谊比比皆是，这是莎士比亚本人重视友谊的文学呈现，亦是莎士比亚的生活与性格的折射。正如波格所指出的那样，"莎士比亚在其戏剧中常常把友谊视作戏剧结构，那么他广泛的友谊有助于定义他的生活，每一种友谊都照亮了他性格的不同方面"[②]。

（一）对莎士比亚朋友的分类

为划定莎士比亚"朋友圈"范围，波格对"莎士比亚朋友"一词进行了鉴定。波格认为，能够称之为莎士比亚朋友的人应满足三个条件：必须有证据可以表明莎士比亚认识这些人，而这些人也认识他；必须有充分的理由相信莎士比亚与他们之间的关系是友好的；不管这种关系是否亲密，如果对他或她与莎士比亚的关系的探索能够帮助我们了解莎士比亚的日常生活，那么这个人就可以称为莎士比亚的朋友。[③] 可见，波格对于莎士比亚朋友的筛选条件是十分宽松的，那些不能算作朋友却能够为探讨莎士比亚的日常生活有所贡献的人均包含在内，比如将女王伊丽莎白一世与国王詹姆斯一世囊括在研究范围之内。

基于以上三个筛选条件，波格将莎士比亚的朋友分为三大类。

（1）莎士比亚在斯特拉特福德的朋友，包括理查德·奎尼（Richard Quiney）、哈姆内特·萨德勒（Hamnet Sadler）、理查·泰勒（Richard

---

① Kate Emery Pogue, *Shakespeare's Friends*. Westport and London: Praeger, 2006, p. xv.

② Kate Emery Pogue, *Shakespeare's Friends*. Westport and London: Praeger, 2006, p. xvii.

③ Kate Emery Pogue, *Shakespeare's Friends*. Westport and London: Praeger, 2006, pp. xvi-xvii.

Tyler)、理查德·菲尔德（Richard Field)、康比家族（The Combe Family)、纳什家族（The Nash Family)、威廉·雷诺兹（William Reynolds)、托马斯·格林（Thomas Greene)、约翰·霍尔（John Hall)、托马斯·罗素（Thomas Russell)、亚历山大·阿斯皮纳尔（Alexander Aspinall)、朱力耶斯·肖（Julius Shaw)、约翰·罗宾逊（John Robinson)、弗朗西斯·柯林斯（Francis Collins)、威廉·沃克（William Walker)。通过梳理与研究莎士比亚在斯特拉特福德的朋友，可观莎士比亚及其在16世纪艾汶河畔斯特拉特福德的朋友们的生活，并以此反观莎士比亚的早期生活。

（2）莎士比亚在伦敦的朋友，包括莎士比亚的皇室朋友如伊丽莎白女王一世（Queen Elizabeth I）和詹姆斯国王一世（King James I)、南安普敦伯爵亨利·赖奥斯利（Henry Wriothesley，the Earl of Southampton)、埃米利娅·巴萨诺·拉尼尔（Emilia Bassano Lanier)、彭布罗克伯爵夫妇（The Earls and the Countess of Pembroke)、沃里克夫人（Lady Warwick)、玛丽亚·蒙乔伊（Maria Mountjoy)、威廉·约翰逊（William Johnson)、迈克尔·德雷顿（Michael Drayton)、达文纳特家族（The Davenant Family)。通过梳理莎士比亚在伦敦的朋友可观莎士比亚在伦敦的生活，并与莎士比亚在斯特拉特福德的生活形成对比。

（3）莎士比亚在工作上的朋友，包括菲利普·汉诺斯（Philip Henslowe)、爱德华·艾琳（Edward Alleyn)、克里斯托弗·马洛（Christopher Marlowe)、本·琼森（Ben Jonson)；工作上的合作者，包括托马斯·德克尔（Thomas Dekker)、弗朗西斯·博蒙特（Francis Beaumont)、约翰·弗莱彻（John Fletcher)；股东和管家，包括托马斯·波普（Thomas Pope)、威廉·斯利（William Sly)、卡斯伯特·伯比奇（Cuthbert Burbage)、威尔·坎佩（Will Kempe)、奥古斯丁·菲利普斯（Augustine Phillips)、理查德·伯比奇（Richard Burbage)、约翰·赫明斯（John Heminges)、亨利·康德尔（Henry Condell)。此外，波格还将部分朋友之妻也囊括其中。

波格认为，梳理莎士比亚朋友与莎士比亚之间的互动关系不仅可以了解莎士比亚的性格与为人，也能更好地认识莎士比亚投射到戏剧作品中的种种友谊描写，这是因为“莎士比亚以雄辩的笔触来描写友谊以表达对友谊的尊敬”①。

① Kate Emery Pogue，*Shakespeare's Friends*. Westport and London：Praeger，2006，p. xv.

（二）莎士比亚戏剧作品中的友谊书写

莎士比亚在现实生活中十分重视友谊，而这一性格特征也投射到了他的戏剧作品中。正如波格所言："这种对友谊的重视在莎士比亚作品中比比皆是，他那最优秀、最令人满意的戏剧作品均展现了主人公之间深厚的友谊。"① 波格对莎士比亚朋友们的探讨最难能可贵的是，他并未将视野局限在莎士比亚生活中的朋友，而是将莎士比亚现实生活中与之有联系的人同他在戏剧作品中对朋友的描写情景并置，互为参照，增加了阐释的张力。

在《莎士比亚的朋友们》一书末，波格还附上了其梳理出来的莎士比亚戏剧中的各类友谊描写：男性之间的友谊，如《哈姆雷特》（*Hamlet*）中的哈姆雷特（Hamlet）与霍拉旭（Horatio）、《奥赛罗》（*Othello*）中的埃古（Iago）与奥赛罗（Othello）；女性之间的友谊，如《仲夏夜之梦》（*A Midsummer Night's Dream*）中的海琳娜（Helena）与赫米娅（Hermia）、《威尼斯商人》（*The Merchant of Venice*）中的波西亚（Portia）与尼莉莎（Nerissa）；男女之间的友谊，如《第十二夜》（*Twelfth Night*）中的托比·贝尔奇爵士（Sir Toby Belch）和玛丽亚（Maria）、《李尔王》（*King Lear*）中的肯特（Kent）和科迪莉亚（Cordelia）；老者之间的友谊，如《亨利四世》（*Henry IV*）中的法斯塔夫（Falstaff）和让娜·莫罗（Doll Tearsheet）；年轻人之间的友谊，如《维罗纳二绅士》（*Two Gentlemen of Verona*）中的普罗特斯（Proteus）和瓦伦丁（Valentine）、《罗密欧与朱丽叶》（*Romeo and Juliet*）中的罗密欧（Romeo）与莫西多（Mercutio）；老者与年轻人之间的友谊，如《皆大欢喜》（*As You Like It*）中的科林（Corin）和西尔维乌斯（Silvius）、《终成眷属》（*All's Well That Ends Well*）中的伯爵夫人和海伦（Helen）；主仆之间的友谊，如《皆大欢喜》中的奥兰多（Orlando）和亚当（Adam）、《李尔王》中的肯特与李尔；亲人之间的友谊，如《错误的喜剧》（*A Comedy of Errors*）中的阿德里安娜（Adriana）和露西安娜（Luciana）、《无事生非》（*Much Ado About Nothing*）中的比阿特丽斯（Beatrice）和赫罗（Hero）；出身高贵与出身卑微之间的友谊，如《第十二夜》中的安东尼奥（Antonio）和塞巴斯蒂安（Sebastian）、船长和维奥拉（Viola）；配偶间的

① Kate Emery Pogue, *Shakespeare's Friends*. Westport and London: Praeger, 2006, p. 146.

友谊，如《麦克白》（*Macbeth*）中的麦克白夫人与麦克白、《理查德Ⅱ》（*Richard* Ⅱ）中的约克公爵夫妇；志同道合者之间的友谊，如《皆大欢喜》中的老公爵和他的森林朋友们、《爱的徒劳》（*Love's Labours Lost*）中的法国公主和她的侍女们；对手之间的友谊，如《爱的徒劳》中的阿玛多老头子和莫丝（Moth）、《李尔王》中的李尔王和傻瓜。不仅如此，莎士比亚笔下的朋友也常常谈论起友谊，比如《冬天的故事》（*The Winter's Tale*）中赫尔迈厄尼（Hermione）对友谊的认识、《仲夏夜之梦》中的海琳娜对友谊的看法。[①] 而且据波格统计，“friend”“friends”“friendship”这类词汇在《裘力斯·凯撒》（*Julius Caesar*）一剧中出现了32次，在《维罗纳二绅士》（*Two Gentlemen of Verona*）中出现了37次。[②]

可见，莎士比亚的戏剧洋溢着友谊的光辉，其笔下的友谊跨越了阶级、性别、长幼与立场的界限。这与莎士比亚在现实生活中的友谊相呼应。正如波格所言：

> 莎士比亚戏剧中的友谊包括男人和女人、老人和年轻人、仆人和主人、国王和傻瓜之间的友谊。和他笔下的人物一样，莎士比亚自己的友谊也跨越了阶级、年龄、宗教和性别的界限。他一些朋友是剧院的演员和经理。有些人和他一样是作家。有些是印刷商和出版商。有些是女人，有些是孩子。少数是贵族。更多的是他在斯特拉特福德上学时的同学，儿时的朋友。[③]

换言之，莎士比亚生活中的友谊可与其在戏剧中书写的朋友关系、友谊形成互文关系，互为参照。

四 生命体验与戏剧创作的互为参照

对于莎士比亚价值观、性格与品行的探讨，英语世界莎学学者并未就莎士比亚研究莎士比亚，而是另辟蹊径，从莎士比亚的妻子、家庭及朋友等其人生中的重要人物入手进行分析，并将莎士比亚现实生活中的关系与

① Kate Emery Pogue, *Shakespeare's Friends*. Westport and London: Praeger, 2006, pp. 147–152.

② Kate Emery Pogue, *Shakespeare's Friends*. Westport and London: Praeger, 2006, p. xvi.

③ Kate Emery Pogue, *Shakespeare's Friends*. Westport and London: Praeger, 2006, p. xvii.

其戏剧作品中的关系书写联系起来，互为参照。实际上，文学作品的创作与作家本人的经历、价值观与生命体验密不可分。莎士比亚在现实生活中的生命体验直接隐射到创作的作品之中；而作品中的种种书写亦是莎士比亚生命体验的呈现。这不禁让人思考“文学是什么”这一问题。

这是一个老生常谈却不断被重构的问题。伊格尔顿在其《文学理论导论》（*Literary Theory: An Introduction*）开篇问道：“文学是什么?”对于伊格尔顿而言，将文学定义为虚构的想象性写作是不全面的，能够称为作家的当然包括莎士比亚、弥尔顿，但同样也可包括弗朗西斯·培根、班扬等人。无论是虚构性还是写实性，均无法概括“文学”一词的全部内涵。于是，伊格尔顿换一个角度来看这个问题，认为文学是对语言的特殊运用。[①] 著名人类学家克鲁伯（A. L. Kroeber）则从“人”的角度思考这一问题，在《人类学》开篇便写道：“人类学是人的科学”，这与高尔基的那句名言“文学是人学”在“人”这一点上不谋而合。[②] “文学是人学”强调的不仅是文学以人为主体，更折射、反映、表述与呈现人对生活与世界万物的感悟。只有真正对生命有所体味和感悟才能够创作出伟大的文学作品。著名文化理论家米克·巴尔（Mieke Bal）曾就艺术与生命之间的关系讲道：“艺术，并不是人们收集来用作供奉的物品，而是一个进行时态的生命过程。对某些人来说，艺术甚至是生命的救赎，对另外一些人来说，艺术是生命的乐趣，然而对我们所有人来说，艺术是生命的一部分。”[③] 艺术如此，文学亦然。

文学艺术作为创作实践的社会行为，指的是用形象表现生活的审美意识形态和有意味的形式。问题是，“表现”这一行动的主体是谁?产生审美意识形态的主体又是谁?答案不言自明，当然是人。[④] 文学艺术得以形成之因就在于人以某种媒介表现出人对于生活、万物、世界的感知与体认。艺术与文学在以“人”为出发点这一基准上高度契合，对于“在心

① Terry Eagleton, *Literary Theory: An Introdution.* 2nd ed., Beijing: Foregn Language Teaching and Research Press & Blackwell, 2004, pp. 1-2.

② 叶舒宪：《文学与人类学——知识全球化时代的文学研究》，博士学位论文，四川大学，2003 年。

③ ［德］米克·巴尔：《绘画中的符号叙述：艺术研究与视觉分析》，段炼译，四川大学出版社 2017 年版，第 89 页。

④ 然而在人工智能时代，人这一文学的主体性却逐渐被解构，诸如机器人作诗的现象层出不穷。文学还是传统意义上的文学吗?这也反过来证明了“文学是什么”这一问题在任何时代都值得反复思考。

为志，发言为诗”的“志”、人对自然界的感知的表述，均以人为起点，观照人之审美体验与活动。在西方，亚里士多德倡导“模仿说”，并认为悲剧有着“疏泄”“净化”，“主要强调艺术通过对人们情感的激动，使人的身心得到荡漾。道德的作用只是心灵净化的一个部分”[①]。于是，艺术与文学的形成得益于人对于世界的模仿。在中国，“物感说”则将文学与人对自然万物的感悟之间的关系表现得淋漓尽致。乐之形成乃人心对于物之感应，用刘勰的话说，即“人禀七情，应物斯感，感物吟志，莫非自然”（《文心雕龙·明诗》）[②]，“岁有其物，物有其容；情以物迁，辞以情发”（《文心雕龙·物色》）[③]。无论是艺术还是文学，作者因对生命的感悟而形诸作品，而作品又是某种生命感悟的延续，在作者完成作品之后由读者接着完成。

文学艺术影响生命，生命让文学艺术多样呈现。如果说音乐具有治愈作用，这是因为声音出于心，“然后乐器从之”，奏出动人的音乐，直击人心，使人的精神得以安放，使灵魂得以抚慰，如《乐记》所言，“乐必发于声者，形于动静。人之道也”，其节奏“足以感动人之善心而已矣”[④]。反过来，每一个个体的生命特征具有差异性，这种特性与差异性反过来又影响到艺术的生成。《周易·系辞下》中讲道，“将叛者其辞惭，中心疑者其辞枝，吉人之辞寡，躁人之辞多，诬善之人其辞游，失其守者其辞屈。”[⑤] 可见，人心与性情之差异直接影响到语言、形态甚至艺术作品的风格。刘勰在《文心雕龙·体性》中更是直接指出，作者个性与作品风格之间必然联系，“沿隐以至显，因内而符外”，“吐纳英华，莫非情性”[⑥]。这对于莎士比亚而言亦是如此

文学艺术反过来使灵魂得到升华，灵魂让文学艺术得以完成。最典型的例子便是亚里士多德在《诗学》中的那句经典定义，悲剧“通过怜悯与恐惧使这些情感得以疏泄或净化”[⑦]。人类具有的形形色色的情感，说到底是灵魂的各种具体体现，是人在体味生命之时的具体表现与反应。而

---

① 朱志荣：《西方文论史》，北京大学出版社 2007 年版，第 29 页。

② 范文澜：《文心雕龙注》，人民文学出版社 1958 年版，第 65 页。

③ 范文澜：《文心雕龙注》，人民文学出版社 1958 年版，第 693 页。

④ 阮元校刻：《十三经注疏》，中华书局 1980 年版，第 1543—1544 页。

⑤ 阮元校刻：《十三经注疏》，中华书局 1980 年版，第 91 页。

⑥ 周振甫：《文心雕龙今译》，中华书局 2015 年版，第 253、256 页。

⑦ ［古希腊］亚里士多德：《诗学》，陈中梅译注，商务印书馆 1996 年版。

悲剧的作用就在于通过模仿现实，让灵魂在疏泄中得到净化与升华。反过来，通过灵魂的注入，艺术具有人的灵性。例如，舞台剧中的演员在表演之时，不仅仅是演员自身与所演角色之间的对话与阐释，更是演员与自己之间的对话。通过演员对自身、所扮演角色的深入理解，再由演员的身体、动作、语言等形式展现，艺术此时便实现了演员在体味角色，体味自己与角色，体味生命与宇宙之间联系的再现。

徐新建在《我非我：戏剧本体论》[①] 一文中指出，戏剧的本质就在于我非我。那么我是谁？我即我与角色，体现的是生命本体转换与角色扮演。我们也可以说，莎士比亚戏剧的本质也在于我非我，即体现的是莎士比亚在文学作品中的生命转换与角色扮演。莎士比亚现实中的经历、体味与感悟统统通过其笔下的人物一一呈现。透过莎士比亚对重要关系的态度可观其价值观与性格，透过莎士比亚的生平经历可观其在戏剧作品中的价值选择与内涵；反过来，戏剧作品中的种种关系书写又在一定程度上与莎士比亚在现实生活中的价值判断与生命体味相呼应。这就是我们为什么要进行莎士比亚生平研究最重要的原因。

第三节　微观史学视域下的莎士比亚生平研究

关于莎士比亚的生平研究，英语世界莎学学者还采取了一种颇为新颖的方法，即不探究莎士比亚的完整一生，仅聚焦于一生当中的某个时间段，甚至某一时间节点，并将某一时间段或某一时间节点的莎士比亚置于微观历史中，以微观史观的视野审视其一生中的某个时间节点或小事件对莎士比亚戏剧创作的影响。

西方微观历史研究先驱、美国加州大学洛杉矶分校名誉教授、意大利比萨高等师范学院教授卡洛·金兹伯格（Carlo Ginzberg）认为，“通过减少了解，缩小我们的调查范围，我们希望了解更多”[②]。而这种“少即为多”（less is more）的研究方法即微观史学观。所谓“微观史学观”，相对于“宏观史学观”而言，聚焦于有限制、有界限的历史细节，基于史实

① 徐新建：《我非我：戏剧本体论》，徐新建《从文化到文学》，贵州教育出版社 1991 年版。

② Carlo Ginzburg, "Latitude, Slaves, and the Bible: An Experiment in Microhistory", *Critical Inquiry*, Vol. 31, No. 3, 2005, p. 665.

还原某一具体人物、某一具体事件的历史真实性。

微观史学不仅是历史研究的方法论，更为全球化进程中的文化研究与文学跨文化传播研究提供了重要视角。如果按戴维·哈维（David Harvey）的观点来看，全球化是资本运转的结果，那么，全球化的主体是谁？显然，这里面隐含了这样一个逻辑：谁拥有资本流传主导权的资本，谁就是全球化的主导力量。然而，这样的全球化又折射出一个潜在的危险，即受资本流传主导的全球化很有可能使文化与文学在世界范围内流传的过程中因受资本的驱使而类同化，结果抹杀了世界文学与文化的独特性与多样性。正如金兹伯格所言，人们一方面迟疑地将所谓的全球化描述为一个“经济均衡的过程”，另一方面又担忧全球化带来的“文化均衡”（cultural leveling），即“文化特质的抹杀是一个无可置疑的现实”。[①] 比如，犹太学者埃里希·奥尔巴赫（Erich Auerbach）就认为，“歌德当初所提之‘世界文学’（Weltiteratur）的概念对于我们不断扩展的视野而言已经越来越不合适了”，奥尔巴赫质疑歌德的这种全球视野：“一个来自单一文化传统的语言学家如何能接近一个如此多的语言和如此多的文化传统相互作用的世界呢？”[②] 因此，奥尔巴赫认为，“人们必须寻找Ansatzpunkte，即寻找起点，寻找具体的细节，从中可以重建全球进程”[③]。换言之，全球进程是由历史细节构成的。想要重建全球进程必须从历史细节入手。这就构成了微观史学观的基本内涵与原理。

英语世界涌现出诸多莎士比亚生平研究，莎学学者往往站在当下的角度来宏观地把握莎士比亚的一生。然而，这种论述方式存在一个误区，即以为当下可以还原历史。美国艺术与科学院院士、著名莎学学者詹姆斯·夏皮罗（James Shapiro）就认为，那些从出生写到死亡的莎士比亚传记家有一个误解，即以当下的思维来思考莎士比亚的那个时代，认为造就了现在的因素亦为造就了当时的因素。[④] 这种研究方法以及所得出的结论往往

---

① Carlo Ginzburg, “Latitude, Slaves, and the Bible: An Experiment in Microhistory”, *Critical Inquiry*, Vol. 31, No. 3, 2005, p. 666.

② Carlo Ginzburg, “Latitude, Slaves, and the Bible: An Experiment in Microhistory”, *Critical Inquiry*, Vol. 31, No. 3, 2005, p. 666.

③ Carlo Ginzburg, “Latitude, Slaves, and the Bible: An Experiment in Microhistory”, *Critical Inquiry*, Vol. 31, No. 3, 2005, p. 666.

④ James Shapiro, *A Year in the Life of William Shakespeare*: 1599. New York: HarperCollins Publishers, 2005, p. viii.

趋于同一性，忽视了莎士比亚一生中的诸多细节，以及这些细节对于莎士比亚和莎士比亚戏剧创作而言的重要意义。但英语世界一部分莎学学者选择从莎士比亚一生中的某个时间段、某一时间节点以及某一历史事件出发，从微观历史学的角度审视这段历史中的种种细节，以及这些细节与莎士比亚及其戏剧之间的关系。可以说，从微观史学观的视角来进行全球化视野中的文学与文化研究，亦不失为一个反同质化的有效路径。

一　莎士比亚的早期生活：1564—1597 年

作家早期的生活经历，尤其是求学经历，对其后来的成长与创作有着奠基性影响。英语世界历来以莎士比亚早年间并未接受过良好教育而对莎士比亚是否为莎剧真正作者有所怀疑，于是产生了诸如所谓“格林伍德理论”（The Greenwood Theory）（一种不可知论，认为莎剧作者不可知）、“培根理论”（Bacon Theory）（认为弗朗西斯·培根才是莎剧的真正作者，而非那位在斯特拉特福德出生的莎士比亚）等论断，形成了“莎士比亚问题”。并且在莎士比亚前往伦敦之前的那段时间无任何可查的文献记载，尤其是其双胞胎孩子出生后到 1597 年出现在伦敦的这段时间毫无记载，成为“不明年代”[①]。这就又为“莎士比亚问题”找到了一个看似十分得力的证据。那么，早年间的莎士比亚究竟经历了什么？这些经历对其后来的戏剧创作有何影响？英语世界不少莎学学者关注莎士比亚的早期经历，想一探究竟。

（一）斯特拉特福德在莎士比亚戏剧中的缺席

曾任剑桥大学耶稣学院院长的亚瑟·格雷（Arthur Gray）以莎士比亚早期生活为研究对象，于 1926 年出版了《莎士比亚早期生活的一章：阿登的波尔斯沃思》（*A Chapter in the Early Life of Shakespeare: Polesworth in Arden*）一书。[②] 格雷在这本书中推测莎士比亚早年间曾在阿登森林（Forest of Arden）的波尔斯沃思（Polesworth Hall）待过，并可能做过书童，以完善莎士比亚的生平叙事。

格雷认为，作家的早期生活环境与其创作才能紧密相连。作家早期的

① 孙家琇：《莎士比亚辞典》，河北人民出版社 1992 年版，第 68 页；Arthur Gray, *A Chapter in the Early Life of Shakespeare: Polesworth in Arden*. Cambridge: Cambridge University Press, 2009, p. 42.

② 该版本于 1926 年首次出版，2009 年出版了电子版。本书选取的是 2009 年版，特此说明。

作品会再现儿时熟悉的场景，“天才是受环境制约的……他们中的任何一个人，特别是在他们的早期作品中，会重现儿时熟悉的场景”①。因此，格雷并未追溯莎士比亚的一生，而是聚焦莎士比亚早年间的经历。

如果说天才受环境所制约，且儿时熟悉的场景会在作家作品中有所再现，那么通过分析莎士比亚戏剧作品中出现的地名或相关地理描述，并与有证可查的莎士比亚生平中的重要地点进行比对，我们就可以对莎士比亚在何地大概有过何种经历有所把握。据格雷梳理，莎士比亚戏剧中的确多次出现与莎士比亚相关的地点，却唯独没有莎士比亚的出生地斯特拉特福德（Stratford）。这不免让人感到疑惑：倘若莎士比亚真像人们所知的那般，在去伦敦之前一直居住在斯特拉特福德，那为何这一地名竟然在莎士比亚戏剧中从未被提起过？这就使莎士比亚的早期生活疑点重重。正如格雷所言，“如果他在斯特拉特福德住上至少21年，那么，在他早期那充满了沃里克郡的场景的作品中，很可能会偶然提到这个与他有如此多关联的地方”②。然而，事实却与之相反。莎士比亚对沃里克郡的田园般风光着墨颇多，却丝毫不曾提及其所谓的出生地——斯特拉特福德。

除沃里克郡的田园风光常常出现在莎士比亚戏剧中外，阿登的森林风光也出现在剧中。据格雷梳理，“莎士比亚早期的喜剧，如《爱的徒劳》《维罗纳二绅士》和《仲夏夜之梦》，都或多或少与林地景观有关。据说，虽然斯特拉特福德实际上并不在雅顿，但它离雅顿很近，足以说明莎士比亚对森林景观的熟悉”③。并且《皆大欢喜》屡次谈论起鹿，而在阿登森林里面就有一个鹿苑。这也说明，莎士比亚对阿登一带森林景观十分熟悉。那么，莎士比亚去过阿登吗？这一问题尚未得到回答。但可以推测的是，既然斯特拉特福德是一个贫穷、文化程度低的小地方，不可能给莎士比亚提供良好的教育，那么莎士比亚是否可能在少年时期前往小镇以外的地方接受教育呢？更何况，莎士比亚作品中的音乐与诗歌元素亦可表明，在他的教育中，唱歌是一个重要部分。但问题是莎士比亚在斯特拉特福德

---

① Arthur Gray, *A Chapter in the Early Life of Shakespeare*: *Polesworth in Arden*. Cambridge: Cambridge University Press, 2009, p. 35.

② Arthur Gray, *A Chapter in the Early Life of Shakespeare*: *Polesworth in Arden*. Cambridge: Cambridge University Press, 2009, p. 43.

③ Arthur Gray, *A Chapter in the Early Life of Shakespeare*: *Polesworth in Arden*. Cambridge: Cambridge University Press, 2009, p. 49.

的音乐大师是谁?[①]

有关莎士比亚是否是莎剧的真正作者这一问题，可从莎士比亚对包括斯特拉特福德、阿登、沃里克郡等地的熟悉程度以及这些地方在莎剧的再现中找到答案。正如格雷所言："……许多地名均为小地方。地名以及该地是否真的存在，只能被一个本地人熟知并广泛流传。在伦敦以外的英格兰地区，莎士比亚同时代的戏剧演员们对这里并不熟悉。"[②] 的确，莎士比亚在戏剧中嵌入了这些不为外地人和同时代戏剧演员们所熟知的地名，如阿登森林、沃里克、波尔斯沃思等。但据格雷梳理，莎士比亚在其戏剧作品中从未提过他的出生地艾汶河畔的斯特拉特福德，即便莎士比亚始终被认为是在这里出生、成长，在前往伦敦以前都居住在这里。即便在莎士比亚那个时代，演员一般地位低下，莎士比亚却能够被人称为绅士，但格雷却反问："斯特拉特福镇与造就这样一个人又有什么关系呢?"[③]

因此，在格雷看来，人们通常关注的莎士比亚出生地斯特拉特福德与作为诗人和剧作家的莎士比亚关系不大，这无疑又为莎士比亚问题增添了几分神秘色彩。格雷认为，"所有沃里克郡人都在歌颂他（莎士比亚）：他的诗句挂在阿登的每一棵树上。只有斯特拉福镇对这种音乐充耳不闻，对它本身的回声充耳不闻"[④]。换言之，当莎士比亚在文学上取得成就时，沃里克郡人、阿登人都在歌颂莎士比亚，而斯特拉特福德人却无动于衷。提起莎士比亚的出生地斯特拉特福德，只有关于莎士比亚在此接受过洗礼与去世的记载，别无其他。因此，在格雷看来，比起莎士比亚的家乡斯特拉特福德，沃里克郡、阿登在莎士比亚的一生中显得更为重要。

（二）在波尔斯沃思的莎士比亚

基于此，格雷推测，在1572年前后，年少的莎士比亚被送到波尔斯沃思（Polesworth），"这对他和我们来说都是一件奇怪的事情，却是好事。因为在整个英国，除了伦敦，没有一个地方像波尔斯沃思庄园拥有数量如

① Arthur Gray, *A Chapter in the Early Life of Shakespeare*: *Polesworth in Arden*. Cambridge: Cambridge University Press, 2009, p. 58.

② Arthur Gray, *A Chapter in the Early Life of Shakespeare*: *Polesworth in Arden*. Cambridge: Cambridge University Press, 2009, p. 11.

③ Arthur Gray, *A Chapter in the Early Life of Shakespeare*: *Polesworth in Arden*. Cambridge: Cambridge University Press, 2009, p. 32.

④ Arthur Gray, *A Chapter in the Early Life of Shakespeare*: *Polesworth in Arden*. Cambridge: Cambridge University Press, 2009, p. 2.

此之多的诗性天才了，以后也不会再有”[①]。格雷强调，尽管这只是他本人的猜测，却是“根据情况进行的猜测”。由于有关莎士比亚早期生平的记载异常缺乏，关于莎士比亚的传闻、猜测与争议不断，但在格雷看来，猜测还是具有必要性，但必须是根据情况进行猜测，而非凭空想象。那么，格雷何以推测莎士比亚早年间被送往波尔斯沃思庄园做书童呢？为什么是波尔斯沃思而非其他地方？

据格雷介绍，波尔斯沃思是沃里克郡最北端的一个大村庄，位于斯塔福德郡（Stfordshire）和莱斯特郡（Leicestershire）之间。从斯特拉特福镇出发，途经沃里克、考文垂和努尼顿，大约 38 英里。这个地方的主要特点是拥有诸多教堂、学校和牧师住宅，而其中的修道院学校很有可能就是莎士比亚曾经接受教育的地方。在格雷看来，斯特拉特福德与波尔斯沃思之间的差距很大，而后者更有可能孕育出像莎士比亚这样的天才，“在斯特拉特福德，我们知道书很少，一个男孩在七岁到十三岁能够接受教育的机会微乎其微，市民对文学的兴趣也不大。在波尔斯沃思，根据确凿的证据，我们知道有很多书。这是一个对文学特别感兴趣的绅士社会”[②]。据格雷梳理，在 16 世纪的最后 25 年和 17 世纪的前 17 年，沃里克郡的东北角一带是一个非常引人注目的文学活动聚集地，主要聚集在波尔斯沃思庄园和古德尔家族周围，在此常驻和来访的作家无数。[③] 这无疑更像孕育出莎士比亚这样一位文学天才之地。

而且从莎士比亚戏剧中所涉地点来看，他对斯特拉特福德及其邻近地区几乎没有提及，却对北沃里克郡，特别是关于波尔斯沃思周围的地区着墨颇多。比如，莎士比亚在《错误的喜剧》《维罗纳二绅士》中就描述了沃里克郡的修道院。此外，据格雷梳理，另一有力可证明莎士比亚早年间并未在其出生地斯特拉特福德居住的例子便是，在其戏剧作品涉及英国场景之时，并没有对斯特拉特福德到伦敦这条路的任何描写，却对北沃里克郡到伦敦之间的道路多有描写。

综合种种迹象，格雷提出大胆推测：莎士比亚早年间很有可能是亨

① Arthur Gray, *A Chapter in the Early Life of Shakespeare*: *Polesworth in Arden*. Cambridge: Cambridge University Press, 2009, p. 62.

② Arthur Gray, *A Chapter in the Early Life of Shakespeare*: *Polesworth in Arden*. Cambridge: Cambridge University Press, 2009, pp. 72-73.

③ Arthur Gray, *A Chapter in the Early Life of Shakespeare*: *Polesworth in Arden*. Cambridge: Cambridge University Press, 2009, p. 88.

利·古德尔爵士家中的书童，并在波尔斯沃思接受了学校教育。[①] 然而，正如格雷所言，伊丽莎白时期的学校并未做任何入学注册登记，因此并无任何关于莎士比亚入学登记的记载流传下来。莎士比亚究竟有没有接受过学校教育，在哪里接受，何时接受，均无从得知。但通过作品寻找有关地理和地名的描述，可推测莎士比亚早期的人生经历。

与格雷所持观点相似，瑞克·山姆斯（Eric Sams）在其出版的《真正的莎士比亚：回顾早年（1564—1594）》（*The Real Shakespeare*: *Retrieving the Early Years*，1564-1594，1995）一书中也指出，莎士比亚早年间的生活深深影响了其戏剧作品的创作，只不过在山姆斯看来，“莎士比亚的想象力是由诗人在斯特拉特福德的小镇生活的早期经历所塑造的”[②]。在这一著作中，山姆斯较为详尽地描述了莎士比亚在1564—1594年间的生活，包括接受教育、学法律等经历。此外，山姆斯还讨论了莎剧作者身份问题，认为莎士比亚成为作家的时间要早于我们所知的时间，且许多在今天并未归为莎士比亚戏剧的戏剧作品其实出自莎士比亚之手。但在加拿大麦吉尔大学学者迈克尔·D. 布里斯托尔（Michael D. Bristol）看来，山姆斯的这一观点并未得到证实，更甚者，山姆斯混淆了证据与历史编撰之间的区别，认为该书中大量存在作者沾沾自喜的说法。比如，山姆斯梳理了许多文献资料，却未能从中找出新的证据，甚至都未能指出这些文献是否是证据、何以成为证据。因此，这在布里斯托尔看来是极其“虚伪的”[③]。

此外，罗里·洛格南（Rory Loughnane）与安德鲁·鲍尔（Andrew Power）于2020年4月推出其主编的《早期的莎士比亚（1588—1594）》（*Early Shakespeare*，1588-1594）一书，同样聚焦莎士比亚的早期生活，旨在将莎士比亚置于一个特定的时空与文化语境中，汇集诸多学者关于文本、表演与戏剧史的研究，对莎士比亚早期的职业生涯进行严格的重新评估。

---

① Arthur Gray，*A Chapter in the Early Life of Shakespeare*：*Polesworth in Arden*. Cambridge：Cambridge University Press，2009，p. 83.

② Michael D. Bristol，“Reviewed Work：The Real Shakespeare：Retrieving the Early Years，1564-1594. by Eric Sams”，*Renaissance Quarterly*，Vol. 50，No. 2，1997，p. 607.

③ Michael D. Bristol，“Reviewed Work：The Real Shakespeare：Retrieving the Early Years，1564-1594. by Eric Sams”，*Renaissance Quarterly*，Vol. 50，No. 2，1997，p. 608.

二 莎士比亚在银街的房客生活：1603—1605 年

除上述莎士比亚早期生活的生平研究外，还有莎士比亚在某一特定时空中的生平研究。英国皇家文学学会会员、历史学家与作家查尔斯·尼科尔（Charles Nicholl）于 2007 年出版《房客：莎士比亚在银街的生活》（*The Lodger Shakespeare*：*His Life on Silver Street*）一书，一反常态地从出生到死亡的生平叙事，打破历时性限制，在书中提供了一个“地理或拓扑极限”（geographical or topological limit）[①] 概念，即抛开宏大叙事，聚焦于细微情节。尼科尔以莎士比亚参与住在银街的蒙乔伊家的起诉案切入，聚焦于 17 世纪初莎士比亚在伦敦银街生活的这段经历。

《房客：莎士比亚在银街的生活》一书分为七个部分，探讨了包括威斯敏斯特法庭案件中的证词、莎士比亚位于银街的住所、住所周围的环境、Dr Forman 的病案簿、莎士比亚的成功与所遇危机、伦敦城中的性、妓女与演员们、婚约、痛失爱女等内容。尼科尔并未简单地记录这段生平事迹，而是在实证材料的基础上加入虚构叙事因素，获得美国艺术与科学院院士、美国哥伦比亚大学教授詹姆斯·夏皮罗（James Shapiro）的高度评价，认为该书是“尼克尔集传记、侦探小说于一体的最新作品，堪称描写莎士比亚生平的最佳作品之一”[②]。

尼科尔的研究首先从 1612 年 5 月 11 日莎士比亚出席威斯敏斯特法院诉讼案一事入手，探讨当时的社会文化环境如何与莎士比亚戏剧相互联系。莎士比亚在该诉讼案中是出庭为贝洛特（Belott）与蒙乔伊（Mountjoy）两家之间关于未兑现的嫁妆的官司作证。据尼科尔梳理，当时莎士比亚见证了 1604 年的那场婚姻：贝洛特娶了蒙乔伊的女儿，当时蒙乔伊家答应给予贝洛特 60 英镑的嫁妆，但后来并未兑现。1612 年，莎士比亚出庭作证，而作证的证词被法庭的一名书记员记录了下来。莎士比亚在证词上签了名，而这一签名成为现在仅存的六个莎士比亚亲笔签名之一。

在尼科尔看来，这一份有着莎士比亚亲笔签名的证词，对于莎士比亚

---

① Jesse M. Lander, “Review of *The Lodger*: *Shakespeare on Silver Street*”, *Common Knowledge*, Vol. 16 No. 1, 2010, p. 153.

② Charles Nicholl, *The Lodger Shakespeare*: *His Life on Silver Street*. London: Allen Lane, 2007, front cover.

研究而言有着重要意义：不仅是因为这上面有莎士比亚的亲笔签名，更为重要的是，“他在戏剧和诗歌中写了成千上万的台词，但这是唯一一次记录下来的他真实说过的话”[①]。因此，这一证词无疑为莎学学者还原莎士比亚在现实生活中的真实面貌提供了不可多得的重要文献资料，而“这起诉讼为我们提供了一个独特的机会，让我们得以了解莎士比亚在伦敦的生活背景”[②]。遗憾的是，这份不可多得的史料在国内莎学学界鲜少引起注意，比如孙家琇主编的《莎士比亚辞典》内容翔实，却未提及。

为了完整地还原那段时期真实的莎士比亚，尼科尔从卡洛·金兹伯格（Carlo Ginzberg）所提倡的微观史学观的视角来审视那段历史。对此，美国诺特丹大学学者兰德（Jesse M. Lander）评论道：“《房客：莎士比亚在银街的生活》是卡洛·金兹伯格所倡导的那种微观史学（microhistory）的一个例子，尼科尔成功地从这一显然微不足道的事件中引申出了广泛的启示。”[③] 的确，像出席法庭作证这样一件微不足道的事件却在尼科尔那里成为探究莎士比亚在 17 世纪初经历的引子。

那么，当时在银街居住的这段时间，在莎士比亚戏剧创作生涯中究竟扮演了怎样的角色呢？这正是尼科尔要探讨的问题。莎士比亚与蒙乔伊家族（Mountjoys）居住在银街的那段时间，大概起于 1603 年，止于 1605 年。[④] 这段时间对于莎士比亚而言的重要性主要体现在以下几个方面，而这也正是尼科尔为何会选择这段时间作为考察对象的原因。

第一，这段时间正好是莎士比亚创作《奥赛罗》（1603—1604）、《一报还一报》（1603）、《终成眷属》（1604—1605）、《雅典的泰门》（1605）、《李尔王》（1605—1606）的那段时间。[⑤] 这段时间所发生的事情直接影响到莎士比亚戏剧的创作，并成为戏剧素材。比如《终成眷属》

---

① Charles Nicholl, *The Lodger Shakespeare*: *His Life on Silver Street*. London: Allen Lane, 2007, p. 22.

② Nicholas Orme, “The Lodger: Shakespeare on Silver Street”, *History Today*, Vol. 58, No. 1, 2008, p. 65.

③ Jesse M. Lander, “Review of *The Lodger*: *Shakespeare on Silver Street*”, *Common Knowledge*, Vol. 16, No. 1, 2010, p. 153.

④ Charles Nicholl, *The Lodger Shakespeare*: *His Life on Silver Street*. London: Allen Lane, 2007, p. 18；但据孙家琇主编《莎士比亚辞典》所录，莎士比亚居住在银街的时间应为 1602—1607 年。参见孙家琇《莎士比亚辞典》，河北人民出版社 1992 年版，第 70 页。

⑤ 参见 Nicholas Orme, “The Lodger: Shakespeare on Silver Street”, *History Today*, Vol. 58, No. 1, 2008, p. 65；孙家琇：《莎士比亚辞典》，河北人民出版社 1992 年版，第 80—81 页。

就主要讲述了一个男人婚娶却又后悔的故事，这与莎士比亚居住银街时，贝洛特家与蒙乔伊家之间关于嫁妆争论的事件如出一辙。①

第二，1603 年正是莎士比亚职业生涯的顶峰，按尼科尔的说法，所谓职业生涯的顶峰并不只是作为剧作家而言，而是作为演员与剧院股东而言。比如，1603 年，莎士比亚作为演员而非剧作家被詹姆斯国王任命为皇家戏剧演员之一。于是，莎士比亚剧院这才有了“国王剧团”（King's Man）的名誉称号。

第三，莎士比亚在银街居住的这段时间于莎士比亚的创作与演艺生涯而言，是“一段过渡、实验、悖论和矛盾的时期”②。这直接体现在莎士比亚在这一时期所创作的悲喜剧之中。尼科尔认为，这一时期创作出的戏剧作品，如《一报还一报》《终成眷属》，实则是莎士比亚有关悲喜剧的试验，兼具苦涩与欢乐。这与当时的社会背景不无关系。1603 年对于莎士比亚而言是特殊的一年，如前文所述的职业生涯顶峰就是在这一年。而对于英国而言同样是历史上浓墨重彩的一年：伊丽莎白女王去世、瘟疫疯狂肆虐、剧院相继关闭，一系列事件将英国上下笼罩在压抑的气氛之中，以致莎士比亚在 17 世纪初的作品被认为是“一段时间的抑郁或疾病，或者我们所说的中年危机的产物”③。这样的时代环境直接融入莎士比亚的戏剧创作中，导致了莎士比亚戏剧风格的转变。

三 重要时间节点：1599 年与 1606 年

除上文所述之莎士比亚某一时间段的生平研究外，英语世界莎学学者还摘出莎士比亚一生中的重要时间点进行研究。美国艺术与科学院院士、美国哥伦比亚大学教授、皇家莎士比亚剧团董事会成员、纽约公共剧院莎士比亚学者詹姆斯·夏皮罗（James Shapiro）就聚焦于 1599 年与 1606 年，分别出版了《1599：莎士比亚一生中的一年》（*A Year in the Life of William Shakespeare*：1599，2006）、《李尔王年：1606 年的莎士比亚》（*The Year of Lear*：*Shakespeare in* 1606，2015）。

---

① Nicholas Orme, "The Lodger: Shakespeare on Silver Street", *History Today*, Vol. 58, No. 1, 2008, p. 65.

② Charles Nicholl, *The Lodger Shakespeare*: *His Life on Silver Street*. London: Allen Lane, 2007, p. 33.

③ Charles Nicholl, *The Lodger Shakespeare*: *His Life on Silver Street*. London: Allen Lane, 2007, p. 33.

两部著作一经出版便获奖无数：《1599：莎士比亚一生中的一年》一书获得了塞缪尔·约翰逊奖（英国出版的最佳非小说类图书）（Winner of the Samuuel Johnson Prize）以及戏剧图书奖（The Theatre Book Prize）；而且夏皮罗凭《李尔王年：1606年的莎士比亚》一书斩获多个大奖，成为詹姆斯·泰特·布莱克传记奖得主（Winner of the James Tait Black Prize for Biography）、谢里登·莫利戏剧传记奖得主（Winner of the Sheridan Morley Prize for Theatre Biography）、乔治·弗里德利纪念奖入围者（Finalist for the George Freedley Memorial Award），入选PBK基督教高斯奖（Short-listed for the PBK Christian Gauss Award）、入围戏剧图书奖（Short-listed for the Theatre Book Prize）、入围PEN Hessell-Tiltman历史奖（Short-listed for the PEN Hessell-Tiltman History Prize）[①]。这两本莎士比亚传记的影响力与受欢迎程度可见一斑。

（一）决定性的1599年

问题是，夏皮罗为何要选择1599年来研究莎士比亚呢？1599年在莎士比亚的一生中有着怎样的重要性？

夏皮罗开篇就道明，1599年是伊丽莎白女王一世镇压爱尔兰叛乱的那一年，也是莎士比亚完成《亨利五世》、紧接着写就《凯撒大帝》《皆大欢喜》两剧以及草拟《哈姆雷特》一剧的那一年。因此，夏皮罗结合当时的历史环境，在《1599：莎士比亚一生中的一年》一书中既讲述了莎士比亚的成就，也讲述了英国在这一年的经历。在夏皮罗看来，“这两者几乎是密不可分的：谈论莎士比亚戏剧之时不可能撇开其时代不谈，这就像离开了莎士比亚的真知灼见，我们就无法理解他所在的社会经历了什么一样”[②]。

之所以要将莎士比亚戏剧与其时代紧密结合，这是因为莎士比亚戏剧是那个时代的折射。莎士比亚之所以伟大，原因就在于“他深刻地洞察了那个时代的重大问题”，而莎士比亚本人也是如此看待艺术作品的。比如莎士比亚在《哈姆雷特》一剧中就指出：“表演的目的是展示时代及其所

---

① 参见http：//www.jamesshapiro.net/（2019年11月17日）

② James Shapiro, *A Year in the Life of William Shakespeare*：1599. New York：Harper Collins Publishers, 2006, p. vi.

形成与压迫的时代实体。”[①] 夏皮罗指出：“莎士比亚读过的、写过的、表演过的、看到过的、出版过的作品，以及英国和英国以外的地方发生的事情，均影响了戏剧的发展。400年后，这些戏剧继续影响着我们理解这个世界的方式。”[②] 而这种有着深远渊源的影响还会持续下去。

尽管夏皮罗仅仅选择了1599年所发生的事件进行分析，但夏皮罗的研究重点却是解答莎士比亚何以成为莎士比亚这一世纪难题。这不禁让人质疑：仅仅考察莎士比亚一生中的一年就可以解答这一问题吗？但在夏皮罗看来，那些从出生写到死亡的莎士比亚传记家有一个误解，即以当下的思维来思考莎士比亚的那个时代。并且在夏皮罗看来，1599年不仅是“莎士比亚作为一个作家在其发展过程中的决定性的一年”，更“保存了大量有关他职业生涯的令人惊讶的信息”[③]。

因此，说1599年对莎士比亚作为作家而言是具有决定性的一年，原因就在于莎士比亚在这一年写出了富有灵感的《哈姆雷特》，“从一个才华横溢的作家变成有史以来最伟大的作家之一”[④]。因此，夏皮罗选择1599年所发生的事件来研究，并将与莎士比亚有关联的事件置于整个时代背景以及莎士比亚的一生来审视，探讨莎士比亚在1599年如何成为能够写出像《哈姆雷特》这样伟大作品的伟大作家这一问题，探讨莎士比亚走向伟大作家和经典的转折点。

简言之，仅选择这样一个对莎士比亚职业生涯有着决定性影响的年份来考察，仔细分析在这一年当中莎士比亚所见、所闻、所作、所合作的剧作家、激发其想象力的事件，以及莎士比亚如何与当时的社会历史语境互动，亦可管中窥豹。由此可见，仅分析一个重要时间节点或转折点以观莎士比亚何以成为莎士比亚无疑是可取的，且往往能够一叶知秋。

（二）1606年的莎士比亚

继2006年出版《1599：莎士比亚一生中的一年》一书，夏皮罗于

---

① James Shapiro, *A Year in the Life of William Shakespeare*: 1599. New York: Harper Collins Publishers, 2006, pp. vi-vii.

② James Shapiro, *A Year in the Life of William Shakespeare*: 1599. New York: Harper Collins Publishers, 2006, p. xiii.

③ James Shapiro, *A Year in the Life of William Shakespeare*: 1599. New York: HarperCollins Publishers, 2006, p. x.

④ James Shapiro, *A Year in the Life of William Shakespeare*: 1599. New York: HarperCollins Publishers, 2006, p. xi.

2015 年推出《李尔王年：1606 年的莎士比亚》一书，同样选择了莎士比亚一生中的一年进行研究。该书聚焦于 1606 年英国发生的事件、莎士比亚在 1606 年的戏剧创作与活动以及与莎士比亚有关联的事件，以观 1606 年的莎士比亚真貌以及这一年在莎士比亚的创作生涯中的位置。

夏皮罗之所以要选择 1606 年进行研究，笔者根据夏皮罗的分析，认为原因有二：其一，重视莎士比亚在詹姆斯统治时代的经历与所取得的成就，关注詹姆斯时代莎士比亚的创作转向。在夏皮罗看来，通常基于书写莎士比亚一生的传记家们倾向于写伊丽莎白时代的莎士比亚，却鲜少探究詹姆斯时代的莎士比亚。其二，1606 年，莎士比亚在经历了创作的“休耕期”之后，一年之内创作出了《李尔王》《麦克白》和《安东尼与克里奥佩特拉》三部剧，这三部戏剧的创作在一定程度上受 1606 年英国所发生的事件的影响。可见，从莎士比亚整个创作生涯来看，1606 年无疑是莎士比亚在经历伊丽莎白王朝之后，进入詹姆斯统治时代的一个创作转折点。那么，1606 年英国发生了什么？又与莎士比亚的创作有何联系呢？这两个问题正是夏皮罗在《李尔王年：1606 年的莎士比亚》一书中所关注的问题。

1606 年，应詹姆斯国王要求，在圣诞假期需在怀特豪尔宫（Whitehall Palace）上演 18 部戏剧，其中 10 部来自莎士比亚剧团。[①] 当时莎剧的受欢迎程度可见一斑。夏皮罗结合当时的戏剧风潮与历史环境，认为“在莎士比亚的创作生涯中，这是至关重要的一年，写作的挑战之一就是他要保持低调，宁愿待在暗处。与当时大多数剧作家不同，他选择不写歌颂国王的民间或宫廷娱乐节目，甚至不愿写一首专门的诗歌（相当于现代的新书简介）来赞美作家的剧本”[②]。

夏皮罗之所以作此结论有两方面的原因：其一，当时的英国十分流行“假面剧”（Masque）。这类剧常常伴随音乐与舞蹈上演。且创作与上演“假面剧”在当时的收入十分可观，往往为其他剧本收入的 8 倍之多。然而，在夏皮罗看来，当时如此受欢迎、经验如此丰富的莎士比亚却从未写过一部假面剧，这就说明，莎士比亚本人并未随波逐流迎合大众口味，也并未为了进一步提高知名度、增加收入而创作“假面剧”，可见其对艺术创作原则的高度坚守。其二，在伊丽莎白女王当政期间，莎士比亚的剧本

---

① James Shapiro, *The Year of Lear*: *Shakespeare in* 1606. Simon Schuster, 2015.

② James Shapiro, *The Year of Lear*: *Shakespeare in* 1606. Simon Schuster, 2015.

创作十分顺利，通常每年创作三、四部戏剧。然而，自詹姆士国王当政以来，莎士比亚剧本创作的数量减少、速度放缓。据夏皮罗梳理，在 1604 年完成了《一报还一报》（*Measure for Measure*）之后，莎士比亚随后又进入了一个创作“休耕期”。自 1603 年詹姆斯国王登基以来的三年里，莎士比亚仅创作了两部戏剧，即《一报还一报》与《雅典的泰门》（*Timon of Athens*）[①]。此外，自 1593 年莎士比亚戏剧开始出版后，直至 1606 年，13 年间莎士比亚没有出版过任何作品。夏皮罗认为，其中一个可能原因在于其作品创作减少，另一原因也跟他逐渐不再是环球剧院的熟面孔有关（据夏皮罗梳理，“莎士比亚”这一名字最后一次出现在戏剧演员名单上是在 1603 年）。

莎士比亚一生经历了两个王朝统治，其创作风格与关注焦点各异。夏皮罗认为，“他的早期作品尤其深入研究了政治和宗教的裂缝，这些裂缝是在都铎王朝统治的一个世纪接近尾声时暴露出来的。但他需要一段时间才能以同样敏锐的目光，讲述在苏格兰国王全新而陌生的统治下出现的文化断层”[②]。就在 1605 年末，英国发生了“火药阴谋”（Gunpowder Plot）事件——一群对当局不满的天主教人企图利用火药炸毁英国国会，并杀害詹姆斯国王与新教贵族。尽管这场阴谋并未得逞，却还是带来严重的社会影响：阴谋策划者被公开处决、牵连他人、引发社会恐惧等。正如前文所述，莎士比亚的伟大就在于他能够洞察世间，如夏皮罗在《1599：莎士比亚一生中的一年》中所言，“他深刻地洞察了那个时代的重大问题”[③]。因此，在夏皮罗看来，这一事件势必会引发当局做出一系列的应对措施，而莎士比亚的作用无疑就是借用其戏剧去呈现这种政治意愿，并深刻展示公众对这一事件的可能反应：或恐惧，或复仇，或激发出民族团结感，或纠结这场阴谋的来源。夏皮罗坚信，这些对莎士比亚后来的悲剧创作影响深远。[④]

1606 年 1 月 5 日晚上，怀特豪尔宫宴会厅上演了假面剧。在夏皮罗看来，这场假面剧与莎士比亚之后创作的《李尔王》《麦克白》与《安东尼

---

① James Shapiro, *The Year of Lear*: *Shakespeare in* 1606. Simon Schuster, 2015.

② James Shapiro, *The Year of Lear*: *Shakespeare in* 1606. Simon Schuster, 2015.

③ James Shapiro, *A Year in the Life of William Shakespeare*: 1599. New York: Harper Collins Publishers, 2005, p. vi.

④ James Shapiro, *The Year of Lear*: *Shakespeare in* 1606. Simon Schuster, 2015.

与克里奥佩特拉》有很大关系，“他［莎士比亚］对婚姻和政治上的结合有自己的看法，对那天晚上宫廷里的许多华丽陈设中被忽视或压制的东西也有自己的看法，这些看法后来塑造了这三出悲剧”①。在夏皮罗看来，“1606年对莎士比亚而言是好的一年，对英国来说却是糟糕的一年。这并非巧合”②。之所以说1606年对莎士比亚而言是好的一年，原因在于莎士比亚在这一年创作出了三部戏剧：《李尔王》《麦克白》与《安东尼与克里奥佩特拉》；之所以说1606年对于英国而言却是糟糕的一年，这是因为这一年十分动荡："火药阴谋”事件带来的负面影响持续发酵，宗教分裂态势再次出现，由苏格兰与英格兰统一的纷争导致的政治分裂再次浮出水面，政治分裂下人民的身份危机增加，大英帝国在美洲建立了第一个永久殖民地，鼠疫在伦敦卷土重来，等等。尽管这一年对于英国而言是动荡不堪的，却为莎士比亚的创作提供了材料，在一定程度上促使莎士比亚创作出优秀的戏剧作品。

如果说1606年对于莎士比亚戏剧创作而言是极为重要的，那么反过来，莎士比亚戏剧的创作与上演对于1606年的英国而言同样重要。据夏皮罗梳理，《李尔王》于1606年的圣斯蒂芬节（St. Stephen's Day）在怀特豪尔宫上演。当时有关演出的日期、地点与皇室观众均登记在册，并印刷在了1608年四开本的扉页上以作广告宣传。夏皮罗认为，“这种情况以前从未在莎士比亚的戏剧中发生过，以后也不会再发生。在这个圣诞季，《李尔王》获得了最重要的地位”③。

夏皮罗之所以称1606年为“李尔王年”（the year of Lear），原因不仅在于这一年莎士比亚创作出了《李尔王》，也不仅仅是该剧在怀特豪尔宫上演，更是因为该剧既是那一年英国政治气候与社会文化环境的缩影，又是一剂莎士比亚向公众开出的安抚良药：“火药阴谋”影响的余波尚在，英联邦的政治分裂重现，以致莎士比亚剧团在1606年圣斯蒂芬节在宫廷上演《李尔王》一剧，“一定让当时的人们感到值得纪念”，满足了公众对现实的关怀与对压抑的宣泄，这才留下了这出悲剧的诸多戏剧演出情况记录。

悲剧的作用就在于此。亚里士多德认为：“悲剧是对一个严肃、完整、

① James Shapiro, *The Year of Lear*: *Shakespeare in* 1606. Simon Schuster, 2015.

② James Shapiro, *The Year of Lear*: *Shakespeare in* 1606. Simon Schuster, 2015.

③ James Shapiro, *The Year of Lear*: *Shakespeare in* 1606. Simon Schuster, 2015.

有一定长度的行动的模仿，它的媒介是经过‘装饰’的语言，以不同的形式分别被用于剧的不同部分，它的模仿方式是借助于人物的行动，而不是叙述，通过引发怜悯和恐惧使这些情感得到疏泄。”① 人们因艺术激发情感，艺术的功能便是这种“宣泄”或“净化”作用，通过情感宣泄过后使内心重归于有序与平静。于是，《李尔王》成为公众在那个黑暗、动荡与不安时代宣泄情感的媒介，公众对戏剧的有效接受又反过来成就了这部悲剧。

第四节　虚构性日记、作品与生平研究

除上述研究视角外，英语世界莎学学者试图在解构权威与传统之后，进行重构：或通过莎士比亚作品以寻找蛛丝马迹，试图重构莎士比亚的一生；或根据已知莎士比亚生平事实，虚构莎士比亚日记，并以此进行本应基于实证研究而展开的作者生平研究。只不过，这种重构仍然缺乏新的、有力的实证材料支撑，充其量只是一种虚构性的重构，洋溢着后现代主义反传统、不确定性与解构性思想。

一　基于虚构性日记的生平研究

美国亚利桑那大学学者 J. P. 维尔林（J. P. Wearing）出版《莎士比亚日记：一部虚构的自传》（*The Shakespeare Diaries: A Fictional Autobiography*，2007）一书，以虚构性的莎士比亚日记为载体进行生平研究。维尔林在此书中，以真实事件为本，辅之以虚构的叙事，写就一部“faction”，实则为“虚构的自传”（fictional autobiography），试图解答“如果莎士比亚真的记日记的话，他会写什么呢”② 这一问题。维尔林虚构出来的莎士比亚日记包含了几乎所有有关莎士比亚的已知事实③，同时也掺杂了作者本人的臆测与主观判断。这本莎士比亚生平研究著作，尽管视角独特，在体裁上有所创新，却只是以一种虚构的形式重组有关莎士比亚的

① ［古希腊］亚里士多德：《诗学》，陈中梅译注，商务印书馆 1996 年版，第 63 页。

② J. P. Wearing, *The Shakespeare Diaries: A Fictional Autobiography*. Santa Monica: Santa Monica Press, 2007, p. 5.

③ J. P. Wearing, *The Shakespeare Diaries: A Fictional Autobiography*. Santa Monica: Santa Monica Press, 2007, p. 5.

种种事实，实则是“新瓶装旧酒”。

除《莎士比亚日记：一部虚构的自传》以外，英语世界甚至还出版了关于莎士比亚生平的虚构性小说，如英国著名作家、评论家安东尼·伯吉斯（Anthony Burgess）创作的《没有什么像太阳：莎士比亚的爱情生活》（*Nothing Like the Sun*：*A Story of Shakespeare's Love-Life*，1964）、摩根·裘德（Morgan Jude）的《莎士比亚的秘密》（*The Secret Life of William Shakespeare*，2012）、L. E. 彭布罗克（L. E. Pembroke）创作的历史小说《威廉和苏珊娜：莎士比亚的家庭秘密》（*William and Susanna*：*Shakespeare's Family Secrets*，2016）等。

二　基于作品分析的生平研究

在缺乏有证可考的莎士比亚生平事迹记录的背景下，大多生平研究往往只能选择从莎士比亚作品中寻找蛛丝马迹。英国伦敦大学教授、莎士比亚研究权威专家勒内·韦斯（René Weis）出版的《揭秘莎士比亚：一本传记》（*Shakespeare Revealed*：*A Biography*，2007）一书，即从作品本身切入，研究莎士比亚的一生，并对十四行诗的主体，即 Dark Lady 的假定身份提出了新的理论。①

美国北伊利诺伊大学学者威廉·贝克（William Baker）在其出版的《莎士比亚》（*William Shakespeare*，2009）一书中，同样将研究的落脚点放在作品，基于戏剧体裁分类，将作品置于莎士比亚的生活和活动之中，重估莎士比亚的一生及其作品。贝克开篇就指出当前莎士比亚研究的不足，认为当前西方学界通过莎士比亚的晚期戏剧来考察他早期作品的产出存在缺陷。这是因为，这一将莎士比亚置于当下的研究思路在很大程度上避免了有关莎士比亚生平研究那种传记性、批判性或文本性的猜测，而侧重于对人们所知的莎士比亚及学界在21世纪初取得的莎士比亚研究成就的描述。② 贝克认为，诸如勒内·韦斯《揭秘莎士比亚：一本传记》、克莱尔·阿斯奎斯（Clare Asquith）的《影子戏》（*Shadowplay*，2005）、斯蒂芬·格林布拉特（Steven Greenblatt）的《俗世威尔：莎士比亚新传》以及杰梅茵·格里尔（Germaine Greer）的《莎士比亚的妻子》等莎士比亚生平研究著作，并未“全面、透彻地考察过莎士比亚的全部作品，或将其作品

① René Weis, *Shakespeare Revealed*: *A Biography*. London: John Murray, 2007.

② William Baker, *William Shakespeare*. London & New York: Continuum, 2009, p. ix.

置于已知的莎士比亚生活和活动中进行考察”①。因此，贝克基于文献证据和莎剧文本中所揭示的历史事件，回顾了与莎士比亚的生活和工作相关的各种说法。

贝克在《莎士比亚》一书中，将研究重点放在了对莎士比亚戏剧类型的考察上，重点关注喜剧、历史剧、悲剧、问题剧与晚期剧，考察了《威尼斯商人》《第十二夜》《亨利四世》《亨利五世》《哈姆雷特》《一报还一报》和《暴风雨》。全书共分为 10 章：第一章围绕莎士比亚的早期生活展开，包括出生、养育、家庭、婚姻以及当时的英国；第二章主要以伦敦为叙事空间，考察了伊丽莎白时期的舞台以及莎士比亚早期的历史剧；第三章考察了莎士比亚的诗歌和十四行诗；第四章考察了莎士比亚的喜剧；第五章考察了伊丽莎白统治晚期的政治动乱；第六章围绕莎士比亚的悲剧展开；第七章讲述了莎士比亚开启新的创作领域，即问题剧；第八章讲述了作为合作者的莎士比亚；第九章主要讲述了莎士比亚一生中的最后一年以及他在最后生命时光中创作的传奇剧；第十章主要围绕莎士比亚的一生以及第一对开本展开，总结了整个研究。

英语世界的莎士比亚生平研究无论是研究其一生，还是从作品中找寻证据，抑或是研究其情史、家庭关系、妻子和朋友，抑或是研究其一生中的某一时间段、某一转折点，均未脱离莎士比亚作品文本的研究。通过文本来揭示莎士比亚的真实生活成为学者不可避免的思维陷阱，正如医学杂志《柳叶刀-精神病学》主编尼尔·博伊斯（Niall Boyce）所言，“寻找‘真正的莎士比亚’的努力充满了陷阱。尽管有大量关于他的商业交易文件，但是关于他的心理过程，没有经过戏剧或诗歌过滤的证据是不存在的。试图探讨莎士比亚的私人生活常常使评论家把自己的关注点投射到莎士比亚及其作品上”②。尽管莎士比亚的心理过程已被其作品过滤了一遍，很难说其作品保留了其真实的心理活动，但通过文本来探究莎士比亚生平事迹并非毫无价值。正如前文所述，莎士比亚现实中的经历、体味与生命感悟通过其笔下的人物与情景一一呈现，而透过文本又可观莎士比亚在现实生活中的价值判断与生命体验。

---

① William Baker, *William Shakespeare*. London & New York: Continuum, 2009, p. ix.

② Niall Boyce, “Shakespeare under water”, *The Lancet*, Vol. 379, Issue 9813, 2012, p. 306.

小结

英语世界的莎士比亚生平研究方法多元，角度新颖：或从莎士比亚情史、妻子、家人与朋友切入，以还原莎士比亚的真实面貌；或基于微观史学观，仅聚焦于莎士比亚一生中的某个时间段、转折点甚至其中一个小事件进行考察；或从作品中找寻证据；或从莎士比亚的旅行经历来审视莎士比亚其人；或以半虚构性半真实性的方式，甚至完全虚构（比如干脆写成小说），重构莎士比亚生平。尽管有证可查的莎士比亚生平材料与档案极为匮乏，然而莎士比亚生平研究一直以来吸引着无数学者前赴后继，甚至在后现代语境中不断消解莎士比亚作为真正作者的权威性与真实性。如歌德所说的那般——“说不尽的莎士比亚”[①]，英语世界有关莎士比亚的生平研究常论常新。

国内学界亦关注莎士比亚生平研究，近年来评述了西方几部重要的莎士比亚生平研究著作与传记。但相较于英语世界莎士比亚生平研究的众多成果，国内对英语世界莎士比亚生平研究著作的译介屈指可数，这就容易造成国内外研究的断层，无法追踪西方学界最新研究动态。而且只有已有中译本的国外莎士比亚传记作品才得到了国内学界的评论。因此，有必要梳理英语世界莎士比亚生平研究成果，总结其特征，分析其研究方法与视角，以为国内莎士比亚生平研究带来新的研究视野。

英语世界的莎士比亚生平研究远远不止本章所探讨的这些内容，包括“莎士比亚问题”、莎士比亚戏剧著作权问题与作者归属问题——莎士比亚戏剧究竟是不是莎士比亚所写——在内的莎士比亚之谜，往往是英语世界莎学学者在进行莎士比亚生平研究时所不可避免的话题与试图解决的难题。然而，这类探讨始终无一定论。尽管如此，英语世界莎学学者在不断的探索与猜测中推动了世界莎学的发展，生发了一个又一个的学术增长点。这也是下一章将探讨的内容。

① ［德］歌德：《说不尽的莎士比亚》（1826），杨周翰编选《莎士比亚评论汇编》（上），中国社会科学出版社1979年版，第297页。

第二章

作品版权与作者归属研究

莎士比亚戏剧版权与作者归属研究同莎士比亚生平研究密不可分。意欲还原莎士比亚的真实面貌，必然会对莎士比亚一生中的重重疑点进行分析。这就涉及英语世界经久不衰的研究话题——莎士比亚戏剧版权与作者归属问题。所谓“作者归属”（authorship attribution）或称作者身份识别、作者身份问题，即在一组可能作者之中找出作品的真正作者，与作品版权问题息息相关。具体到莎士比亚，则形成了莎剧的作者归属问题，即莎剧究竟是不是莎士比亚所写？是否另有其人？自 1857 年美国剧作家德丽亚·培根（Delia Bacon）彻底否定了莎士比亚作为莎剧作者的真实性并正式提出其他可能性人选以来，有关莎剧作者归属的探讨始终贯穿整个莎学研究，成为莎学研究领域不可或缺的一部分。按英国学者安德鲁·贝内特（Andrew Bennett）的话来说，没有莎士比亚作者问题，就没有英语文学；莎士比亚作者问题之外别无文学。[①] 莎士比亚作者问题成为莎学研究的首要问题，也是至关重要、亟待解答的问题。

英美学界对此展开过大量研究，形成了以版权、作者归属与文本流传史为中心的莎士比亚研究。莎士比亚戏剧版权与作者归属问题之所以一直以来是世界莎士比亚研究不可忽视的领域，其原因就在于，该问题与作者身份鉴定、作品与文化权威、戏剧流传变异等问题息息相关。其中，作者归属问题更是引发了一场有关文化权威、社会角色以及这些角色在 20 世

---

① Andrew Bennett, “On not Knowing Shakespeare (and on Shakespeare not Knowing): Romanticism, the Authorship Question and English Literature”, in William Leahyed., *Shakespeare and His Authors: Critical Perspectives on the Authorship Question*. London & New York: Continuum, 2010, p. 12.

纪的变化与挑战的论争。[①] 于是，莎剧作者归属问题成为一个吸引无数学者思考的学术议题。

目前，英语世界有关莎剧作者归属问题已形成几大派别，持不同立场：一是如英国萨塞克斯大学英语教授尼古拉斯·罗伊尔（Nicholas Royle）所说的“反莎士比亚派”（anti-Shakespeareana），或称为“反斯特拉特福德派”（anti-Stratfordian）。该派针对此问题持“群组主义”（groupist）观点，认为莎士比亚戏剧是众多作者合作的结果[②]；二是如马克·吐温所说的“莎士比亚派”（Shakespearites），坚信莎士比亚就是莎士比亚戏剧的真正作者；三是如马克·吐温所说的“培根派”（Baconians），认为莎士比亚戏剧乃弗朗西斯·培根所写；四是如马克·吐温所说的迷惑龙主义（Brontosaurian），该派并不清楚究竟是莎士比亚还是培根写就了这些戏剧。[③] 此外，还有各种各样的派别，如“瓦解派”（Disintegrators）、“牛津派”（Oxfordians）、“斯特拉特福德派”（Stratfordians）、“莎士比亚作者联盟派”（the Shakespeare Authorship Coalition）、“连续性莎士比亚和临时莎士比亚派”（Continuity Shakespeare and Provisional Shakespeare）[④]，等等。莎剧作者归属问题在学界所引起的反响可见一斑。那么，莎士比亚戏剧版权与作者归属问题究竟是如何产生的呢？在进行英语世界莎士比亚戏剧版权与作者归属问题专题性研究成果分析之前，有必要将此学术议题的来龙去脉梳理清楚。

第一节　莎剧版权与作者归属问题的起源

一直以来，世界莎学研究领域存在着一个疑问：莎剧究竟是不是莎士比亚所写？因年代久远，莎士比亚本身的生平记录模糊且有所缺失，加之

---

① William Leahy, *Shakespeare and His Authors: Critical Perspectives on the Authorship Question*. London & New York: Continuum, 2010, p. 2.

② Nicholas Royle, “The Distraction of ‘Freud’: Literature, Psychoanalysis and the Bacon-Shakespeare controversy” in William Leahy ed., *Shakespeare and His Authors: Critical Perspectives on the Authorship Question*. London & New York: Continuum, 2010, p. 59.

③ Mark Twain, *Is Shakespeare Dead?* Richmond: Alma Classics, 2017, p. 30.

④ Willy Maley, “Malfolio: Foul Papers on the Shakespeare Authorship Question” in William Leahy ed., *Shakespeare and His Authors: Critical Perspectives on the Authorship Question*. London & New York: Continuum, 2010, p. 23.

过去知识产权保护意识的薄弱，戏剧版权与作者归属问题始终是一个悬而未决的“莎士比亚之谜”。问题是，莎士比亚戏剧版权与作者身份问题究竟是如何产生的呢？何以会产生如此疑问？

美国当代著名文学批评家、新历史主义批评代表人物斯蒂芬·格林布拉特曾在其《俗世威尔：莎士比亚新传》一书中道出了产生莎剧著作权与作者归属问题的真正要害之处：

> 一个来自小镇的年轻人，一个没有独立财富、没有强大家庭关系、没有接受过大学教育的人，在1580年代后期移居伦敦，在极短的时间内成为最伟大的剧作家……有史以来最伟大的剧作家。他的作品不仅吸引了博学者与无拘无束的人，也吸引了城市里的老练人士与一流戏院演员。他让观众们欢笑和哭泣；他把政治变成了诗歌；他鲁莽地将粗俗的小丑和哲学的微妙混为一谈；他以平等思维理解国王和乞丐的私生活；他似乎曾一度在另一神学领域、另一断代古史中学习过法律，同时又毫不费力地模仿乡巴佬的口音，并以老太太的故事为乐。如何解释这种规模的成就？莎士比亚是如何成为莎士比亚的？①

莎士比亚匮乏的教育经历、贫瘠的异域经历以及缺失的详细生平实证材料，均让人质疑莎士比亚如何能够创作出数量如此之多、质量如此之高、知识跨度如此之大、思想如此之深邃、情感如此之丰富的戏剧作品。这正是以莎剧版权与作者归属问题为主的莎士比亚问题产生的主要原因。

一　德丽亚·培根的论断：培根—莎士比亚争论

英国布鲁内尔大学艺术学院院长威廉·莱希（William Leahy）在其所编的《莎士比亚及其作者们：作者身份问题的批判视角》（*Shakespeare and His Authors: Critical Perspectives on the Authorship Question*，2010）论文集中，收录了10篇有关“莎士比亚作者论争”问题（the Shakespeare authorship controversy）的论文。莱希认为，目前仅有三位专业文学学者针对作者归属问题进行了研究：第一位是塞缪尔·舍恩鲍姆（Samuel Schoenbaum）。舍恩鲍姆在其《莎士比亚的生活》（*Shakespeare's Lives*，1991）一

① Stephen Greenblatt, *Will in the World: How Shakespeare Became Shakespeare*. New York & London: W. W. Norton & Company, 2004, p. 11.

书中，将作者身份问题研究视作一种“偏离”（Deviations）。第二位是英国著名莎学学者乔纳森·巴特（Jonathan Bate）。巴特在其《莎士比亚的才华》（*The Genius of Shakespeare*，1997）一书中，开辟一章专门探讨莎剧作者问题。第三位则是尼古拉斯·罗伊尔（Nicholas Royle）。罗伊尔在其1990年发表的长篇论文《“弗洛伊德”的困惑：文学、精神分析与培根—莎士比亚争论》（“The distraction of ‘Freud’：Literature，Psychoanalysis and the Bacon-Shakespeare controversy”）中，从精神分析视角，围绕培根—莎士比亚争论，分析了莎剧作者归属问题。

然而，莱希没能意识到的是，探讨莎剧作者归属问题的专业文学学者不止舍恩鲍姆、巴特和罗伊尔这三位。1909年，马克·吐温在其《莎士比亚已死?》（*Is Shakespeare Dead?*）一书中，就对莎士比亚产生了强烈的质疑，质疑仅受过一般教育的莎士比亚是否能够写出如此富有学识的戏剧，并且在戏剧中准确地运用专业术语。此外，美国克利夫兰州立大学英语教授詹姆斯·马里诺（James J. Marino）在1988年出版的《拥有威廉·莎士比亚：国王剧团和他们的知识产权》（*Owning William Shakespeare: The King's Men and Their Intellectual Property*）[①]一书中，基于《哈姆雷特》《驯悍记》《李尔王》等作品，专门探讨演员的知识产权体系，研究莎士比亚表演公司如何通过大幅重写和不断坚持上演莎士比亚的作品来维护公司对戏剧的所有权。

但英美学界一致认为，引发这场有关莎剧作者热议的“始作俑者”乃美国剧作家德丽亚·培根（Delia Bacon）。1856年，德丽亚·培根在爱默生（Emerson）的帮助下，在《普特南月刊》（*Putnam's Monthly*）上刊登了一篇题为《关于威廉·莎士比亚及其戏剧的探究》（“William Shakespeare and His Plays：an Inquiry Concerning Them”）的文章，第一次公开了德丽亚·培根关于“培根—莎士比亚”的论争[②]，从此引发热议。所谓“培根—莎士比亚”论争，即指莎剧究竟是莎士比亚还是著名作家弗朗西斯·培根（Francis Bacon）所写。

1857年，德丽亚·培根的专著《呈现莎士比亚戏剧哲学》（*The Philosophy of the Plays of Shakespeare Unfolded*，1857）出版，系统地论述了莎

① James J. Marino, *Owning William Shakespeare: The King's Men and Their Intellectual Property*. Philadelphia: University of Pennsylvania Press, 1988.

② Samuel Schoenbaum, *Shakespeare's Lives*, Oxford: Clarendon, 1991, p. 389.

剧作者归属问题。她在书中指出，弗朗西斯·培根、沃尔特·罗利爵士（Sir Walter Raleigh）和埃德蒙·斯宾塞（Edmund Spenser）才是莎剧的真正作者。而这位颠覆莎士比亚戏剧研究的女作家也因为这一“惊天地，泣鬼神”的论断而一时臭名昭著，其产生的学术效应至今仍引发关注。毕竟，德丽亚·培根彻底否定了“莎士比亚戏剧”这一命名的合法性，并且是提出除莎士比亚之外的其他可能性作者的第一人。

然而，德丽亚·培根还算不上是质疑莎士比亚的第一人。早在1771年，赫伯特·劳伦斯（Herbert Lawrence）写了一本名为《常识的生活与冒险》（*The Life and Adventures of Common Sense*）的书籍，提出了莎士比亚剽窃戏剧的观点。1811年，塞缪尔·泰勒·柯勒律治（Samuel Taylor Coleridge）发表了一系列演讲，质疑莎士比亚作为莎剧作者的身份。但遗憾的是，劳伦斯和柯勒律治只是质疑，并未提出究竟谁才是真正作者的设想或论断。直到1857年，德丽亚·培根才基于文本分析，首次指出了真正作者的候选人。然而，该论断一经问世便引来刺耳的批判声。即便如此，德丽亚·培根还是沉浸在自己构建的“莎士比亚矛盾”（Shakespeare Controversy）理论世界里，几近癫狂，甚至“想象培根勋爵信件上的象形文字是解开整个谜团的关键，因为里面有详细的说明，说明如何找到藏在莎士比亚墓碑下的遗嘱和其他遗物”[①]。更为疯狂的是，这位女作家甚至前往莎士比亚的出生地斯特拉特福德，找到了在教堂里的莎士比亚墓，试图挖开莎士比亚的坟墓一探究竟。最终因为自己并不能确定培根信中所指坟墓即为莎士比亚的，因此放弃了这一想法。

问题是，这位女作家究竟为何得出如此论断？此论断究竟是否合理？要想回答这两个问题，首先就要厘清德丽亚·培根是如何得出这一结论的。德丽亚·培根致力于哲学体系的论证和发展，在她看来，“哲学体系是莎士比亚戏剧表面和表面文本的基础”。并且她还在“培根那些公认作品以及同时代其他作家的作品中，也发现了同样的哲学痕迹。……人们一直没有怀疑到他们之间有兄弟情谊，他们之间有一种共同的理解和统一的目标……”[②] 简言之，德丽亚·培根在莎士比亚文本中所追寻的哲学体系同样也是培根作品中的哲学体系。这也成为德丽亚·培根断定培根为莎剧

---

① Samuel Schoenbaum, *Shakespeare's Lives*, Oxford: Clarendon, 1991, p. 391.

② Delia Bacon, *The Philosophy of the Plays of Shakespeare Unfolded*, New York: AMS Press, 1970, p. viii.

真实作者的理论基础。

然而，正如美国著名作家霍桑在此书前言所评价的那般，德丽亚·培根既没有构建起这个新哲学，也没有从源头进行追溯；她始终停留在设想阶段，并未进行实证性考证。[①] 对此，卡莱尔也认为，“德丽亚是从自己内心深处解决莎士比亚问题，对博物馆或档案馆里的所有证据要么不屑一顾，要么毫不在意”[②]。并且德丽亚的论述“晦涩难懂，含沙射影，滔滔不绝的华丽辞藻如咒语一般”[③]。这就使她的论断缺乏足够的论证，难以让人信服，正如英国学者斯托普在其《培根—莎士比亚比亚问题有了答案》一书中所持态度那般，断定培根为莎剧的真正作者毫无根据。

二　马克·吐温的断言："莎剧非莎士比亚所写"

美国著名作家马克·吐温也曾认为，相比莎士比亚是莎剧的真正作者，他更倾向于相信培根才是真正作者。1909 年，马克·吐温出版《莎士比亚已死?》一书，专门就莎剧作者归属问题展开讨论。在此书中，有关莎士比亚生平经历的事实与猜测均在马克·吐温这位大作家的笔下被娓娓道来。马克·吐温明确表示，自己在阅读德丽亚·培根有关莎士比亚的论断后，重新产生了对莎剧作者归属问题的兴趣与思考，并指出这些所谓的莎剧并非莎士比亚所写。

据马克·吐温的论述，当前有关莎剧作者归属问题有三大派别：一是莎士比亚者（Shakespearites），坚信是莎士比亚写了莎剧；二是培根主义者（Baconians），认为莎剧乃弗朗西斯·培根所写；三是迷惑龙主义（Brontosaurian），这一派并不清楚究竟是莎士比亚还是培根写就了这些戏剧，但有一点可以确定的是，莎士比亚肯定没有写，并强烈怀疑是培根所为。马克·吐温自己则声称，自己是迷惑龙主义者，倾向于相信弗朗西斯·培根才是真正作者。这是因为莎剧包括法律等多方面的专业知识，且富有智慧，将莎剧归属于具有卓越才能、智慧过人与阅历丰富的培根名下更具合理性。在马克·吐温看来："这些戏剧的作者比他那个时代的任何人都更有智慧，更博学，拥有丰富的想象力与广博的思想，是那么的优雅和雄伟。……我们没有任何证据表明，斯特拉特福德的莎士比亚拥有任何

① Samuel Schoenbaum, *Shakespeare's Lives*, Oxford: Clarendon, 1991, p. 387.

② Samuel Schoenbaum, *Shakespeare's Lives*, Oxford: Clarendon, 1991, pp. 387-388.

③ Samuel Schoenbaum, *Shakespeare's Lives*, Oxford: Clarendon, 1991, p. 389.

这类天赋或才能。”[①] 然而，马克·吐温没有意识到的是，他如此论证存在一个逻辑悖论：我们既无法证明莎士比亚写了这些戏剧，亦无法证明莎士比亚未写这些戏剧。换作弗朗西斯·培根亦是如此。因此，一切都只是猜测，只不过种种事实表明，由于莎士比亚生平记录实在缺乏，诸多臆测无证可考，于是莎士比亚乃莎剧的作者这一看似毋庸置疑的陈述其实疑点重重。

马克·吐温在《莎士比亚已死?》一书中，论述了“莎剧非莎士比亚所写”的六个理由，或者说，围绕莎士比亚历史事件与年表的六个匪夷所思的谜团。

第一，写这些戏剧的作者对法律、法院、法律诉讼、律师谈话及其方式都非常熟悉。然而，莎士比亚只接受过短暂的一般性教育，不可能掌握如此精准的专业性法律知识与工作机制。倘若莎士比亚牢牢掌握了这些知识，那他是如何、何处以及何时掌握的？这是一大疑问。

第二，莎士比亚在遗嘱中详细交代了其所拥有的所有财富的安排，甚至连那张“次好的床”的去向也交代得十分清楚，却唯独对其戏剧作品、诗歌、未完成作品与手稿只字未提。

第三，莎士比亚临终前十分富有，但他没有留下任何可以供他孙女接受教育的资源，以致莎士比亚的孙女并不识字。

第四，莎士比亚的逝世在斯特拉特福德小镇并未引起轰动，既无人从伦敦赶来吊唁，亦无人发表哀悼诗歌或撰写颂词。这与莎士比亚同时代的那些杰出文学家，比如本·琼生、弗朗西斯·培根、斯宾塞以及罗利逝世时的情形，形成鲜明对比。

第五，既然莎士比亚在其出生的贫困小镇度过了 26 年，并无其他人生经历，然而丰富的人生经历是一个作家最宝贵的财富，那么莎士比亚如何能够写出一系列伟大的戏剧？

第六，莎士比亚早期在斯特拉特福德生活了二十余年，而后在伦敦赚得盆满钵满后荣归故里，又在这里生活了六年，直至去世。然而，在他去世后，当地人对这位世界文学史上伟大的剧作家竟无半点印象，亦未留下任何莎士比亚作为名人的证据。[②]

---

① Mark Twain, *Is Shakespeare Dead*? Richmond: Alma Classics, 2017, p. 70.

② Mark Twain, *Is Shakespeare Dead*? Richmond: Alma Classics, 2017, pp. 10-35.

基于以上六大疑问，马克·吐温得出如下结论：艾汶河畔斯特拉特福德的莎士比亚一生从未写过任何戏剧，从未给人写过一封信。他的一生只写过一首诗，收到过一封信。①

但在笔者看来，这种结论未免过于绝对：不排除存在记录莎士比亚生平事迹资料遗失的可能性，亦不排除莎士比亚在世时并未得到世人认可，因而并未留下太多同时代人对他的溢美之词的可能性。比如，罗伯特·格林尼（Robert Greene）的《小钱小聪明》（*Groats-worth of Wit*, 1592）就被英美学界视作有关莎士比亚在伦敦记录的最早文献；而莎士比亚同时代的大名鼎鼎的剧作家、诗人本·琼森（Ben Jonson）曾写过一首讽刺短诗《论诗人的拙劣模仿者》（*On Poet-Ape*），隐射莎士比亚当时抄袭、改编、变卖前人或同行的戏剧作品。② 这与马克·吐温的论断不免矛盾。

为证明“莎剧非莎士比亚所写”，马克·吐温在《莎士比亚已死?》一书中，还列出了莎士比亚生平事迹中那些被认为是确凿无疑的事实。为直观把握马克·吐温笔下关于莎士比亚的确凿事实，以便分析德丽亚·培根和马克·吐温的论断是否空穴来风，笔者根据马克·吐温所述，在此将事实与学界历来的猜测整理、列举如下，以形成一个简单的莎士比亚年表。

表 2-1　　莎士比亚年表（1564—1616）

时间	事件	事实/猜测
1564 年 4 月 23 日	莎士比亚出生。其隶属农民阶级的父母目不识丁；其出生地斯特拉特福德是一个小地方，破败不堪，环境恶劣，且文盲密集	事实
1564—1582 年	莎士比亚早年间的 18 年，无任何记录	事实
1571—1577 年	从七岁到十三岁一直在斯特拉特福德的免费学校上学。历史学家推断他在那所学校学习了拉丁语	猜测
1582 年 11 月 28 日	莎士比亚与安·海瑟薇结婚。彼时，安·海瑟薇年长莎士比亚 8 岁	事实
1583 年 5 月	莎士比亚的第一个孩子出生	事实
1583—1584 年	空白	事实
1585 年 2 月	莎士比亚迎来了一对双胞胎	事实

① Mark Twain, *Is Shakespeare Dead?* Richmond: Alma Classics, 2017, pp. 21-22.

② William Leahy, *Shakespeare and His Authors: Critical Perspectives on the Authorship Question*. London & New York: Continuum, 2010, pp. 3-5.

续表

时间	事件	事实/猜测
1585—1587 年	空白	事实
1587 年	莎士比亚前往伦敦谋生，长达十年之久，并把家人抛诸脑后	事实
1587—1592 年	空白	事实
1592 年	有人提到莎士比亚是位演员	事实
1593 年	“莎士比亚”这一名字出现在官方演员名单上	事实
1594 年	莎士比亚为女王表演	事实
1594—1597 年	多次进行戏剧表演	事实
1597 年	莎士比亚在斯特拉特福德买下新住所	事实
1597—1610 年	莎士比亚积攒了很多财富，还享有演员和经理的声誉。其间，他的名字尽管拼写方式多变，但与许多伟大的戏剧和诗歌联系在一起，（表面上）是这些戏剧和诗歌的作者。尽管其中一些作品被盗版，但他从未提出抗议	事实
1610—1611 年	莎士比亚回到斯特拉特福德安顿下来，忙着借钱、交易什一税、买卖土地和房屋；逃避妻子在他离家多年期间借来的 41 先令的债务；起诉债务人索取先令和铜钱；被起诉	事实
1616 年	莎士比亚去世。去世前，莎士比亚曾立遗嘱，详细分配了其大大小小所有财产，并在三页遗嘱上均签上自己的名字	事实
/	历史学家猜测，父亲经济上的落魄迫使莎士比亚离开本应就读的学校去工作，养活父母以及兄弟姊妹	猜测
/	历史学家假设，莎士比亚曾帮助他的父亲做屠宰生意	猜测
/	历史学家认为，莎士比亚一到伦敦就开始学习有关法律、法庭程序、皇家法庭等方面的知识。除此之外，他对世界上伟大的文学作品的了解比他那个时代任何人都更为广泛和深入	猜测
/	传记作者推测，年轻的莎士比亚在斯特拉特福德法院当过一段时间的书记员，因此对法律有着广博的知识，并对律师的举止、习惯和商谈十分熟悉	猜测
/	莎士比亚对法律知识的精准掌握，源于其在伦敦旅居的第一年：通过自娱自乐的方式，在自己的阁楼上学习法律书籍，并通过在法庭上闲逛和聆听来获取律师谈话和其他方面的知识	猜测
/	莎士比亚的生活来源靠他在伦敦剧院前牵马	猜测
/	莎士比亚通过在意大利、德国与西班牙等地的旅行，获得了有关异域自然风光、外国语言与社会习性方面的知识	猜测

相较于其他名人的年表，莎士比亚年表显得十分单薄，几乎找不到任何有关莎士比亚一生中发生过的大事的记载，甚至某些时间段的记录根本就是空白。更令人惊诧的是，马克·吐温所谓的确凿无疑、无可争议的事实中竟然无一与其戏剧与诗歌的创作相关。换言之，关于莎士比亚在何时创作了哪部作品无从得知。这一现象背后的缘由在马克·吐温看来，主要是“他［莎士比亚］没有任何历史可以记录”①。马克·吐温的断言对于莎士比亚而言是极其残酷的，彻底否定了莎士比亚对世界文学的杰出贡献及其在世界文学史上的地位与合法性。马克·吐温自己也承认，“没有办法回避这个致命的事实。迄今为止，还没有发现任何明智的方法来绕开这一可怕的隐射”②。

然而，事实就是事实，猜测就是猜测。无论猜测如何合乎情理，如何看起来真实无比，若无实际证据支撑，猜测最终也无法转变为事实。更何况，某些猜测有违逻辑。例如，马克·吐温质疑道，并未受过良好教育且人生经历并不丰富的莎士比亚如何能够写出内涵丰富且囊括法律、法庭、贸易知识及异域风情的戏剧？针对这一质疑，有人就推测，莎士比亚曾前往意大利、德国等地旅行，因此，他的眼界是开阔的。但问题是，莎士比亚旅行的费用从何而来？是否有证据可以证明？基于此，猜测只能给莎剧作者归属问题徒增神秘色彩。然而，对看似是“既定事实”进行合理的质疑却能够推动世界莎士比亚研究向前发展，尤其是推动与作者归属问题息息相关的早期剧本流传、改编与版权等莎学研究重大命题的探究。这也是有关莎剧版权与作者归属问题常论常新的缘由所在。

三　莎士比亚同时代人的“质疑”

莎剧作者归属问题并非到了18—19世纪才骤然出现。早在莎士比亚时代此问题就已萌蘖，出现了同时代人对其本人及作品的“质疑”，只不过并未上升至一个重大莎学研究命题来进行探讨。之所以此处对“质疑”二字打引号，是因为这仅仅是学界的猜测，并无多少确凿无疑的证据，且有些同时代人对莎士比亚的评论自相矛盾。但贯穿世界莎学界几个世纪以来的作者问题并非空穴来风。尽管同时代人疑似暗指的论说并无证据支撑，但为后来该问题的持续发酵埋下了伏笔。

---

① Mark Twain, *Is Shakespeare Dead*? Richmond: Alma Classics, 2017, p. 86.

② Mark Twain, *Is Shakespeare Dead*? Richmond: Alma Classics, 2017, p. 86.

本·琼森曾以一首题为《论诗人的拙劣模仿者》的诗歌疑似暗讽莎士比亚的“抄袭”行为：

可怜的类人猿，那将被认为是我们的首领，
他的作品满是矫饰的机智，
从经纪人竟变成如此胆大妄为的小偷，
而我们这些被偷的人，对他既气愤又怜悯。
起初，他很低调，挑挑拣拣，
购买旧剧本的翻版；现在长大了
有了一点财富与功劳，
他就全部收入囊中，把每个人的智慧占为己有：
而且，说到这里，他很蔑视。啧，这样的罪行
如懒散、张大嘴巴狼吞虎咽的审计员；
他不知道这是谁的，以后的日子也许会认为
这是他的，也是我们的。
傻瓜！好像只有半只眼睛就无法分辨
这是一团羊毛，还是一团碎布？

(Poor POET-APE, that would be thought our chief,
Whose works are e'en the frippery of wit,
From brokage is become so bold a thief,
As we, the robb'd, leave rage, and pity it.
At first he made low shifts, would pick and glean,
Buy the reversion of old plays; now grown
To a little wealth, and credit in the scene,
He takes up all, makes each man's wit his own:
And, told of this, he slights it. Tut, such crimes
The sluggish gaping auditor devours;
He marks not whose ‘twas first and after-times
May judge it to be his, as well as ours.
Fool! as if half eyes will not know afleece

From locks of wool, or shreds from the whole piece?)[①]

本·琼森于1595—1612年写就的这首诗，与莎士比亚戏剧创作时期相吻合。按莱希的说法，如果这首诗的确是针对莎士比亚的，那么“这将是琼森一生中唯一一部关于莎士比亚的作品，这也进一步证明了在莎士比亚创作期就存在着与之相关的作者问题”[②]。换言之，英语世界激烈探讨的莎士比亚作者问题早在莎士比亚时代就已经存在，并被同时代的作家诟病。比如，莎士比亚同时代的剧作家罗伯特·格林（Robert Greene）曾在1592年出版的《小钱小聪明》（*Groats-worth of Wit*）一书中，批判了三位不知名的剧作家，称他们是“用我们的羽毛来美化自己的乌鸦”（there is an vpstat Crow, beautified with our feathers）[③]。尽管格林并未指名道姓地批判莎士比亚，但英语世界的莎学学者认为这其实就是在暗指莎士比亚。这不仅证明年轻剧作家莎士比亚曾惹怒过那些年长并受过更多教育的同行，按乔纳森·巴特的说法，这同时也证明了莎士比亚在1592年左右已然名声大噪[④]，否则不会招来同行的批判与讽刺。更为重要的是，这说明莎士比亚的确真实存在，且是一位剧作家。但这并不能证明莎士比亚就是莎剧的真正作者。

然而，值得注意的是，本·琼森曾在1623年发表过一首诗，题为《题威廉·莎士比亚先生的遗著，纪念吾敬爱的作者》（“To the Memory of My Beloved the Author, Mr. William Shakespeare and What He Hath Left Us”）。这首诗作为本·琼森为莎士比亚戏剧集所写的题词，写于莎士比亚逝世后经他人整理出版的莎士比亚戏剧集“第一对折本”之上。本·琼森在此诗中高度赞扬莎士比亚：

莎士比亚，不是想给你的名字招嫉妒，

---

① William Leahy, *Shakespeare and His Authors: Critical Perspectives on the Authorship Question*. London & New York: Continuum, 2010, p. 5.

② William Leahy, *Shakespeare and His Authors: Critical Perspectives on the Authorship Question*. London & New York: Continuum, 2010, p. 6.

③ William Leahy, *Shakespeare and His Authors: Critical Perspectives on the Authorship Question*. London & New York: Continuum, 2010, p. 4.

④ William Leahy, *Shakespeare and His Authors: Critical Perspectives on the Authorship Question*. London & New York: Continuum, 2010, p. 4.

我这样竭力赞扬你的人和书；
说你的作品简直是超凡入圣，
人和诗神怎样夸你也不会过分。
……
因此我可以开言。时代的灵魂！
我们所击节称赏的戏剧元勋！
……
他不属于一个时代而属于所有的世纪！①

这就与学者们关于本·琼森的《论诗人的拙劣模仿者》一诗隐射莎士比亚的观点自相矛盾。并且这一有据可查的事实也反过来证明了莎士比亚其人及其作品的真实性。无论是本·琼森的暗讽诗，还是罗伯特·格林的批判，都未明确点明其书写对象就是莎士比亚，但英语学界通常将这两个莎士比亚同时代人的说法与莎士比亚相联系。尽管所谓莎士比亚同时代人的暗指缺乏确切证据，甚至出现前后矛盾的说法，但无疑埋下了怀疑的种子，进而引发18—19世纪诸如德丽亚·培根等人将此问题提升至一个学术研究命题——莎士比亚作者问题，不断吸引学者前赴后继地加入该命题的探讨队伍之中。

第二节 不同视域中的莎士比亚作者问题

解决莎剧作者归属问题不仅是一次历史考古，更是一次对英国文化追寻的历程。倘若跳出文本与作者这对关系，将作者归属问题上升至文化问题，那么，围绕在作者身份之上的元素就要复杂得多。

威廉·莱希在其所编的《莎士比亚及其作者们：作者身份问题的批判视角》论文集中曾直接指出，作者问题引发了文化权威与社会角色问题的讨论。在莱希看来，莎士比亚著作权争议并非只是作者归属或著作权问题

① 杨周翰：《莎士比亚评论汇编》（上），中国社会科学出版社1979年版，第11—15页。英文原文如下：To draw no envy, Shakespeare, on thy name, / Am I thus ample to thy book and fame; / While I confess thy writings to be such / As neither man nor Muse can praise too much... I, therefore, will begin. Soul of the age! / The applause, delight, the wonder of our stage... He was not of an age, but for all time!

本身这么简单，而是一种更为广阔与深刻的历史、社会与文化现象，涉及身份、权力、权威、所有权、文化优越感以及占主导地位的传统知识传播等问题。这个问题不仅贯穿莎士比亚的一生，更激起了全世界的兴趣。因此，莱希编写了《莎士比亚及其作者们：作者身份问题的批判视角》这部论文集，旨在分析莎士比亚作者问题这一主题的丰富多样性和重要意义，并证明当前学界一反此前边缘化此问题的做法，转而投入大量精力与研究热情，或从理论高度，或从社会学，或从哲学，或从文化的角度严肃看待作者问题将会产生种种可能性。

一　文化/历史现象

（一）莎士比亚作者权威性的缺失与浪漫主义时代文化特征

莎士比亚一直以来在英国文学史上屹立不倒，并且如英国学者肖恩·加斯东（Sean Gaston）所说的已然成为某种信仰，那么，仅仅是德丽亚·培根缺乏充分论证、近乎疯狂的论述就能引起如此轩然大波，进而引发人们对莎士比亚的质疑吗？实际上，德丽亚·培根的论断只是引子，恰恰是那个时代使“培根—莎士比亚争论”迅速在公共空间流传开来。

塞缪尔·舍恩鲍姆曾指出：“如果德丽亚·培根的理论是疯狂的，那么19世纪就给了她——同其他人一样——疯狂的理由。”[①] 这是因为“对于德丽亚·培根以及那个时代的其他人而言，整个大陆都把伟大的偶像主义批评诗人从当代学术的狭隘主题中分离出来，认为这位来自没有书籍社区的年轻人是商业精神的代表，他写剧本是为了投资房地产，他对《奥赛罗》《麦克白》和《李尔王》的命运漠不关心”[②]。换言之，莎士比亚在当时被当作商业精神的代表，而非伟大的剧作家。

而且19世纪中叶前后正是浪漫主义运动高峰，同时文学界对莎士比亚的崇拜也达到了高峰。诸如柯勒律治（Coleridge）、赫兹列特（Hazlitt）、德·昆西（Thomas De Quincey）等浪漫主义作家在抨击新古典主义而对莎士比亚进行责难的基础上，高度赞扬莎士比亚天才般的存在。[③] 与此同时，浪漫主义追求华兹华斯所谓的“情感的自然流露”，反对权威，这无疑又为莎士比亚作者问题的广泛传播提供了文化环境。莎士比亚的权威性

---

① Samuel Schoenbaum, *Shakespeare's Lives* (*New Edition*), Oxford: Clarendon, 1991, p. 389.

② Samuel Schoenbaum, *Shakespeare's Lives* (*New Edition*), Oxford: Clarendon, 1991, p. 389.

③ 曹顺庆：《比较文学史》，四川人民出版社1991年版，第311—312页。

随即遭到质疑，诸如赫兹利特、柯勒律治等浪漫主义作家均写过有关莎士比亚作者问题的论述。

英国布里斯托尔大学英语教授安德鲁·贝内特（Andrew Bennett）在其《不了解莎士比亚和莎士比亚所不了解的：浪漫主义、作者问题和英国文学》"On not Knowing Shakespeare（and on Shakespeare not Knowing）：Romanticism, the Authorship Question and English Literature"一文中指出，莎士比亚模糊的生平带来了作者问题，这"已经成为这个时代文学文化的特征"①。对于浪漫主义时期的莎学学者而言，正是莎士比亚详尽生平材料的缺失，以及生平与作品创作之间的断裂，构成了浪漫主义时期有关莎士比亚作者身份问题探讨的基石。正如安德鲁·贝内特所言，"浪漫主义时期对莎士比亚作品的极高评价，实际上与对他生活的无知密不可分：对莎士比亚的无知解释了其作品的价值"②。

在缺乏有证可考的史料背景下，研究者通常通过在莎士比亚戏剧与诗歌中找寻莎士比亚本人与文学才能、创作之间的蛛丝马迹，通过分析戏剧与诗歌的文本特征，以探索莎士比亚作者身份问题。但如此研究有些本末倒置，正如安德鲁·贝内特所言："这里存在有一个怪圈：我们调查莎士比亚的生平是为了更好地掌握他的作品；但为了了解莎士比亚，我们不得不对他的作品进行解读——这只有在他生活的背景下才能完全理解。"③

安德鲁·贝内特认为，正是因为"莎士比亚不是其他人，所以才成为莎士比亚"④。这对诸如哈兹利特、济慈、柯勒律治等浪漫主义时期的作家和诗人而言，产生了较大影响。哈兹利特本人就是有名的莎评家，发表

① Andrew Bennett, "On not Knowing Shakespeare（and on Shakespeare not Knowing）：Romanticism, the Authorship Question and English Literature", in William Leahy ed., *Shakespeare and His Authors：Critical Perspectives on the Authorship Question*. London & New York：Continuum, 2010, p. 11.

② Andrew Bennett, "On not Knowing Shakespeare（and on Shakespeare not Knowing）：Romanticism, the Authorship Question and English Literature", in William Leahy ed., *Shakespeare and His Authors：Critical Perspectives on the Authorship Question*. London & New York：Continuum, 2010, p. 11.

③ Andrew Bennett, "On not Knowing Shakespeare（and on Shakespeare not Knowing）：Romanticism, the Authorship Question and English Literature", in William Leahy ed., *Shakespeare and His Authors：Critical Perspectives on the Authorship Question*. London & New York：Continuum, 2010, p. 14.

④ Andrew Bennett, "On not Knowing Shakespeare（and on Shakespeare not Knowing）：Romanticism, the Authorship Question and English Literature", in William Leahy ed., *Shakespeare and His Authors：Critical Perspectives on the Authorship Question*. London & New York：Continuum, 2010, p. 20.

过有关莎剧的评论性与研究性文章，比如《莎士比亚与弥尔顿》（1818）、《莎士比亚戏剧人物论》（1817）。柯勒律治则发表过《关于莎士比亚的演讲》（1818）一文，不仅对《暴风雨》《罗密欧与朱丽叶》《哈姆雷特》与《奥赛罗》几部戏剧作品进行评析，还分析了莎士比亚的判断力与戏剧特点等。在哈兹利特、济慈、柯勒律治这类浪漫主义作家看来，"诗歌是以作者的典范性为特点的，是以作者不做自己而因此能够成为他人的这种能力为特点的"[①]。这类浪漫主义作家从强调主观感受的诗学主张出发，在评论莎士比亚作品之时，将莎士比亚作者问题所带来的影响注入评论之中。于是，哈兹利特最后得出结论，"我们就是哈姆莱特"；柯勒律治说"我身上也有点哈姆莱特的味道"[②]。在安德鲁·贝内特看来，这就是浪漫主义作家的法则，而莎士比亚成为浪漫主义时期超凡脱俗天才的典范。

当莎士比亚作者问题与浪漫主义时期的文学风潮相碰撞，一切问题迎刃而解：莎士比亚作者问题并非一个绝对的"是/否"命题；莎士比亚作者问题之外还存在具有重要意义的延伸性问题。因此，当莎士比亚作者问题进入浪漫主义场域时，莎士比亚俨然成为浪漫主义思潮中的典范。围绕在莎士比亚周围的作者归属问题成为"浪漫主义（重新）创造作者本身的逻辑结果"：

> 为了让莎士比亚在浪漫主义中成为超凡天才的典范，他的身份（identity）必须是不确定的（uncertain）——我们对他的个性和生活细节的了解只能是模糊的：他必须是一个没有明显个性的个体。毕竟，天才必须以某种方式超越凡夫俗子，超越易犯错误、有限并暂时被玷污的人，超越那些生与死、犯错、写戏剧和诗歌的人。传记的不确定性，对作者生活的无知，事实上必须是这样的。即使是他的作者身份，他是作者的事实，也可以被质疑。已知的事实必须是有限的，以便有可信的可能性，至少对某些人来说，威廉·莎士比亚并非《哈姆雷特》、《麦克白》或其他作品的作者。换言之，（莎士比亚）作者的浪漫主义状况，以及由此而产生的文学本身的浪漫主义状况，涉及

---

① Andrew Bennett, "On not Knowing Shakespeare (and on Shakespeare not Knowing): Romanticism, the Authorship Question and English Literature", in William Leahy ed., *Shakespeare and His Authors: Critical Perspectives on the Authorship Question*. London & New York: Continuum, 2010, p. 20.

② 杨周翰：《莎士比亚评论汇编》（上），中国社会科学出版社1979年版，第4页。

> 作者问题的可能性，以及“莎士比亚作品”作者被质疑的可能性。莎士比亚作者身份问题是通过视莎士比亚为原型天才的方式将作者身份浪漫化（重新）发明的逻辑结果。这种对作者身份的重新发明反过来参与了浪漫主义文学的（重新）发明——这是一种奇怪而充满悖论的作者形象化作用。①

之所以将莎士比亚视为浪漫主义时期作家之典范，一方面是由于其身份问题的不确定性与生平的模糊性，另一方面即为这种模糊性与不确定性所带来的“权威缺失”（lack of authority）。而“浪漫主义作家的本质，即浪漫主义意识形态的核心要素，即为缺乏权威——作者的权威，即什么构成了他的作家身份，最终也演变成了一种逻辑。通过这种逻辑，‘作者身份问题’展开了。”② 换言之，英国浪漫主义运动一个明显特征就是反权威，强调个性的突出与感情的自然流露。柯勒律治就认为，莎士比亚戏剧是由内部必然性而天然形成的③，这就与古典主义大肆宣扬的规定形式、理性规则与权威性背道而驰。莎士比亚作者问题恰恰是因其作者身份的模糊性而缺失某种权威性，加之这种权威性的缺失带来了有关作者身份之谜的想象性猜测，与浪漫主义运动思潮的核心不谋而合。

可以说，莎士比亚作者问题萌生于浪漫主义时期。在这一时期，该问题并不是一个必须要从实证或文本分析方法来解决的问题，而是成为浪漫主义逻辑演变的直接结果，其“权威性缺失”的特点成为浪漫主义时期的时代文化特征，正如英国莎学大家乔纳森·巴特所说的“浪漫讽刺的权威例子”④。

莎士比亚作者问题的出现离不开英国浪漫主义运动的直接作用。于是，不同于后继学者尝试多种研究方法试图去解答这一疑问，浪漫主义时期有关此问题的研究采用了一种截然不同的态度，即跳出务必解答此问题

---

① Andrew Bennett, “On not Knowing Shakespeare (and on Shakespeare not Knowing): Romanticism, the Authorship Question and English Literature”, in William Leahy ed., *Shakespeare and His Authors: Critical Perspectives on the Authorship Question*. London & New York: Continuum, 2010, p. 20.

② Andrew Bennett, “On not Knowing Shakespeare (and on Shakespeare not Knowing): Romanticism, the Authorship Question and English Literature”, in William Leahy ed., *Shakespeare and His Authors: Critical Perspectives on the Authorship Question*. London & New York: Continuum, 2010, p. 20.

③ 杨周翰：《莎士比亚评论汇编》（上），中国社会科学出版社1979年版，第4页。

④ Jonathan Bate, *Shakespeare and the English Romantic Imagination*. Clarendon: Oxford University Press, 1986, p. 37.

的固定思维模式，将此问题看作一种浪漫主义时期的文化现象，阐述了其存在的合理性及必要性，正如安德鲁·贝内特所言，正是因为我们不了解莎士比亚才使莎士比亚成为莎士比亚。

（二）实证史料研究与“虚拟语气”

英国阿伯里斯特威斯大学历史教授威廉姆·鲁宾斯坦（William D. Rubinstein）将莎士比亚作者问题视为一种历史现象。鲁宾斯坦在《作者问题：历史学家的观点》（“The Authorship Question：An Historian's Perspective”）一文中从历史维度进行实证研究，将史料置于更广泛的背景下进行客观批判，力图勾勒出一幅可信的事件序列图。

鲁宾斯坦基于当前有关莎士比亚的确切史料指出，对于历史学家而言，至少有三大理由质疑莎士比亚是否创造了真正属于他的作品：

其一，缺乏文献资料支撑。这也是莎剧作者归属问题常常引起质疑的根本原因。尽管当代诸多资料记叙了莎士比亚的生平事迹，却并未留存明确指出这就是莎士比亚作品的文献材料。而莎士比亚生平资料并未明确表明，这位来自斯特拉特福德的演员就是莎士比亚戏剧的作者。与此同时，却存在足够的证据证明，伊丽莎白时期的其他人才是莎剧的真正作者。

其二，“反斯特拉特福德派”（anti-Stratford）的观点，即认为从莎士比亚的成长与受教育的经历来看，莎士比亚不可能写出这些作品。对于这一点，马克·吐温持同样观点。鲁宾斯坦指出：“从这些关于莎士比亚及其学问的事实可以合理地推断，他是一个受过高等教育的人，掌握多种语言，并站在欧洲‘新学问’的前沿，可以说他在牛津受过教育。”① 然而，事实却是，莎士比亚并未接受过良好的教育，也没有莎士比亚拜访意大利的记录，他又是如何做到在其戏剧中对法律、贸易等专业知识运筹帷幄，对威尼斯这样一座充满异域风情的城市描写得如此细致入微的呢？这些有关莎士比亚戏剧中所蕴含的丰富专业知识反过来消解了莎士比亚就是作者的权威性。比如，鲁宾斯坦援引詹姆斯·夏皮罗在其所著的《1599年：莎士比亚一生中的一年》一书中的论述，认为莎士比亚无论是身体还是心灵都疲于排练、训练新演员、更新剧目、几乎全年不息的演出与奔波，而

① William D. Rubinstein，“The Authorship Question：An Historian's Perspective”，in William Leahy ed.，*Shakespeare and His Authors：Critical Perspectives on the Authorship Question*. London & New York：Continuum，2010，p. 50.

具备演员与剧作家双重身份的莎士比亚如何有时间与精力学习知识与创作作品？再如，亚瑟（Usher）提到，莎士比亚戏剧运用了伽利略天文学专业知识，这表明莎士比亚熟悉天文学知识。然而，直到1610年，这些天文学知识才公之于众。① 难道莎士比亚有未卜先知的能力？其实不然，笔者认为，这类现象的出现是多方面因素综合的结果，比如戏剧公司对剧本的修改、演员的即兴发挥以及剧本的流传。

其三，从正统的年代论来看，莎士比亚的生活与莎剧作品的创作轨迹之间没有任何真正联系。鲁宾斯坦认为，这便是产生作者问题的最重要原因。换言之，没有任何史料可以将莎士比亚的人生轨迹与莎剧创作演变轨迹联系起来。有关莎剧为何在某一阶段或转向或改变风格，我们无从得知。

这并非鲁宾斯坦首次对莎剧作者归属问题进行历史学阐释。2006年，鲁宾斯坦与莎士比亚历史学家布伦达·詹姆斯（Brenda James）在合著的《真相总会大白》（*The Truth Will Out*，2006）一书中就从历史学的角度，采用一种盛行于16世纪的破译技巧（code-breaking）来阐释莎士比亚的作品，试图通过文本破译来揭秘作者归属问题。

鲁宾斯坦所谓的史料支撑并非完全实证。尽管鲁宾斯坦指出，当前世界莎学学界不仅缺乏专业学者对莎剧作者归属问题进行研究，更缺乏史学研究，但鲁宾斯坦所论证的史学家对此问题引发质疑的三大理由早在1909年马克·吐温的《莎士比亚已死？》一书中已得到论述，而马克·吐温更是列举了六大缘由。只不过，鲁宾斯坦的论述基于具体的史料。鲁宾斯坦声称自己的研究有别于其他非历史学家那种从文本中找寻支撑证据的研究，并批判了著名英国莎学家勒内·韦斯在《揭秘莎士比亚：一本传记》一书中的种种缺乏事实支撑的论断，强调自己是从历史与实证的角度出发，拿事实说话。然而，鲁宾斯坦有关莎士比亚不可能创作这些戏剧作品的相关论断同样没有史料支撑，仍凭主观臆测。

鲁宾斯坦为探究莎剧作者归属问题提供了实证史学观的研究视野，无疑是一次跨学科实践，为此类研究开辟了一个新的路径。遗憾的是，鲁宾斯坦只是进行了论述，并未得出结论，且在论述的过程中掺杂了种种脱离

① William D. Rubinstein, "The Authorship Question: An Historian's Perspective", in William Leahy ed., *Shakespeare and His Authors: Critical Perspectives on the Authorship Question*. London & New York: Continuum, 2010, p. 50.

史料支撑的论断。笔者以为，有关莎剧作者归属问题，倘若缺乏足够的史料支撑，只会陷入“既无法证明是，亦无法证明否”的悖论之中。莎士比亚生平史料本身就少，生平与作品创作轨迹之间存在断裂，很难以史料为论证基础进行破题。这不免对鲁宾斯坦历史学阐释的实证性与客观性有所消解。

纵观莎士比亚作者问题的探讨，无论是就其本身的探讨，还是基于史料进行的实证史学分析，抑或是德丽亚·培根、马克·吐温、斯蒂芬·格林布拉特等人开展的猜测式文本分析，均未能解决这一问题。大多莎士比亚作者身份研究采用实证研究与猜测假说相结合的方式，采用了一种“虚拟语气”（subjunctive vioce）进行论述，认为“一部莎士比亚史，在很大程度上是一部作家如果做了他想象中的事情就被认为是他应该会去做的历史”[①]。换言之，莎士比亚史是一部基于想象与猜测的历史，是一段被后人不断建构的历史。但问题存在的本身就是推动世界莎学研究不断繁荣的根本要素。若跳出找寻史料证明其真伪的固定思维模式，将这一问题上升至社会与文化现象将带来新的阐释意义。

二　社会、心理现象

除上述将莎士比亚作者问题置于文化与历史视域中进行探讨之外，有学者从社会、心理的角度对这一问题进行研究。英国萨塞克斯大学英语教授尼古拉斯·罗伊尔在其《“弗洛伊德”的困惑：文学、精神分析与培根—莎士比亚争论》一文中，从弗洛伊德对莎士比亚作者问题所持态度的转变，对莎学学界形成的“培根—莎士比亚争论”（Bacon-Shakespeare Controversy）进行阐释，分析其背后的成因。

所谓“培根—莎士比亚争论”，如前文所述，主要指涉莎士比亚作者问题争论，认为莎士比亚戏剧与诗歌可能并非莎士比亚本人所写，而是弗朗西斯·培根。尼古拉斯·罗伊尔开篇就援引英国心理学家欧内斯特·琼斯（Ernest Jones）有关弗洛伊德为“培根—莎士比亚争论”所困扰的叙述，进一步追问：“什么是培根—莎士比亚争论？为什么弗洛伊德在这个问题上失去了理智（借用雅克·德里达的话）？莎士比亚是谁写的？或

① Andrew Bennett, "On not Knowing Shakespeare (and on Shakespeare not Knowing): Romanticism, the Authorship Question and English Literature", in William Leahy ed., *Shakespeare and His Authors: Critical Perspectives on the Authorship Question*. London & New York: Continuum, 2010, p. 13.

者，确定特定文本的作者或文本数量的标准是什么？这一切又在多大程度上与心灵感应的问题脱节呢？”① 基于以上问题，尼古拉斯·罗伊尔分析了弗洛伊德对此问题的转变，认为 17 世牛津爱德华·德·维尔（Edward de Vere，the seventeenth Earl of Oxford）应对莎士比亚作品负责。

为解答上述问题，尼古拉斯·罗伊尔转向了一个更新的理论，即德里达有关签名、名字与作者关系的论述，认为该理论“超越了‘学术判断’的范围，打破了‘内部’和‘外部’证据之间的界限，最终开辟了关于作者身份问题新的思考方式”②。因此，尼古拉斯·罗伊尔从德里达的《签名蓬热》（*Signsponge*，1984）一书切入，借用《签名蓬热》中的观点来阐释莎士比亚作者问题。

德里达在《签名蓬热》中阐述了签名、本名与作者之间的逻辑关联，认为“所述作者与专有名字（proper name）之间存在交易。换言之，在签字之前或之后，他是否在签字时签字，他的专有名字是否真的是他的名字……”③ 均存在疑惑。关于作者与签名之间的关系，有两点值得怀疑：其一，所述作者的签名真的是他的本名？这一疑问进而引起另一疑问：如果作者的签名不是其本名，那么便会采用一种专有名字，而这个专有名字是否可以转让给他人，如德里达所说的“某篇文章是否确实可以转让给某位作者”？这直接质疑了所谓的作者签名与作者本人之间的必然联系。

那么，换作是莎士比亚，名字与签名之间的关系又是如何呢？名字里包含了何种信息？尼古拉斯·罗伊尔在莎士比亚戏剧与诗歌中找寻“Shakespeare”这一名字内嵌于作品中的痕迹，比如“shake”“spear”“nick”“william”，等等，并与“Shakespeare”这一名字相联系，找寻某种内在关联性。

此外，尼古拉斯·罗伊尔一方面论述了弗洛伊德如何借用精神分析法影射“Hamlet”就是莎士比亚那过世的儿子“Hamnet”，另一方面探究了

① Nicholas Royle, “The Distraction of ‘Freud’: Literature, Psychoanalysis and the Bacon-Shakespeare controversy” in William Leahy ed., *Shakespeare and His Authors: Critical Perspectives on the Authorship Question*. London & New York: Continuum, 2010, p. 58.

② Nicholas Royle, “The Distraction of ‘Freud’: Literature, Psychoanalysis and the Bacon-Shakespeare controversy” in William Leahy ed., *Shakespeare and His Authors: Critical Perspectives on the Authorship Question*. London & New York: Continuum, 2010, p. 63.

③ Jacques Derrida, *Signéponge / Signsponge*. Translated by Richard Rand. New York: Columbia University Press, 1984, pp. 24-26.

莎士比亚如何在其作品中留下自己名字的痕迹以达到纪念的效果，进而提出了有关名字隐含意义的假设：

> 1.《签名蓬热》（以及德里达关于签名和专有名字的其他著作）似乎提供了一种识别莎士比亚为作者的方法。这种方法同时改变了"内部证据"和"外部证据"之间的传统学术区分，质疑了署名和挪用（由作者、读者或以作者的名义等进行的挪用）。
>
> 2.《哈姆雷特》不仅可以被解读为莎士比亚内部署名的文本，而且还可以被解读为一部关于署名的思想和行为的文本。
>
> 3. 阅读的逻辑可以延伸到其他的莎士比亚文本。
>
> 4. 所有这些都可以与精神分析学的问题联系起来，尤其是与"弗洛伊德"这个专有名词联系起来。①

追寻真名的过程使"Shakespeare"这一名字成为某种物质存在，成为一种纪念莎士比亚的"纪念牌"。真名也就成为莎士比亚作者问题产生的源头，也是学者试图解决这一问题的手段，正如肖恩·加斯东所言："反斯特拉特福德派为了寻找真名，不断重复神学上的尝试，试图把作品变成对作者的纪念碑，以避免死亡和遗忘……"②

尼古拉斯·罗伊尔独特的研究视角在众多莎士比亚作者问题研究中可谓独树一帜。英语世界学者要么从外部证据出发，围绕手稿或档案记载等史料展开，要么基于文本计算，分析作品风格特征以寻得内部证据。但尼古拉斯·罗伊尔抛开了以往所谓的内部证据与外部证据，转而借用解构主义大师德里达有关名字、签名、本名与作者关系的论述，从名字入手，以探莎士比亚作者问题，为此问题的探究开辟了新方法与新思路。

三　生平传记中的作者问题

英语世界莎学学者在探讨莎士比亚作者问题时所采用的文献主要是莎

① Nicholas Royle, "The Distraction of 'Freud': Literature, Psychoanalysis and the Bacon-Shakespeare controversy" in William Leahy ed., *Shakespeare and His Authors: Critical Perspectives on the Authorship Question*. London & New York: Continuum, 2010, p. 68.

② Sean Gaston, "No Biography: Shakespeare, Author" in William Leahy ed., *Shakespeare and His Authors: Critical Perspectives on the Authorship Question*. London & New York: Continuum, 2010, p. 100.

士比亚传记。莎士比亚传记虽然在一定程度上能够提供一定的支撑材料，但由于莎士比亚本身的生平记录少之又少，加之大多传记采取半事实、半臆测的方式进行书写，很难说完全真实可靠。尽管如此，传记对于探讨作者问题仍然不失为有效的文献资源。

英国伦敦西部布鲁内尔大学的英语高级讲师肖恩·加斯东在其《无传记：莎士比亚、作者》（“No Biography：Shakespeare，Author”）一文中认为，莎士比亚如同上帝一般的存在，拥有无与伦比的创造力，却唯独没有留下生平传记。在加斯东看来，莎士比亚如同耶稣基督一般的存在，其无法证明和未经证实的残损生平痕迹支撑起一个超越人类生命的信仰，因而无法简化为一部传记；如果存在传记，就不会有莎士比亚；没有传记，那才是莎士比亚。①

肖恩·加斯东认为，莎士比亚传记的缺失与莎士比亚研究持续不断的情况同耶稣与基督教的持续繁荣极为相似。传记的缺失以及对传记的不断追寻使得耶稣的模范神性得以永存，并确保基督教的主体与精神超越任何暂时性与界限而得以永恒呈现。同样，莎士比亚传记的缺失以及人们对其传记坚持不懈地找寻，使莎士比亚在几个世纪以来吸引无数人的兴趣。因此，肖恩·加斯东借基督教的发展模式来阐释传记缺失对于莎士比亚研究的重要意义。

在肖恩·加斯东看来，现有莎士比亚传记均成了“尼采式的挑战”(Nietzschean challenge)，即“莎士比亚有此一生，因此莎士比亚已死”②。与此同时，正是因为莎士比亚的生平事迹记录存在空白，因此需要“重建和复苏作家威廉·莎士比亚的作品和生活”。然而，这里存在一个悖论：因为莎士比亚传记的缺失，因此需要重建和复苏；而重建和复苏又需要依靠莎士比亚传记。既然莎士比亚的生平事迹原本就缺失，如何重建和复苏？这类研究一方面承认了正是因为传记的缺失才成就了莎士比亚，另一方面却又在重新确定莎士比亚及其作品的存在。

肖恩·加斯东进一步将莎士比亚神化：“无名的天才有一些迷人之处。

---

① Sean Gaston, “No Biography：Shakespeare, Author” in William Leahy ed., *Shakespeare and His Authors：Critical Perspectives on the Authorship Question*. London & New York：Continuum, 2010, p. 91.

② Sean Gaston, “No Biography：Shakespeare, Author” in William Leahy ed., *Shakespeare and His Authors：Critical Perspectives on the Authorship Question*. London & New York：Continuum, 2010, p. 92.

就像童贞女之子（virgin birth）的诞生一样，它创造了一个完美的概念来抵抗世俗和纯粹的人类。从这个意义上说，对传记的抗拒成为一种创造性天才的指标。”① 莎士比亚生平传记的缺失无疑为莎士比亚“去世俗化”助力，进而神秘化，以区别于世俗大众。我们找不到关于莎士比亚详尽的生平记载，更找不到莎士比亚在自己作品中的题词或自我陈述。而这些彰显作者自我身份的行径在肖恩·加斯东看来，非大天才作家之举，乃世俗行径，“真正的艺术必须摆脱忏悔的庸俗和自恋，摆脱艺术家一遍又一遍地说‘我，我，我’的陈词滥调”②。

既然莎士比亚已然神化，成为似耶稣一般存在的信仰，那么莎士比亚作者问题又是如何出现的呢？从无可动摇的信仰到质疑莎士比亚其人及其与作品之间关联的真实性，从“去世俗化”重归“世俗”，这一转变是如何发生的？“这或许说明，莎士比亚作者身份问题在19世纪50年代至20世纪20年代被重新提起，正如希利斯·米勒（Hillis Miller）所言，这段时期的标志是上帝的消失”③。换言之，尼采“上帝已死”的宣言，打破的不仅是现存道德秩序与信仰，同样也波及人们对莎士比亚近乎神化般的信仰。然而，不管莎士比亚最终是保持神化状态还是“去神化”，在肖恩·加斯东看来，莎学研究必然与神学相联系：

> 谈及莎士比亚，学界本身无法回避神学。……当谈到莎士比亚时，众神总是坐在学院里，在柏拉图的花园里，在他们的低语中，在他们迷人的歌里，这是无法抗拒的：威廉·莎士比亚的真理，莎士比亚天才的真理，莎士比亚作品的真理，“文字海洋”的真理，英国文学的真理，文学本身的真理，名字的真理或莎士比亚真理的

---

① Sean Gaston, "No Biography: Shakespeare, Author" in William Leahy ed., *Shakespeare and His Authors: Critical Perspectives on the Authorship Question*. London & New York: Continuum, 2010, p. 94.

② Sean Gaston, "No Biography: Shakespeare, Author" in William Leahy ed., *Shakespeare and His Authors: Critical Perspectives on the Authorship Question*. London & New York: Continuum, 2010, p. 94.

③ Sean Gaston, "No Biography: Shakespeare, Author" in William Leahy ed., *Shakespeare and His Authors: Critical Perspectives on the Authorship Question*. London & New York: Continuum, 2010, p. 95.

名字（词源）……[1]

对于“谁写了莎士比亚?”这一问题，肖恩·加斯东提供了一个答案：“‘威廉·莎士比亚先生们的喜剧、历史剧和悲剧’写就了莎士比亚；它们今天还在写莎士比亚，永远不会停止。”[2] 换言之，是莎士比亚的喜剧、历史剧和悲剧写就了莎士比亚；而这些戏剧、历史剧和悲剧乃“莎士比亚先生们”（Mr. William Shakespeares）所写。值得注意的是，“莎士比亚先生们”（Mr. William Shakespeares）是复数形式，换言之，加斯东对莎士比亚作者问题持的是“群组主义”观点，即认为莎士比亚戏剧由一群人所写。不仅如此，围绕在莎士比亚本人及其诗歌、戏剧之上的种种缺失、谜团与沟壑同样写就了永恒的莎士比亚。这正是传记缺失对于莎士比亚而言的最大意义。

尽管加斯东将莎士比亚传记缺失的意义同基督教的永恒性相提并论，将莎士比亚喻为耶稣，肯定了莎士比亚生平传记缺失对于莎士比亚的意义，但无疑将莎士比亚神化了。神化的结果便是，莎士比亚远离了他的人民，远离了时代，远离了我们。这显然是不可取的。这是因为莎士比亚并非神一般的存在，而是洞察世俗，从而将生命体悟呈现在作品中的时代发言人。

第三节　编辑与所有者：莎剧版权问题

继莎士比亚作者问题产生后，接踵而来的便是莎士比亚戏剧的版权问题。有关莎剧版权问题主要集中在两个关键词之上：编辑与所有者。值得注意的是，所谓“所有者”（owners）不仅指剧院对剧本的所有，还包括出版商。而编辑一直贯穿始终，不断改造着莎剧版本。

美国克利夫兰州立大学英语教授詹姆斯·马里诺曾推出《拥有威廉·莎士比亚们：国王剧团及他们的知识产权》一书，基于《哈姆雷特》《驯

---

① Sean Gaston, “No Biography: Shakespeare, Author” in William Leahy ed., *Shakespeare and His Authors: Critical Perspectives on the Authorship Question*. London & New York: Continuum, 2010, p. 99.

② Sean Gaston, “No Biography: Shakespeare, Author” in William Leahy ed., *Shakespeare and His Authors: Critical Perspectives on the Authorship Question*. London & New York: Continuum, 2010, p. 101.

悍记》《李尔王》等作品，探讨了演员的知识产权体系，以及莎士比亚表演公司如何通过大幅重写和不断坚持上演莎士比亚的作品来维护公司对戏剧的所有权。马里诺在此书中，以戏剧史、文本研究和文学理论为视角，重新审视莎剧的创作方式以及这些戏剧如何被称为莎士比亚作品，揭示了莎剧创作与成形的动态历史过程。

一　编辑创造知识产权

正如前文所述，世界莎学研究领域之所以始终存在莎剧版权争议与作者归属问题，其中一个原因就在于早期版权意识的薄弱。更准确地说，无论是从意识形态还是从政策法令上来讲，莎士比亚时代根本就不存在所谓的版权问题。今天我们所说的版权或知识产权基本上掌握在当时的编辑手中。这是因为编辑有权对戏剧进行编辑与排版。为论证编辑对于莎剧版权与版本问题的重要性，马里诺首先梳理了当时书籍的印刷权、出版权意识及其与编辑之间的纠葛。

马里诺指出，直到18世纪，印刷权依然受伦敦书商协会、印刷商协会、装订商协会、文具公司及其公司成员的规则所管辖。这类协会与公司有权重新出版他们或他们前公司出版的书籍，包括取得独家和永久版权的书籍。[①] 并且随着版权法案的推行，出版商开始与版权法案斗智斗勇。据马里诺梳理，1710年推行的“鼓励学习法案”（*Act for the Encouragement of Learning*）就规定，像出版业巨头汤森出版家族（Tonson Publishing family）不能永久拥有莎剧版权。然而，一边是版权法案对作者个人著作权保护的制约，一边要在经济上追求利益最大化，越发凸显编辑的重要性。

尽管受版权法案对作者个人著作权保护的制约，出版商不能拥有莎士比亚戏剧的永久版权，但一旦出版物前加一位编辑，出版物就变成了编辑的成果，受版权法案保护。唯一需要做到的便是，编辑与编辑之间所出版的作品应当有所差异，甚至还要批判先前的版本，如此才得以出版。比如，1709年，议会讨论立法，规定了拥有独家版权的有限期限，并将独家版权授予作者（这就包括编辑）而非出版商。于是，书商雅各·汤森（Jacob Tonson）决定重新出版其收集到的戏剧，首次确定莎士比亚就是这

① James J. Marino, *Owning William Shakespeare: The King's Men and Their Intellectual Property*, Philadelphia: University of Pennsylvania Press, 1988, p. 1.

些戏剧的作者。汤森还出版了莎士比亚的第一本传记，首次公开引用编辑尼科尔斯·罗（Nicholas Rowe）的话，如此便得到了莎士比亚戏剧的永久版权。即便版权法案规定汤森不允许拥有永久版权，但汤森所出版的莎士比亚戏剧版权归编辑罗尔所有，随后还出现了蒲柏版、西奥博尔版。这都要归功于汤森。马里诺认为，汤森将莎剧版权转移至编辑手中这一做法是一大创举，为合法出版莎士比亚作品打下基础，亦成为阅读、研究、表演与教学莎剧的基础。”①

编辑在出版商与版权法的斗智斗勇中扮演着重要角色。出版商与版权法之间争论不断，以致莎剧版权逐渐从某一出版商的独家版权让渡给公众，马里诺称之为“公众财产”（public property）。其中，编辑所发挥的作用至关重要。编辑创造了知识产权，被称为“21 世纪知识产权制度的重要组成部分”②。于是，即便是被人奉为经典中的经典的莎士比亚戏剧，通过编辑，每一版莎剧文本均不尽相同，从而生发新的文本与文化价值。这是因为“现存的莎士比亚戏剧文本，具有丰富的变体和混乱，为编辑提供了几乎取之不尽的资源，用于文本的新互动”③。换言之，之所以通过编辑能够形成新的莎剧版本的出版，原因就在于莎剧文本本身存在多种变体，并无统一、唯一的权威标准。这就为编辑提供了一个很大的编辑空间，也为出版一系列莎士比亚作品集提供了空间。

那么，编辑的作用究竟体现在哪些方面呢？为解答这一问题，马里诺梳理并分析了历史上多位莎剧的编辑。第一位便是前文所述之罗尔。第二位便是著名诗人亚历山大·蒲柏。马里诺指出，蒲柏的编辑理念是让莎剧编辑改进戏剧文本，并使戏剧现代化。因此，编辑应该更新词汇，促使抑扬格五音步更为严格，减少编辑不喜欢的段落，并充分施展编辑自己那种源自 18 世纪的审美。于是，蒲柏将莎剧文本当成了施展自己才华与体验美学的场所，引来批判。第三位便是西奥博尔（Theobald）。据马里诺梳理，西奥博尔在蒲柏编辑的莎剧出版一年后，批判蒲柏对莎剧文本进行了不必要的干涉。尽管西奥博尔编辑的莎士比亚作品集与蒲柏的编辑并无太

① James J. Marino, *Owning William Shakespeare: The King's Men and Their Intellectual Property*, Philadelphia: University of Pennsylvania Press, 1988, p. 2.

② James J. Marino, *Owning William Shakespeare: The King's Men and Their Intellectual Property*, Philadelphia: University of Pennsylvania Press, 1988, p. 2.

③ James J. Marino, *Owning William Shakespeare: The King's Men and Their Intellectual Property*, Philadelphia: University of Pennsylvania Press, 1988, p. 3.

大差异，但在马里诺看来，西奥博尔的编辑却超越了蒲柏的编辑，取得了成功。

在马里诺看来，西奥博尔的成功要归功于他的编辑理念。不同于蒲柏过多干预文本的做法，西奥博尔认为，

> 编辑莎士比亚是一种历史主义和修复主义……文本需要校正(correct)，但不需要修改（revise)。编辑修改的是文本，而不是作者。编辑计划将文本还原至接近原始的状态，尽管不同的编辑学派后来以不同的方式理论化了原始文本。文本不应以任何实质性的方式现代化（尽管究竟是什么构成实质性变化，这需要其自身的理论辩论)。编辑只应在看起来有某种缺损或缺陷的地方修改文本，而不是删减编辑不满意的地方。这项任务需要编辑掌握文献和古文知识，而非发挥个人的文学品位。编辑不得用自己的文学判断代替莎士比亚的文学判断。①

可见，西奥博尔对文本编辑持保守态度，认为应尽量接近于原文本，不能掺杂编辑的个人意志；而蒲柏则持激进态度，认为文本不是博物馆中的“秦砖汉瓦”，而是活生生的存在，并且随着语言、文学风潮、文化、社会与时代变迁而发生变化，最后在一次次的编辑与改编中重新获得新的生命。两种截然不同的编辑态度自然导致了两种不同的文本呈现。然而，这两种编辑立场却始终无法分离，往往交织在一起，在坚守与改编之间，不断推动莎剧向前迈进。

那么，马里诺如何看待编辑所扮演的角色呢？马里诺明确指出：“编辑的本意就是成为莎士比亚而不是什么别的。”② 换言之，比起罗尔和蒲柏那种掺杂个人文学偏好与诗学才能的编辑，马里诺更倾向于西奥博尔式忠诚于原作的编辑。因此，编辑应该摒弃个人所好，尊重作者与原文本，正如马里诺所言：“编辑放弃了对文本的特权，把他们的任务看作对莎士

---

① James J. Marino, *Owning William Shakespeare*: *The King's Men and Their Intellectual Property*, Philadelphia: University of Pennsylvania Press, 1988, pp. 4-5.

② James J. Marino, *Owning William Shakespeare*: *The King's Men and Their Intellectual Property*, Philadelphia: University of Pennsylvania Press, 1988, p. 6.

比亚的责任。”[①] 这正是西奥博尔编辑的莎士比亚作品集所取得成功的基础。马里诺认为，西奥博尔版莎士比亚成功的关键因素就在于西奥博尔为公众提供了一个“真实的可能文本”（authentic possible text）。而“真实性”（authenticity）“对于莎士比亚出版商来说是必不可少的”[②]。真实性对于莎士比亚出版而言固然重要，若每一版都忠诚于原作，那版本与版本之间岂非毫无差别？是否会存在重复编辑与重复出版的可能性？否定了编辑改编或修正的特权，如何进行创新？

马里诺自然意识到了这一问题。在强调了文本真实性的必要性之后，马里诺笔锋一转，声称每一本已出版的莎士比亚著作都必须满足两个根本相反的要求：其一，它肯定是全新的，必须是编辑自己的；其二，具有说服力的真实性，完全是莎士比亚的作品。换言之，每一编辑都必须做到两点：忠诚于原作与创新。换言之，编辑应该在忠诚于原作的基础上有所创新。倘若只顾创新，不顾原作，编辑便会自我发挥，从而丧失莎剧的真实性与可靠性；倘若只忠诚于原作，没有创新，那只会重复劳动，并不具备文化价值。

迄今为止，莎士比亚作品集的出版数量蔚为可观。并且自罗尔编辑的莎士比亚作品集问世300年来，编辑对原稿探究的准确性和广度进一步提升。然而，“作者原稿的状况仍然超出了编辑探究的范围”[③]。这就需要一代又一代的编辑做出努力。这也就是为什么编辑从始至终都在莎士比亚出版业中起着至关重要的作用。

二　演员对莎剧的所有权

除编辑对莎剧拥有所有权外，剧院里的演员曾经也是莎剧版权的所有者，并且直接参与到戏剧文本改编与创造的实践活动中。通过梳理演员对版权所有权的变迁历程，可观莎剧版权的嬗变，从而更加清晰地把握莎剧在不断的编辑、改编与表演中的真实性与创造性之间的张力。

在梳理演员对莎剧版权所有权的变迁之前，首先要回答一个问题：演

---

① James J. Marino, *Owning William Shakespeare: The King's Men and Their Intellectual Property*, Philadelphia: University of Pennsylvania Press, 1988, p. 6.

② James J. Marino, *Owning William Shakespeare: The King's Men and Their Intellectual Property*, Philadelphia: University of Pennsylvania Press, 1988, p. 6.

③ James J. Marino, *Owning William Shakespeare: The King's Men and Their Intellectual Property*, Philadelphia: University of Pennsylvania Press, 1988, p. 6.

员在莎剧版权演变史中到底扮演了什么样的角色？蒲柏认为，由于演员在表演之时随意删除、增加文本，因而是“文本干扰和破坏的根源”[①]。因此，在蒲柏看来，剧院或演员对戏剧文本所做的任何改动都是随意的，戏剧文本在剧院里始终处于被动的位置，任人打扮，甚至认为“一部喜剧的文学完整性会因为准备登台而受到损害”[②]。简言之，蒲柏对演员改编莎剧文本持反对态度。不仅如此，蒲柏也反对在莎士比亚的戏剧生涯中所产生的改编，甚至认为莎士比亚自身作为演员对文本所做出的改编亦不可信。然而，蒲柏的做法是自相矛盾的。如前文所述，蒲柏在编辑莎士比亚作品集时，不仅加入自己的审美感受，甚至还删除了他不喜欢的片段，这难道不是一种任意改编吗？而蒲柏一边否定演员对莎剧文本的任意改动，一边却在自己编辑莎士比亚作品时不断干预文本，前后自相矛盾。

在马里诺看来，除了蒲柏这样明确表示反对戏剧表演对文本的改编行为，往后鲜少有编辑能清晰地表达出这种极端而明确的“反戏剧敌意”（antitheatrical animus）。尽管如此，“长期以来，戏剧制作一直被认为是篡改的来源，许多编辑都专注于确定剧场的添加、演员的插话以及文本的其他戏剧变化”[③]。其结果便是，戏剧实践被视作权威性的敌对。并且在马里诺看来，任何让渡给演员的权威都被认为是在削弱莎士比亚的权威。尽管蒲柏极力反对演员对文本的改编，但演员的改编不可避免。演出时所用剧本、演员的即兴表演同演员一起参与到了文本的再创造之中。如果说，前文所述的编辑拥有其所编之莎士比亚作品集的版权，那么演员实则也在一定程度上扮演了编辑的角色，只不过从书面的文字编辑转换成了口头的文字或动作编辑。在此情况下，演员同样拥有莎剧版权。

根据马里诺在《拥有威廉·莎士比亚们：国王剧团及他们的知识产权》一书中的论述，总体可将演员所拥有的莎剧所有权演变史分为如下几个阶段。

（1）英国内战前（1642 年之前）：戏剧公司保留了戏剧的实际保管权，但这些手稿后来被复辟派演员拿走。

---

① James J. Marino, *Owning William Shakespeare: The King's Men and Their Intellectual Property*, Philadelphia: University of Pennsylvania Press, 1988, p. 7.

② James J. Marino, *Owning William Shakespeare: The King's Men and Their Intellectual Property*, Philadelphia: University of Pennsylvania Press, 1988, p. 8.

③ James J. Marino, *Owning William Shakespeare: The King's Men and Their Intellectual Property*, Philadelphia: University of Pennsylvania Press, 1988, p. 8.

（2）1642—1660年：剧院的关闭意味着表演公司不再拥有其原创戏剧的所有权。

（3）1660年之后：剧院不再拥有任何权威性文本，而是明确使用了次要和衍生的文本；没有一个演员或一组演员能像英国内战前那样声称自己是莎士比亚戏剧的唯一拥有者。

（4）1695年：复辟王朝新建立起来的独家戏剧所有权调配制度——即把特定的戏剧分配给特定的公司——于1695年瓦解。结果，虽然莎士比亚的演出被官方限制在少数几家政府许可的剧院内，但所有剧院都可以自由上演复辟时期之前的戏剧，而且没有一家剧院对版权有任何特别要求。

（5）18世纪：18世纪的剧团四开本实则是改编本，而非原版。而某些演员又拥有老版本的剧本。于是，在那个时期，涌现出了一批带声明的作品集，明确区分剧场版与莎士比亚版。

总体而言，复辟与内战是莎剧所有权转变的两个转折点：从复辟时期开始，演员像是早期英国戏剧的租客，戏剧必须保持不变；而内战前的演员是这些戏剧的所有者和主人。[①] 随着剧院制度的改变，演员的所有权也在一点点地丧失。

那么，马里诺是如何看待演员对戏剧的所有权与改编的呢？马里诺认为，“早期现代剧本并未偏离权威文本，而是反映了权威的变化”[②]。换言之，经演员改造过的早期现代剧本反映了文本权威的变化：从莎士比亚手稿，到莎士比亚自己的演出剧本，到莎士比亚作品集，再到不同演员拥有的不同演出剧本，每一环节都可能成为某种权威。因此，马里诺认为，“摆脱对莎剧的干预是不切实际的……孤立和消除莎剧剧院中其他代理人的贡献既不可行，亦不具备真正价值”[③]。而马里诺所谓的“莎剧剧院中其他代理人的贡献”既包括剧院所制定的制度与规则，亦包括演员的演出与改编。因此，当戏剧公司改编戏剧文本时，他们并不是在修改，而是在继续创造。

---

① James J. Marino, *Owning William Shakespeare: The King's Men and Their Intellectual Property*, Philadelphia: University of Pennsylvania Press, 1988, p. 10.

② James J. Marino, *Owning William Shakespeare: The King's Men and Their Intellectual Property*, Philadelphia: University of Pennsylvania Press, 1988, p. 11.

③ James J. Marino, *Owning William Shakespeare: The King's Men and Their Intellectual Property*, Philadelphia: University of Pennsylvania Press, 1988, p. 11.

三　书籍史视域：早期戏剧“片段性”传播形态与莎剧版权

英语世界有关莎士比亚作者归属问题与莎剧版权问题的探讨还采用了书籍史的视角。所谓“书籍史”，即以“书籍为中心，研究书籍的创作、生产、流通、接受和流传等书籍生命周期中的各个环节及其参与者，探讨书籍生产和传播形式的演变历史和规律，以及与所处社会文化环境之间的相互关系”①。书籍史这一研究领域势必涉及经济、社会、文化、传播、政治等多个方面，是典型的跨学科研究领域。

前文谈到编辑与演员对莎剧版本具有较大影响。然而，戏剧在传播过程中的增、减、变同样对戏剧版本产生了很大影响。不考虑戏剧传播形态，无法对莎剧版权问题进行全面的考察。莎剧早期传播形态造就了莎剧的各个版本，而且是具有特殊性的版本——即时性莎士比亚舞台戏剧。追溯莎剧早期戏剧传播形态，有助于探讨有关莎剧版权与莎士比亚作者身份等问题。

英国牛津大学西蒙·帕尔弗里（Simon Palfrey）教授和蒂芙尼·斯特恩（Tiffany Stern）教授在其合著的《片段中的莎士比亚》（*Shakespeare in Parts*，2007）一书中，便探讨了莎士比亚戏剧传播的原始形态——由演员的说辞和表演线索构成的不完整剧本。

何为“片段”（part）？帕尔弗里与斯特恩解释道：

> 片段不仅意指剧中人物，还代表书写的纸，通常是一卷纸……还代表抄写文本方式的本质，以及文本在这一卷纸上呈现的本质。这是一个演员收到并学习到的片段文本，并且是在真实意义上拥有的文本。这段文字包含了演员将要说的所有话，但是没有对他说的指示，也没有有关演员的文字。演员每次讲话之前都有一个简短的提示（cue）。这个提示通常是紧接在他讲话之前的最后一个到三个词。演员要像背他自己的台词一样背提示；因此，这个提示和他所说的任何话一样，都是他的一部分。一听到提示，他就可以说话了。②

① 张炜：《书籍史研究：核心议题与关键概念》，《光明日报》2016年11月19日第11版。

② Simon Palfrey, Tiffany Stern, *Shakespeare in Parts*. Oxford: Oxford University Press, 2007, p. 1.

简言之，所谓“part”即指构成一出舞台戏剧的片段，也即后来我们所说的“提示脚本”。这样一种传播模式构成了帕尔弗里与斯特恩写就此书的前提。片段本身具有文本和语境的双重含义。因此，“片段不应被当作一个统一体的断节或萎缩部分而被摒弃”①。相反，对“片段”的思考，可以使我们更接近戏剧生产的过程，从而使我们领悟到作家艺术设计与构思最隐秘之处。

帕尔弗里与斯特恩通过对莎士比亚戏剧表演中“片段”的梳理，揭示了“片段”对于理解莎士比亚的重要性。帕尔弗里与斯特恩认为：“演员的片段是莎士比亚艺术的基本组成部分，通过还原它，我们能够重新捕捉莎士比亚戏剧的形成过程”②。因此，整本书以莎士比亚戏剧的片段为研究对象，围绕以下问题展开讨论：这类片段对于早期现代戏剧实践的意义是什么？这些片段如何促成戏剧实践？在戏剧创作和表演的过程中，片段带来何种启示？写作是否塑造了戏剧的创作方式？全书分为四个部分，分别考察了历史片段、每一片段的提示、莎士比亚不成熟和重复的提示以及受提示的演员表演的具体指向。

就研究方法而言，帕尔弗里与斯特恩主要基于莎剧的印刷稿和手稿来源，详细剖析舞台上的种种提示、演员的演讲以及其中包含的表演具体方向，以观莎士比亚戏剧的演员如何阅读和具体化他们所扮演的角色，如何利用角色在表演中产生效应。帕尔弗里与斯特恩最后得出结论，通过对莎士比亚舞台戏剧“片段”分析，不仅可以发现一个全新、活跃且充满选择的演员角色，还发现了一个新的莎士比亚：基于对片段的理解和试验促成了在创造主体性和戏剧影响方面的显著创新，产生了前所未有的即时性舞台戏剧。③

实际上，莎士比亚戏剧的“片段式”表演与当时版权和作者问题息息相关。相较于本·琼森热衷于出版自己的戏剧，莎士比亚却对出版戏剧

---

① Simon Palfrey, Tiffany Stern, *Shakespeare in Parts*. Oxford: Oxford University Press, 2007, p. 2.

② Simon Palfrey; Tiffany Stern, *Shakespeare in Parts*. Oxford: Oxford University Press, 2007, p. 3.

③ Simon Palfrey, Tiffany Stern, *Shakespeare in Parts*. Oxford: Oxford University Press, 2007, p. 12.

作品毫无兴趣。[①] 正如前文所述，莎剧版权归属于剧院、编辑甚至演员。在早期现代戏剧表演中，由于纸张稀缺、印刷成本高昂以及剧院出于对戏剧文本的保护而减少剧本的印刷数量以防落入竞争对手之手，因此，演员们从来没有收到过他们要表演的戏剧的完整文本。[②] 而即便是在纸张便宜、知识产权保护得当的情况下，这种通过转录和传播片段的模式仍然存在。

"片段式""即时性"的莎剧表演势必会产生不同版本的戏剧文本。甚至在同一时期，同一部戏剧会有诸多不同记录的版本。美国印第安纳大学—普渡大学印第安纳波利斯联合分校学者、新牛津莎士比亚中心主任特里·柏恩思（Terri Bourus）在其《青年莎士比亚的青年哈姆雷特：印刷、盗版和演出》（*Young Shakespeare's Young Hamlet*: *Print*, *Piracy*, *and Performance*, 2014）一书中，就发出疑问"1603—1623年，三个截然不同的《哈姆雷特》版本的作者均署名为莎士比亚，并在伦敦出版，原因何在？"[③] 柏恩思认为，这是因为莎士比亚本人对这部剧进行了两次修改。而这样的修改势必增添或删减了演员即兴表演的成分。

客观而言，莎剧早期"片段式"传播形态，一方面为莎剧作者归属问题与戏剧版权问题的解答带来了难度，但另一方面也提醒着广大莎学研究者一个极易忽视的历史现象：莎剧得以成型与出版除从莎士比亚本人进行探究之外，不能忽视剧院、演员、编辑与舞台表演的综合作用。

小结

莎士比亚作者问题从吸引众多学者力求回答的问题本身，发展至一个派生出诸多学术话题的主题，始终在世界莎学学界具有学术吸引力，吸引着一批又一批莎学学者进行研究，正如威廉·莱希所言："莎士比亚的作者问题是一个主题，产生了自己的流派，有可识别的历史……吸引了世界各地数百万人的兴趣……能产生很多热量和激情。从这些意义上说，它在

① Arthur F. Kinney, "Review: *From Playhouse to Printing House*: *Drama and Authorship in Early Modern England* by Douglas A. Brooks", *South Central Review*, Vo. 21, No. 1, 2004, p. 137.

② Simon Palfrey, Tiffany Stern, *Shakespeare in Parts*. Oxford: Oxford University Press, 2007, p. 1.

③ Terri Bourus, *Young Shakespeare's Young Hamlet*: *Print*, *Piracy*, *and Performance*. New York: Palgrave Macmillan, 2014, p. 1.

我们的文化中有着重要而持续的存在。”[①] 无论是主张莎剧作者就是莎士比亚，还是认为另有其人，均无一确切断定。世界莎学学界还会对这一问题持续探讨下去。这是因为，一方面，莎士比亚的秘闻轶事、有关莎士比亚作者问题探讨所衍生的种种派别，均已成为激发莎士比亚研究不断焕发活力的元素。另一方面，对此问题的探讨因时代、语境与读者接受预期与视野的不同，又将产生新的学术话题，不断注入世界莎士比亚研究之中。而作者归属问题与戏剧版权问题始终交织在一起，要想厘清莎剧版权问题，就必然涉及莎剧作者归属问题；要想回答莎剧作者问题，就势必要梳理戏剧版权问题。因此，莎剧版权问题亦成为莎士比亚研究不可避免的话题。

莎剧版权与作者归属问题一直以来是世界莎士比亚研究不可忽视的领域。在后现代反传统与反权威的语境中，莎剧版权争议及作者归属问题又成为后现代主义思潮中的一个新参照点与新学术增长点，形成了基于对莎士比亚权威性与主体性的消解性研究之上的生平研究、莎士比亚作者身份问题研究、莎剧著作权与版本问题研究。

---

① William Leahy, *Shakespeare and His Authors: Critical Perspectives on the Authorship Question*. London & New York: Continuum, 2010, p. 9.

第三章

莎士比亚作品研究

莎士比亚作品研究是世界莎学研究的重头戏。英语世界针对莎士比亚作品的研究成果可谓浩瀚，在此无法一一考察，只能挂一漏万，选择其中国内学界最为关注的两部戏剧作为研究案例，即《哈姆雷特》与《威尼斯商人》，以观这两部戏剧在英语世界不同于国内研究的研究特征与方法。总体而言，英语世界《哈姆雷特》研究较之国内研究所体现出来的新意大致可体现在以下几个方面：《哈姆雷特》版本研究、《哈姆雷特》内容研究、文化与哲学视域中的《哈姆雷特》研究，以及尤其突出的"To Be or Not To Be"专题研究等。英语世界《威尼斯商人》研究主题广泛，视角开阔，较之国内研究所体现出来的新意包括夏洛克改信基督教探源、电影改编与挪用理论视角、交换理论视角与动物审判叙事等。

第一节 《哈姆雷特》研究

《哈姆雷特》一剧在英国文学史上是一座不可逾越的高峰，正如美国莎学学者特里·柏恩思评价道："与莎士比亚的其他戏剧相比，《哈姆雷特》一直被当作剧院的保留剧目；这也是莎士比亚若干剧作中第一部被大学学者推崇为适合'智者'阅读的作品……在文学鉴赏家那里，它从未失去过那种被选中的地位。"① 据莎学传播内容热点关键词的爬梳，"'哈姆雷特'为研究最多的核心关键词"②，其研究成果最为丰富。比如国际

---

① Terri Bourus, *Young Shakespeare's Young Hamlet*: *Print*, *Piracy*, *and Performance*. New York: Palgrave Macmillan, 2014, pp. 1-2.

② 冉从敬等：《数字人文视角下的莎士比亚学术传播研究》，《图书馆杂志》2018 年第3 期。

莎士比亚研究三大权威期刊之一《莎士比亚研究》于 1956 年第 9 卷推出“《哈姆雷特》”专刊、1992 年第 45 卷推出“《哈姆雷特》及其来生”专刊。《哈姆雷特》一剧在英语世界莎士比亚研究领域的重要性可见一斑。而国内学界对《哈姆雷特》亦十分关注。

因此，本节旨在梳理、研究英语世界《哈姆雷特》研究中国内研究所不曾涉及或尚未展开的研究，分析其研究方法与特点，并引介英语世界《哈姆雷特》的最新研究成果，以期为国内莎士比亚研究带来启发。

一 版本研究

如本书第二章所述，英语世界有关莎剧版本研究早已取得丰富成果。针对《哈姆雷特》单部作品的版本研究与文本历史研究也取得了优异成绩，推出了多本专著聚焦于此问题。相较之下，国内学界只是零星谈及此问题。比如，顾绶昌发表的《莎士比亚的版本问题》集中阐述了自 16 世纪早期四开本到 20 世纪 70 年代的一些重要莎剧版本①。傅光明出版《天地一莎翁：莎士比亚的戏剧世界》一书有针对性地对莎剧版本进行了一定的研究。有关《哈姆雷特》版本及文本历史研究，国内学界目前也只有几篇文章阐述过，比如傅光明的《〈哈姆雷特〉的“故事”源头及其版本》一文梳理了《哈姆雷特》的各个版本。但这方面的研究还未曾以专著的形式系统地展开。相较之下，英语世界除上述研究之外，还细致地探究了《哈姆雷特》各版本之间的差异性，以及这种差异性与文化环境之间的关系，考察了版本对人物塑造的影响、不同版本的流传与英国文化之间的关系。这正是英语世界《哈姆雷特》版本与文本历史研究的重点与新意。

（一）《哈姆雷特》书稿及传播问题

英国爱丁堡大学英国文学教授、著名莎学家多佛·威尔逊（J. Dover Wilson）曾出版《莎士比亚〈哈姆雷特〉手稿及其传播问题》（*The Manuscript of Shakespeare's Hamlet and the Problem of its Transmission*，1934）两卷本，基于“书目法”（bibliographical method），研究《哈姆雷特》的传播、讹误和回归问题。

---

① 顾绶昌：《莎士比亚的版本问题》《莎士比亚的版本问题》（续），《外国文学研究》1986 年第 1、2 期。

威尔逊认为，有关《哈姆雷特》一剧的研究焦点主要分为三部分：文本、注释和戏剧。尽管三者差异甚大，但不可彼此割裂。其中，文本问题是最基本的问题，也是此两卷本《哈姆雷特》手稿研究的对象。而注释与戏剧这两类问题也得到了威尔逊的关注。威尔逊在《〈哈姆雷特〉里发生了什么》（*What Happens in Hamlet*，1951）一书中主要处理戏剧问题，《新莎士比亚》（*The New Shakespeare*，1921—1969）则主要聚焦文本注释问题。这两本专著同《莎士比亚〈哈姆雷特〉手稿及其传播问题》一书共同形成了基于文本、注释和戏剧三位一体的《哈姆雷特》系统研究。

威尔逊在《莎士比亚〈哈姆雷特〉手稿及其传播问题》一书中指出，当莎士比亚在1601年将《哈姆雷特》手稿交给环球剧场的工作人员后，这部手稿之后的经历正是此书的研究焦点。通过梳理与研究《哈姆雷特》手稿的传播历程，威尔逊希望能够为构建一个新的《哈姆雷特》提供一些永久性的材料，或者更确切地说，为重建莎士比亚的《哈姆雷特》提供一些永久性的材料，以取代三个世纪以来占据此领域的环球剧场版《哈姆雷特》。[①]《哈姆雷特》手稿经历几个世纪的传播产生了不同的变体，比如第一个四开本、第二个四开本、对开本、1603版、1623Jaggard版本等。威尔逊不仅梳理了《哈姆雷特》的不同版本及变体，分析了某些版本出现的讹误，还将这些材料用作探究莎士比亚本人在《哈姆雷特》手稿中亲笔所写内容的详细信息。[②]

（二）《哈姆雷特》早期三个版本之间的关系

无独有偶，美国印第安纳大学—普渡大学印第安纳波利斯联合分校学者、新牛津莎士比亚中心主任特里·柏恩思在其《青年莎士比亚的青年哈姆雷特：印刷、盗版和演出》（*Young Shakespeare's Young Hamlet*：*Print*，*Piracy*，*and Performance*，2014）一书中，同样从《哈姆雷特》不同版本出发，基于跨学科视野，将技术与文本、图像相结合，探究了《哈姆雷特》早期三个文本的变化。柏恩思还围绕关系研究展开，追溯了文本变化与文本稳定之间的关系。

柏恩思在序言开篇便提出有关《哈姆雷特》版本的四个问题：

---

① J. Dover Wilson，*The Manuscript of Shakespeare's Hamlet and the Problem of its Transmission*（Volume 1）. Cambridge：Cambridge University Press，1934，p. xxvii.

② J. Dover Wilson，*The Manuscript of Shakespeare's Hamlet and the Problem of its Transmission*（Volume 2）. Cambridge：Cambridge University Press，1934，p. 175.

> 1603—1623年，三个截然不同的《哈姆雷特》版本的作者均署名为莎士比亚，并在伦敦出版，原因何在？
>
> 前两个版本由同一家出版社出版，而第三个版本由这个出版社的后继出版社出版，原因何在？
>
> 1594年6月11日至1637年1月24日，一部名叫《哈姆雷特》的戏剧反复在伦敦及其周边上演，而且总是出自同一个表演公司，原因何在？
>
> 在三个印刷版本中，第一个版本的哈姆雷特比另外两个版本要年轻得多，原因何在？①

柏恩思指出，《哈姆雷特》早期三个印刷版本之间的关系是目前世界莎学研究领域中最重要但最为复杂的文本问题。想要解决这一问题，依靠单一的研究方法是行不通的，须结合目录学、书籍史、传记、年代学、作者考辨、剧院史、表演与批判性阅读史来进行综合性研究。通过对比三个版本，柏恩思发现，三个版本均“复制了许多相同的句子和舞台指令，但三个版本均保留了其他两个版本所没有的对话和动作，且每个版本都有独特的错误。三个版本以不同的方式讲述着故事，这些差异影响了我们对该剧意义的理解，有时是局部的，有时是全局的”②。在柏恩思看来，出版社与教育工作者对版本的选择毫无疑问会影响观众或读者的期盼，随之也就会影响剧院剧目提供的选择，“所有这些机构都有一个善意的简单愿望：他们希望有一个文本可以成为不同顾客（学生、教师、学者、演员和导演）的共享参考。这些机构一起为所有人创造了强大而紧张的压力，即用一个单一而熟悉的主体来取代真正的历史多样性，从而使一个文本控制全部”③。

早期三个版本的历史真实性被出版、表演与教学之间的相互作用而产生的结果掩盖。在多方权力作用下的我们习惯性地看到了《哈姆雷特》的单一或标准版本，忽视了其版本的多样性与变异性；习惯性地以

① Terri Bourus, *Young Shakespeare's Young Hamlet*: *Print*, *Piracy*, *and Performance*. New York: Palgrave Macmillan, 2014, p. 1.

② Terri Bourus, *Young Shakespeare's Young Hamlet*: *Print*, *Piracy*, *and Performance*. New York: Palgrave Macmillan, 2014, p. 1.

③ Terri Bourus, *Young Shakespeare's Young Hamlet*: *Print*, *Piracy*, *and Performance*. New York: Palgrave Macmillan, 2014, p. 3.

某一种方式来阐释莎士比亚，忽视其阐释的多种可能性。而诸如教育、出版社、剧院的权力影响在莎学研究领域却被忽视。柏恩思认为，莎学研究应该抵制制度化影响，需要促进“图书史学家和戏剧从业者之间的互动”①。

莎士比亚本人就是一个例子。莎士比亚不仅是一名剧作家，同时也是演员、读者与剧院管理者。莎士比亚在创作《哈姆雷特》之前已经阅读过有关丹麦王子的故事，也看过其他戏剧。他本人也在《哈姆雷特》一剧中扮演过角色，“我们无法相信莎士比亚作为一个作家的任何实践模式、任何阐释莎士比亚的惯用方法——这类模式和方法往往把自己局限于双螺旋线创造性交互影响（double helix of creative interaction）中的一个元素”②。因此，《哈姆雷特》的创作并非单方面、单个因素所促成的，而是多方影响的结果，按柏恩思的话来说，就是呈“作家—传播者—接收者”的“双螺旋线创造性交互影响”。这种戏剧性交互作用可能会发生在创作、改编、表演、阅读、记忆、教学和导演等任一过程之中。

柏恩思所述之文本与剧院之间的交互作用就是一个例子。当剧作家在世时，观众或读者的反馈会再次刺激、指引剧作家的创作，有时会促使剧作家重新改编最初版本，有时便会在吸取前一部剧作的基础上创作出全新的剧作。即便剧作家已逝去，这种作用仍然会附着于阐释者身上。种种阐释会成为一种记忆，一代一代传递下去。

因此，在柏恩思看来，《哈姆雷特》剧里剧外的种种关系均基于记忆而产生并发挥作用。美国佛罗里达州立大学加里·泰勒（Gary Taylor）教授认为，柏恩思的研究颠覆了学界有关近代早期出版商、盗版与记忆传播范畴的看法，挑战了手稿媒介与演出媒介之间的关系、变化的笔记技术与不断增多的专业报告人之间的关系。③ 泰勒甚至认为，柏恩思的研究让他觉得，人们有关《哈姆雷特》早期文本的观点是错误的，有关此剧的相

---

① Terri Bourus, *Young Shakespeare's Young Hamlet: Print, Piracy, and Performance*. New York: Palgrave Macmillan, 2014, p. 4.

② Terri Bourus, *Young Shakespeare's Young Hamlet: Print, Piracy, and Performance*. New York: Palgrave Macmillan, 2014, p. 5.

③ Gary Taylor, "The History of Text Technologies: General Editor's Preface", Terri Bourus, *Young Shakespeare's Young Hamlet: Print, Piracy, and Performance*. New York: Palgrave Macmillan, 2014, p. xii.

关日期是错误的，有关莎士比亚与剧本之间的变化关系的观点也是错误的。①

为解答开篇提出的四个问题，柏恩思通过研究现代早期图书贸易②，探析究竟是出版商、演员还是报告人盗版了第一版《哈姆雷特》（即1603版），以致此版长期在莎士比亚研究与戏剧演出史上处于争议状态——1603版《哈姆雷特》究竟是否莎士比亚所作。此外，柏恩思还探讨了1589年《哈姆雷特》演出与1603年《哈姆雷特》出版之间的联系等，回到该著作开篇所提的四个问题，并一一做出明确的回答。

（1）关于“在三个印刷版本中，第一个版本的哈姆雷特比另外两个版本要年轻得多，原因何在?”这一问题，柏恩思认为，第一版更接近于该剧的故事来源——呼吁一位年轻王子，如此才使该剧的政治和复仇叙事变得有意义。据柏恩思所言，此后两版均为改编本，那时的莎士比亚也已不再年轻。

（2）关于“1594年6月11日至1637年1月24日，一部名叫《哈姆雷特》的戏剧反复在伦敦及其周边上演，而且总是出自同一个表演公司，原因何在?”这一问题，柏恩思认为，这是因为这家公司从此前公司那里获得了这部剧，而莎士比亚与博比奇很有可能就是早前那家公司的创立者。而且直到莎士比亚过世，无其他人声称拥有《哈姆雷特》的任何文本。

（3）关于“前两个版本由同一家出版社出版，而第三个版本由这个出版社的后继出版社出版，原因何在?”这一问题，柏恩思指出，第一版并非盗版。自1603年第一版正式出版以后的两个世纪以来，无人质疑该剧的合法性，也无人质疑尼古拉斯·林（Nicholas Ling）拥有该剧版权的合法性。

（4）关于“1603—1623年，三个截然不同的《哈姆雷特》版本的作者均署名为莎士比亚，并在伦敦出版，原因何在?”这一问题，柏恩思认

---

① Gary Taylor, “The History of Text Technologies: General Editor's Preface”, Terri Bourus, *Young Shakespeare's Young Hamlet: Print, Piracy, and Performance*. New York: Palgrave Macmillan, 2014, pp. xii-xiii.

② 柏恩思认为由于版本是直到18世纪才形成，故莎士比亚早期戏剧版本根本就不属于莎士比亚。因此，想要读懂《哈姆雷特》早期文本，就必须要对现代早期图书贸易了然于心。参见Terri Bourus, *Young Shakespeare's Young Hamlet: Print, Piracy, and Performance*. New York: Palgrave Macmillan, 2014, p. 11.

为，这是因为莎士比亚本人对这部剧进行了两次修改。在柏恩思看来，并非每个人都能回答以上四个问题。个中缘由就在于这样一个事实：1603年版的《哈姆雷特》在莎士比亚学术史上遗失了两个多世纪，直到1825年，1603年版才重新得以印刷而出现在公众的视野之中。在柏恩思看来，1603年版《哈姆雷特》在世界文学史上的位置不应该被贬低；相反，该版本值得读者一读，从而畅游在青年莎士比亚想象的世界中。

总体而言，《青年莎士比亚的青年哈姆雷特：印刷、盗版和演出》一书针对《哈姆雷特》早期三个版本之间的关系，涉及出版、舞台表演、报告等多种传播媒介，得出的观点颠覆了学界有关莎剧的一贯认识。

二　文化历史研究

美国学者、著名莎学家大卫·波文顿（David Bevington）出版的《最凶横的谋杀：哈姆雷特历久弥新》（*Murder Most Foul*：*Hamlet Through the Ages*，2011）一书，考察了《哈姆雷特》故事的文化历史，包括故事的流传与变化等。该专著着重关注《哈姆雷特》的前历史，包括哈姆雷特传奇、1599—1601年的戏剧情况，聚焦于作为文化变化的产物与贡献者的演出史。

波文顿认为，《哈姆雷特》故事经莎士比亚之手从斯堪的纳维亚英雄传奇改编而来，经过几个世纪的变化与发展，成了当下的文化表达，无论是何民族、是何年龄的读者均能与之对话，从而更好地了解自己。《哈姆雷特》本身也变得更加具有争议，变得更多维。因此，波文顿认为，《哈姆雷特》一剧自1600年前后至今的演出史、批评史和编辑史同此剧一起构成了英语世界文化史的一种范例。①

为探讨《哈姆雷特》故事的文化历史，波文顿将全书分为七部分，分别探讨了《哈姆雷特》的前历史，1599—1601年舞台上的《哈姆雷特》，1599—1601年的意识形态语境，17/18世纪作为“自然的镜子”的《哈姆雷特》，19世纪作为激情的激流、暴风雨与旋风的《哈姆雷特》，1900—1980年的《哈姆雷特》和后现代《哈姆雷特》，以探讨不同历史时期、不同文化环境中对《哈姆雷特》的不同阐释与塑造。

在波文顿看来，《哈姆雷特》自诞生之日起便有种种变体的存在。

---

① David Bevington, *Murder Most Foul*: *Hamlet Through the Ages*. Oxford: Oxford University Press, 2011, p. vii.

> 它可能被写在不止一个草稿中，被转录，在不同情况下被缩短为包含一个或多个场景的表演，在排练中被修改，并且可能随着剧本的制作而改变一些措辞。当这部剧到达出版商手中时，它被多次印刷，导致不同文本之间有很大的差异。早期印刷版本之间的这些差异表明，随着剧本的发展，情况也发生了变化。那么，我们称其为《哈姆雷特》的戏剧，很难保持静止状态而成为唯一的一个文本。[①]

同特里·柏恩思在其《青年莎士比亚的青年哈姆雷特：印刷、盗版和演出》一书中探究文本变体产生的因素一样，波文顿也对此进行了分析。在波文顿看来，诸多因素导致早期版本变体的产生，比如剧院结构、莎士比亚首批观众的社会多样性、表演风格、莎士比亚剧团组织、伦敦演出公司之间的竞争、有关宗教与超自然的观点、家庭关系、友谊、政治抱负、阶级差异等方面。之后的变体也与不断变化的文化环境相关。

据波文顿梳理，17 世纪 60 年代正处于斯图亚特王朝复辟时期，莎士比亚被指责，被认为缺乏新古典主义式的成熟，未能满足诗歌批评的要求。于是，一些早期莎士比亚作品集编辑，如亚历山大·蒲柏对莎士比亚作品的许多特点进行规范化处理，以符合启蒙运动和新古典主义的韵律规则和礼仪概念。[②]

种种改编和变化反过来又对戏剧进行了新的阐释。比如，《哈姆雷特》在 17 世纪早期被视为报仇剧，观众对剧中的“鬼魂”信以为真，并不会对哈姆雷特的拖延感到困惑，反而有可能将哈姆雷特的故作癫狂当作迷惑敌人的手段。直到 18 世纪末 19 世纪初，有关《哈姆雷特》的批判焦点才第一次聚集到哈姆雷特为何在为父报仇这件事上如此勉强与犹豫之上。诸如其摇摆、沉思、拖延的性情都是原因，但哈姆雷特对奥菲莉亚的虐待才是读者心中最关心的话题。这一时期的《哈姆雷特》遭到了文学批评界的否定，比如威廉·哈兹里特等学者认为《哈姆雷特》一剧特别不适合戏剧表演，原因就在于“它被认为是一首哲学诗，与崇高的浪漫理

---

① David Bevington, *Murder Most Foul*: *Hamlet Through the Ages*. Oxford: Oxford University Press, 2011, p. 1.

② David Bevington, *Murder Most Foul*: *Hamlet Through the Ages*. Oxford: Oxford University Press, 2011, p. 3.

想相协调”[①]。到了19世纪维多利亚时期，随着舞台演出越来越昂贵，制作越来越精细，批评家迫切地想要理解莎士比亚呈现在作品中的道德价值，以便读者可以从中获得有价值的伦理见解。于是，在这样一个文化环境中，霍拉旭成为善良友好的模范，奥菲莉亚成为悲剧的牺牲品，而哈姆雷特则成为善于沉思而幸运之人。围绕《哈姆雷特》展开的编辑与学术著作持续增长，逐渐成为一个“莎士比亚工厂”；与此同时，莎士比亚也成为英国的民族诗歌与民族象征。在波文顿看来，“这些文化运动都发生了，并继续发生，并具有惊人的同步性：哲学观的转变激发了《哈姆雷特》等戏剧作品的相应变化，而戏剧风格的转变又反过来促进了哲学观的变化。因此，《哈姆雷特》已变成了一个缩影，一个小小的世界，包含着构成文化历史的元素”[②]。

于是，人们在王朝复辟时代视《哈姆雷特》为新古典主义的典范，在理性时代与启蒙运动时期看到其中的品德鉴赏，在浪漫主义与维多利亚时代视《哈姆雷特》为哲学作品。到了现代，《哈姆雷特》的文化符号意义持续发生改变，“从华丽逼真的现实主义转向露台和现代服装上的实验表现方法”[③]。而第一次世界大战（以下简称“一战”）之后、一战与第二次世界大战（以下简称“二战”）之间、二战之后的《哈姆雷特》意义又有所不同：一战之后幻想的普遍破灭致使人们对《哈姆雷特》阐释发生了急剧转向；一战与二战之间，人们通过《哈姆雷特》来思考经济和政治僵局中的不确定性和焦虑；二战之后，《哈姆雷特》经常被解释为对政治保证的攻击与对个人自由的剥夺。到了新历史主义与文化物质主义时期，《哈姆雷特》又成为反对传统人文主义政治教学、追求一切政治运动皆为权力的武器；在女性主义与性别研究时期，《哈姆雷特》又获得了新的意义。

可见，一部文学作品在不同时期的接受与阐释均有所差异，这就与接受者、接受者所处时代、接受者遭遇的客体世界息息相关，所谓“一千个读者就有一千个哈姆雷特”，如波文顿所言之“文本被越来越多地理解为

---

① David Bevington, *Murder Most Foul*: *Hamlet Through the Ages*. Oxford: Oxford University Press, 2011, p. 4.

② David Bevington, *Murder Most Foul*: *Hamlet Through the Ages*. Oxford: Oxford University Press, 2011, pp. 4-5.

③ David Bevington, *Murder Most Foul*: *Hamlet Through the Ages*. Oxford: Oxford University Press, 2011, p. 5.

具有多重含义”[1]。因此，如今有关《哈姆雷特》的阐释与文化符号意义不断扩大，比如在戏剧塑造文化体验方面的作用，莎士比亚节日的成功举办，文学现状以及哈姆雷特对我们所说的语言的影响等方面均有所变化。[2]

一言以蔽之，一部《哈姆雷特》流变史就是一部英国文化变迁史。通过追溯《哈姆雷特》在编辑、舞台演出及文学批评中的演变过程与因素，可见微知著，勾勒出一部英国文化变迁史。按马克思主义的观点来看，文学作品并非孤立存在，无法与社会文化语境相割裂，反而是一定社会文化语境下的产物。文本同时也承载着社会文化元素，因为“从一般意义上说，文学显然是一种社会活动，而其价值似乎在于作者获得了某种活力，这种活力显现出来而且直接用于文学方式的讨论”[3]。

所谓“文化”，按雷蒙·威廉斯的观点来看，具备以下几种含义：“培养自然的成长”为其本义，“心灵的普遍状态或习惯”为其18世纪到19世纪初期形成的衍生意义，“整个社会里知识发展的普遍状态”为其第三个意思，“各种艺术的普遍状态”为其第四个意思，“文化是一种物质、知识与精神构成的整个生活方式”为其第五个意思。[4] 尽管“文化”一词的含义与构成因素错综复杂，但笔者以为，取其第五个意思最为贴切。简言之，“文化”就是一种“生活方式”，涉及政治、经济、物质、精神等方方面面，而这种生活方式的方方面面又始终以形式——符号——为呈现方式。于是，文化是“社会的符号活动集合”[5]。

文本在不同时期所呈现出来的不同变体更是社会文化语境演变的逻辑结果。正如《浮士德》是德国最典型作家的经典代表作，《哈姆雷特》是英国最典型作家的经典代表作[6]，该剧不仅成为莎士比亚戏剧的代名词，

① David Bevington, *Murder Most Foul*: *Hamlet Through the Ages*. Oxford: Oxford University Press, 2011, p. 5.

② David Bevington, *Murder Most Foul*: *Hamlet Through the Ages*. Oxford: Oxford University Press, 2011, p. 6.

③ ［英］雷蒙·威廉斯：《文化与社会》，吴松江、张文定译，北京大学出版社1991年版，第5页。

④ ［英］雷蒙·威廉斯：《文化与社会》，吴松江、张文定译，北京大学出版社1991年版，第18—19页。

⑤ 赵毅衡：《哲学符号学：意义世界的形成》，四川大学出版社2017年版，第285页。

⑥ Terri Bourus, *Young Shakespeare's Young Hamlet*: *Print*, *Piracy*, *and Performance*. New York: Palgrave Macmillan, 2014, p. 210.

更与“莎士比亚”这一名字一起构成文化符号，在舞台表演、编辑、改编与广告等方方面面具备特别的符号意义。由此可见，《哈姆雷特》实则就是一种构成文化的符号，具备多重文化意义；而意义随着时代的变迁而发生变化，反之亦然。

三　内容研究

有关《哈姆雷特》的内容研究，除国内大多关注的人物性格分析、人文主义、复仇、延宕、伦理等传统问题以外，英语世界还研讨了《哈姆雷特》一剧中的“虚构”意象、哈姆雷特的自我构成感、《哈姆雷特》一剧中的“鬼魂”、《哈姆雷特》的现代呈现等内容。

（一）《哈姆雷特》的虚构性

美国罗格斯大学英语杰出教授、美国莎士比亚协会会长莫里斯·恰尼（Maurice Charney）出版的《哈姆雷特的虚构》（*Hamlet's Fictions*, 1988）一书聚焦于《哈姆雷特》一剧中的意象与风格，并进一步探究与意象、幻想和角色相关的新主题。

有关《哈姆雷特》一剧中的虚构性是否有效，历来学者众说纷纭。所谓哈姆雷特的“虚构”（fiction），即指“确定一个角色对他所处叙事环境的理解，对如何计划应对其所面临的危机和紧急情况的理解。他的策略也是他所虚构出来的，都参与了对灾难的想象”①。换言之，所谓“虚构”实际上就是角色对角色在剧中所处周遭环境的理解。

诸如 T. S. 艾略特、L. C. 奈茨（L. C. Knights）、威尔森·奈特（G. Wilson Knight）等学者均认为《哈姆雷特》一剧中的种种情感与意象设计不合理，让人无法理解。甚至艾略特最终断定，此剧其实是莎士比亚在艺术上的败笔，根本不能跻身于莎士比亚四大悲剧。恰尼对此持相反观点，认为《哈姆雷特》一剧中的虚构性是有效的，并且远远超过以上学者所笃定的那般，认为《哈姆雷特》一剧“将悲剧的概念扩展到简单的人道主义信念和伦理信仰之外”②。因此，将该剧的谋杀与复仇主题置于亚里士多德悲剧观以及通常意义上的戏剧观之中进行审视就使这部剧变得难以理解。

---

① Maurice Charney, *Hamlet's Fictions*. New York & London: Routledge, 1988, p. 8.

② Maurice Charney, *Hamlet's Fictions*. New York & London: Routledge, 1988, p. 7.

《哈姆雷特的虚构》一书共分为三个部分，围绕《哈姆雷特》的种种虚构分而述之：第一部分以“激情”（passion）为关键词，主要围绕“激情与激情的虚构”展开；第二部分主要探究戏剧能量的组织和配置，也就是探究哈姆雷特的虚构是如何与戏剧的开头、中间、结尾联系起来的，此剧的想象力是如何在剧中重要情节展开的，结构的一方面是如何参与或投射到另一方面的；第三部分主要聚焦于观众接受的传统舞台、意象与体裁。恰尼认为“像旁白、独白和舞台演讲这样高度传统的舞台手段极具戏剧性影响，单凭叙事目的是难以解释的”①。因此，通过虚构，作者赋予非对话性语言一种对话本身不具备的特殊功能，并假设舞台上的角色直接参与到与观众对话之中。此外，恰尼还考察了“皮肤病”（skin disease）与“密封件”（sealing）这两个传统意象在《哈姆雷特》一剧中的意义以及为何这种意象在此剧中的重要性比在莎士比亚其他戏剧中的重要性更大。

恰尼一反学界将《哈姆雷特》视为悲剧的主张，探讨了《哈姆雷特》作为喜剧的种种问题。恰尼指出，“在某种意义上，《哈姆雷特》作为喜剧是一部与《哈姆雷特》作为悲剧相对立的虚构”②。对此，恰尼审视了《哈姆雷特》一剧中的六种喜剧因素，包括“离题”（irrelevance）、“讽刺”（satire）、“癫疯”（madness）、“攻击”（aggression）、“感情过度表现”（exuberance）与“愿望满足”（wish-fulfillment），以及“掌控焦虑”（the mastery of anxiety），认为“喜剧在剧中所扮演的重要角色使我们对悲剧的理解更加深刻，或者至少给予了一些黑色喜剧的色彩……哈姆雷特的虚构最终由他代表自己采取果断行动的能力所决定。哈姆雷特的终极虚构就是哈姆雷特对死亡的恐惧，因此他的复仇能力取决于他对死亡的准备”③。

值得一提的是，恰尼并未将其研究范围局限于《哈姆雷特》一剧中的“虚构性”，而是将该剧中的“虚构性”以及“虚构性”折射出的意义与莎士比亚本人相联系。恰尼问道：“如果我们对《哈姆雷特》中的压力、紧张和焦虑感兴趣，那么这部戏剧与莎士比亚有什么关系？这是否有

---

① Maurice Charney, *Hamlet's Fictions*. New York & London: Routledge, 1988, p. 10.

② Maurice Charney, *Hamlet's Fictions*. New York & London: Routledge, 1988, p. 11.

③ Maurice Charney, *Hamlet's Fictions*. New York & London: Routledge, 1988, p. 12.

助于他作为现实世界的重建和补偿模型来处理幻想戏剧世界相关问题?”① 恰尼并未直接回答这一问题，而是通过找寻与分析《哈姆雷特》一剧中的种种“虚构性”与“梦境”，并与莎士比亚同时代人对其评价相联系，试图找到《哈姆雷特》与莎士比亚本人之间的联系。恰尼认为，像《哈姆雷特》一剧中由哈姆雷特导演的“捕鼠器”这一剧中剧，莎士比亚之所以设定这样的“剧中剧”就是要让观众相信这部剧中的所有设定都是真实的。因此，从哈姆雷特这一人物性格特征复杂多变的设定上可观莎士比亚本人的个性多变，以致同时代人对他的评价褒贬不一。

总而言之，《哈姆雷特的虚构》一书围绕“虚构”这一关键词展开研究，诸多研究结论与观点在某种程度上颠覆了学界的一贯认识，比如将《哈姆雷特》视作喜剧、哈姆雷特的复仇与其死亡观之间的关系等，让人耳目一新。

（二）《哈姆雷特》的自我争论

英国布里斯托大学学者李约翰（John Lee）出版的《莎士比亚的〈哈姆雷特〉和自我争论》（*Shakespeare's Hamlet and the Controversies of Self*, 2000）一书，主要围绕“哈姆雷特是否具有一种自我构成感”这一问题展开讨论。作者将此书分为三个部分，每一部分由《哈姆雷特》开篇第一句“Who's there?”作为引子。在李约翰看来，这一问题不仅仅是一个简单的问题，而与身份问题有着千丝万缕的关系。

《莎士比亚的〈哈姆雷特〉和自我争论》第一部分主要分析新历史主义和文化唯物主义两大派围绕当代学界戏剧批判问题所展开的讨论。新历史主义和文化唯物主义者通常并置“self”“identity”和“human nature”三个概念，认为哈姆雷特或其他英国文艺复兴时期戏剧人物是被笼罩在缺乏任何意义的自卑感中的社会主体，均无自我构成感。

第二部分则从当代回溯到17—18世纪以及19世纪早期。这部分再现了有关《哈姆雷特》批判的最初场景，并展示了在莎士比亚批评最初两百年里有关“Who's there?”问题的回答。李约翰认为，对这一问题回答的关键就在于角色的概念。在这一时期，莎士比亚缺乏创造具有内在或内心生活意识的戏剧人物的能力，这被认为是评价他整体成就的核心。因此，诸多莎士比亚研究者的争论就是通过对“角色”（character）进行定

① Maurice Charney, *Hamlet's Fictions*. New York & London: Routledge, 1988, p. 153.

义而展开。哈姆雷特逐渐也成为这种“角色”的典范，并成为莎士比亚价值的核心。

第三部分指出《哈姆雷特》和英国文艺复兴时期的文化缺乏描述内在性的现代意义词汇，因此，这些意义可能无法表达。于是，李约翰采用建构主义心理学和道德理论相关方法，基于文本分析，认为哈姆雷特具有一种自我构成的自我意识。而这种自我意识正是构成其悲剧性的核心。

基于以上三个部分的讨论，李约翰认为："这种自我意识既非本质主义，亦未超越历史……自我意识的本质既是一个实际问题，也是戏剧中存在的问题。有关《哈姆雷特》在当下的批判声称：它有自己的自我争论。"①

（三）《哈姆雷特》的现代呈现

美国耶鲁大学艾米丽·桑福德英语教授亚历山大·威尔士（Alexander Welsh）在其《哈姆雷特的现代面具》（*Hamlet in His Modern Guises*, 2001）一书中，将《哈姆雷特》一剧置于家庭亲子关系之中进行考量，视哈姆雷特为现代英雄的原型。之所以将哈姆雷特视作现代英雄而非前现代英雄，这是因为“《哈姆雷特》到了18世纪后期，形成了比初登舞台时更为强大的文化力量，其影响力也随之增强。为了在这个增长型产业中保持领先地位，哈姆雷特必须现代化”②。

《哈姆雷特》的现代化首先通过亲子关系得以呈现。威尔士认为，莎士比亚乃是根据其父亲的死或濒死改编了哈姆雷特这个故事。为此，威尔士探究了歌德的《威廉·梅斯特的学徒生涯》（*Wilhelm Meister's Apprenticeship*）、司各特的《雷德冈利托》（*Redgauntlet*）、狄更斯的《远大前程》（*Great Expectations*）、梅尔维尔的《皮埃尔》（*Pierre*）、乔伊斯的《尤利西斯》（*Ulysses*）等作品，以分析哈姆雷特成为独特的现代英雄之因，并通过分析这类报仇悲剧来论证报仇实际上是为了达成哀悼（mourning）这一目的。

威尔士指出，在通常被认为是现代主义小说的作品中，乔伊斯采用了19世纪叙事模式，将哈姆雷特与一些古代英雄，比如尤利西斯进行对比。

---

① John Lee, *Shakespeare's Hamlet and the Controversies of Self*. Oxford: Oxford University Press, 2000, p. 2.

② Alexander Welsh, *Hamlet in His Modern Guises* Princeton and Oxford: Princeton University Press, 2001, p. ix.

通过分析乔伊斯的《尤利西斯》，威尔士认为，《尤利西斯》从莎士比亚那里借鉴了一种比荷马笔下更受束缚的父子关系，因此斯蒂芬·迪达勒斯比忒勒马库更像哈姆雷特。[①] 威尔士进一步指出，哈姆雷特大部分时间都在哀悼，因此，“哀悼在一定程度上就是我们所说的现代意识”[②]。

为清晰阐释哈姆雷特的现代呈现，《哈姆雷特的现代面具》一书分为五部分，分别探讨了家庭关系中的中世纪哈姆雷特、哈姆雷特的哀悼与复仇悲剧、介于歌德与司各特之间的哈姆雷特、哈姆雷特的期望以及哈姆雷特成为现代主义者的决定。

（四）《哈姆雷特》中的“鬼魂”

美国当代著名文学批评家斯蒂芬·格林布拉特的《炼狱中的哈姆雷特》（*Hamlet in Purgatory*，2013）一书，则通过追溯《哈姆雷特》一剧中的“炼狱”痕迹，关注哈姆雷特父亲的鬼魂。事实上，“鬼魂”在《哈姆雷特》全剧中出现的次数寥寥无几，仅仅出现在三个场景中，并且只有两句台词。但“鬼魂”却给读者留下了深刻的印象。问题是，“鬼魂”这一设定如何在几百年来备受读者关注？这正是格林布拉特意欲探索的问题。

基于此，格林布拉特试图探讨促使《哈姆雷特》一剧至今活跃在舞台上的力量，并回答以下问题：是什么使莎士比亚笔下的角色充满了如此鲜活的生命力？为什么这种生命力会出现在我们意想不到的地方？莎士比亚利用了什么资源使这个古老的故事如此新鲜，如此扣人心弦？[③]

基于对上述问题的探讨，格林布拉特期望“揭露剧作家为扩展其想象力所利用的历史资源”[④]，并将文本还原至文艺复兴时期，去“发掘一套普遍的信念、实践、恐惧和希望……并探讨一种莎士比亚本可以以多种方式遇到，但我们已无法理解的幻想”[⑤]。同时，格林布拉特还试图去理解“那些赋予作品特殊而持久共鸣的隐秘交流”[⑥]。基于此，《炼狱中的哈姆雷特》一书分为五部分，分别探讨了诗人的神鬼寓言、想象炼狱、记忆的权利、表演鬼魂等内容。

---

① Alexander Welsh, *Hamlet in His Modern Guises*. Princeton: Princeton University, 2001, p. xi.

② Alexander Welsh, *Hamlet in His Modern Guises* Princeton: Princeton University Press, 2001, p. ix.

③ Stephen Greenblatt, *Hamlet in Purgatory*. Princeton: Princeton University Press, 2013, p. xiii.

④ Stephen Greenblatt, *Hamlet in Purgatory*. Princeton: Princeton University Press, 2013, p. xiv.

⑤ Stephen Greenblatt, *Hamlet in Purgatory*. Princeton: Princeton University Press, 2013, p. xiv.

⑥ Stephen Greenblatt, *Hamlet in Purgatory*. Princeton: Princeton University Press, 2013, p. xv.

格林布拉特指出，作品所产生的共鸣实际上与死者崇拜相关联，并关联到相互竞争、曾经试图规范并从这种崇拜中获利的宗教机构，以及开始类似尝试的文化机构，比如剧院。[①] 在格林布拉特看来，莎士比亚的戏剧文本并非固定不变，而是通过无数文本改编和表演流传至今。《哈姆雷特》一剧既包含了莎士比亚的痕迹，也包含了他人的痕迹。因此，格林布拉特认为，《炼狱中的哈姆雷特》一书本身就是“一个鬼故事”。

第二节 “To Be or Not to Be”专题研究

“To Be or Not to Be”这一经典独白早已超越了《哈姆雷特》这部剧的文本意义，而上升至文化、哲学和现代性意义。尽管国内学界针对这一独白进行了相关研究，但尚未出现系统而深入的专题性研究成果。英语世界围绕此独白展开的研究具有针对性，从“To Be or Not to Be”独白切入，将之置于文化或哲学视域下，最终以专著的形式呈现，其体量不可谓不大。

一 “To Be or Not to Be”的文化隐喻

英国牛津大学道格拉斯·布鲁斯特（Douglas Bruster）和西蒙·帕尔弗里（Simon Palfrey）两位学者出版的《生存还是毁灭》（*To Be or Not to Be*，2007）一书，对《哈姆雷特》中的“To Be or Not to Be”这一句独白进行深入剖析。布鲁斯特与帕尔弗里高度肯定这一独白对于《哈姆雷特》全剧的意义，认为“莎士比亚似乎把《哈姆雷特》整部剧的全部内容放在了这一句台词里。这种丰富性意味着，表述独白就相当于进行了剧中剧的演绎”[②]。换言之，“To Be or Not to Be”承载了《哈姆雷特》这部剧的所有内涵。也正是因为这个原因，这句独白“具有史诗般的广度”，因此难以理解。于是，读者要么转向“自杀”主题，要么将哈姆雷特视为哲学家。但在布鲁斯特与帕尔弗里看来，这些解读思路均偏离了正确的理解路线。基于此，布鲁斯特与帕尔弗里对个别单词与短语进行细致剖析，从语言层面上升至哲学和文化层面，探究这句独白如何以及为何在英国文化中产生巨大影响。

---

① Stephen Greenblatt, *Hamlet in Purgatory*. Princeton: Princeton University Press, 2013, p. xv.

② Douglas Bruster, Palfrey, *To Be or Not to Be*. London & New York: Bloomsbury, 2007, p. 102.

布鲁斯特与帕尔弗里首先在“在莎士比亚博物馆里”（In the Shakespeare Museum）这一章中，想象我们可以通过历史来观看和聆听成千上万个“To Be or Not to Be”独白表演。随着这些图像和声音的展开，我们想象自己注意到了对独白不断变化的解释。在“问题到底是什么?”（What are the Questions）这部分，布鲁斯特与帕尔弗里将这段独白细分为不同的字、词与语义单位，从语言学与文体学的角度进行阐释，探讨这句独白真正的问题所在。在“难就难在这里”（There's the Rub）这一章，布鲁斯特与帕尔弗里探讨“To Be or Not to Be”的真正含义。在“作为诗歌的言说意味着什么?”（How Does it Mean）这一部分，布鲁斯特与帕尔弗里探讨“To Be or Not to Be”产生意义的方式。在“表演的意义：语境中的言说”（The Name of Action）这一部分，布鲁斯特与帕尔弗里指出，哈姆雷特独白的意义不仅取决于独白的字词，包括独白地点、独白主体与表述的对象在内的构成均具有戏剧化话语的明确作用。因此，布鲁斯特与帕尔弗里在这部分主要关注哈姆雷特生平在独白中扮演的角色、演讲在戏剧中的位置以及戏剧在演讲中的位置。在“三次言说”（Not One Speech but Three, or“There's the Point”）这部分，布鲁斯特与帕尔弗里指出，“To Be or Not to Be”独白不止一个版本。这就意味着，“To Be or Not to Be”在不同版本中有不同的呈现形式与意义。

布鲁斯特指出，“这段独白的重要性在今天几乎是家喻户晓。这是因为四个世纪以来，这出戏所产生的影响已经确保了这段独白在我们集体想象中的主要地位。事实上，‘To Be or Not To Be’独白已经成为西方非官方的‘文化’隐喻。无论如何，作为我们最著名作家那最公认的戏剧和角色之核心的哈姆雷特，其独白关乎文化本身”①。可见，“To Be or Not to Be”独白早已跳出文本，成为一种“文化隐喻”。

“文化”这一概念的内涵本身并非固定不变，始终处于一个动态的发展过程中。雷蒙·威廉斯曾就文化进行界定，认为“Culture 在所有早期的用法里是一个表示‘过程’（process）的名词”②。文化起初是指对某种农作物或动物的照料，逐渐演变为“人类发展的历程”，并逐渐从“原来

① Douglas Bruster, Simon Palfrey, *To Be or Not to Be*. London & New York: Bloomsbury, 2007, p. 101.

② ［英］雷蒙·威廉斯：《关键词：文化与社会的词汇》，刘建基译，生活·读书·新知三联书店 2005 年版，第 102 页。

意指心灵状态或习惯，或者意指知识与道德活动的群体”，演变为“整个生活方式”[①] 的代名词。文化一旦指向一种共同体的整个生活方式，那么，参与生活方式的种种因素便成为一种文化符号或隐喻。

自莎士比亚塑造哈姆雷特这一戏剧人物角色以来的四百多年，哈姆雷特逐渐进入英美文化与社会生活之中，而那段标志性的独白也成为文化演变与构建的参与者。因此，对这句独白的阐释自然成为学界一大难题。然而，正是因为“To Be or Not to Be”难以阐释清楚，所以才具备阐释的活力与价值，并在现代与后现代语境中产生新的文化意义。

布鲁斯特和帕尔弗里两位学者出版的《生存还是毁灭》一书以一种夹杂在学术研究与故事叙述之间的论述方式展开研究，显得学理性不强。但整部著作聚焦于“To Be or Not to Be”这一段独白，从字、词与语义出发，考察独白的主体、对象与地点，进而探讨独白的各个版本，逐渐上升至整个英国文化场域，对这一经典独白进行全方位的阐释与意义解读，试图回答“To Be or Not to Be”背后的真正含义，并以一部专著的体量呈现，为我们研究莎士比亚独白提供了一个可借鉴的范例。

二 “To Be or Not to Be”与“我思故我在”

“To Be or Not to Be”独白背后所蕴含的丰富哲学性思考引起了英语世界学者的注意。实际上，国内外学界对哈姆雷特的“延宕”“忧郁”均展开了探讨，但英语世界部分学者从“To Be or Not to Be”独白切入，将之置于哲学视域中进行探讨，一方面构建起哲学原理，另一方面也为我们深入理解此独白的含义提供了新的视角。

美国芝加哥洛约拉大学哲学教授安德鲁·卡垂费洛（Andrew Cutrofello）在其《一无所有：哈姆雷特的否定性》（*All for Nothing: Hamlet's Negativity*, 2014）一书中，将哈姆雷特带入尼采、康德、叔本华、卢梭、福柯、德里达等哲学家的视域中，集中考察了学界有关哈姆雷特“忧郁”“延宕”等研究兴趣点与关注点，一一分析了包括哈姆雷特的“忧郁”（melancholy）、“否定信念”（negative faith）、“虚无主义”（nihilism）、“延宕”（tarrying）、“不存在”（nonexistence）在内的五个特点，审视哲学视域中哈姆雷特的否定性，并与现代哲学家的思想相联系。

---

① ［英］雷蒙·威廉斯：《文化与社会》，吴松江、张文定译，北京大学出版社 1991 年版，第2页。

柯勒律治曾指出，哈姆雷特是唯一莎士比亚能令人信服地将“To Be or Not to Be”独白交付的人物角色。卡垂费洛则进一步指出，哈姆雷特是唯一莎士比亚能够合理地将笛卡儿的“我思故我在”赋予人物身上的角色。问题是，为什么是哈姆雷特，而非李尔王、麦克白等其他经典角色？这就不得不对哈姆雷特的人物特征进行形而上的思考。

卡垂费洛开篇就提出一个极具哲理的问题：谁是莎士比亚的哈姆雷特？结合哈姆雷特的“To Be or Not to Be”独白，卡垂费洛试图追问哈姆雷特的存在问题。卡垂费洛认为，哈姆雷特本人就是角色扮演者，只有当哈姆雷特跳到奥菲利亚的坟墓上方大喊“这就是我，丹麦人哈姆雷特”（This is I，Hamlet the Dane！）的那一刻，哈姆雷特才完全认同自己的角色。在卡垂费洛看来，这一身份认同与哲学领域中的“这是我，我！”（This is I，I！）类似。卡垂费洛认为，按康德、德勒兹、黑格尔和齐泽克的观点来看，自爱（self-affection）能力根植于一种更为根本的消极力量，而哈姆雷特正是这种消极力量的化身。

为进一步分析哈姆雷特身上的消极力量，卡垂费洛将笛卡儿的“我思故我在”同哈姆雷特的“To Be or Not to Be”独白进行对比。卡垂费洛指出，“生存还是死亡”是哈姆雷特最具哲学性独白的第一个问题，“我思故我在”则是笛卡儿孤独冥想的第一个积极结论；笛卡儿的主张是理论性的，具有说服力，而哈姆雷特的主张是现实的，具有不确定性；笛卡儿断言他确信自己的存在，但哈姆雷特却相反，他并不确定自己是否存在或者最终消失；“我思故我在”成为笛卡儿面对认知烦恼的武器，而“To Be or Not to Be”却表达了哈姆雷特对存在与死亡的怀疑，用卡垂费洛的话来说，就是哈姆雷特的“消极信仰”（negative faith）。

尽管“我思故我在”与“To Be or Not to Be”从本质上来讲差异甚大，即哈姆雷特持消极态度，而笛卡儿则将消极还原为肯定的力量，但在卡垂费洛看来，笛卡儿与哈姆雷特均进行了一系列概念区分，包括主体与客体、心与身、内部意识与外部意识、理论理性与实践理性、意识与行动。并且笛卡儿与哈姆雷特均提出了一个关于自我反思主体存在的命题，或者说，均表达了一种独特的现代主体性体验（modern experience of subjectivity）[①]。从以上几方面来看，哈姆雷特这一形象塑造的确与笛卡儿思想有某种共鸣之处，

① Andrew Cutrofello，*All for Nothing*：*Hamlet's Negativity*. Cambridge，MA：MIT Press，2014，pp. 5–6.

可互为参照与阐释。

三　“To Be or Not to Be”与“无”

有关“无”的哲学内涵，中国古代哲学已对此进行了系统而深入的探讨。英语世界部分学者却将“无”的哲学内涵用来阐述“To Be or Not to Be”独白，为莎学研究提供了新的思路。

安德鲁·卡垂费洛除了将笛卡儿思想与哈姆雷特及其独白进行比较，还在《一无所有：哈姆雷特的否定性》一书中，援引艾略格娜（Eriugena）关于上帝作为存在的源泉与无的观点，进一步阐释这句独白。卡垂费洛认为，“一个极端是，无限存在可以表示为无；另一个极端是，无可以被视为存在的源泉（符合“无中生有”*creatio ex nihilo* 的信条）”[①]。有趣的是，卡垂费洛关于“存在”（being）与“无”（nothing）的观点与中国朴素自然主义哲学中有关“有”与“无”的观点如出一辙。

《老子》讲“大方无隅，大器晚成，大音希声，大象无形”，强调的就是“无限”（infinite）只能用“无”（nothing）来表示；而“无限”的存在最终只能用“无”来表现。这就与卡垂费洛所说的其中一个极端“无限存在可以表示为无”的观点不谋而合。《老子》又讲“天下万物生于有，有生于无”。《易乾凿度》讲“夫有形生于无形”，说的即是“无”作为形而上概念，乃天下万物的源泉。这又与卡垂费洛所说的另一极端“无可以被视为存在的源泉”相呼应。只不过，中国哲学中的“无”被视作形而上的“道”，是万物得以萌生之根，但西方哲学却将“无”视为“虚无主义”的表现，是一种否定性。这就可以解释，为什么卡垂费洛将哈姆雷特的否定性归因于一种“无”的再现，具体在《哈姆雷特》一剧中即指向想象神秘力量以唤起幽灵或幻象（phantasm）。

在乔纳森·霍普（Jonathan Hope）看来，哈姆雷特的消极性与否定性就直观体现在《哈姆雷特》一剧中的副词、形态、语法与双重否定方面。比如，哈姆雷特在准备去参观格特鲁德时的简短独白中就包含了以上四个方面的内容[②]：

---

① Andrew Cutrofello, *All for Nothing*: *Hamlet's Negativity*. Cambridge, MA: MIT Press, 2014, p. 8.

② Andrew Cutrofello, *All for Nothing*: *Hamlet's Negativity*. Cambridge, MA: MIT Press, 2014, p. 160.

O heart, lose*not* thy nature! Let *not* ever
The soul of Nero enter this firm bosom,
Let me be cruel, *not un*natural;
I will speak daggers to her, but use *none*,
My tongue and soul in this be hypocrites—
How in my words somever she be shent,
To give them seals*never* my soul consent!
(斜体由卡垂费洛所加)

短短一段独白不过56个单词，但斜体所示表达否定与消极的单词或前缀竟有6处，如“not”“not”“not”“un-”“none”“never”。这些看似微不足道的文本特征却在一定程度上构成了哈姆雷特性格特征上的否定性。

卡垂费洛指出，哈姆雷特的否定性有多种呈现形式：从心理上讲，否定性首先表现在他的忧郁（melancholy）性格特征之上，而父亲的去世和母亲的再婚使他的精神状态产生了剧烈变化；从认识论来讲，哈姆雷特的否定性以一种怀疑论或消极信仰（negative faith）的方式呈现；从存在主义的角度来看，哈姆雷特的否定性产生于“To Be or Not to Be”的虚无主义（nihilism）独白；从实用主义来讲，哈姆雷特的否定性行为被批评家们称为哈姆雷特的“拖延”（delay），但卡垂费洛更倾向将其描述为“徘徊”或“延宕”（tarrying）；从形而上学的角度来看，哈姆雷特的否定性与他的“不存在”（nonexistence）有关，不仅指向他在剧末的死亡，还指向其纯粹的虚构性（fictionality）。

卡垂费洛强调，他所总结出的哈姆雷特否定性五大表现并不相互排斥，而是一方面与这部剧中的五个连续性发展阶段相对应，另一方面为现代哲学消极概念从笛卡儿发展至今的发展史提供了一个叙事框架。这一框架即围绕着一系列与哈姆雷特有关的问题展开，包括哈姆雷特忧郁的心理本质、是否应该克服这种忧郁的否定性、哈姆雷特消极信仰的认识论特征、哈姆雷特虚无主义的存在意义、哈姆雷特延宕的政治意义、虚构的哈姆雷特形而上学地位与存在意义等。在卡垂费洛看来，在过去的400年中，哈姆雷特一直潜伏在哲学立场的空间中，其位置就如同苏格拉底在陌生人与泰阿泰德之间的对话中的位置那般。因此，重新审视哈姆雷特，将有助于我们探寻否定的本质，以及“我思故我在”的意义。①

四 “To Be and Not to Be”：“To Be or Not to Be”的隐含逻辑

有关“To Be or Not to Be”这句独白的确切含义，学界有多种说法：有“生存还是毁灭”一说，“偷生还是抗争”一说，“卫护真理还是卑贱地活着”一说。但无论是何阐释，均无一例外地将独白中的“or”理解为选择的意思。

美国学者詹姆斯·考尔德伍德（James L. Calderwood）却另辟蹊径，基于哈姆雷特否定性特征，认为“or”实则是“and”之意，即为并列关系而非选择关系。表述“To Be”是为了避免“Not to Be”的发生，“To Be or Not to Be”背后的逻辑应为“To Be and Not to Be”。这一观点为我们理解这一经典独白提供了一个新的视角，正如有学者所评价的那样：“卡尔德伍德的阅读不仅提供了许多有助于我们改变对哈姆雷特理解的见解，而且还提出了详细而有力的方案，在表演中重新诠释这出戏。”②

考尔德伍德在其《存在与不存在：哈姆雷特的否定与元戏剧》（*To Be and Not to Be*：*Negation and Metadrama in Hamlet*，1983）一书中，基于哈姆雷特的否定性，重新阐释“To Be or Not to Be”，从而构建了一种考尔德伍德称之为“元戏剧”（metadrama）的策略。在考尔德伍德看来，既然《哈姆雷特》一剧原本就与无为、延宕等元素相关，并一贯以否定性进行言说（具体则体现在语言当中，比如通过运用“no”或“not”等词汇表达否定性），那么，哈姆雷特即是通过否定的表述来抹除被表述的对象，通过表述“To Be”来避免“Not to Be”的发生③。而且莎士比亚巧用语言，“奇迹般地带来了不在场的对象，并与在场一起维系着不在场的存在——包括被排除的中间，于是就变成了‘to be and not to be’”④。而所谓“被排除的中间”

① Andrew Cutrofello, *All for Nothing*: *Hamlet's Negativity*. Cambridge, MA: MIT Press, 2014, p. 14.

② Joseph Church, "*To Be and Not to Be*: *Negation and Metadrama in Hamlet* by James L. Calderwood," book review, *Theatre Journal*, Vol. 36, 1984, p. 280.

③ Andrew Cutrofello, *All for Nothing*: *Hamlet's Negativity*. Cambridge, MA: MIT Press, 2014, p. 10.

④ Joseph Church, "*To Be and Not to Be*: *Negation and Metadrama in Hamlet* by James L. Calderwood," book review, *Theatre Journal*, Vol. 36, 1984, p. 280.

（the excluded middle）即指“To Be or Not to Be”中隐含的“and”。

莎士比亚是一位名副其实的语言大师，通过语言的安排与选择，传递戏剧人物角色背后的隐含意义。哈姆雷特的否定性就直观地呈现在语言中，按考尔德伍德的话来说，否定给语言带来了一个悖论：概念上的不在场通过动词在场。换言之，“To Be or Not to Be”中的“or”并不是一个选择，而是通过“to be”来指向“not to be”。按罗伯特·布兰登的观点来讲，“确定否定（determinate negation）是一种物质排斥，或者某事物以某种方式被确定”①。按此逻辑，To Be or Not to Be”的逻辑结构可用一个公式表达：是 p 所以不会是 q（To be *p* and therefore not to be *q*）。而考尔德伍德进一步援引齐泽克的逻辑结构，以“既非 p 亦非 p，而是非 p”（Neither to be *p* nor not to be *p*，but to be *non-p*）这一逻辑结构来论证“To Be and Not to Be”的合理性。因此，所谓“To Be or Not to Be”背后的逻辑应该是“To Be and Not to Be”。

无独有偶，纽约市立大学教授、哲学家格雷厄姆·普里斯特（Graham Priest）同样基于哈姆雷特的否定性，探讨“To Be or Not to Be”的深层含义与逻辑结构，同样认为“To Be or Not to Be”背后的逻辑应该是“To Be and Not to Be”，但其论述视角却有所不同。

普里斯特在其《怀疑真理是骗子》（*Doubt Truth to be a Liar*，2006）一书中，主要探讨“双面真理说”（Dialetheism），即认为某些矛盾是真的，并通过探讨逻辑的本质以及对独特性的主张，来探究“To Be or Not to Be”的逻辑结构。普里斯特以《哈姆雷特》一剧中的几句为例：

> Doubt thou the stars are fire;
> Doubt that the sun doth move;
> Doubt truth to be a liar;
> But never doubt I love.

普里斯特认为，在此，莎士比亚运用了双重反讽的手法。哈姆雷特坚信真理不可能是假的，然而，正如《怀疑真理是骗子》书名所示，真理可能是假的。并且“被引用的其他同类事物不仅不确定，而且实际上是错

① Andrew Cutrofello, *All for Nothing*: *Hamlet's Negativity*. Cambridge, MA: MIT Press, 2014, p. 141.

误的：太阳在哈姆雷特所认为的托勒密层面上并不运动；恒星不是火，因为火是快速氧化的结果，而非核聚变。这是文本的外部讽刺。还有一个内在讽刺。哈姆雷特说，他对奥菲莉亚的爱比任何确定性都更加确定。然而，随着情节的展开，他对爱的声称也是假的"①。换言之，哈姆雷特对奥菲莉亚的爱既真又假。而哈姆雷特独白中暗含着一种"双面真理"（dialetheic），同时包含真与假。因此，所谓"To Be or Not to Be"实际上同时包含了两个方面："to be"和"not to be"。基于此，普里斯特认为，"To Be or Not to Be"背后的逻辑结构应为"To Be and Not to Be"。

文学文本与哲学的跨学科交汇激发出别样的研究思路：文学文本为哲学研究提供了形而下的材料，哲学为文本研究带来形而上的思辨。对"To Be or Not to Be"这一经典独白的阐释历来是国内学界有关莎士比亚戏剧研究的重头戏。然而，大多学者只是结合文本情节以及语言特征进行论述，鲜少有学者跳出文本。英语世界在此方面的研究突破了文本中心主义，将之置于形而上的哲学视域之中，结合语言结构与逻辑，探讨此独白背后的逻辑结构，为我们理解莎士比亚戏剧提供了一个独特的视角。

第三节 《威尼斯商人》研究

英语世界单以《威尼斯商人》一剧为研究对象的博士学位论文就有7部②，涉及商业主题、经济学主题、挪用理论视角、译本比较研究、种族问题、法律与伦理问题、动物审判、威尼斯的地点意义以及跨文化传播等。此外，英语世界还有若干围绕《威尼斯商人》一剧展开研究的专著。

---

① Graham Priest, *Doubt Truth to Be a Liar*, New York: Oxford University Press, 2006, p. 209.

② 英语世界以《威尼斯商人》为研究对象的博士学位论文包括：Hesham Khadawardi, *Shylock and the economics of subversion in "The Merchant of Venice"*. Diss. The University of Nebraska, 2005. Carolina Siqueira Conte, *Bonds: A theory of appropriation for Shakespeare's "The Merchant of Venice" realized in film*. Diss. Ohio University, 2005. Dror Abend, *"Scorned my nation": A comparison of translations of "The Merchant of Venice" into German, Hebrew and Yiddish*. Diss. New York University, 2001. Peter Jack Alscher, *Shakespeare's "The Merchant of Venice": Toward a radical reconciliation and a "final solution" to Venice's Jewish problem*. Washington University in St. Louis, 1990. Leticia C. Liggett, *The animal trials of Shakespeare's "Merchant of Venice" and "King Lear": Law and ethics*. Diss. Indiana University, 2014. Nancy Elizabeth Hodge, *Shakespeare's Merchant and His Venice: Setting Antonio to Scale in His Proper World*. Diss, Vanderbilt Univerity, 1984. Ross Daniel Lewin, *Shylock in Germany*. Diss. Stanford University, 2000.

可见英语世界对《威尼斯商人》一剧十分关注，并采取了多种新视角进行研究。

一　夏洛克改信基督教之谜

《威尼斯商人》作为一部对资本积累中的利己主义极尽讽刺的喜剧，塑造了一位冷漠、心胸狭隘、报复心强、拜金的高利贷者夏洛克。该剧的讽刺性以及戏剧效果离不开夏洛克这一极具讽刺意味的人物。然而，英语世界有学者对这一人物形象的塑造提出疑惑。这主要源于莎士比亚的一个情节设计：夏洛克对安东尼奥的报复行为最终受到惩罚，不仅赔了钱，还被判改信基督教。这不免让人疑惑，为何莎士比亚要让夏洛克改信基督教以示惩戒？这一疑问直接关系到《威尼斯商人》一剧的喜剧性以及角色塑造问题。

美国当代著名文学理论家哈罗德·布鲁姆曾在其编写的《布鲁姆的现代批判解读：莎士比亚的〈威尼斯商人〉新版》（*Bloom's Modern Critical Interpretations*：*William Shakespeare's The Merchant of Venice—New Edition*，2010）一书的序言中，提出了这一从未引起人们怀疑的问题。布鲁姆认为，莎士比亚在《威尼斯商人》一剧中塑造了一位骄傲、性格暴躁的犹太人夏洛克，宁可选择死也不愿改信基督教。然而，莎士比亚却强行让夏洛克改信基督教，夏洛克最终也接受了这一判决。在布鲁姆看来，莎士比亚一方面塑造了这样一位宁折不屈的犹太人，一边却以一种奇怪的方式让其改信他教，而夏洛克竟然欣然接受，如此做法比“科里奥兰纳斯加入平民党或克里奥帕特拉同意在罗马做一名贞女”更为荒诞不羁。因此，布鲁姆指出，莎士比亚在《威尼斯商人》一剧中的这一情节设计不免让人疑惑：为什么莎士比亚明知夏洛克拥有那种宁可为了犹太人的信仰而死也不愿改信基督教的悲剧性尊严，却还要在夏洛克身上施加这种强迫其皈依基督教的残酷呢？①

针对这一疑惑，奥登（W. H. Auden）认为，莎士比亚在《威尼斯商人》一剧中，借鲍西娅之手，炮制了一条法律（有权没收任何与威尼斯公民作对的外国人的财产、总督有权处理该外国人的性命），并以此在法庭上困住夏洛克。然而，在奥登看来，如此描写不符合夏洛克的人物设

① Harold Bloom, *Bloom's Modern Critical Interpretations*：*William Shakespeare's* The *Merchant of Venice—New Edition*. New York：Bloom's Literary Criticism，2010，p. 2.

定：夏洛克对法律如此兴趣盎然，如何会意识不到鲍西娅口中所说的法律条文？就算一时忽略，总督最后的判决也会引起他的注意，为何任由鲍西娅糊弄？这一情节设计确有矛盾之处，以至于布鲁姆认为，莎士比亚急着让夏洛克“尽快安静地离开舞台”。对此，奥登却认为，莎士比亚在《威尼斯商人》一剧中做出如此荒谬、令人难以置信的设计，其实是为了达到某种戏剧效果。[①] 但究竟是怎样的效果，奥登却语焉不详。

莎士比亚施加在夏洛克身上的强迫性与残酷性反过来削弱了《威尼斯商人》的喜剧性。正如布鲁姆所意识到的那般，“现在想要恢复《威尼斯商人》的喜剧色彩，你要么是个学者，要么是个反犹分子，或者最好是个反犹学者”[②]。换言之，夏洛克身上所体现出来的悲剧性感染力，很难激发观众的喜剧性共鸣。除非观众带着一种反犹太人的情绪去解读，才会在遭遇夏洛克被强制改信基督教这一情节之时，体验到喜剧性。

莎士比亚笔下的夏洛克呈现出两种具有矛盾性的人物特征：讽刺性与共情性。一直以来，学界关于夏洛克人物形象的探讨持续不断，莎士比亚对夏洛克人物特征刻画所体现的讽刺性深入人心。倘若承认夏洛克值得同情，这就要站在《威尼斯商人》一剧中那些最终打败夏洛克的胜利者对面，包括莎士比亚笔下那些洋溢着人文主义色彩的人物，如鲍西娅。针对这一人物形象矛盾，雷内·吉拉德（René Girard）认为，《威尼斯商人》一剧的讽刺深度，并非来自“夏洛克这两个静态形象之间的张力，而是源于那些强化与破坏了基督教与犹太人之间不可逾越的差异性这种普遍观念特征之间的文本特征张力”[③]。换言之，学界一贯将《威尼斯商人》的讽刺性戏剧效果归结于夏洛克这一人物形象所体现出来的双面性值得商榷。而该剧中或强化或破坏基督教与犹太人之间的差异性的文本特征才是促使该剧具有讽刺意味的真正原因。

为解开夏洛克改信基督教之谜，布鲁姆将夏洛克置于犹太人的处境中，并对比夏洛克与马洛笔下类似的大反派马耳他犹太人巴拉巴斯。布鲁姆认为，尽管莎士比亚与马洛塑造的恶棍式犹太人形象有异（巴拉巴斯十

① Harold Bloom, *Bloom's Modern Critical Interpretations: William Shakespeare's* The Merchant *of Venice—New Edition*. New York: Bloom's Literary Criticism, 2010, p. 3.

② Harold Bloom, *Bloom's Modern Critical Interpretations: William Shakespeare's* The Merchant *of Venice—New Edition*. New York: Bloom's Literary Criticism, 2010, p. 4.

③ Harold Bloom, *Bloom's Modern Critical Interpretations: William Shakespeare's* The Merchant *of Venice—New Edition*. New York: Bloom's Literary Criticism, 2010, p. 5.

分野蛮，但夏洛克唯一的恶狠之处就是报复那位虔诚的基督徒安东尼奥），但马洛激起了莎士比亚的矛盾心理。这一矛盾心理让读者接受了这样一种人物设定：安东尼奥和鲍西娅是天使，尽管夏洛克感情强烈却是魔鬼，类似于马洛在《浮士德博士》中塑造的米菲斯托菲尔。① 相较之下，马洛笔下的犹太人巴拉巴斯最终取得胜利，并用他那充满激情的精神力量继续诅咒着基督徒和穆斯林；而夏洛克，这样一个站在基督教对立面的魔鬼形象最终却打败自己，不得不以忍受皈依基督教的屈辱而告终。

布鲁姆认为，夏洛克这一喜剧反派塑造消解了自身，“最终摧毁了夏洛克迄今为止作为一个角色的合理性”②。这一结果使布鲁姆认为，现在在剧院中上演安东尼奥、鲍西娅和夏洛克之间的对手戏是在尝试一件几乎不可能的事情。这是因为只有对自己的反犹主义感到自在的观众，才能容忍莎士比亚如此呈现夏洛克欣然接受皈依基督教的判决。换言之，夏洛克这一人物形象呈现的矛盾性最终消解了自身的合理性，进而也就消解了《威尼斯商人》一剧的讽刺与喜剧效果。从根本上来说，布鲁姆对夏洛克这一人物形象的塑造实际上持批判态度。

二　动物审判：法律与伦理

美国印第安纳大学莱蒂西亚·C. 利吉特（Leticia C. Liggett）的博士论文《莎士比亚〈威尼斯商人〉与〈李尔王〉的动物审判：法律与伦理》（*The animal trials of Shakespeare's "Merchant of Venice" and "King Lear": Law and ethics*，2014），聚焦《威尼斯商人》与《李尔王》两部戏剧中的动物审判叙事，通过追溯动物审判提供矛盾叙事的方式，关注莎士比亚在这两部戏剧中如何利用动物审判叙事来描述人类法律主体，审视伦理主体能动性背后的意图和行为。

所谓“动物审判”（animal trial）即指对动物进行司法起诉，主要流行于中世纪与现代早期的欧洲大陆。③ 那么，有关动物的法律审判何以与《威尼斯商人》一剧相关联呢？这对于我们进一步解读此剧以及夏洛克形

① Harold Bloom, *Bloom's Modern Critical Interpretations: William Shakespeare's The Merchant of Venice—New Edition*. New York: Bloom's Literary Criticism, 2010, p. 7.

② Harold Bloom, *Bloom's Modern Critical Interpretations: William Shakespeare's The Merchant of Venice—New Edition*. New York: Bloom's Literary Criticism, 2010, p. 8.

③ Leticia C. Liggett, *The animal trials of Shakespeare's "Merchant of Venice" and "King Lear": Law and ethics*. Diss. Indiana University, 2014, p. 11.

象有何意义？实际上，在《威尼斯商人》一剧中，莎士比亚正是依靠动物审判作为暗喻，以描述夏洛克作为法律主体的地位。甚至在利吉特看来，倘若没有引入动物审判这一暗喻，《威尼斯商人》一剧就无法讲述夏洛克合法权利的裁决故事。换言之，动物审判情节与夏洛克的法律判决密不可分，正是前者完成了对后者的充分描述。

利吉特基于动物审判叙事，探讨了两个问题：首先，借用聚焦中世纪和早期现代动物审判剧场的几位法律历史家的相关观点，利吉特探讨格拉蒂亚诺如何将夏洛克与一只可受审判的动物结合起来，从而使夏洛克这一人物形象变得复杂。其次，利吉特探讨了莎士比亚如何将动物审判史融入这部人类法律戏剧中。

利吉特认为，在《威尼斯商人》与《李尔王》两部戏剧中，"动物在世俗和教会法庭中被赋予了法律地位"①。比如，夏洛克被对手描述成一个动物，并被当作动物看待，在威尼斯法庭上也是作为局外人（动物）而出席。但与此同时，对手却期望他能够参与到充满人性的契约法律关系之中。于是一种内在矛盾性浮出水面：夏洛克一边被动物化或称去人性（dehumanize），一边被要求参与到体现人性的契约关系中。

对此，利吉特提出一个观点，即夏洛克对其被动物化形象的抗拒破坏了去人性过程，反过来增强了他的人性。② 因此，利吉特的核心论点在于，"《威尼斯商人》一剧对动物的审判既让夏洛克丧失人性，又唤起了一种意识——认为动物是新兴的法律主体，被赋予了蓄意犯罪的能力：因为他是法律主体的具象化存在，能意识到自己的经历如何塑造了自己的法律意图，并能抵制敌人在描述他所谓的不人性时使他丧失人性的企图"③。

利吉特将《威尼斯商人》一剧中的法律审判与历史上的动物审判相结合，以观该剧中的矛盾叙事，重新挖掘了夏洛克的人物形象特征，角度新颖，令人耳目一新。但利吉特将动物性与人性对立起来，将去人性等同于人作为主体的主体性与能动性的丧失，将夏洛克所谓的"非人"（inhuman）意图看作主体性与能动性的削弱结果，无疑落入了动物与人的二元

① Leticia C. Liggett, *The animal trials of Shakespeare's "Merchant of Venice" and "King Lear": Law and ethics*. Diss. Indiana University, 2014, p. vi.

② Leticia C. Liggett, *The animal trials of Shakespeare's "Merchant of Venice" and "King Lear": Law and ethics*. Diss. Indiana University, 2014, p. 2.

③ Leticia C. Liggett, *The animal trials of Shakespeare's "Merchant of Venice" and "King Lear": Law and ethics*. Diss. Indiana University, 2014, p. 3.

对立的陷阱之中。

从新物质主义与物质生态批评的视角来看，包括非人、动物在内的所有物质均具备“能动性”（agency），这是新物质主义与物质生态批评的核心观点。根据新物质主义的观念，“能动性具有多种形式，而所有形式都有一个重要特征：这是形式都是物质的，其产生的意义以各种方式影响着人与非人本质的存在”。[①] 换言之，能动性并非人类专属，包括动物、自然在内的非人物质，都具备能动性，其产生的作用不仅能够影响非人物质，还影响人类。物质生态批评学者塞雷内拉·伊奥维诺（Serenella Iovino）与塞皮尔·奥珀曼（Serpil Oppermann）就认为大自然同样具备能动性，大自然的能动性在发挥作用时，“对人类与非人类世界均有影响”[②]。这就动摇了西方几个世纪以来，将“人类与动物彼此分离作为西方世界的结构原则”[③]。为打破人类与非人类之间绝对的二元对立界限，诸如大卫·亚伯兰（David Abram）、斯泰西·阿莱默（Stacy Alaimo）以及伊奥维诺、奥佩曼等物质生态批评学者构建了一个又一个极具解构性与革命性的新概念。比如，亚伯兰为打破人与非人世界的二元划分，提出了“超越人类”（more-than-human）世界的概念[④]，以此强调非人类动物同样具有智慧与能动性。

利吉特聚焦夏洛克去人性的描述，放大这种动物化的过程及产生的作用，为我们提供了新的视角来解读夏洛克这一复杂人物形象，并阐释了《威尼斯商人》一剧中的法律审判与伦理关系。然而，利吉特将去人性与动物化置于人性的对立面，将人与非人动物进行了二元划分（这正是新物质主义与物质生态批评极力批判的对象），无疑弱化了论证夏洛克的去人性，反过来增强其人性这一观点的合理性。这是因为，按新物质主义主张物质均具有能动性与主体性的观点来看，夏洛克所谓的去人性并未消解其主体性与能动性。因为非人物质同样具有主体性与能动性。倘若这一观点

① Serenella Iovino, Serpil Oppermann, *Material Ecocriticism*. Bloomington and Indianapolis: Indiana University Press, 2014, p. 3.

② Serenella Iovino, Serpil Oppermann, *Material Ecocriticism*. Bloomington and Indianapolis: Indiana University Press, 2014, p. 5.

③ Catherine Parry, *Other Animals in Twenty-first Century Fiction*. Cham: Palgrave Macmillan, 2017, p. 2.

④ David Abram, *The Spell of the Sensuous: Perception and Language in A More-than-Human World*. New York: Vintage Books, 1996, p. 24.

未构成论证的前提条件，那么，利吉特后面所论述的夏洛克反抗去人性的做法加强其人性的这一说法就站不住脚。

三 交换理论视角

美国布朗大学比较文学与英语教授凯伦·纽曼（Karen Newman）基于交换理论，考察《威尼斯商人》一剧中的女性形象与性别叙事。

据纽曼梳理，所谓“交换理论”可追溯至法国人类学家列维-斯特劳斯的《亲属关系的基本结构》（*The Elementary Structures of Kinship*, 1969）一书。“交换理论”原指构成婚姻的交换关系中，将女性视为交换对象而非伙伴的观念。在这种最基础的礼物交换关系中，女性往往是最基本的礼物。因此，“交换”就意味着给予、接收与回报礼物，如法国社会学家和人类学家马塞尔·莫斯（Marcel Mauss）所言，交换主导了原始社会的交往。[①] 可见，所谓“交换”实则是建立在定义与规范女性的基础之上进行的交换，通常将女性视为交换的对象，从而将女性物品化、对象化。

借列维-斯特劳斯的交换理论范式，纽曼在其出版的《论说莎士比亚》（*Essaying Shakespeare*, 2009）一书中，专辟“鲍西娅的戒指：《威尼斯商人》中的性别、性和交换理论”一章，探讨《威尼斯商人》一剧中所体现出来的交换关系以及这种关系对女性主义与性别研究的意义。

纽曼认为，《威尼斯商人》似乎是列维-斯特劳斯交换范式及女性主义批评的典型案例。这种交换范式主要体现在鲍西娅从父亲那里通过棺材交换到巴萨尼奥，形成关联性的基本构成，并促使巴萨尼奥向安东尼奥借钱，反过来又产生了安东尼奥和夏洛克之间的契约关系。因此，在纽曼看来，鲍西娅这一女性人物是构成异性婚姻与男性同性社会关系的根本要素，是《威尼斯商人》一剧交换关系的中心。而戒指这一物品则是鲍西娅在交换关系中的具象。纽曼认为，通过追踪鲍西娅戒指的活动轨迹，可观这出戏剧表演方式以及追问伊丽莎白时代的人物与性交换结构的方式。[②]

---

① Karen Newman, *Essaying Shakespeare*. Minneapolis: University of Minnesota Press, 2009, pp. 59-60.

② Karen Newman, *Essaying Shakespeare*. Minneapolis: University of Minnesota Press, 2009, p. 70.

纽曼认为，“主导亲属关系的女性与礼物交换同样主导着权力关系”①。在《威尼斯商人》第3幕第2场中，鲍西娅向巴萨尼奥表露心意时所说的内容，揭露了伊丽莎白时代性别体系及其与政治经济之间的关系。② 纽曼对《威尼斯商人》一剧进行了十分细致的解读，甚至通过分析人物角色所使用的第一人称到第三人称的转变，以观交换关系如何得以建立。比如，鲍西娅在向巴萨尼奥表露心意时，刚开始使用第一人称“I”向巴萨尼奥展示自己，称“such as I am”。在纽曼看来，鲍西娅对自己的描述恰恰说明这出戏所表现出来的人际关系特征，即情色与经济之间的交换关系。随后，鲍西娅在向巴萨尼奥赠送戒指时，采用了第三人称，称自己为“an unlessoned girl... she”。在纽曼看来，这种从第一人称向第三人称的转变，表明了鲍西娅将交换关系从个人的、非正式的交换关系，转向更为正式的关系，以第三人称表明鲍西娅对自己的客观态度，“从而抑制了自己的能动性，并将自己托付给了巴萨尼奥”③。

这样的关系暗含了一种权力关系，如纽曼所言，“鲍西娅的语言把女人描绘成男人世界的缩影，是男人主权的臣民”，而鲍西娅向巴萨尼奥相赠戒指就意味着“鲍西娅对巴萨尼奥爱情誓言和服从的象征，代表了鲍西娅对伊丽莎白时代婚姻的接受——其特点是女性处于从属地位，女性法律权利的丧失以及她们作为货物或动产的地位”④。于是，鲍西娅成为她与巴萨尼奥之间交换关系的交换对象，是一种丧失能动性与主体性的物化存在。鲍西娅赠予巴萨尼奥的戒指就是这种交换关系的象征。

莎士比亚对女性与女性在婚姻关系中的地位的描述是否只是伊丽莎白时代女性与婚姻观的直接产物？在纽曼看来，莎士比亚对鲍西娅及其与巴萨尼奥关系的刻画，并非简单展示伊丽莎白时代的性别体系，而是“阻碍了这种交换关系，嘲弄了这种交换所授权的社会结构与等级性别关系”⑤。

---

① Karen Newman, *Essaying Shakespeare*. Minneapolis: University of Minnesota Press, 2009, p. 65.

② Karen Newman, *Essaying Shakespeare*. Minneapolis: University of Minnesota Press, 2009, p. 66.

③ Karen Newman, *Essaying Shakespeare*. Minneapolis: University of Minnesota Press, 2009, p. 66.

④ Karen Newman, *Essaying Shakespeare*. Minneapolis: University of Minnesota Press, 2009, p. 67.

⑤ Karen Newman, *Essaying Shakespeare*. Minneapolis: University of Minnesota Press, 2009, p. 69.

纽曼之所以断定莎士比亚在《威尼斯商人》一剧中讽刺这种由交换所带来的性别等级关系，凭借的是莎士比亚在此剧后半部分中的情节设计，即让鲍西娅以巧妙的方式，让巴萨尼奥将戒指抵押给扮成律师出场的鲍西娅。于是，戒指又回到了鲍西娅手上。在纽曼看来，鲍西娅经历了一个转变过程，如前文所述，从第一人称到第三人称的转变。但鲍西娅在经历法庭上为夏洛克辩护一事后，经历了第二次转变：鲍西娅起初将戒指视为她的一部分，并将其作为她自身的象征赠予巴萨尼奥。但随着巴萨尼奥“丢失”了这枚戒指，戒指转手多人，这枚戒指的象征与交换意义发生变化，这意味着鲍西娅与巴萨尼奥之间交换关系的象征性中断。再加上莎士比亚在《威尼斯商人》一剧中塑造了一位聪明、博学的鲍西娅，她并不是一个柔弱、服从于男性的人物。鲍西娅甚至女扮男装，扮成律师出庭为夏洛克打赢官司，还通过戒指这一交换物品戏弄丈夫巴萨尼奥。可见，鲍西娅绝非伊丽莎白时代被视为男权之下交换品的代表，而是洋溢着女性主义思想的女性，并对性别等级观进行嘲讽。因此，在某种程度上，鲍西娅的出现打破了固有的交换模式。

四　挪用理论视角：跨学科性与互文性

俄亥俄大学卡罗莱·西凯拉·康特（Carolina Siqueira Conte）的博士学位论文《盟约：莎士比亚〈威尼斯商人〉电影中的挪用理论》（*Bonds: A theory of appropriation for Shakespeare's "The Merchant of Venice" realized in film*, 2005），通过跨学科和互文阐释的方式，构建并阐释电影“挪用理论”（the theory of appropriation），并将这一理论视角运用到《威尼斯商人》一剧的电影改编之中，重新命名和定义电影改编过程。

（一）电影挪用理论与重新定义电影

所谓“挪用理论”乃基于跨学科性与互文性两大理论基石，实则是对电影改编进行重新定义与界定的一套理论。康特指出，该理论并非具有普遍意义的电影改编理论，而是特别针对“当代语境中协同艺术作品的电影完成”[①]。康特构建起来的挪用理论是针对叙事电影而言，具体则关注电影对戏剧作品的改编。

① Carolina Siqueira Conte, *Bonds: A theory of appropriation for Shakespeare's "The Merchant of Venice" realized in film*. Diss. Ohio University, 2005, p. 34.

康特认为，传统电影改编研究通常有两种方法：一是维护原始作品的完整性，二是允许不同于原始作品的改编。但康特认为，这两种方法时常涉及的诸如“原始”“改编”“完整性”等概念本身就有问题，“从根本上来说，没有什么是原始的，因为一切都是之前的结果”①。这就意味着，所有的电影改编实际上都与其他文本构成互文性关系。换言之，与其在研究电影改编之时，纠缠于是否忠实于原作（原本这也是徒劳），倒不如考察是什么促使了改编的完成以及改编所带来的新的文本与符号意义。

那么，“挪用”（appropriation）一词与“改编”（adaptation）一词有何区别？是否有必要重新建构一套电影改编理论呢？在康特看来，之所以要摒弃“改编”这一表述而改用“挪用”一词，这是因为如此一来即可避免在改编过程中隐含的一种态度，即对最终改编而来的产品持贬低与轻蔑的态度。但“挪用理论”则将改编而来的最终产品视为一种新的存在，一种独立的艺术实体。

那么，“挪用理论”具体包括哪些理论内涵？据康特定义，这一理论包括三种属性：其一，挪用理论是跨学科性与互文性的表征；其二，实现这一表征的艺术媒介是电影；其三，电影完成的体裁。这一体裁并非固定不变，而是随着意向观众与市场的变化而变化。

在康特看来，电影就是一个艺术媒介，而非艺术本身。这是因为电影乃跨学科性与互文性的汇集点。电影乃多种技术共同作用的结果，故而具备跨学科性。且电影叙事只在涉及电影的所有时刻均得以实现时才会发生，这一过程就包括电影制作人的个人阐释与呈现、制作时各方技术的参与、观众的重新阐释以及放映的时间、地点等因素。② 因此，电影又具备互文性。只有将电影置于互文性文本中，电影叙事才能得以实现。总之，康特挪用理论的两大理论基石就是跨学科性与互文性：“电影因其挪用其他艺术媒介而成为跨学科场所，亦因其挪用历史和文化决定话语而成为互文性场所。”③

---

① Carolina Siqueira Conte, *Bonds*: *A theory of appropriation for Shakespeare's* "*The Merchant of Venice*" *realized in film*. Diss. Ohio University, 2005, p. 29.

② Carolina Siqueira Conte, *Bonds*: *A theory of appropriation for Shakespeare's* "*The Merchant of Venice*" *realized in film*. Diss. Ohio University, 2005, pp. 21-22.

③ Carolina Siqueira Conte, *Bonds*: *A theory of appropriation for Shakespeare's* "*The Merchant of Venice*" *realized in film*. Diss. Ohio University, 2005, p. 30.

（二）挪用理论视域中的《威尼斯商人》

康特开篇就设问：莎士比亚去世400年后，其戏剧故事如何能成为原创、受欢迎的电影？之所以提出这一问题，是因为电影改编实则是一个“重述”（re-telling）的过程，对新近构思和呈现出来的艺术材料进行重塑。[①] 将距离当下四个世纪之久的莎士比亚戏剧进行电影改编，势必会掺入当下甚至四个世纪以来出现的种种艺术材料与审美特征，并且呈现出跨学科特征。简言之，对莎士比亚戏剧的电影改编离不开历史与文化语境以及多元学科领域的参与。

以电影挪用理论来看《威尼斯商人》一剧的电影改编，康特发现，该剧的电影改编是不同学科协同合作的结果，并且以互文性的方式参与到作品主题与语境的协商之上。于是一部莎士比亚戏剧才能够被改编为当代叙事电影音乐剧。[②]

学界主要关注《威尼斯商人》一剧中所呈现的犹太人形象，康特尽管也分析了此剧中的反犹主义，但采用不同于以往的研究视角，将夏洛克视作“电影喜剧反派的当代挪用与实现”[③]。通过这一视角，康特以这种对莎士比亚戏剧的当代挪用与实现的意义，重新定义“电影改编”这一术语，将其视为“一种在历史上不同艺术、媒介、时间和地点中实现的创造性挪用”[④]。为进一步发展构建起来的电影改编挪用理论，康特具体以《威尼斯商人》的电影改编为案例，通过考察这部剧的体裁、实际和虚构的地理位置、人物、场景等，以观在电影中如何实现对戏剧的挪用。

这种挪用首先体现在莎士比亚时代英国与威尼斯社会之间的关系。此外，还涉及《威尼斯商人》的艺术媒介（电影），由电影制作人、技术生产、发行、市场及观众共同决定，极具跨学科性与互文性。据康特研究，“这一挪用理论一致表现为音乐电影，因为它带来了自反性、视频音乐剪辑原则以及这些剪辑美学在当代语境中对跨学科性和互文性给出了清晰的

① Carolina Siqueira Conte, *Bonds*: *A theory of appropriation for Shakespeare's "The Merchant of Venice" realized in film*. Diss. Ohio University, 2005, p. 7.

② Carolina Siqueira Conte, *Bonds*: *A theory of appropriation for Shakespeare's "The Merchant of Venice" realized in film*. Diss. Ohio University, 2005, pp. 9-10.

③ Carolina Siqueira Conte, *Bonds*: *A theory of appropriation for Shakespeare's "The Merchant of Venice" realized in film*. Diss. Ohio University, 2005, p. 16.

④ Carolina Siqueira Conte, *Bonds*: *A theory of appropriation for Shakespeare's "The Merchant of Venice" realized in film*. Diss. Ohio University, 2005, p. 17.

视听说明，尤其是因为它将莎士比亚的诗歌变成了音乐”①。具体而言，康特基于挪用理论，考察了该剧在剧院中的挪用、电影完成的语境、《威尼斯商人》的银幕史、体裁探讨、地点、人物角色、银幕简析等内容。

实际上，康特所谓的“挪用理论”更准确地说，应是当下语境对莎士比亚戏剧的历史文化挪用，彰显的是当下与过去之间的内在张力。这一当代挪用，赋予了莎士比亚戏剧在他那个历史文化语境中所不具备的新的文本意义。诸如音乐电影所包含的种种跨学科性与互文性因素使莎士比亚成功在16—17世纪走向现代，甚至后现代。这种跨学科性与互文性改编与挪用就是例证。

小结

自莎士比亚创作《哈姆雷特》一剧以来的400年间，《哈姆雷特》曾无数次登上戏剧舞台、选入国内外教材、搬上影视银幕，也曾无数次被改编、阐释与翻译，成为哈罗德·布鲁姆所说的文学经典的中心。② 莎士比亚的存在本身就是一个不断被解构的对象，如赛义德所言：“每一个时代都会重新阐释莎士比亚。”③ 因为有了解构，才会产生新的建构，从而产生新的莎士比亚研究范式与意义。《哈姆雷特》一剧同样如此。英语世界有关莎士比亚作品研究的成果中，《哈姆雷特》研究取得的成果首屈一指。本章对国内研究的常见方法与主题不再赘述，选择国内研究所不曾涉及或尚未深入的主题，分析英语世界《哈姆雷特》研究呈现出来的新视角与新方法。总体而言，相较于国内《哈姆雷特》的研究成果，英语世界《哈姆雷特》研究的很多视角是国内莎士比亚研究不曾涉及的，比如英语世界中《哈姆雷特》的版权与文本历史研究、手稿及早期传播之间的关系、《哈姆雷特》叙述故事的文化历史、针对“鬼魂”的专题研究以及针对“To Be or Not To Be”经典独白的专题研究等，值得国内学界关注。

《威尼斯商人》作为国内学界最关注的莎士比亚喜剧，在英语世界同

① Carolina Siqueira Conte, *Bonds: A theory of appropriation for Shakespeare's "The Merchant of Venice" realized in film*. Diss. Ohio University, 2005, pp. 62-63.

② Harold Bloom, *The Western Canon: The Books and School of the Ages*. Orlando: Harcourt Brace & Company, 1994, p. 73.

③ Edward W. Said, "Orientalism Reconsidered", *Cultural Critique*, No. 1, 1985, p. 92.

样拥有丰富的研究成果。英语世界《威尼斯商人》的诸多研究视角国内研究尚未涉及，比如《威尼斯商人》中夏洛克改信基督教与犹太信念之间的矛盾性、电影改编之挪用理论视域下的《威尼斯商人》电影改编、交换理论视角下的《威尼斯商人》与性别研究、《威尼斯商人》一剧中的动物审判暗喻与夏洛克的法律审判之间的关系等，同样值得关注。

第四章

莎士比亚的大众传播与接受

大众文化视域中的莎士比亚研究在国内学界屡见不鲜。然而，国内学界尚未将莎士比亚置于大众文化中的流行音乐、青年文化视域中进行考察，在这方面的研究还是空白。近年来，英语世界开始从关注莎士比亚与歌剧、古典音乐的联系，转向关注莎士比亚与流行音乐之间的关系。一反以往借用莎士比亚的经典性与流行性来提高流行音乐地位的做法，英语世界莎士比亚与流行音乐研究转向两者对话的可能性与相互作用的方式之上，将传统介入后现代大众文化，打破传统与后现代的对立局面。

谈及流行音乐势必要对青年文化有所理解。本章将流行音乐与青年文化并置的原因就在此：研究大众或流行文化中的莎士比亚，“不仅要考虑莎士比亚再现的媒体和机构，如大众文化、好莱坞、名人与小报，最重要的是青年文化”[①]。流行音乐是青年文化的一个元素，两者属包含关系，并不完全对等。但两者相互作用，互为支撑：考察流行音乐势必要审视与之紧密联系的青年文化团体与文化场域；研究青年文化必然不能忽视其重要元素——流行音乐。[②]

本章关注国内学界不曾涉足的莎士比亚与流行音乐研究、莎士比亚与青年文化研究，分析其研究特征，以观莎士比亚在后现代大众文化视域中的表述方式与意义。

---

① Lynda E. Boose, Richard Burt, *Shakespeare, The Movie: Popularizing the Plays on Film, TV, and Video*. New York: Routledge, 1997, p. 17.

② 有关流行音乐与青年文化之间关系的论述与研究可参见 Jennifer Hulbert, Kevin J. Wetmore, Jr., Robert L. York, *Shakespeare and Youth Culture*. New York: Palgrave Macmillan, 2009；张燚《流行音乐与青少年亚文化》，《美与时代》（下半月）2009 年第 3 期；田飞《青年亚文化现象背景下的中国流行音乐研究之设想》，《苏州大学学报》（工科版）2010 年第 5 期。

第一节　莎士比亚与流行音乐的跨界研究

在进入莎士比亚与流行音乐研究之前，有必要先了解英语世界莎士比亚与音乐的研究概况，以观英语世界莎士比亚与音乐研究转向流行音乐研究领域的缘由与意义。

一　英语世界莎士比亚与音乐的研究概况

莎士比亚的影响并不局限于文学或戏剧领域，而是超越单一艺术门类界限，进入音乐、绘画、歌剧、舞剧等多种艺术领域。[①] 英语世界有关莎士比亚与音乐的研究已取得显著成就。早在 1980 年，麦克米伦出版社出版了 29 卷的《新格罗夫音乐与音乐家大辞典》（*The New Grove Dictionary of Music and Musicians*，1980）就专门设置了“‘莎士比亚与音乐’”[②] 这一词条。1991 年，牛津大学出版社出版了 5 卷本的《莎士比亚音乐目录》（*A Shakespeare Music Catalogue*），囊括了与莎士比亚有关的所有音乐（包括未公开发行的音乐），包括戏剧音乐、十四行诗音乐、诗歌音乐以及莎士比亚作品选集中的音乐在内约 20 万首音乐作品，详细整理出了相关信息。[③] 英语世界甚至还创建了一个莎士比亚音乐网站——《莎士比亚中的音乐》（*Music in Shakespeare*）[④]。该网站由英国赫尔大学的克里斯托弗·R·威尔逊（Christopher R. Wilson）创建，是一个专门收录莎士比亚戏剧与诗歌中的音乐的数据库。

英语世界有关莎士比亚与音乐的研究，通常着眼于莎士比亚戏剧中的音乐性，重视由音乐传递出来的某种文本声音，并将这种音乐性与作家内嵌于作品中的政治诉求和意识形态相结合。比如，美国加州大学圣迭戈分校教授赛斯·勒若（Seth Lerer）出版的《莎士比亚的抒情舞台：神话、音乐与诗歌》（*Shakespeare's Lyric Stage：Myth，Music，and Poetry in the Last Plays*，2018）、约瑟夫·奥尔蒂斯（Joseph M. Ortiz）出版的《破碎的和谐：

---

① 曹顺庆：《比较文学史》，四川人民出版社 1991 年版，第 322 页。

② 杨燕迪：《莎士比亚的音乐辐射》，《文汇报》2016 年 4 月 21 日第 011 版。

③ Bryan N. S. Gooch，and David S. Thatcher，Charles Haywood，*A Shakespeare Music Catalogue*. 5 vols. Oxford：Clarendon，1991.

④ “Music in Shakespeare” 数据库：http：//www. shakespeare-music. hull. ac. uk/（2020 年 1 月 4 日）

莎士比亚与音乐政治》（*Broken Harmony*：*Shakespeare and the Politics of Music*，2011）两本专著均遵循这一研究思路。

此外，英语世界部分莎学学者聚焦于某一时间段或某一种音乐类型的研究。这方面的研究特征体现在如下几个方面。

（1）莎士比亚戏剧与早期现代音乐。这类将莎剧与早期现代音乐进行联系的研究，主要探讨英国早期现代音乐与莎剧之间的影响关系，分析莎士比亚如何将当时的音乐观念运用至戏剧创作之中。英国利兹大学戴维·林德利（David Lindley）出版的《莎士比亚与音乐》（*Shakespeare and Music*，2005）一书即是这方面研究的例子。

（2）莎剧电影改编中的音乐运用。这类研究聚焦于莎剧电影改编中的音乐，如肯德拉·普雷斯顿·伦纳德（Kendra Preston Leonard）出版的《莎士比亚、疯狂与音乐：电影改编中的疯狂配乐》（*Shakespeare*，*Madness*，*and Music*：*Scoring Insanity in Cinematic Adaptations*，2009）就是这方面研究的例子。

（3）莎士比亚与歌剧之间的关系与研究。比如，加里·施密特（Gary Schmidgall）的《莎士比亚与歌剧》（*Shakespeare & opera*，1990）一书，马克·桑顿·伯内特（Mark Thornton Burnett）等人主编的《爱丁堡莎士比亚与艺术指南》（*The Edinburgh Companion to Shakespeare and the Arts*，2011）收录的《莎士比亚与歌剧》一文即是这方面研究的例子。

近年来，英语世界开始关注莎士比亚与流行音乐之间的关系：或关注莎士比亚与流行音乐之间的论争与张力，或揭示两者之间的联系。英国贝尔法斯特女王大学学者亚当·汉森（Adam Hansen）认为这种类型的批判性研究"更为成熟"。这是因为，一方面"莎学界的总体特征发生了变化，特别是现在人们对莎士比亚的文字和作品的使用兴趣非常浓厚"，另一方面是因为"莎学学者自身对流行文化更为敏感与理解"。这类批判性研究实质是一种应对"生产和消费文化、'流行文化'与其他文化方式的变化"[①] 的反应。换言之，莎士比亚音乐研究从歌剧、文本中的音乐性转向流行音乐有两方面原因：一是商品经济时代对经典作家与作品的消费与使用热情；二是莎学学者自身紧随时代，以其敏锐性寻找莎士比亚研究新突破。而流行音乐不仅是一种"大众参与实践的文化样式"，亦为一种重

① Adam Hansen, *Shakespeare and Popular Music*. London & New York: Continuum, 2010, p. 10.

要的“文化产业”[1]，莎士比亚这一文化符号的介入，改变了后现代莎士比亚与流行音乐的表意方式与符号意义。

亚当·汉森于2000年推出《莎士比亚和流行音乐》（*Shakespeare and Popular Music*）一书，旨在考察莎士比亚与爵士乐、说唱、嘻哈、乡村音乐、摇滚、朋克等流行音乐体裁之间的对话可能性以及对话的意义。该研究成果一反学界长期以来认为莎士比亚与流行音乐无关联的说法，以莎士比亚与流行音乐之间的关联性为切入点，思考莎士比亚在流行音乐中的呈现方式与意义。

亚当·汉森以其对流行文化的敏锐性，另辟蹊径，寻求莎士比亚研究的突破。而这一突破点正是莎士比亚与流行音乐的对话。在《莎士比亚和流行音乐》一书中，汉森将莎士比亚与流行音乐相联系，探讨“莎士比亚如何存在于流行音乐并成为流行音乐”[2]这一问题，揭示“莎士比亚如何帮助流行音乐呈现出不同形式”，流行音乐反过来又作用于当下对莎士比亚的理解，如汉森所言，“流行音乐使莎士比亚也产生不同的意味，在新的语境中为其增添了新的色彩”[3]。基于此，汉森提出了如下问题：莎士比亚人物、文字、文本和形象如何在流行音乐中得以表现？是否所有类型的流行音乐都以同一种方式呈现莎士比亚？莎士比亚和流行音乐之间的联系如何改变我们对莎士比亚和流行音乐的认识？

为解答以上疑问，汉森在此书中会集了来自多个领域的专家学者，让不同领域的专家出场、对话与辩论，比如音乐理论家理查德·米德尔顿（Richard Middleton）和西蒙·费斯（Simon Firth），莎学家朱莉·桑德斯（Julie Sanders）、韦斯·福尔克斯（Wes Folkerth）、大卫·林德利（David Lindley）、道格拉斯·拉尼尔（Douglas Lanier）和史蒂芬·布勒（Stephen M. Buhler），英国文化理论家雷蒙·威廉斯（Raymond Williams），德国社会学家和音乐理论家西奥多·阿多诺（Theodor Adorno）等。于是，汉森将莎士比亚与流行音乐的社会意义和文化权力相联系，探讨流行音乐家在不同时空里，如何以及为何使莎士比亚成为与他们同时代的人。

全书分为10章。第1章探讨了莎士比亚及其戏剧中记录和使用的早

---

[1] 陆正兰：《流行音乐传播符号学》，四川大学出版社2019年版，第8—9页。

[2] Adam Hansen, *Shakespeare and Popular Music*. London & New York: Continuum, 2010, p. 1.

[3] Adam Hansen, *Shakespeare and Popular Music*. London & New York: Continuum, 2010, p. 158.

期现代流行音乐之间的连续性；第 2 章进一步探讨莎士比亚与现代流行音乐的关系，以及流行文化在当今莎士比亚批评和当代文化理论视域中的不同呈现；第 3 章用历史上特殊的声音场景，进一步阐述上述关注点；第 4 章则转向具体的文化与社会政治文本，考察了莎士比亚与爵士乐、说唱音乐等非裔美国人音乐之间的关系；第 5 章通过对牛仔杰克·克莱门特（Cowboy Jack Clement）作品中的莎士比亚角色的个案研究，对诸如乡村音乐的“蓝领”（Blue-collar）音乐借用莎士比亚作品的现象提供了一种文化政治观点；第 6 章从美国转到英国，并论述了披头士与莎士比亚这两个不同伊丽莎白时代国家标志性人物之间的关系；第 7 章进一步论述了“莎士比亚朋克”（Shakes-punk）的概念，并梳理了莎士比亚在 20 世纪 70 年代末与音乐舞台有关的艺术家作品中的情况；第 8 章讨论了早期现代戏剧政治与现代流行音乐政治之间的比较方式；第 9 章提出了一个假设：如果莎士比亚是一个全球偶像，当“世界音乐”与莎士比亚结合时会产生怎样的反应？第 10 章基于文化理论中的“粉丝研究”（fan studies），关注流行音乐家作品中的莎士比亚书写与呈现。

二　作为流行音乐“残余元素”的莎士比亚

亚当·汉森认为，消费者（读者）在特定时空中，通过不断消费（解读），使莎士比亚作品及其衍生品获得新的意义。借用雷蒙·威廉斯有关文化的“残余”（residual）概念，汉森将莎士比亚视作现代文化尤其是流行音乐文化中的残余元素。换言之，莎士比亚既继承（“残余”）了伊丽莎白时代的某些思想，同时又在现代社会中有所发挥与演变，与现代文化因素产生跨越时空的共鸣，从而产生新的文化意义。

根据雷蒙·威廉斯的文化理论，“残余（residual）在过去（the past）已然有效形成，但仍然活跃在文化进程之中。[残余] 往往并不是一个作为过去的因素，而是作为现在（the present）的一个有效因素”①。换言之，“残余”元素尽管代表着过去，但绝不只代表过去，因为过去的元素在文化过程中逐渐流变。“残余”元素代表着过去在当下的状态，有效连接了过去与现在，甚至这种连续性还将指向未来。

① Raymond Williams, *Marxsim and Literature*. Oxford & New York: Oxford University Press, 1977, p. 122.

“文变染乎世情，兴废系乎时序”[①]，一个时代有一个时代的文艺思想。然而，文艺思想的更新换代并不是用一种思想替代、推翻另一种思想的方式进行，而是在某种连接着过去、现在与未来的“残余”因素的介入下，在继承与创新中向前推进。故刘勰在《文心雕龙》中讲“变则其久，通则不乏”，认为“参伍因革，通变之数也”。[②] 从文学与文化发展史来看，莎士比亚之所以能够与现代社会中的流行音乐相结合并产生共鸣，原因就在于此。因此，汉森认为，“莎士比亚也是现代流行音乐中的‘残余’元素——一种特殊的共鸣与回声媒介——它的存在将这种音乐推向新的方向。与此同时，流行音乐将莎士比亚置于新的语境之中”[③]。基于此，汉森进一步探讨了现代音乐家如何以及为何试图在他们所做的事情和莎士比亚所做的事情之间建立某种连续性或联系，并认为流行音乐和莎士比亚之间的这种连续性力量可以打乱对文化年表（cultural chronology）或历史优先顺序（historical precedence）的理解。

莎士比亚与流行音乐呈现出双向影响与挪用路径。对此，汉森不仅探讨了莎士比亚在流行音乐中的呈现与意义，还论述了莎士比亚中的流行音乐。汉森认为，流行音乐所包含的体裁（genre）丰富多样，而同一体裁的意义包罗万象，比如民谣就是一种包罗万象的体裁，在整个文化中具有多种功能与意义。因此，“我们需要拓展莎士比亚戏剧中我们所认为的‘流行音乐’”[④]。流行音乐形式，如民谣，在莎士比亚的舞台上发挥了多种功能。其中最为重要的即是，“流行音乐在戏剧中得以延续，因为它巩固了戏剧自身的成功。换句话说，在某些情况下，莎士比亚的幸存正是因为流行音乐”[⑤]。汉森对流行音乐在持续莎士比亚经典性方面的功能的判定，未免有些夸大其词。然而，还原到当时的社会与文化语境，这其中有一定的合理性。

有关流行音乐是否可以推动莎士比亚在现代的经典性与流行性这一问题，英国利兹大学荣休教授、文学音乐研究学者大卫·林德利（David Lindley）曾指出：“流行音乐和高雅音乐之间的界限总是可以渗透

① 范文澜：《文心雕龙注》（下），人民文学出版社 1958 年版，第 675 页。
② 范文澜：《文心雕龙注》（下），人民文学出版社 1958 年版，第 521 页。
③ Adam Hansen, *Shakespeare and Popular Music*. London & New York: Continuum, 2010, p. 7.
④ Adam Hansen, *Shakespeare and Popular Music*. London & New York: Continuum, 2010, p. 17.
⑤ Adam Hansen, *Shakespeare and Popular Music*. London & New York: Continuum, 2010, p. 19.

的。”[①] 这种可渗透性就体现在莎士比亚戏剧中的流行音乐元素之中。高雅文化只有从特定文化圈中走出，以一种能够被广为接受的形式走向大众，莎士比亚的流行性范围才会随之扩大。其中，民谣就是一个莎士比亚从高雅文化走向大众文化的有效媒介。汉森认为，“当莎士比亚成为一首民谣时，他就成了早期的现代流行音乐，为任何能够阅读、聆听或仅仅学习一首曲子来复制其作品的人提供了潜力……”[②]

这种连续性不仅以民谣这一流行音乐体裁的形式呈现，还以“流行”（popular）这一前置修饰语背后的意识形态作用呈现。所谓“流行”“大众”均面向普通大众，传递的是大众的心声与审美，势必与权力与话语相关。在汉森看来，无论是过去的流行音乐，还是现在的流行音乐，均被视作支持或打破主导意识形态的媒介。这样的力量也带给了流行音乐中的莎士比亚。当作为精英文化和意识形态权威代言人的莎士比亚逐渐商业化与大众化，莎士比亚被赋予了新的意义，从而使其经典性在现代、后现代得以持续。

汉森进一步追问，莎士比亚如何与现代流行音乐的多样形式和潜力联系起来？这一问题值得深思。尽管莎士比亚在当下已然大众化，但在早期现代代表的仍是高雅文化、传统与权威。那么，作为高雅文化代表的莎士比亚如何与流行音乐代表的大众文化进行了有机联系呢？高雅文化与大众文化为何能在莎士比亚戏剧表演与研究场域中进行有效融合呢？

在汉森看来，一方面，流行音乐需要代表着高雅文化、文化权威的莎士比亚以证明其本身通俗文化的合法性；另一方面，莎士比亚的语言及其与现代音乐改编之间的张力可以产生新的解释。汉森十分重视流行音乐对莎士比亚的改编作用。汉森以 Roxy Music 摇滚乐团主唱布莱恩·费里（Bryan Ferry）根据莎士比亚那一首著名的《十四行诗 18》（*Sonnet* 18）改编的单曲 *Sonnet* 18[③] 为例指出：“布莱恩·费里版本的《十四行诗 18》（*Shall I compare you*）以薄纱般轻盈的琴弦为背景，在其密密的呼吸声中，几乎是在自我嘲弄。”[④] 在汉森看来，费瑞的成功之处在于其对气

---

① David Lindley, *Shakespeare and Music*. London & New York: Bloomsbury, 2006, p. 89.

② Adam Hansen, *Shakespeare and Popular Music*. London & New York: Continuum, 2010, p. 20.

③ 实际上，不只是布莱恩·费里这位歌手对莎士比亚的十四行诗进行了音乐改编，诸如 Steve Marzullo、Rufus Wainwright、Luciana Souza、Woods of Birnam、William Rottman 等歌手均对十四行诗进行了改编。参见 https://music.163.com/#/song?id=16661158（2020 年 1 月 4 日）

④ Adam Hansen, *Shakespeare and Popular Music*. London & New York: Continuum, 2010, p. 34.

息的运用。尤其是在单曲尾声，唱“So long as men can breathe or eyes can see，/ So long lives this，and this gives life to thee”之时，费瑞采取了一种含糊不清的呼吸方式，为莎士比亚注入了新的生命。此外，汉森还比较了“读”与“唱”这两个动作对这首诗的不同理解效果。汉森认为，当我们在阅读这首诗时，“So long as men can breathe or eyes can see，/ So long lives this，and this gives life to thee”这两行诗句向读者传递出一种面对年华终逝的无力感与现实感。然而，当费瑞改编后进行演唱时，尽管这样的信息仍然存在，但无疑也增添了新的内涵，“这首诗赋予它自己赋予‘生命’的能力……在歌曲中幸存下来的不是一个年轻人，而是莎士比亚本人，他只有通过这样的现代复制品才拥有‘生命’”①。换言之，莎士比亚通过这样一次改编重新拥有“生命”，如汉森所言之“莎士比亚的语言与现代音乐改编之间的张力可以产生新的解释”②。

莎士比亚的语言及其现代音乐改编之间的张力同比较文学视域中的翻译作用不谋而合。法国文学社会学家罗贝尔·埃斯卡皮曾提出“创造性叛逆”的观点，认为翻译赋予了作品第二次生命：“说翻译是叛逆，那是因为它把作品置于一个完全没有预料到的参照体系里（指语言）；说翻译是创造性的，那是因为它赋予作品一个崭新的面貌，使之能与更广泛的读者进行一次崭新的文学交流；还因为它不仅延长了作品的审美，而且又赋予了它第二次生命”③。从广义上来讲，翻译并非停留在语言文字转换层面，还包含了改编、改写与文化转译等多个方面的内涵。恰恰是改编赋予了莎士比亚在现代的生命。翻译或改编为作品带来新的内涵，赋予作品新的生命。这样的生命延续性还将在后现代持续下去。

三　莎士比亚与爵士乐、说唱乐、嘻哈乐

（一）流行音乐体裁背后的话语与权力

在汉森看来，体裁对于流行音乐而言是一种强大的分化力量，不单单是类型的划分，更承载着权力、话语与政治内涵：

---

① Adam Hansen，*Shakespeare and Popular Music*. London & New York：Continuum，2010，p. 34.

② Adam Hansen，*Shakespeare and Popular Music*. London & New York：Continuum，2010，p. 34.

③ ［法］罗贝尔·埃斯卡皮：《文学社会学》，王美华、王沛译，安徽文艺出版社 1987 年版，第 138 页。

> 用体裁来解释流行音乐（以及莎士比亚与流行音乐的关系）意味着，我们必须承认音乐产生和消费的各种复杂条件、身份、位置、地点和背景；这些特征包括但不限于时期、民族、“种族”、亚文化、性和音乐特征。当我们这样做的时候，我们就会意识到这些条件和身份所具有的美学和伦理力量：对于如何聆听音乐以及如何看待那些聆听或创作音乐的人（包括我们自己）而言，体裁很重要。换言之，表演者、音乐产业和观众在音乐类型上投入了大量资金——它们是音乐创作和消费的关键环境。如果不认识到这一点，我们就听不出莎士比亚在流行音乐中发生了什么。①

汉森十分强调流行音乐体裁的重要性，认为不同体裁背后有着不同话语。当莎士比亚与诸如爵士乐、说唱乐、乡村音乐、朋克等流行音乐体裁相关联时，莎士比亚在不同流行音乐体裁中的呈现与现代意义亦有所差异。

正如前文所述，流行音乐体裁往往与政治、权力与话语交织在一起，那么如何看待起源于非裔美国人的爵士乐和说唱乐呢？这类作为他者文化的音乐又被英国歌手采用、发展，它是如何与莎士比亚所代表的英国文化相联系从而产生意义的？对此，汉森基于以非裔美国人经历为基础的流行音乐，探究了爵士乐和说唱乐如何体现与莎士比亚之间的张力。

为解答这一问题，汉森借用了文化理论家小亨利·路易斯·盖茨（Henry Louis Gates Jr.）的“符号化”（Signifying）概念，分析各类流行音乐体裁如何挪移文化因素。汉森认为，非裔美国人制作的音乐以复杂的方式挪用了敌对环境中的元素，颠覆和模仿了音乐规范，通过挪用使其本身合法化。正如前文所述，流行音乐的体裁往往裹挟着种族、政治、权力等因素。起源于非裔美国人的爵士乐与说唱乐自然成为话语与权力较量的场域，一度成为边缘性音乐体裁。然而，莎士比亚的介入却在这个场域中找到了某种共鸣。因此，汉森认为，边缘性与共鸣问题均可在莎士比亚、爵士乐与嘻哈乐之间的关系中找到线索。

（二）莎士比亚与爵士乐

汉森认为，“莎士比亚已经成为一个可以用来合法化、普及爵士乐及

---

① Adam Hansen, *Shakespeare and Popular Music*. London & New York: Continuum, 2010, pp. 7–8.

其来源和分支的艺术家——通常以一种复杂而微妙的政治化方式”[①]。比如，一些电影将莎士比亚与爵士乐重新政治化。据汉森梳理，理查德·隆克雷恩（Richard Loncraine）在1995年的《理查三世》（*Richard Ⅲ*）一剧中，将基本旋律设定为摇摆乐和大型乐队演奏乐；在泰莫尔（Taymor）的《提图斯》（*Titus*）一剧中，争论不休的兄弟俩伴随着20世纪30年代的爵士乐出现在银幕之上。这种音乐介入选择均折射了某种政治立场，于是爵士乐成为隐含与暗示政治立场的媒介。

不管爵士乐的节奏是否与军事上所需的声音与重复节奏相匹配，抑或是为了表达非裔美国人的边缘化社会困境，无论是出于哪一种政治动机，在汉森看来，因为爵士乐与莎士比亚的关注点、创作、生产与接受模式具有某种连续性，因此莎士比亚与音乐之间的联系与结合就可能产生富有成效的融合效果。Van Kampen 对音乐的运用这是一个例子。汉森认为，Van Kampen 对二战后以非洲为中心的爵士乐的特别运用，建立在 Davis 作品中女性和黑人力量的概念之上，表明音乐的力量可增强莎士比亚对暴力、性和民族国家混乱的演绎。这种音乐体裁背后的力量场域与莎士比亚戏剧的表演共同演绎出了有关暴力、民族等权力话语。

除音乐体裁话语对莎士比亚戏剧表演产生影响外，音乐本身的节奏与韵律同样产生影响。在汉森看来，爵士乐那种有规则的重复，抑或是缓慢拉长的节奏与莎士比亚的情感相结合时，爵士乐节奏就会对戏剧表演产生影响，使演员或戏剧中的角色能够在更有节奏的音轨上跳舞、说话。

一言以蔽之，莎士比亚在爵士乐中的呈现体现在两个方面：一是通过爵士乐的节奏与韵律来为莎士比亚诗歌作曲，或表现莎剧中的人物角色与情节；二是将爵士乐中有关非裔美国人的政治诉求与权力话语内涵介入莎士比亚戏剧表演中，赋予莎士比亚戏剧演绎新的表演张力与意义。

爵士乐对莎士比亚的现代呈现产生影响的同时，莎士比亚对爵士乐的表述也在发挥着作用。比如，汉森就列举了爵士乐中节奏更为复杂的“比波普”（Bebop）爵士乐。汉森指出，许多比波普爵士乐曲均围绕哈姆雷特那句经典独白“To be or not to be”展开。通过化用这一问题，将之介入歌曲中的社会文化议题，比波普爵士乐势必会涉及一个围绕非裔美国人

① Adam Hansen, *Shakespeare and Popular Music*. London & New York: Continuum, 2010, p. 61.

社会、政治与文化处境的严肃问题："非裔美国文化在其他文化领域里，包括那些支撑莎士比亚成为文化权威的文化领域，'会是'（be）自治而可持续的吗？或者他们'不会'（not to be）被这些权威和领域所压制与同化吗？"① 换言之，莎士比亚的介入为爵士乐的意义表述与传达增添了新的方式，并拓展了其内涵。

（三）莎士比亚与说唱乐、嘻哈乐

汉森指出，说唱乐、嘻哈乐与莎士比亚之间的兼容性引起了诸多争论。这是因为说唱乐与嘻哈乐的歌词往往充斥着大量露骨与低俗的语言，作为经典的莎士比亚即便从高雅文化逐渐走向大众文化，无论如何改编与流变也断然不会与低俗挂钩。因此，无论从哪一方面来看这一问题，莎士比亚与说唱乐、嘻哈乐似乎都无法兼容。即便有所联系，也是说唱乐、嘻哈乐对莎士比亚的拙劣模仿。然而，正如汉森所意识到的那样，两者的确在某些方面可以联系，甚至已经联系起来，或以喜剧、商业与教学的形式参与进来。②

汉森认为，一些艺术家超越了某些说唱乐、嘻哈乐对莎士比亚的拙劣模仿。比如美国东海岸说唱艺术家比兹·马基（Biz Markie）于2003年推出的单曲，不仅在歌词中引用了莎士比亚，使莎士比亚通过比兹的歌词文本出现在舞台上，而且通过说唱的方式如同莎士比亚那般与观众分享其情感。可见，传统的连续性在后现代视域中仍将持续，正如汉森所指出的那样，莎士比亚通过比兹的说唱文本登上舞台，而当他人演绎比兹的歌曲时，莎士比亚在歌词中的存在会再次得到呈现，从而延续这种连续性。

不仅如此，一些说唱艺术家还呼吁借用莎士比亚的阴郁、悲剧性风格来激发说唱作品中的愤怒与悲伤基调。美国说唱歌手Nas曾借用哈姆雷特经典独白"To be or not to be"有关生存还是死亡的思考，来描述美国社会存在的诸如吸毒、焦躁、对持枪的偏执等社会问题，描述生活在合法性与社会边缘性的处境以及城市的弊端。此外，Nas还基于自己对莎士比亚的解读，在表演时将自己塑造成一位来自贫民区、身上却流着神圣血液的恶棍奥赛罗，以打破社会偏见并重现奥赛罗的伟大。

全球化促使不同文化不断跨越国界、文化与文明的异质性与边界，不

① Adam Hansen, *Shakespeare and Popular Music*. London & New York: Continuum, 2010, p. 66.

② Adam Hansen, *Shakespeare and Popular Music*. London & New York: Continuum, 2010, p. 67.

断在全球进行迁移，说唱乐、嘻哈乐已不再是非裔美国人的专属。当这样一种被打上了非裔美国文化烙印的说唱乐、嘻哈乐传播至其他文化语境中，又会与莎士比亚产生怎样的碰撞呢？

相较于非裔美国说唱歌手仅仅是参照与借用莎士比亚诗歌、戏剧以及作品中的一些内容与思考，仅仅将自己比作莎士比亚笔下的某些角色而言，一些白人说唱歌手却声明他本人就好比莎士比亚。汉森认为，白人说唱歌手的这种自我定位揭示出的不仅仅是一种说唱合法性的愿望，同时也表明“白人说唱歌手需要或有能力求助于像莎士比亚这样的文化权威人物，但非裔美国人却始终处于文化焦虑的历史之中”①。

文化的全球传播打破了国家、民族与文化边界，使一种文化符号可以在跨文化传播中移植到另一文化语境之中，从而产生新的文化形式与意义。英国说唱歌手与教育家阿卡拉（Akala）就对以欧洲为中心的莎士比亚诠释不感兴趣，反而青睐非洲元素，并从中得到启发，认为“莎士比亚的文本显示出与当代文化（包括嘻哈）一样的‘全球影响力’”②。阿卡拉试图建立起与美国不同的说唱音乐与莎士比亚之间的联系，并倡导年轻人参与到像莎士比亚所代表的高雅文化之中。的确，嘻哈与说唱乐成了吸引青年一代走近莎士比亚的重要媒介，“在任何情况下，说唱音乐都可用作（并且已经被用来）还原、翻译和引用莎士比亚作品的手段……目的是让现代观众能够欣赏到这些戏剧”③。

那么，我们如何来看待独具嘻哈风格的莎士比亚呢？美国学者凯文·维特摩尔（Kevin J. Wetmore, Jr.）在《莎士比亚与青年文化》（*Shakespeare and Youth Culture*，2009）一书中提出可以从五个不同语境来看待嘻哈莎士比亚。

其一，以说唱和嘻哈为中心的作品可以看作对莎士比亚戏剧的改编；这些戏剧可以视为嘻哈戏剧运动的例子，但目前仍处于起步阶段。随着嘻哈戏剧的发展，它将继续发展、定义和重新定义自己。

其二，戏剧是青年文化的象征，说唱音乐正好又具备反权威的文化因素。嘻哈莎士比亚恰好探索了青年文化中诸如从众与叛逆的欲望之间的

① Adam Hansen, *Shakespeare and Popular Music*. London & New York: Continuum, 2010, p. 70.

② Adam Hansen, *Shakespeare and Popular Music*. London & New York: Continuum, 2010, p. 72.

③ Jennifer Hulbert, Wetmore Kevin J. Jr., York Robert L., *Shakespeare and Youth Culture*. New York: Palgrave Macmillan, 2009, p. 152.

冲突。

其三，将嘻哈莎士比亚视为“异域莎士比亚”。

其四，嘻哈、莎士比亚的交叉挪用也可视为美国莎士比亚的回归。之所以是回归，是因为莎士比亚从一开始并非精英文化或高雅艺术的象征，反而在当时是流行文化，“直到维多利亚时代……上层文化才与下层文化分离”①。

其五，嘻哈莎士比亚可以解读为后工业时代美国后殖民戏剧的一个例子。② 这最后一个语境指的不仅是作为嘻哈与说唱音乐本身在主流音乐领域中的边缘化位置，也指向了这一文化现象背后的后殖民问题：嘻哈与说唱音乐尽管与作为精英白人文化所代表的莎士比亚进行了结合，尽管白人歌手也吸纳了源自非裔美国群体的嘻哈与说唱音乐，看似打破了边缘与中心、高与低之间的界限，但在嘻哈与说唱音乐精神之中，仍然交织着非裔美国群体的历史焦虑与文化诉求，存在着种族、偏见等后殖民问题。

然而，无论是非裔美国人还是白人的莎士比亚说唱乐，无论是在美国本土还是在美国本土之外的地方，在汉森看来，全球化的莎士比亚如今与国际流行音乐产生互动，在与爵士、说唱与嘻哈乐的联系中，均落脚于种族问题。莎士比亚与流行音乐交融后共同处理种族问题，既还原了戏剧，又加深了音乐的文化渗透。可见，莎士比亚的经典性与传统一直在以诸如回溯、借用、参照、改编、变形等不同方式在延续，甚至产生文化新意与新的音乐形式，正如特伦斯·霍克斯（Terence Hawkes）所言，“这种变形恰恰投射出文本之外的‘表现’，将文本推进一个完全不同的领域。爵士乐和其他音乐家创造性地‘变形’写下的音符或和弦的序列，甚至‘错误地’演奏他们的乐器，以产生意想不到、实则却是闻所未闻的效果，这可能提供了一个恰当的现代类比”③。

四　莎士比亚与乡村音乐

除音乐体裁参与处理种族问题外，汉森还围绕阶级问题，探讨了莎士

① Jennifer Hulbert，Wetmore Kevin J. Jr.，York Robert L.，*Shakespeare and Youth Culture*. New York：Palgrave Macmillan，2009，p. 48.

② Jennifer Hulbert，Wetmore Kevin J. Jr.，York Robert L.，*Shakespeare and Youth Culture*. New York：Palgrave Macmillan，2009，pp. 161-163.

③ Terence Hawkes，*Shakespeare in the Present*. London & New York：Routledge，2002，p. 112.

比亚与乡村音乐的联系。汉森指出，乡村音乐过去是、现在仍然是一种对阶级异常敏感的流派，被认为是一种流行而低级的文化形式。

汉森在《莎士比亚与流行音乐》一书中，首先以创作型歌手克里斯·沃尔（Chris Wall）所发行的《牛仔国度》（Cowboy）对莎士比亚的运用为例。汉森指出，沃尔之所以要在乡村音乐中引用莎士比亚作品，实则是为了吸引更多的听众。随后，汉森分析了罗伯特·戈登和摩根·内维尔2007年的电影《莎士比亚是乔治·琼斯的铁杆粉丝：牛仔杰克·克莱门特的家庭电影》，以审视莎士比亚与乡村音乐之间的关系。在这部电影中，导演将莎士比亚以一种梦境或幻觉的方式介入音乐创作。汉森认为："莎士比亚可能身处真空中，但他也深藏在这位备受欢迎的音乐制作人的物质和思想中。如果莎士比亚只能通过改变的状态或梦境来与人交流，那么他是否仍然是音乐潜意识的一部分？"①

汉森认为，当杰克牛仔声称莎士比亚式的梦境是流行音乐人所需要的高级梦想时，这就意味着莎士比亚所代表的文化权威实际上是流行音乐人所追求的梦想。显然，此处仍然有相当明显的"高"与"低"的阶级区分。然而，正如电影标题"莎士比亚是乔治·琼斯的铁杆粉丝"所示，如果莎士比亚是美国著名乡村音乐歌手乔治·琼斯的粉丝，那么这样一种"高"与"低"的文化阶级就被解构了。与此同时，因为这种解构式的莎士比亚的介入，反过来又使"琼斯、杰克牛仔、乡村音乐和流行音乐更普遍地合法化"②。

据汉森梳理，莎士比亚与乡村音乐的结合有着悠久的历史。这一音乐形式之所以取得成功，背后有诸多因素，包括经济因素与情感因素。但无论是何种因素，莎士比亚与乡村音乐的联系解构了高雅艺术与通俗艺术之间的界限与差异性，进一步解构了"高"与"低"的阶级区分，并且以一种强有力的方式相互影响、相互改造、互鉴互利。

第二节　莎士比亚流行音乐新体裁

莎士比亚与流行音乐的跨界联结并非简单的叠加，而是在相互融合与汲取养分的基础之上，在后现代语境之中促使莎士比亚流行音乐新体裁的

① Adam Hansen, *Shakespeare and Popular Music*. London & New York: Continuum, 2010, p. 80.
② Adam Hansen, *Shakespeare and Popular Music*. London & New York: Continuum, 2010, p. 81.

形成。这种新体裁包括摇滚莎士比亚与莎士比亚朋克：既是莎士比亚在后现代语境中的具象化呈现，亦是流行音乐在反传统、反主流过程中有意回归传统的例证。倘若如汉森在《莎士比亚和流行音乐》一书中所认为的那般，不同音乐体裁背后有着某种话语与权力，那么摇滚莎士比亚与莎士比亚朋克则形成了新的话语。这种话语成为莎士比亚与流行音乐跨界研究与实践的助推力，满足了莎士比亚与流行音乐这两个极具文化符号意义的主体在后现代语境中的呈现需求。

一　摇滚莎士比亚

莎士比亚与摇滚的结合点在于莎士比亚笔下人物的悲剧性与反叛性同摇滚乐的表述需求相契合。1966 年，格罗姆·拉格尼（Gerome Ragni）和詹姆斯·拉达（James Rado）与作曲家马克德莫特（Galt MacDermot）合作，创作了一部名叫《头发》（*Hair*）的音乐剧，成为“第一部将美国化的莎士比亚与摇滚乐结合起来的戏剧之一”①。在这部音乐剧中嵌入了反战歌曲《三五零零》（“Three-Five-Zero-Zero”）以及哈姆雷特的那句著名台词“人是多么伟大的作品！”（What a Piece of Work is Man），借莎士比亚的话、哈姆雷特的视角以及罗密欧的反抗来谴责越战时期美国的腐败。正如凯文·维特摩尔在《莎士比亚与青年文化》一书中所言，如此挪用与嫁接的目的“……并非要创造一个摇滚版的莎士比亚，而是要用剧中熟悉的台词把他们所创造的悲剧性年轻英雄和莎士比亚笔下的英雄联系起来”②。在维特摩尔看来，在莎士比亚众多角色中，唯独哈姆雷特和罗密欧是悲剧性的年轻男主角。于是，莎士比亚与摇滚乐的第一个结合点浮出水面，即悲剧性年轻英雄。

自 20 世纪 60 年代以来，美国这一名称已然成为年轻人反叛的象征。而在音乐领域，年轻人反叛媒介就是摇滚乐。并且“莎士比亚戏剧不必全部呈现，而是可以作为互文与摇滚混合，为青年一代进一步推动戏剧的发展”③。于是，莎士比亚笔下的反叛性人物亦可以成为摇滚乐书写、歌唱

---

① Jennifer Hulbert, Wetmore Kevin J. Jr., York Robert L., *Shakespeare and Youth Culture*. New York: Palgrave Macmillan, 2009, p. 117.

② Jennifer Hulbert, Wetmore Kevin J. Jr., York Robert L., *Shakespeare and Youth Culture*. New York: Palgrave Macmillan, 2009, p. 118.

③ Jennifer Hulbert, Wetmore Kevin J. Jr., York Robert L., *Shakespeare and Youth Culture*. New York: Palgrave Macmillan, 2009, p. 119.

的对象或素材，两者形成互文性关系，呈现出典型的后现代文化特征。

然而，莎士比亚戏剧经过这样的改编与挪用还保存着多少莎士比亚戏剧本身的味道？这就是维特摩尔所提出的莎士比亚的“莎士比亚式”（Shakespearean）问题。但在后现代主张反传统、消解与解构的文化语境中，所谓莎士比亚的“莎士比亚式”（Shakespearean）实际上是在经历改编、挪用、解构或建构等活动后，又被重新建构起来的风格，最终形成一种充满后现代气息的莎士比亚，获得新的元素与意义。后现代的莎士比亚并不是一个完成时，而是在种种后现代活动中持续经历解构与重构，不断获得新的呈现方式与意义。

（一）为什么是莎士比亚？

莎士比亚与摇滚的相互作用是一个十分复杂而又充满矛盾的文化现象。一方面，莎士比亚所代表的精英文化、高雅艺术传统，正是摇滚乐所代表的具有反叛精神的青年文化所对抗的对象。然而，莎士比亚与摇滚乐的结合打破了所谓的高低之分、中心与边缘之别。维特摩尔在《莎士比亚与青年文化》一书中指出：“摇滚音乐对莎士比亚及其作品的挪用，使世界似乎处于文化范围的两端，这些元素常常质疑关于莎士比亚和音乐的假设，同时又相互利用以获得市场份额。”[①] 换言之，莎士比亚与摇滚的结合本身就是一个悖论：两者的结合使人对文化本身、莎士比亚与音乐的定位均产生怀疑，动摇了传统定义；与此同时，两者的结合又分别为两者带来了更为广泛的受众，获得了如维特摩尔所言之“市场份额”。

问题是，为什么是莎士比亚？为何摇滚乐要大肆借用莎士比亚作品以表述自身呢？

这与莎士比亚本身在世界文学史、文化史上的经典地位，以及与摇滚乐兴起时期盛行的解构主义思潮有关。莎士比亚是世界文学史上最为典型的传统之一，而解构主义思潮就是要解构传统，莎士比亚自然成为其解构的对象。作为青年文化反叛性与对抗性代表的摇滚乐自然也就成为绝佳的解构媒介。比如，由马丁·辛（Martin Sheen）主演的《莎士比亚那“赤裸的”哈姆雷特》一剧融合了摇滚乐，并对原著进行拼贴式的理解与演绎，通过“喧闹的摇滚乐和作品的解构性，重置了莎士比亚的文本，增加

① Jennifer Hulbert, Wetmore Kevin J. Jr., York Robert L., *Shakespeare and Youth Culture*. New York: Palgrave Macmillan, 2009, p. 119.

了新的元素"[①]，从而解构了观众对莎士比亚本人以及《哈姆雷特》一剧的臆想。值得注意的是，倘若莎士比亚作品中毫无反抗性因素的存在，莎士比亚及其作品也无法与摇滚乐进行结合。况且，莎士比亚笔下诸多人物形象洋溢着人文主义思想的光辉，反抗正是他们表述自身的方式。

（二）摇滚莎士比亚

莎士比亚在与摇滚乐进行跨界结合的过程中，最终形成了一种新的音乐体裁，即"摇滚莎士比亚"（Rock Shakespeare）。据维特摩尔梳理，"摇滚莎士比亚"式的音乐或戏剧在20世纪末已十分常见，当时涌现出了一大批"摇滚莎士比亚"式的音乐或戏剧作品。比如，帕特里克·麦高汉（Patrick McGoohan）执导了改编自《奥赛罗》（*Othello*）的摇滚歌剧《抓住我的灵魂》（*Catch My Soul*），于1974年上映；英国广播公司（BBC）在录制《莎士比亚全集》（*Complete works of Shakespeare*）的视频时，邀请了备受欢迎的英国摇滚乐团"谁人乐队"（The Who）的歌手罗杰·戴特利（Roger Daltry）来扮演《错误的喜剧》（*Comedy of Errors*）中的德罗米奥（Dromio）。

维特摩尔指出："莎士比亚戏剧通过摇滚乐对莎士比亚（其人、戏剧、人物和文字）的借用，通过在美国莎士比亚系列产品中使用摇滚音乐，占据了与摇滚乐相同的文化空间。"[②] 换言之，莎士比亚戏剧以摇滚乐对莎士比亚进行借用、在戏剧中使用摇滚乐的两种方式，在后现代语境中与摇滚乐产生互文性关系。摇滚乐世界促进了莎士比亚文本在后现代的接受，并影响了其接受的形式与受众范围；反过来，莎士比亚也在促进着摇滚乐的创作与接受，至少在抒情内容方面的确产生了影响。[③] 在维特摩尔看来，在莎士比亚笔下的一众人物中，罗密欧与朱丽叶这两个人物角色应该是莎士比亚对摇滚乐的最大贡献。这是因为罗密欧与朱丽叶作为浪漫情侣的原型，一直是年轻人以爱情为主题的摇滚之终极参照，频繁地被呈现在摇滚乐之中。

---

① Jennifer Hulbert, Wetmore Kevin J. Jr., York Robert L., *Shakespeare and Youth Culture*. New York: Palgrave Macmillan, 2009, pp. 119-120.

② Jennifer Hulbert, Wetmore Kevin J. Jr., York Robert L., *Shakespeare and Youth Culture*. New York: Palgrave Macmillan, 2009, pp. 120-121.

③ Jennifer Hulbert, Wetmore Kevin J. Jr., York Robert L., *Shakespeare and Youth Culture*. New York: Palgrave Macmillan, 2009, pp. 121-122.

于是，莎士比亚成为一个文化符号或某种文化象征，在与各类文化的交流中，成为激发灵感与创新的摇篮。正如维特摩尔所言："莎士比亚这个人，或者更准确地说，莎士比亚这个概念，在 20 世纪 80 年代为摇滚乐命名。"① 比如，据维特摩尔在《莎士比亚与青年文化》一书中的梳理，雷鬼音乐制作人和贝斯手借用了"莎士比亚"这一名字，将自己命名为罗比·莎士比亚（Robbie Shakespeare）；20 世纪 80 年代中期，总部位于明尼阿波利斯的"莎士比亚之旅"（Trip Shakespeare）乐团成立，并将其第二张专辑命名为《你是莎士比亚吗?》；1989 年，名为"莎士比亚的姐妹"音乐组合正式成立。

在笔者看来，摇滚乐在对莎士比亚进行挪用时，主要从以下几个方面进行：其一，借用莎士比亚所代表的精英文化、高雅艺术为代表大众文化、通俗艺术的摇滚乐带来合法性地位；其二，借用莎士比亚作品中的种种元素与素材进行摇滚乐创作；其三，借用莎士比亚这一指称来定义摇滚乐制作人和摇滚乐本身。在这样一种双向互动的关系中，莎士比亚也因摇滚而获得新的意义与传播形式。如果摇滚乐在莎士比亚那里找到了契合点，将莎士比亚为之所用，同样，莎士比亚作品的演绎也通过运用摇滚乐以增强其表演性与传播性。于是，莎士比亚成为一种文化符号，具有多重功能：

> 第一，莎士比亚作为"高雅"文化的化身，可以在作品中被引用，从而赋予表演和作品与大众文化或流行文化同等的合法性。不是摇滚乐服务于莎士比亚，而是莎士比亚的作品服务于摇滚乐。第二，因为莎士比亚的概念是一个遥远和可怕的东西，在高中作为教育和"文化"的一部分，他被认为是"坏"和无聊的。为了把这些戏剧从这样的背景中拯救出来，这些改编过摇滚音乐的人试图通过让莎士比亚的情节、人物与语言变得通俗易懂，拉近与当代的娱乐活动之间的距离，从而揭开莎士比亚的神秘面纱。换句话说，摇滚乐是莎士比亚的载体。②

① Jennifer Hulbert, Wetmore Kevin J. Jr., York Robert L., *Shakespeare and Youth Culture*. New York: Palgrave Macmillan, 2009, p. 122.

② Jennifer Hulbert, Wetmore Kevin J. Jr., York Robert L., *Shakespeare and Youth Culture*. New York: Palgrave Macmillan, 2009, p. 136.

因此，莎士比亚成为摇滚乐发展需要汲取的养分与源泉，而摇滚乐则成为莎士比亚作为传统与经典同当前文化空间的协调媒介，正如维特摩尔所指出的那样，“这些翻拍的作品与其说是改编，不如说是模仿。与其说他们改编莎士比亚作品，不如说他们是在文本、莎士比亚思想和美国流行文化之间进行调解。摇滚乐成为一种中介手段，它跨越了高雅文化与流行文化、古老文化与现代文化、英国文化与美国文化之间的鸿沟”①。

二　莎士比亚朋克

如果说莎士比亚的抒情性与民谣、莎士比亚的幽默元素与嘻哈能够完美地进行结合与兼容，那么莎士比亚与朋克摇滚之间很难找到契合点。这是因为，朋克音乐以反传统为基本精神，莎士比亚正是朋克音乐所要反抗的传统之一。作为朋克音乐反抗对象的莎士比亚如何能够与之结合并诞生“莎士比亚朋克”（Shakes-punk）这一充满混杂与内在矛盾性的新体裁呢？

正如前文所述，莎士比亚作品中本身就具有某种反抗性因素，并且能够与摇滚乐进行完美结合。因此，莎士比亚与朋克音乐的结合并非没有可能性。汉森在《莎士比亚与流行音乐》一书中，即是试图找出这两者的连接点，并阐释两者能够相联系的缘由。

汉森认为，朋克在西方20世纪晚期的社会气候中面临着一次重大转变。对此，汉森考察这一时期的几位关键人物，包括曾经风靡一时、英国最具影响力的朋克摇滚乐队“性枪手”（Sex Pistols）成员之一约翰尼·罗丹（Johnny Rotten），英国摇滚乐歌手埃尔维斯·科斯特洛（Elvis Costello），与莎士比亚戏剧《泰特斯·安多尼库斯》（*Titus Andronicus*）同名的美国新泽西五人摇滚乐队泰特斯·安多尼库斯（Titus Andronicus），以及英国导演德里克·贾曼（Derek Jarman），并将他们与朋克音乐的转变联系起来。之所以选择以上人物及其作品作为研究对象，汉森认为，以上艺术家均有一个共同点，即在朋克音乐背景中，以创新的方式走进莎士比亚。在汉森看来，人们以具有不同挑衅性的形式表现出对莎士比亚的矛盾情绪，其结果就是形成了具有混杂性、模糊性和不安定性特征的新体裁“莎士比亚朋克”。

① Jennifer Hulbert, Wetmore Kevin J. Jr., York Robert L., *Shakespeare and Youth Culture*. New York: Palgrave Macmillan, 2009, p. 139.

汉森认为，从牛仔杰克·克莱门特（Cowboy Jack Clement）到披头士乐队（Beatles）的流行音乐，均将莎士比亚理解成某种梦境。莎士比亚则成为朋克音乐实践中的某种诉求与期望的传统场域。比如，对于“性枪手”乐队成员约翰尼·罗丹而言，莎士比亚笔下的人物对道德的细微处持无情与无视的态度。如此莎士比亚式的能量正是典型的朋克——“一种对表面秩序与愉悦的美学抨击”[①]。而朋克那句经典名言“不要接受旧秩序，摆脱它”与莎士比亚产生了某种共鸣。朋克音乐所需要的那种悲剧性、莎士比亚式的忧虑等元素可在莎士比亚戏剧中找到相呼应的内容。

朋克音乐不仅吸收了莎剧内容成为其创作的材料与灵感来源，还在作曲与作词方面呈现莎剧中的种种元素。在后朋克乐队“生日派对”（The Birthday Paty）推出的《哈姆雷特》（*Hamlet*，*Pow Pow Pow*）[②] 单曲中，“Hamlet”一词被拉长，以“H！a！m！l！e！t！”的形式呈现出来，并以一种几近沙哑、嘶吼的刺耳声音唱出来，以典型的后朋克摇滚方式呈现了如汉森所说的莎士比亚式担忧，“在这些刺耳而疯狂的声音中，这位哈姆雷特体现了现代风格和莎士比亚的特征——作为一个徘徊的受伤杀手，在爱和哀悼中，驾驶着凯迪拉克，带着枪，戴着十字架，一个新旧约的复仇者”[③]。于是，融合了莎士比亚式悲剧色彩的朋克，辅之以独特的演绎方式，使哈姆雷特成为朋克哈姆雷特。但在笔者看来，这样的音乐形式粗糙，歌词媚俗，旋律毫无美感可言，莎士比亚只不过是朋克音乐人发泄情绪的载体而已。

笔者认为，莎士比亚与朋克的结合所诞生的“莎士比亚朋克”将莎士比亚视为一个反抗的对象，亦是朋克音乐反传统、反抗秩序与规范的媒介，成为朋克音乐甚至是后来雷鬼音乐表述精神与立场的重要场域。在当前的朋克音乐领域，朋克音乐人一方面延续先前对莎士比亚戏剧的模仿，挪用莎士比亚戏剧中的主题，另一方面延续朋克反传统主义对传统的反叛，甚至去证明莎士比亚本身就是朋克，以莎士比亚戏剧《泰特斯·安多

---

① Adam Hansen, *Shakespeare and Popular Music*. London & New York: Continuum, 2010, p. 105.

② *Hamlet*, *Pow Pow Pow* 歌词可参见：https://music.163.com/#/song?id=19553045（2020年1月5日），演唱视频可参见：https://v.youku.com/v_show/id_XMzQ3NDExMTc0NA==.html?refer=seo_operation.liuxiao.liux_00003303_3000_Qzu6ve_19042900（2020年1月5日）

③ Adam Hansen, *Shakespeare and Popular Music*. London & New York: Continuum, 2010, p. 107.

尼库斯》（*Titus Andronicus*）命名的美国新泽西五人摇滚乐队泰特斯·安多尼库斯（Titus Andronicus）就是一个例子。

而且莎士比亚与朋克的结合，一方面为朋克音乐带来了表述的媒介与材料，另一方面也使莎士比亚从部分受众的高雅文化中走向一般大众均可触及的大众文化。比如，位于华盛顿特区的Taffety朋克戏剧公司（Taffety Punk Theatre Company）试图将莎士比亚舞台与朋克亚文化、演出和场景的美学和动画联系起来，有效地解决了高雅文化与大众文化之间那看似不可逾越的鸿沟，让莎士比亚在大众文化中迅速拥有广泛的观众。更为重要的是，莎士比亚戏剧本身的丰富内涵与广阔的解读空间为朋克音乐的精神表述与期望提供了多种可能性，正如汉森所言，“与莎士比亚建立起另一种关系成为可能：他预见并上演了现代西方文化中的暴力，并能有效地融入音乐模式中，在那里暴力得以解决”①。在汉森看来，像朋克音乐这类新形式与文学过去之间存在连续性，并非仅仅是矛盾。而这也是两者能够结合的最主要原因。

因此，通过朋克音乐的呈现，莎士比亚的经典性得到延续，而朋克音乐亦将莎剧中的元素转化为朋克音乐的艺术展演从而进行自我表述。所谓表述实则是一种生命的呈现与展开方式，即“存在及其意义的言说……既与言说层面的‘写作’、‘表达’、‘讲述’、‘叙事’等关联，同时也跟实践层面的‘展现’、‘表演’、‘仪式’及‘践行’等相关”②。莎士比亚在朋克音乐中的表述以及朋克音乐借用莎士比亚进行表述，未尝不是双方在彼此领域中进行的意义言说与生命呈现。

第三节　莎士比亚与青年文化研究

美国学者詹妮弗·赫伯特（Jennifer Hulbert）、凯文·维特摩尔（Kevin J. Wetmore，Jr.）和罗伯特·L. 约克（Robert L. York）合著的《莎士比亚与青年文化》（*Shakespeare and Youth Culture*，2009）一书，以青年文化为视角，考察莎士比亚在当代美国的互文性空间。《莎士比亚与青年文

① Adam Hansen，*Shakespeare and Popular Music*. London & New York：Continuum，2010，p. 122.

② 徐新建：《表述问题：文学人类学的起点和核心》，《西南民族大学学报》（人文社会科学版）2011年第1期。

化》一书分为六个部分：莎士比亚、童游戏和玩具剧场、莎士比亚青少年电影、莎士比亚与摇滚乐、莎士比亚与嘻哈乐、漫画与图画小说中的莎士比亚。介于本章第一、二节聚焦于莎士比亚与流行音乐的探讨，故而将涉及摇滚乐与嘻哈乐的内容置于前两节进行分析。本节则主要探讨莎士比亚与青年文化其他元素之间的关系，包括莎士比亚与玩具剧场、莎士比亚与青少年电影、莎士比亚与漫画小说。

一　莎士比亚与青年文化的联结

青年文化是大众文化的典型呈现，是大众文化中的亚文化。“大众文化”（Mass culture）在诞生之初即与青年文化相关。美国学者菲斯克（John Fiske）就认为，大众主要是由年轻人组成的亚文化群体所构成，大众文化从内部与底层生发出来①。因此，青年文化既具备大众文化的底层性，又具备亚文化团体文化的个性特征。据雷蒙·威廉斯定义，“次文化”（或称“亚文化”）从词源上来讲是“culture”与“cultural”的衍生词，意指“一种可以辨识的小型团体之文化”②。青年文化或称青年亚文化就是这样一种可辨性很高的团体，有自己独特的文化符号，通常带有一种反主流文化的性质。

赫伯特等人在《莎士比亚与青年文化》一书中尝试定义青年文化。赫伯特等人指出，青年文化具有内在矛盾性与复杂性：一方面，青年文化成为一种反主流的文化，反抗传统与权威，并逐渐产生一种政治权力感；另一方面，青年文化又具备基本的文化适应性，在反抗权威、主流文化的同时，又对其他文化有所借鉴与吸收，从20世纪60年代开始成为一种产品文化和物质文化，具有极强的普及性与消费性。

然而，青年文化的意义并未局限于此。赫伯特等人还指出，青年文化从根本上来说是一种中介文化，其本身就是一个品牌，而文化则通过这样个性鲜明的品牌进行传播。此外，青年文化的复杂性与商业性还使其本身成为一种消费文化。但青年文化自身的矛盾性又使人不得不质疑这种消费性特征，正如赫伯特等人所警觉的那样，认为青年文化就是消费文化的人必然忽视了社会阶级的差异。这是因为，如果说富裕的青年属于消费文

① 赵一凡主编：《西方文论关键词》，外语教学与研究出版社2006年版，第27页。

② ［英］雷蒙·威廉斯：《关键词：文化与社会的词汇》，刘建基译，生活·读书·新知三联书店2005年版，第109页。

化，那么贫穷的青年则被边缘化，甚至沦为被富裕青年消费的对象。[①]

可见，青年文化现象复杂多变，且有自身的矛盾性，极难进行普遍化的定义。但笔者基于以上各家进行的定义，认为青年文化具备如下几个鲜明特征：一是反传统与主流；二是具备极强的普及性与消费性；三是善于借用传统与主流完成其反抗，存在消解自身的内在矛盾性；四是青年文化团体内部具有多样性；五是青年文化具备创造性，而这正是莎士比亚与青年文化得以联结的关键点。

青年文化的创造性直接体现在其反传统与主流的动机之中，在借用他者文化完成反抗的过程之中。这是因为青年文化不仅从其他文化那里吸收养分以滋养自身，还积极进行创造性突破，甚至在与莎士比亚进行结合之时，使莎士比亚也成为一种品牌的代名词，“年轻的观众/读者/听众并非单向交易的另一方、对象或被动人员，而是有权根据自己的条件参与、重新构思和重新创作剧本”[②]。于是，一种代表精英与经典的莎士比亚文化权威经由代表大众的青年文化权威所转化，被青年文化所具有的消费文化与大众文化力量所转变，成为大众文化的其中一个元素。

然而，莎士比亚与青年文化之间的联结面临着两大挑战：莎士比亚对于青年人而言既“无聊”（boredom）又“无法理解”（inacessibility）。因此，采用怎样的青年文化媒介来让莎士比亚变得易于理解和有趣十分重要。《莎士比亚与青年文化》一书指出，莎士比亚因其经典性与古典性与青年一代之间产生了疏离感。想要使青年一代理解莎士比亚，使莎士比亚从“故纸堆”、图书馆、书架与文学史中进入青年一代的生活中，电影、教育机构与翻译是极为重要的三大方式。而“翻译”（translation）、“还原”（reduction）、“参照”（reference）是联系莎士比亚与青年文化的有效策略。所谓翻译，不仅仅是语言层面的翻译，更是广义的翻译，即通过运用青年文化共同元素（比如青少年电影、连环漫画书、流行音乐与大众心理学），将作为高雅与古典文化的莎士比亚“翻译”成容易被青年人理解与接受的文化形式；所谓还原，即是将戏剧还原到其基本构成元素之中；所谓参照，即是在青年文化中直接或间接参照引文、人物、情节甚至是莎

① Jennifer Hulbert, Wetmore Kevin J. Jr., York Robert L., *Shakespeare and Youth Culture*. New York: Palgrave Macmillan, 2009, p. 7.

② Jennifer Hulbert, Wetmore Kevin J. Jr., York Robert L., *Shakespeare and Youth Culture*. New York: Palgrave Macmillan, 2009, p. 4.

士比亚本身。

莎士比亚与青年亚文化进行结合势必产生意想不到的文化效应。正如赫伯特等人在《莎士比亚与青年文化》一书中所指出的那样，青年文化莎士比亚同时占据了两大市场：青年文化与莎士比亚产业。这两大市场的汇聚产生了极大的消费与文化效应，进而拓展到教育行业与图书业。然而，作为古典文化与高雅文化代表的莎士比亚何以转变成功，最终与青年文化结合而产生市场与文化效应的呢？这正是《莎士比亚与青年文化》一书所要探讨的问题。

二 莎士比亚与动作人偶、玩具剧院

维特摩尔在《莎士比亚与青年文化》一书中，首先基于动作人偶（action figure）、玩具剧院等青年文化元素，审视莎士比亚与青年文化之间的关系。

（一）莎士比亚动作人偶

人偶或玩具是电影、漫画、游戏等大众文化消费品的衍生品，而动作人偶通常是某种游戏中的道具。那么莎士比亚是否可能简化为玩具或道具？早在2003年，一家自称为“流行文化的装备商”的公司就推出了“莎士比亚动作人偶”（Shakespeare action figure）[①]。

维特摩尔认为，人偶也遵循了莎学学者道格拉斯·拉尼尔（Douglas Lanier）的观点，即大众文化认为莎士比亚作品所具有的意义与价值在于莎士比亚本人。莎士比亚动作人偶包装说明的呈现方式就是一个例子。一般而言，莎士比亚动作人偶的包装封底写明莎士比亚的出生与死亡日期、职业（英国诗人、剧作家、演员）、成就（37部戏剧、154首诗）、选择的武器（鹅毛笔）、一个有趣的事实（一场瘟疫的暴发致使公共剧院一度关闭，这使莎士比亚开始尝试写诗以进行发泄）、一段有关作者身份争议及戏剧的说明、产品本身的说明（不适合36个月以下的儿童、中国制造等）。

显然，莎士比亚动作人偶并不代表莎士比亚全部，何况将莎士比亚的成就简单地用两个数字概括（37部戏剧、154首诗），将莎士比亚等同于

① Jennifer Hulbert, Wetmore Kevin J. Jr., York Robert L., *Shakespeare and Youth Culture*. New York: Palgrave Macmillan, 2009, p. 44.

商品所代表的符号本身。在维特摩尔看来，商品的包装叙述将剧作家莎士比亚与动作人偶这一概念混为一谈，其戏剧的实际意义亦被忽略。于是，对于商品本身来说，莎士比亚究竟写了什么作品，作品产生了怎样的文学与文化效应，莎士比亚对于世界文学史的贡献并不重要，正如维特摩尔所揭示的那样，“……重要的是莎士比亚其人。一个人不需要读剧本就知道他的伟大；人们只需要知道他是伟大的”①。

这是莎士比亚在与青年文化结合时被商品化的必然结果，也是极其悲哀的结果。莎士比亚被简化为一个符号，一个代表着伟大剧作家的符号。符号之外，别无他物。这在一定程度上消解了莎士比亚的经典性以及莎士比亚作品的文学性。毕竟当莎士比亚成为动作人偶后，莎士比亚的作品及其作品的审美性与文学性被两个简单的统计数据所替代，消费者不会再去思考莎士比亚作品的伟大与审美特征。

维特摩尔进一步将人偶莎士比亚商品上升至莎士比亚所有权之争。维特摩尔指出，艺术家、学者、教师、青年、好莱坞、英国甚至全世界都在争抢莎士比亚的归属或所有权：学者认为他们比其他人更了解莎士比亚；戏剧艺术家认为莎士比亚是为了剧院而创作，因此莎士比亚应归属于戏剧艺术家；英国教授则宣称莎士比亚的诗歌和文本属于他们；而几乎每一张莎士比亚 DVD 上都会有一段来自好莱坞的断言：如果莎士比亚活到今天，他属于好莱坞，属于大众，而非精英文化。显然，围绕莎士比亚的归属问题而展开的讨论，实则是对莎士比亚属精英文化还是大众文化的争论。

（二）莎士比亚玩具剧院

据维特摩尔梳理，最初的“家庭剧院”或最早的一套动作人偶是为了在青少年群体中普及莎士比亚戏剧而发明的，其物质形态即为“玩具剧院”（the Toy Theatre）。所谓“玩具剧院”在维多利亚时代盛行于英国与美国，是当时剧场、儿童玩具与家庭娱乐的缩影，有着向儿童介绍莎士比亚作品的功能。在维特摩尔看来，玩具剧院一方面比现场演员更能发挥奇思妙想，另一方面可以在家里模拟著名而专业的表演与叙事。在此意义上，玩具剧场不失为一种行之有效的教育工具，可有效引导青年一代接触莎士比亚。

---

① Jennifer Hulbert, Wetmore Kevin J. Jr., York Robert L., *Shakespeare and Youth Culture*. New York: Palgrave Macmillan, 2009, pp. 4, 46.

值得注意的是，这种玩具剧场是时代的产物，盛行于18—19世纪，受实体剧院的兴盛与剧目的受欢迎程度所引导。后因现实主义的兴起与电影的迅速发展而逐渐衰落，直至被取缔。尽管玩具剧场相较于动作人偶本身更富情节、节奏与叙事，但无疑也存在着将莎士比亚及其作品简化的危险。然而，正如维特摩尔所言，玩具剧场以硬纸板物件代表现场表演的演员，通过游戏来演绎名著，试图协调莎士比亚与年轻人之间的关系，并为年轻人提供了戏剧自我体验的空间。因此，维特摩尔高度肯定了玩具剧场的教育意义，认为“玩具剧场代表了为年轻人改编、还原和翻译莎士比亚戏剧以及带来戏剧自我体验的首次重大尝试”①。

当代玩具剧场又如何表现莎士比亚？维特摩尔认为，尽管当代表演受到维多利亚时代戏剧表演的影响，同样使用儿童玩具，但就其性质而言不再是儿童剧，其受众并非只局限在儿童，也不再是业余爱好者和儿童的专属。相反，当代玩具剧场中的莎士比亚由专业人士在严肃场所表演，走向成人化与大众化。比如，多夫·温斯坦（Dov Weinstein）推出的首部莎士比亚作品改编剧《小忍者麦克白》（*Tiny Ninja Macbeth*）于2000年在纽约国际边缘艺术节上举行了全球首映式；2004年，《小忍者哈姆雷特》（*Tiny Ninja Hamlet*）在纽约上映。这类根据莎士比亚戏剧改编的玩具剧场兼具莎士比亚式的戏剧传统与玩具元素。在维特摩尔看来，当代玩具剧场的受众不再是青少年，而是针对“那些已经对莎士比亚和莎士比亚作品在纽约的传统有一定了解的人。玩具形式承载的青年文化不过是中介因素，但这些戏剧并非针对青年，而是那些寻找替代纽约剧院的人”②。

维特摩尔最终得出结论，曾经为儿童而创的玩具剧场，在当代变成了利用儿童玩具来重新诠释莎剧的剧场，亦是对莎士比亚动作人偶的一种模仿。只是相较于维多利亚时代的玩具剧场与动作人偶，当代的玩具剧场已从业余模式走向专业剧场，偏向于专业性演出。

三　莎士比亚与青少年电影

研究莎士比亚与青年文化之间的关系不可忽视电影这一重要媒介。这

① Jennifer Hulbert, Wetmore Kevin J. Jr., York Robert L., *Shakespeare and Youth Culture*. New York: Palgrave Macmillan, 2009, pp. 4, 51.

② Jennifer Hulbert, Wetmore Kevin J. Jr., York Robert L., *Shakespeare and Youth Culture*. New York: Palgrave Macmillan, 2009, pp. 4, 52.

是因为“随着莎士比亚成为流行文化的一部分，莎士比亚批评（尤其是电影批评）也随之而来，两者都登上了一个由特定青年文化推动的舞台”①。

罗伯特·约克在《莎士比亚与青年文化》一书中指出，继目标受众为青少年市场的电影《罗密欧+朱丽叶》（*Romeo + Juliet*）推出之后，青少年电影流派中出现了并未严格遵循（即约克所说的“松散”）莎士比亚戏剧的改编本。所谓“松散”即指改编本与原剧本有较大出入。比如约克所举的基于《驯悍记》大刀阔斧改编而来的《我恨你的10件事》（10 *Things I Hate about You*，1999）这部电影。该电影并未严格遵照《驯悍记》中的情节与叙事顺序，只是借用了《驯悍记》中的某些人物特征与冲突，并在情节中嵌入了莎士比亚的某些台词。该电影更多的是采用了青年文化元素，包括以流行音乐进行电影配乐、含有青年文化元素的广告等。于是，莎士比亚戏剧在此电影中不过是青少年电影创作的材料来源。

相较之下，基于《奥赛罗》改编的电影《O》则更接近莎士比亚戏剧，不仅保留了《奥赛罗》的基本结构，还融入了莎士比亚戏剧中的独白以增强人物的悲剧性，表述人物思想与情感。据约克梳理，《O》前半部分是常见的中学生、篮球队员与教练、男女同学之间的冲突与校园暴力，但其余部分直接映射了《奥赛罗》。

之所以将《O》鉴定为青少年电影，其原因还不仅仅是其表现的内容涉及校园暴力、同学冲突、美国青少年种族冲突、吸毒等青少年社会问题，还在于其表述问题的形式含有典型的青年文化元素。约克指出，《O》之所以与《罗密欧+朱丽叶》风格有所不同，是因为《O》采用了“MTV”风格。同《我恨你的10件事》相似，《O》的电影配乐也采用了流行音乐。

基于约克的研究，笔者认为，青少年莎士比亚电影主要从两个方面呈现莎士比亚：一方面，对莎剧进行改编，借用莎剧情节、基本结构及主要人物冲突进行电影创作；另一方面，挪用莎剧中的独白以增强人物表现的情感抒发与悲剧性。青少年电影在挪用莎士比亚之时，将莎士比亚视为创作材料；而莎士比亚也为青少年电影带来商业利益，吸引了众多青年观众。

---

① Lynda E. Boose, Richard Burt, *Shakespeare, The Movie: Popularizing the Plays on Film, TV, and Video*. New York: Routledge, 1997, p. 17.

尽管约克在审视了三部基于莎士比亚戏剧改编而来的电影之后，并未对电影改编对莎士比亚传播的影响做出结论性的论述，但笔者认为，尽管莎士比亚在青少年电影中只是碎片化、互文式地呈现，但在一定程度上为青少年接触文学经典提供了一个路径，同时也促进了莎士比亚在当代的大众传播。

四　漫画和图画小说中的莎士比亚

关于莎士比亚的现代呈现与改编，我们通常关注电影、电视、舞台剧、歌剧、广播与音乐等媒介，鲜少关注漫画（comics）和图画小说（graphic novels）对莎士比亚的运用。对这方面的研究有助于进一步拓展世界莎学研究范围。

维特摩尔在《莎士比亚与青年文化》一书中指出，漫画或图画小说是一种严肃媒介，并认为尽管自20世纪50年代以来，漫画一直以消极或屈尊的方式处于边缘化位置，但学术界终于认识到了漫画的重要性，尤其是莎士比亚在漫画中的地位。维特摩尔认为，漫画或图画小说中的莎士比亚书写未能得到学界足够的关注与重视的原因在于学界对漫画这一媒介存在诸多误解。维特摩尔指出：

> 围绕漫画小说进行的学术研究所面临的最大挑战之一，就是学者将漫画视为带有图片的文本，而非一种独立的媒介。漫画有自己的美学和叙述方法，就像戏剧一样，把文字和图像结合起来。忽略图像就是忽略了一半（有时超过一半）的“文本”。事实上，许多参与图像小说制作的人（顾名思义，其媒介是视觉形式的小说）均认为戏剧和漫画之间具有相似性。①

据维特摩尔梳理，戏剧与漫画之间的相似性主要体现在以下几个方面：其一，在创作方面，漫画同戏剧一样一开始也是一个剧本；其二，在改编方面，进行图画小说创作的艺术家在改编经典之时，必须要做出与戏剧公司设计团队相同的选择；其三，从叙述方式来看，两者均以图像、视觉形式进行叙述，势必会减少文字；其四，从视觉环境设计来看，漫画视

① Jennifer Hulbert, Wetmore Kevin J. Jr., York Robert L., *Shakespeare and Youth Culture*. New York: Palgrave Macmillan, 2009, pp. 4, 172.

觉设计、角色背景定位与戏剧相关设计有着异曲同工之妙，均通过并置文本和图像进行叙事。

戏剧与图画小说之间的影响是相互的。戏剧对图画小说的影响，主要包括漫画对戏剧主题的挪用、视觉设计的启发等方面。那么，图画小说反过来对戏剧产生了怎样的影响呢？维特摩尔认为，漫画小说对戏剧的影响越来越大，不仅体现在主题方面，也体现在塑造视觉文化概念方面，影响了戏剧艺术家的创作，甚至在日本产生了如福岛芳子（Yoshiko Fukushima）所说的“漫画话语”（manga discourse）——一种与图画小说相互影响的戏剧[①]。

漫画这一媒介呈现莎士比亚的方式如下。

首先，莎士比亚作品通过改编，以漫画的形式呈现。据维特摩尔梳理，第一部被改编的莎士比亚戏剧是1950年2月在《经典插画》（*Classics Illustrated*）漫画册上刊登的《凯撒大帝》，后又相继刊登了改编版的《仲夏夜之梦》（1951年9月）、《哈姆雷特》（1952年9月）、《麦克白》（1955年9月）、《罗密欧与朱丽叶》（1956年9月），等等。并且每一期《经典插画》的封底都会提醒读者去找该改编本的原著进行阅读，希望青少年能够通过漫画这一媒介接触到原典。但在维特摩尔看来，这是一种自相矛盾的做法。这是因为，这一做法背后存在一种潜在逻辑，即漫画相对于原典文学文本而言仍然处于边缘地位；漫画不过是以吸引青少年从而引导青少年阅读原著的媒介，实则是在否定漫画这一媒介。然而，这一矛盾做法却带来了相反的效果：人们会选择看漫画而不是原著。[②]

其次，以莎士比亚作品中的经典独白或段落为中心的漫画叙事。据维特摩尔梳理，哈姆雷特那段经典的“To be or not to be”独白就被改编成了漫画：哈姆雷特站在中间，在其周围围绕着一系列文字气泡（word balloons）；在他身后的远处，国王和普罗尼尔斯显然是躲在暗处观察，而奥菲莉亚则在图对话框的底部等着他；整个对话只在一个图像中设置了一系列来自《哈姆雷特》一剧的事件，以此纳入整段独白文字。维特摩尔指出，通常插图画家都会使用这种标准的连环画来设置场景，连接叙述或解

① Jennifer Hulbert, Wetmore Kevin J. Jr., York Robert L., *Shakespeare and Youth Culture*. New York: Palgrave Macmillan, 2009, pp. 4, 173.

② Jennifer Hulbert, Wetmore Kevin J. Jr., York Robert L., *Shakespeare and Youth Culture*. New York: Palgrave Macmillan, 2009, pp. 4, 176.

释角色的动作与行为。又如，亚历克斯·A. 布鲁姆（Alex A. Blum）在对《仲夏夜之梦》与《哈姆雷特》进行漫画改编时，把剧中的对话或独白分成一系列对话框，利用漫画插图元素来创造节奏与连贯，并将动态的戏剧文本呈现为二维形式。维特摩尔评价道，“文本的物理表现既反映了莎士比亚的文本，也反映了戏剧化的感觉”①。

最后，在非莎士比亚作品改编的漫画作品中嵌入莎士比亚作品中的人物、主题等。比如曾获奖无数的系列漫画作品《睡魔》（*The Sandman*）就改编过《辛白林》与《仲夏夜之梦》。《睡魔》由美国当代漫画家、奇幻作家尼尔·盖曼（Neil Gaiman）于1989年创作发行，至1996年结束，主要围绕“无尽家族”（Endless）展开，以梦为基调，形成了系列独立科幻故事。莎士比亚的《仲夏夜之梦》等作品也涉及梦境，于是成为《睡魔》的创作源泉。而莎士比亚则成为盖曼在《睡魔》中探讨现实与幻想之间相互作用的重要视角。1991年，盖曼根据《仲夏夜之梦》而创作的《睡魔：仲夏夜之梦》获得世界奇幻奖，可见这一挪用与改编的影响与成功。

漫画结合图像与文字，以二维空间呈现叙事的节奏与张力、人物的形象与心理，既为读者保留了想象的空间，又将故事框定在一个已设定的背景、情景之中，并以图像的形式将多个场景、人物心理活动呈现在一个空间中，产生了从二维到多维的效果。这是漫画所具备的美学与独特叙事方式，为莎士比亚的后现代呈现提供了一种更能为青年人接受与理解的方式。即便如此，许多批评家仍在担忧漫画的大众性、通俗性会贬低莎士比亚，会让青少年读者远离原著本身，还会对青少年产生负面影响。施瓦茨（Schwartz）认为缺乏诗意的漫画会毁掉莎士比亚，也让青少年读者远离原著；格森·莱格曼（Gershon Legman）则认为，漫画省略了文学元素，将暴力场景堆砌在一起，容易引诱青少年犯罪；魏特汉（Wertham）甚至干脆指出漫画本身存在危险，认为阅读漫画甚至是经典插画会导致青少年患有阅读障碍与精神疾病，导致青少年成为文盲，甚至诱发青少年犯罪、“性狂热”甚至谋杀。②

① Jennifer Hulbert, Wetmore Kevin J. Jr., York Robert L., *Shakespeare and Youth Culture*. New York: Palgrave Macmillan, 2009, pp. 4, 176.

② Jennifer Hulbert, Wetmore Kevin J. Jr., York Robert L., *Shakespeare and Youth Culture*. New York: Palgrave Macmillan, 2009, pp. 4, 178.

漫画作为一种具有自身审美与叙事方式的媒介，在呈现莎士比亚之时自然也将漫画元素嵌入莎士比亚作品阐释与呈现之中。这种基于图像与文字的呈现方式尽管存在消解原著文学性与审美性危险，但将对于青年而言"难以理解"的莎士比亚简化为最基本的文本与图像，从而吸引青年一代走近莎士比亚。于是，漫画成为一种行之有效的"教育工具"，而改编的漫画莎士比亚戏剧也不仅仅是真正的图画小说，甚至在维特摩尔看来，"莎士比亚漫画书甚至不再需要是一本好的漫画书了。现在它只需要图片和文字"①。

值得注意的是，《莎士比亚与青年文化》一书旨在梳理新近出现的"青年文化莎士比亚"（youth-culture Shakespeare），尽管在维特摩尔看来，这是"……一个相当新的现象"②，但早在莎士比亚时代，青年文化就已然跟莎士比亚联系在一起：莎剧的观众包括青年，舞台上的演员也包括青年。甚至维特摩尔指出，青年是莎士比亚作品的一部分。因此，在笔者看来，青年文化莎士比亚并非只存在后工业时代。重新探讨这一"新近"现象是在回归或怀旧，将原本从大众文化发展而来的高雅艺术重新拉回到大众文化之中，以审视后现代语境中莎士比亚以何种形式与身份介入不同文化场域。

小结

青年文化原本即是商业时代的产物，带有一种反抗精神。莎士比亚与青年文化的结合一方面使青年文化获得了"文化可信度"（cultural credibility），使当代的另类表演合法化，另一方面又因青年文化的流行性、通俗性与普遍性，通过熟悉的文化参照物使莎士比亚本身更容易被接近与理解，从而在后现代拥有更广泛的"市场"③。实际上，莎士比亚与青年文化的结合必然会涉及传统与现代、经典与大众文化之间的关系。

作为青年文化中的一个元素，流行音乐充分发挥青年文化反主流文化场域的作用。将莎士比亚与流行音乐相结合并不是要将莎士比亚从伊丽莎

① Jennifer Hulbert, Wetmore Kevin J. Jr., York Robert L., *Shakespeare and Youth Culture*. New York: Palgrave Macmillan, 2009, pp. 4, 195.

② Jennifer Hulbert, Wetmore Kevin J. Jr., York Robert L., *Shakespeare and Youth Culture*. New York: Palgrave Macmillan, 2009, pp. 4, 48.

③ Jennifer Hulbert, Wetmore Kevin J. Jr., York Robert L., *Shakespeare and Youth Culture*. New York: Palgrave Macmillan, 2009, pp. 4, 119.

白时代带入当下，忽视时代与时代之间的差异，而是打破固有认识，颠覆莎士比亚专属精英文化的狭隘认知，将莎士比亚置于大众文化之中的流行音乐中，以观莎士比亚在流行音乐中的意义以及呈现方式。莎士比亚通过流行音乐以达到生命的延续；流行音乐借莎士比亚以获取作曲材料与地位巩固。在这两者的相互作用下，莎士比亚的意义得以进一步丰富。正如汉森所言，许多流行音乐艺术家及其作品，以及这些作品的评论家，用莎士比亚各种不同且矛盾的形象来表现他们所感知的连续性和非连续性；于是，莎士比亚不再是传统意义上的莎士比亚，而是具有多元意义与表现形式，或作为流行和商业的艺术家，作为拉尼尔所言之官方教育文化机构倡导的正统艺术①。

显然，大众文化中的莎士比亚成了琳达·哈琴（Linda Hutchen）所言之充满“矛盾”的被“戏仿”对象②。通过对莎士比亚进行戏仿，大众文化获取了其表述的媒介。然而，具有反抗精神的大众文化，却始终在求助于代表着传统与精英文化的莎士比亚来进行反传统、反精英文化，在解构传统的同时，也解构了自身。与此同时，无论是作为流行音乐中的莎士比亚，还是作为整个青年文化中的莎士比亚；无论是摇滚莎士比亚、朋克莎士比亚，还是青少年电影莎士比亚、漫画莎士比亚，莎士比亚从一个世界文学史上的伟大剧作家、诗人简化成一个符号，被拼贴在各类消费市场的产品之上。结果导致莎士比亚也成了消费品，消解了其作品的文学性以及莎士比亚其人所代表的文化意义。

因此，在肯定莎士比亚与流行音乐、青年文化相互作用的同时，我们也要警惕消费文化和商品文化对莎士比亚的过度消费。有学者就察觉到，当前西方许多有关莎士比亚的解读庸俗浮夸、标新立异，没有把握莎士比亚戏剧之精髓。③ 实际上，这同样也值得国内学界注意，即国内学界在打开视野，向国外莎士比亚研究所呈现出来的新方法进行借鉴之时，应该对一些看似新颖实则一味求奇的研究方法取其精华，去其糟粕，而非全盘引介。

---

① Adam Hansen, *Shakespeare and Popular Music*. London & New York: Continuum, 2010, p. 35.

② ［加拿大］琳达·哈琴：《后现代的理论化》，［法］热奈特等著、阎嘉主编《文学理论精粹读本》，中国人民大学出版社 2006 年版，第 297 页。

③ 张薇：《世界莎士比亚演出与研究的新趋向》，《戏剧艺术》2018 年第 2 期。

结　语

本书的结语部分回顾整个研究，回到“莎士比亚”这一指称本身，追问“莎士比亚”意指何为。这一问题直接关系到莎士比亚研究的范围以及“莎士比亚”这一指称本身的内涵流变。尽管本书的研究目的是梳理与研究英语世界莎士比亚研究的新材料与新视域，但通过研究发现，当前英语世界莎士比亚研究主要呈现出后现代特征。而这类后现代视域中的莎士比亚研究方法与视野往往是国内学界尚未涉足或展开的领域，所以才能称之为“新”。

所谓后现代是相对于现代而言，是一种“比现代还现代”的模糊表述，指那些不同于现代主义，同时又具有新的先锋性与探索性的思潮①。后现代视域中的文艺思潮往往以其不确定性、解构性、对传统的消解性、多元化、不完整性等后现代特征席卷当下世界文化与文学的方方面面。本书即是围绕英语世界之“新”展开以下两个方面的研究：其一，基于对莎士比亚权威性与主体性的消解性研究的生平研究、作者归属问题、莎剧著作权研究；其二，打破传统与后现代的对立局面，将传统介入后现代进行莎士比亚与流行音乐、青年文化的研究。而后现代视域中的英语世界莎士比亚研究又以其变异性、差异性、复杂性与融合性，对后现代相关学说进行了补充。值得注意的是，这不是说上述研究是直到西方后现代主义思潮盛行时才出现，而是强调其在后现代语境中所呈现出来的不确定性、解构性与消解性研究特征。

---

① 史建：《共生·多元·传统——对后现代主义文艺思潮的思考》，《文艺研究》1988 年第 5 期。

一 “莎士比亚”意指何为？

“我们引用他［莎士比亚］的名字意指何为？”[①] 的确，“莎士比亚”这一名字指代的不仅仅是世界文学史中的那位文学巨匠，也不只是诸如《哈姆雷特》《威尼斯商人》等戏剧的作者。甚至莎士比亚本身的权威性与主体性在后现代语境中已然被消解。首先，莎士比亚具有多重身份：可以是演员、剧院经理、作家，也可以是文化企业家、金融投机商；其次，“莎士比亚”这一指称既可指向其戏剧的印刷文本形态，亦可指某种民族主义的应用、帝国产品、高雅文化，还可指现场演出、影视、大众运用、商业运用，更可以指学术研究、阐释与学习的对象。[②] 换言之，“莎士比亚”这一指称囊括了与莎士比亚相关的一切社会、历史、文化、经济、政治因素，在后现代语境中，其外延与内涵均发生了变化，呈现出不确定性与多元化特征。一言以蔽之，“我们不再拥有‘莎士比亚’（Shakespeare），而是‘莎士比亚们’（Shakespeares）”[③]。

在后现代主义思潮中，“莎士比亚”这一指称的意义摇摇欲坠，看似已确立某种意义，却又迅速被解构和重构，取而代之的是莎学学者不断向权威与传统发起的挑战。尽管莎士比亚身份问题早在19世纪初就已然受到质疑，但在后现代语境中呈现出全面质疑的趋势，以至于有关莎士比亚生平研究与传记书写的著作如雨后春笋般，层出不穷。仅21世纪短短20年时间，就出版了40余部莎士比亚生平研究著作。[④] 英语世界学者甚至借用计算机、大数据等跨学科方法，试图破解这一世纪难题。

莎士比亚的生平遭到英语世界莎学学者质疑，进而质疑莎士比亚本人：历史上究竟有无莎士比亚此人？那位斯特拉特福德艾汶河畔的莎士比亚是否真的就是创作了诸多伟大戏剧的莎士比亚？英语世界莎学学者带着

---

① Dennis Kennedy, Yong Li Lan, *Shakespeare in Asia*: *Contemporary Performance*. Cambridge: Cambridge University Press, 2010, p. 3.

② Dennis Kennedy, Yong Li Lan, *Shakespeare in Asia*: *Contemporary Performance*. Cambridge: Cambridge University Press, 2010, p. 3.

③ Jennifer Hulbert, Kevin J. Wetmore, Jr., Robert L. York, *Shakespeare and Youth Culture*. New York: Palgrave Macmillan, 2009, p. 1.

④ 可参见本书附录“英语世界莎士比亚研究100年资料汇编（1920—2020）”之“莎士比亚生平、身份问题与著作权研究”。

一种质疑、不安甚至否定的姿态进入莎士比亚生平研究，或以女性主义视角审视莎士比亚的妻子，从而与莎士比亚有关爱情、婚姻方面的事实与虚构性叙述结合起来；或以一种近乎“曲线救国”的方式，从莎士比亚的朋友、家庭关系切入，进行莎士比亚生平研究；或将莎士比亚的一生置于微观史学视域中，抛弃宏大叙事，抽离出某一段时间、时间节点或某一年发生的小事件进行管中窥豹，以小见大；或基于莎士比亚生平记载极其缺乏的事实，将莎士比亚生平问题进一步“神秘化”，进而提出“莎士比亚之谜”，甚至将这一事实归结为一个文学、文化与历史研究的问题，提出“莎士比亚问题”这一学术命题；或追寻莎剧作者归属问题的答案，从历史、文化、社会、心理学的角度进行全方位探究；或结合莎剧著作权、早期戏剧流传形态对莎士比亚身份问题进行解答。

无论以哪一视角切入，英语世界莎学学者试图在解构权威与传统之后，进行重构。哪怕这种重构仍然缺乏新的、有力的实证材料支撑，哪怕这充其量只是一种虚构性的重构，洋溢着后现代主义反传统、不确定性和解构性的思想。比如美国亚利桑那大学学者 J. P. 维尔林的《莎士比亚日记：一部虚构的自传》一书，以虚构性的莎士比亚日记为载体，结合实证性材料进行生平研究，兼具真实性与虚构性。而英美一些作家干脆进行虚构性叙事，重构莎士比亚生平：英国当代著名作家安东尼·伯吉斯就曾基于莎士比亚生平与情史的探讨，创作了一部虚构性小说《没什么如太阳：莎士比亚的爱情故事》（1964）；摩根·裘德同样根据莎士比亚生平研究与身份之谜，创作了一部小说《莎士比亚的秘密生活》（2012）。

实际上，英语世界大多莎士比亚生平研究兼具虚构性与真实性双重特征，试图以“伪”真实性叙事来“还原”（实为构建）莎士比亚的真实面貌，试图带着新历史主义的观念，以文本与语言为媒介，对莎士比亚生平进行解构和构建。德里达在《论文字学》中提出，“除了文字之外别无他物”，“文字，作为消失的自然在场，展开了意义与语言”①。换言之，意义存在于文字之中；文字构建起了意义，从而构建起了历史。在缺乏有据可查、有证可考的生平资料背景下，英语世界后现代视域中的莎士比亚生平与作者身份，大多是通过文字建构起来。

① ［法］雅克·德里达：《论文字学》，汪家堂译，上海译文出版社 1999 年版，第 230 页。

二　传统与后现代：后现代思想中的反传统与向传统的回归

当伊丽莎白时期的莎士比亚被置于当下语境，我们试图借莎士比亚来解决当下出现的问题之时，不免疑惑：难道莎士比亚早有先见之明，在其戏剧中传达了现代、后现代观念？其实不然。现代、后现代诸多理论被运用到莎士比亚研究之中，呈现出如张冲教授所说的“莎士比亚+”（莎士比亚+某种理论）的研究新趋势，如“莎士比亚与生态批评”（Gabriel Egan 的 *Shakespeare and ecocritical theory*）、“莎士比亚与经济理论”（David Hawkes 的 *Shakespeare and Economic Theory*）、“莎士比亚与精神分析理论”（如 Carolyn Elizabeth Brown 的 *Shakespeare and Psychoanalytic Theory*）、“莎士比亚与新历史主义、文化物质主义”（如 Neema Parvini 的 *Shakespeare and Contemporary Theory: New Historicism and Cultural Materialism*）、“莎士比亚与女性主义”（Sarah Werner 的 *Shakespeare and Feminist Performance: Ideology on Stage*），等等。这种将某种理论与莎士比亚进行结合的研究并非简单的相加，亦非去证明莎士比亚对当下热点的远见性，而是正如张冲教授所言，“经典作家之所以经典，原因之一就是，他们能‘碰巧’或‘不经意’（并往往不成自觉的系统）地产生或拥有当今人们在理论指导下通过自觉地思考产生的观点或观念”[①]。因此，这类研究具备两方面的意义：其一，以新理论视角去解读莎士比亚，挖掘莎士比亚戏剧的丰富内涵及莎士比亚在当下的意义；其二，探讨当下如何呈现早已成为经典的莎士比亚，如何借助莎士比亚来表述当下。换言之，如何处理传统与后现代之间的关系成为必然。

然而，后现代主义对传统却持“决绝的态度和价值消解的策略”[②]，这不免是一个悖论。英语世界有关莎士比亚与流行音乐的研究，却打破了传统与后现代之间的割裂局面，使传统以后现代文化中的“残余元素”身份进入后现代；而后现代视域中的莎士比亚与流行音乐的研究又将视野投向传统，从传统中追寻解决当下问题的答案。实际上，后现代所谓的标新立异，所谓的反传统、反文化与解构，无法彻底将自身从传统与文化中剥离开来。这是因为科学技术可以通过不断推陈出新、标新立异而向前发

① 张冲：《论当代莎评的“莎士比亚+”——兼评〈莎士比亚与生态批评理论〉及〈莎士比亚与生态女性主义理论〉》，《外国文学》2019 年第 4 期。

② 朱立元：《当代西方文艺理论》（第二版），华东师范大学出版社 2005 年版，第 360 页。

展，但文化却无法脱离自身发生、发展的历史与传统；反之，文化在发展的同时，需不断返回进行寻根，不断回到文化存在的本源去重新发现意义。[①]

更何况，后现代所要反的传统究竟是哪一传统？这一传统是一直以来就存在而从未发生过变化的传统吗？伽达默尔认为，“传统并不是一个永久的先决条件；相反，我们根据自己的理解创造了它，参与传统的演变，并因此进一步决定它”[②]。阐释学视域中的传统与后现代有关传统的态度不谋而合。传统是动态的，并且在不断创造中演变。而传统的动态性与变异性特征恰恰为后现代主义思潮进入传统搭建了桥梁。尽管英语世界莎士比亚研究呈现出明显的后现代特征，但英语世界莎学学者在处理传统与当下之间的关系时，并未彻底与传统割裂，反而在继承与创新之中，阐述莎士比亚在当下的意义。

基于此，英语世界莎学学者试图突破莎士比亚与传统之间的割裂关系，将莎士比亚与看似毫无关系的流行音乐、青年文化进行结合，以观莎士比亚在后现代大众文化中的重构方式与意义。比如，英国贝尔法斯特女王大学学者亚当·汉森另辟蹊径，在其出版的《莎士比亚和流行音乐》（2010）一书中，将莎士比亚视为流行音乐中的“残余”元素，承接的是伊丽莎白时期的文化思想。诸如爵士乐、嘻哈乐、说唱乐、乡村音乐、摇滚、朋克等流行音乐形式，动作人偶、玩具剧场、漫画等大众媒介成为青年文化解构传统、反主流的实践场所，而莎士比亚又成为实现这种文化实践的载体。即便带有如此强烈解构性特征的流行音乐与青年文化，在进行解构传统的同时，却求助于传统，结果消解了自身。

在此意义上，英语世界后现代视域中的莎士比亚研究反而推动了后现代主义思潮向传统的回归。此处所述之回归，并非要回到前现代或现代，而是指与传统建立起联系，并使传统置于当下，使当下进入传统，由此打破传统与当下之间的界限。正如阿莱达·阿斯曼的“文化记忆”所揭示的那样，记忆指向过去，通过追寻记忆痕迹，重构对当下产生意义的证

① 朱立元：《当代西方文艺理论》（第二版），华东师范大学出版社2005年版，第365页。

② Hans-Georg Gadmaer, *Truth and Method*. Translation revised by Joel Weinsheimer and Donald G. Marshall, Lodon, New Delhi, New York & Sydney: Bloomsbury, 2013, p. 305

据[①]；又如凯伦·巴拉德所指出的那般，记忆激活、重置过去和未来。[②] 传统尽管是过去，但传统无时不在，只不过是以一种变异的形式、被重置的形式进入当下与后现代，在变异与重置中产生新的意义。

“走向 21 世纪的当代西方文学理论和批评将呈现出怎样的面貌？”[③] 在当今这一充斥着各种“主义”“后学”与“跨界”的时代，这一问题是当代文学与文学理论研究亟待回答的一个问题。同样，笔者也在此提出一个问题，走向 21 世纪的当代莎士比亚研究将呈现出怎样的面貌？或者说，已然呈现出怎样的面貌？

在这个被称为“后理论”的时代并不意味着理论已死，而是以一种有别于传统的方式进行新的理论建构。正如王宁教授所言，在“后理论时代”，那种纯粹侧重于形式的文学理论已然衰落，而文学理论不可避免地与文化理论相融合，共同阐释全球化语境中的多元文化现象。[④] 英语世界的莎学学者亦在努力推动莎士比亚研究的理论建构，或将莎士比亚置于青年文化、大众传媒与新媒体、影视文化之中进行研究；或借人类学、女性主义、精神分析、新物质主义、生态批评、认知理论、空间理论、符号学等多元理论视角，挖掘莎剧的隐暗意义或重构莎士比亚；或进行莎士比亚与音乐、经济学、政治学、军事、哲学、法律等跨学科研究，拓展了莎学的研究视野与领域，为莎学注入新鲜活力。[⑤]

然而，诸多研究仅将莎士比亚视为研究其他现象、构建其他学科理论的出发点，甚至将之作为无所不能的阐释对象，哪里需要就用到哪里，鲜少有学者能够立足莎学本身，在多元理论视角与跨学科研究中进一步推动莎学本身的理论建构。结果，哪一领域都有莎士比亚的身影，任一研究方法都能与莎士比亚扯上关系。莎士比亚成为西方新思潮、新理论与新研究方法的试金石与实践场所。但站在莎学理论体系建构与发展的高度来看，

---

① ［德］阿莱达·阿斯曼：《回忆空间：文化记忆的形式和变迁》，潘璐译，北京大学出版社 2016 年版，第 45 页。

② Karen Barad, *Meeting the University Halfway: Quantum Physics and the Entanglement of Matter and Meaning*. Durham & London: Duke University Press, 2007, p. ix.

③ 阎嘉：《导论：21 世纪西方文学理论和批评的走向与问题》，热奈特等著、阎嘉主编《文学理论精粹读本》，中国人民大学出版社 2006 年版，第 1 页。

④ 王宁：《“后理论时代”西方理论思潮的走向》，《外国文学》2005 年第 3 期。

⑤ 上述英语世界莎士比亚研究所涉及的方法与文献可参见本书的附录“英语世界莎士比亚 100 年资料汇编（1920—2020）”。

英语世界这类研究又在多大程度上为世界莎学研究与理论体系建构带来价值？这是我们在面对英语世界那些标新立异的莎士比亚研究时应当警惕的。世界莎学理论体系的完善离不开不同文化语境各莎士比亚理论体系之间的有效对话与互鉴。这应是当前乃至今后跨文明对话与文明互鉴语境中莎士比亚研究的一大趋势。

附录

英语世界莎士比亚研究100年资料汇编（1920—2020）

自19世纪30年代莎士比亚作品进入中国以来，中国莎士比亚研究蓬勃发展，成果丰硕。尽管莎士比亚研究在中国早已形成“莎学”，成为如“龙学”“红学”那般的显学，但当前中国莎学研究还面临着艰巨的任务。正如李伟民教授所言，任务之一就是建立有鲜明特色的中国莎学学派、构建中国莎学学科理论体系。而其中一个必不可少的重要路径就是，“在原有《莎士比亚评论汇编》的基础上不断推出新的国外莎学研究资料汇编，引进世界莎学研究新成果”①，以时刻把握、追踪世界莎学研究新动态，并以此观照国内莎学研究，从而在拓展中国莎学研究思路的同时建立中国莎学体系。罗益民教授在2014年全国莎士比亚研讨会暨中莎会年会上亦指出，将中国视角“扩宽至中国之外……树立中国莎学学者的主体性”②。

本书研究宗旨之一即梳理与引介英语世界莎士比亚研究的新材料。但正文四章内容尚不足以完成这一研究目标。因此，本书在撰写的过程中试着搜集、整理英语世界莎士比亚研究资料，按主题归类，尽可能选择国内学界尚未关注或关注不多的成果，以1920年至2020年100年间，尤其是21世纪出版、发表的最新成果为主要内容。

资料主要包括：莎士比亚生平、莎剧作者归属问题以及与之紧密相关的莎剧著作权研究成果；莎士比亚与戏剧表演、舞台与剧院研究成果；莎

---

① 李伟民：《中国莎士比亚研究：莎学知音思想探析与理论建设》，重庆出版社2012年版，第502—503页。

② 张瑛：《中国莎学新动态——2014年全国莎士比亚研讨会暨中莎会年会综述》，《外国文学研究》2014年第4期。

士比亚在全球的传播、影响与改编研究成果；针对莎士比亚研究的理论建构或莎剧中体现的莎士比亚戏剧理论的研究成果；莎士比亚与大众传媒、新媒体研究成果；包括影视文化、青年文化在内的莎士比亚文化研究成果；包括人类学、女性主义与性别批评、精神分析、物质主义与生态批评、空间理论、认知理论、符号学、历史、语言与修辞等视角在内的莎士比亚多元理论视角研究成果。由于时间仓促，目前只是进行了初步的资料汇编工作，并未进行相关的评述与译介工作，实为遗憾。现将英语世界莎士比亚研究 100 年资料汇编附于本书后。

一　莎士比亚生平、身份问题与著作权研究

Ackroyd, Peter, *Shakespeare: The Biography*. Anchor Books, 2005.

Adams, Joseph Quincy, *A Life of William Shakespeare*. Houghton Mifflin Company, 1925.

Alexander, Peter, *Shakespeare's Life and Art*. James Nisbet & Co., 1939.

Anderson, Mark, *Shakespeare by Another Name: The Life of Edward De Vere, Earl of Oxford, the Man Who Was Shakespeare*. Untreed Reads, 2011.

Arnold, Catharine, *Globe: Life in Shakespeare's London*. Simon & Schuster UK, 2015.

Bacon, Delia, *The Philosophy of the Plays of Shakespeare Unfolded*. AMS Press, 1970.

Bailey, John, *Shakespeare*. Longmans, Green & Co., 1929.

Baker, William, *William Shakespeare*. Continuum, 2009.

Bate, Jonathan, *Soul of the Age: A Biography of the Mind of William Shakespeare*. Random House Trade, 2010.

Bate, Jonathan, *The Genius of Shakespeare*. Oxford University Press, 1998.

Bearman, Robert, *Shakespeare in the Stratford Records*. Sutton, 1994.

Bender, Michael, *All the World's A Stage: A Pop - Up Biography of William Shakespeare*. Chronicle Bks., 1999.

Bevington, David, *Shakespare: The Seven Ages of Human Experience*. Blackwell Publishing, 2002.

Bevington, David, *Shakespeare and Biography*. Oxford University Press,

2010.

Boyce Charles, *Shakespeare A to Z－The Essential Reference to His Plays, His Poems, His Life and Times, and More*. A Roundtable Press Book, 1991.

Boyce, Charles. *Critical Companion to William Shakespeare: A Literary Reference to His Life and Work*. Facts on File, 2005.

Brown, Ivor, *William Shakespeare*. International Profiles, 1968.

Bryson, Bill, *Shakespeare: The World as Stage*. HarperCollins, 2007.

Burgess, Anthony, *Nothing Like the Sun: A Story of Shakespeare's Love－Life*. Heinemann, 1964.

Burgess, Anthony, *Shakespeare*. Cape, 1970.

Callaghan, Dympna, *Who Was William Shakespeare: An Introduction to the Life and Works*. Wiley－Blackwell, 2013.

Chambers, E. K. *William Shakespeare: A Study of Facts and Problems, 2 vols*. Clarendon Press, 1930.

Cheney, Patrick, *Shakespeare's Literary Authorship*. Cambridge University Press, 2008.

Chrisp, Peter, *Shakespeare (DK Eyewitness Books)*. DK CHILDREN, 2004.

Chute, Marchette, *Shakespeare of London*. Dutton, 1949.

Collins, Paul, *The book of William: How Shakespeare's First Folio Conquered the World*. Bloomsbury, 2009.

Connell, Charles, *They Gave Us Shakespeare*. Oriel, 1982.

Crewe, Jonathan V., *Trials of Authorship: Anterior Forms and Poetic Reconstruction from Wyatt to Shakespeare*. University of California Press, 1990.

Crummé, Hannah Leah, *Shakespeare on the Record: Researching an Early Modern Life*. The Arden Shakespeare, 2019.

Dawkins, Peter, *The Shakespeare Enigma*. Polair, 2004.

De Somogyi, Nick, *Shakespeare on Theatre*. Nick Hern Books, 2012.

Duncan－Jones, Katherine, *Ungentle Shakespeare: Scenes from his Life*. Arden Shakespeare, 2001.

Dutton, E. M., *Homeless Shakespeare—His Fabricated Life from Cradle to Grave*. 2011. (Prviately Published).

Dutton, Richard, *William Shakespeare: A Literary Life*. Palgrave Macmillan UK, 1989.

Edmondson, Paul, Wells, Stanley, *The Shakespeare Circle: An Alternative Biography*. Cambridge University Press, 2015.

Ellis, David, *The Truth about William Shakespeare: Fact, Fiction and Modern Biographies*. Edinburgh University Press, 2012.

Fraser, Russell A., *Shakespeare, the later years*. Columbia University Press, 1992.

Frye, Roland Mushat, *Shakespeare's Life and Times: A Pictorial Record*. Princeton University Press, 1975.

Gondris, Joanna, *Reading Readings: Essays on Shakespeare Editing in the Eighteenth Century*. Fairleigh Dickinson University Press, 1998.

Gray, Arthur, *A Chapter in the Early Life of Shakespeare: Polesworth in Arden*. Cambridge University Press, 2009.

Greenblatt, Stephen, *Will in The World: How Shakespeare Became Shakespeare*. W. W. Norton & Company, 2004.

Greer, Germaine, *Shakespeare's Wife*. Harper Collins e-books, 2008.

Groom, Nick, Piero, *Introducing Shakespeare: A Graphic*. Icon Books, 2010.

Gurr, Andrew, *William Shakespeare: The Extraordinary Life of the Most Successful Writer of All Time*. HarperCollins, 1995.

Halliday, F. E., *A Shakespeare Companion* 1564-1964. Penguin, 1964.

Halliday, F. E., *Shakespeare*. Thames and Hudson, 1998.

Hamilton, Charles, *In Search of Shakespeare: A Reconnaissance into the Poet's Life and Handwriting*. Harcourt Brace Jovanovich, 1985.

Harrison, G. B., *Shakespeare at Work*, 1592-1603. Ann Arbor Paperbacks, 1958.

Holden, Anthony, *William Shakespeare: An Illustrated Biography*. Little, Brown, 1999.

Holden, Anthony, *William Shakespeare: His Life and Work*. Little, Brown, 1999.

Holden, Anthony, *William Shakespeare: The Man Behind the Genius: A*

Biography. Little, Brown, 2000.

Holderness, Graham, *Cultural Shakespeare: Essays in the Shakespeare Myth*. University of Hertfordshire Press, 2001.

Holderness, Graham, *Nine lives of William Shakespeare*. Continuum, 2011.

Holderness, Graham, *The Shakespeare Myth*. Manchester University Press, 1988.

Honan, Park, *Shakespeare: A Life*. Oxford University Press, 1998.

Hope, Jonathan, *The Authorship of Shakespeare's Plays: A Socio-linguistic Study*. Cambridge University Press, 1994.

Ioppolo, Grace, *Dramatists and Their Manuscripts in the Age of Shakespeare, Jonson, Middleton, and Heywood: Authorship, Authority, and the Playhouse*. Routledge, 2006.

Jude, Morgan, *The Secret Life of William Shakespeare*. HEADLINE REVIEW, 2012.

Kastan, David Scott, *Shakespeare and the Book*. Cambridge University Press, 2001.

Kay, Dennis, *Shakespeare: His Life, Work and Era*. Sidgwick & Jackson, 1992.

Kirsch, Arthur C., *Shakespeare and the Experience of Love*. Cambridge University Press, 1981.

Knight, W. Nicholas, *Autobiography in Shakespeare's Plays: Lands So By His Father Lost*. Lang, P., 2002.

Kozuka, Takashi; Mulryne, J. R., *Shakespeare, Marlowe, Jonson: New Directions in Biography*. Ashgate, 2006.

Kuiper, Kathleen, *The Life and Times of William Shakespeare*. Rosen Education Service, 2012.

Lake, James H. "Psychobiography and Pseudo - Shakespeare." *The English Journal*, Vol. 72, No. 7, 1983, pp. 70-72.

Leahy, William eds., *Shakespeare and His Authors: Critical Perspectives on the Authorship Question*. Continuum, 2010.

Lee, Sidney, *A Life of William Shakespeare*. Cambridge University Press, 2012.

Loughnane, Rory; Power, Andrew J., *Early Shakespeare*, 1588-1594. Cambridge University Press, 2020.

Marino, James J., *Owning William Shakespeare: The King's Men and Their Intellectual Property*. University of Pennsylvania Press, 1988.

Matus, Irvin, *Shakespeare, in Fact*. Continuum, 1994.

McCrea, Scott, *The Case for Shakespeare: The end of the Authorship Question*. Praeger, 2005.

McMillin, Scott, *The First Quarto of Othello*. Cambridge University Press, 2001.

McMullan, Gordon, *Shakespeare and the Idea of Late Writing: Authorship in the Proximity of Death*. Cambridge University Press, 2008.

Melsome, William Stanley, *The Bacon-Shakespeare Anatomy*. R. F. Moore Co., 1950.

Mulryne, J. R., Kozuka, Takashi, *Shakespeare, Marlowe, Jonson: New Directions in Biography*. Routledge, 2006.

Nicholl, Charles, *The Lodger Shakespeare: His Life on Silver Street*. Penguin, 2007.

O'Connor, Garry, *William Shakespeare: A Life*. Hodder & Stoughton, 1991.

Ogburn, Charlton, *The Mysterious William Shakespeare: The Myth and the Reality*. Dodd, Mead, 1984.

Palmer, Alan, and Palmer, Veronica, *Who's Who in Shakespeare's England*. St. Martain, 1999.

Payne, Robert, *By Me, William Shakespeare*. Everest House, 1980.

Pearson, Hesketh, *A Life of Shakespeare*. Penguin, 1942.

Pembroke, L. E., *William and Susanna: Shakespeare's Family Secrets*. Lothian Custom Publishing, 2016.

Pogue, Kate Emery, *Shakespeare's Education: How Shakespeare Learned to Write*. America Star Books, 2014.

Pogue, Kate Emery, *Shakespeare's Family*. Praeger, 2008.

Pogue, Kate Emery, *Shakespeare's Friends*. Praeger, 2006.

Potter, Lois, *Life of William Shakespeare: A Critical Biography*. Wiley-

Blackwell, 2012.

Price, Diana, *Shakespeare's Unorthodox Biography: New Evidence of An Authorship Problem*. Shakespeare-authorship. com, 2013.

Quennell, Peter, *Shakespeare, A Biography*. World, 1963.

Rasmussen, Eric, *The Shakespeare Thefts: in Search of the First Folios*. Palgrave Macmillan, 2011.

Reynolds, Bryan; West, William N., *Rematerializing Shakespeare : Authority and Representation on the Early Modern English Stage*. Palgrave Macmillan Limited, 2005.

Roe, Richard Paul, *The Shakespeare Guide to Italy: Retracing the Bard's Unknown Travels*. Harper Perennial, 2011.

Rowse, A. L., *William Shakespeare: A Biography*. Palgrave Macmillan UK, 1963.

Sams, Eric, *The Real Shakespeare: Retrieving the Early Years*, 1564–1594. Yale University Press, 1995.

Scheil, Katherine West, *Imagining Shakespeare's Wife: the Afterlife of Anne Hathaway*. Cambridge University Press, 2018.

Schoenbaum, Samuel, *Shakespeare's Lives (New Edition)*. Clarendon press, 1991.

Schoenbaum, Samuel, *William Shakespeare: A Compact Documentary Life*. Oxford: Oxford University Press, 1977.

Schoenbaum, Samuel, *William Shakespeare: Records and Images*. Oxford University Press, 1981.

Shapiro, James, *A Year in the Life of William Shakespeare*: 1599. Harper-Collins Publishers, 2005.

Shapiro, James, *Contested Will: Who Wrote Shakespeare*? Simon and Schuster, 2010.

Shapiro, James, *The Year of Lear: Shakespeare in* 1606. Simon Schuster, 2015.

Spurgeon, Caroline, *Shakespeare's Imagery, and What It Tells Us*. Cambridge University Press, 1966.

Stott, Andrew McConnell, *What Blest Genius?: The Jubilee That Made*

Shakespeare. W. W. Norton Company, 2019.

Taylor, Gary; Egan, Gabriel, *The New Oxford Shakespeare: Authorship Companion*. Oxford University Press, 2017.

Thompson, Peter, *Shakespeare's Professional Career*. Cambridge Univrsity Press, 1992.

Twain, Mark, *Is Shakespeare Dead?*. Alma Classics, 2017.

Vickers, Brian, *Counterfeiting Shakespeare: Evidence, Authorship, and John Ford's Funerall Elegye*. Cambridge University Press, 2002.

Wagner, John A., *Voices of Shakespeare's England: Contemporary Accounts of Elizabethan Daily Life*. Greenwood, 2010.

Walker, John Lewis, *Shakespeare and the Classical Tradition: An Annotated Bibliography*, 1961-1991. Routledge, 2002.

Waugaman, Richard M., "An unpublished letter by Sigmund Freud on the Shakespeare authorship question." *Scandinavian Psychoanalytic Review*, Vol. 39, Issue 2, 2016, pp. 148-151.

Wearing, J. P., *The Shakespeare Diaries: A Fictional Autobiography*. Santa Monica Press, 2007.

Weis, René, *Shakespeare Revealed: a Biography*. John Murray, 2007.

Wells, Stanley, *Shakespeare for All Time*. Oxford University Press, 2003.

Whalen, Richard F., *Shakespeare—Who Was He? The Oxford Challenge to the Bard of Avon*. Praeger, 1994.

Will, Fowler, *Shakespeare: His Life and Plays*. Pearson Education Limited, 2008.

Wilson, Ian, *Shakespeare, the Evidence: Unlocking the Mysteries of the Man and His Work*. St. Martin's Press, 1994.

Wilson, Ian, *Shakespeare: The Evidence. Unlocking the Mysteries of the Man and His Work*. New York: St Martin's Griffin, 1993.

Wilson, J. Dover, *The Essential Shakespeare: A Biographical Adventure*. Cambridge University Press, 1932.

Wilson, John Dover, *Life in Shakespeare's England: A Book of Elizabethan Prose*. 2nd ed., Cambridge University Press, 2009.

Wood, Michael, *In Search of Shakespeare*. BBC Books, 2007.

二　莎士比亚与戏剧表演、舞台与剧院研究

Adler, Steven, *Rough Magic: Making Theatre At the Royal Shakespeare Company. Southern Illinois University Press*, 2001.

Aebischer, Pascale, *Shakespeare, Spectatorship and the Technologies of Performance*. Cambridge: Cambridge University Press, 2020.

Aebischer, Pascale, *Shakespeare's Violated Bodies: Stage and Screen Performance*. Cambridge University Press, 2004.

Aebischer, Pascale; Esche, Edward J. ; Wheale, Nigel, Remaking *Shakespeare: Performance Across Media, Genres, and Cultures*. Palgrave Macmillan, 2003.

Albright, Daniel, *Musicking Shakespeare: a Conflict of Theatres*. University of Rochester Press, 2007.

Arnold, Oliver, *The Third Citizen: Shakespeare's Theater and the Early Modern House of Commons*. Johns Hopkins University Press, 2007.

Astington, John H., *Actors and Acting in Shakespeare's Time: The Art of Stage Playing*. Cambridge University Press, 2010.

Badir, Patricia; Yachnin, Paul Edward, *Shakespeare and the Cultures of Performance*. Ashgate, 2007.

Banks, Fiona, *Shakespeare: Actors and Audiences*. Bloomsbury USA Academic, 2018.

Barnden, Sally, *Still Shakespeare and the Photography of Performance*. Cambridge University Press, 2019.

Bartholomeusz, Dennis, The winter's tale *In Performance in England and America*, 1611-1976. Cambridge University Press, 1982.

Bate, Jonathan, *Shakespearean Constitutions: Politics, Theatre, Criticism*, 1730-1830. Oxford University. Press, 1989.

Bentley, Gerald Eades, *The Profession of Player in Shakespeare's time*, 1590-1642. Princeton University. Press, 1984.

Bevington, David, *This Wide and Universal Theater: Shakespeare in Performance, Then and Now*. University of Chicago Press, 2007.

Bishop, T. G., *Shakespeare and the Theatre of Wonder*. Cambridge University Press, 1996.

Boland-Taylor, Sara, *Conversations With Shakespeare: Three Contemporary Adaptations for the Stage*. Diss. University of Illinois, 2012.

Boose, Lynda E., Burt, Richard eds., *Shakespeare, The Movie: Popularizing the Plays on Film, TV, and Video*. Routledge, 1997.

Bradbrook, M. C., *Shakespeare in His Context: The Constellated Globe*. Barnes & Noble Bks., 1989.

Brennan, Anthony, *Onstage and Offstage Worlds in Shakespeare's Plays*. Routledge, 1989.

Brockbank, Philip ed., *Players of Shakespeare: Essays in Shakespearean Performance*. Cambridge University Press, 1985.

Brown, John Russell, *Shakespeare and the Theatrical Event*. Palgrave, 2002.

Brown, John Russell, *Shakespeare Dancing: A Theatrical Study of the Plays*. New York: Palgrave Macmillan, 2005.

Bruster, Douglas, *Drama and the Market in the Age of Shakespeare*. Cambridge University Press, 1992.

Bulman, James C., *The Oxford Handbook of Shakespeare and Performance*. Oxford University Press, 2017.

Butler, Colin, *The Practical Shakespeare: The Plays in Practice and on the Page*. Ohio University Press, 2005.

Callaghan, Dympna, *Shakespeare Without Women: Representing Gender and Race on the Renaissance Stage*. Routledge, 2000.

Cantoni, Vera, *New Playwriting at Shakespeare's Globe*. Bloomsbury USA Academic, 2017.

Chambers, Colin, *Inside the Royal Shakespeare Company: Creativity and the Institution*. Routledge, 2004.

Cobb, Christopher J., *The Staging of Romance in Late Shakespeare: Text and Theatrical Technique*. University of Delaware Press, 2007.

Cohen, Robert, *Shakespeare on Theatre*. Routledge, 2015.

Collyer, Abrams, *Perspectives on Shakespeare in Performance*. Peter Lang, 2000.

Conkie, Rob, *Writing Performative Shakespeares: New Forms for Performance Criticism*. Cambridge University Press, 2016.

Coursen, Herbert R., *Shakespeare Translated: Derivatives On Film And TV*. Peter Lang, 2005.

Coursen, Herbert R., *Shakespearean Performance As Interpretation*. University of Del. Press, 1992.

Curry, Julian, *Shakespeare on Stage: Thirteen Leading Actors on Thirteen Key Roles*. Nick Hern Books, 2010.

Dessen, Alan C. "Staging Shakespeare's History Plays in 1984: A Tale of Three Henrys." *Shakespeare Quarterly*, Vol. 36, No. 1, 1985, pp. 71-79.

Dickson, Vernon Guy, *Emulation on the Shakespearean stage*. Ashgate, 2013.

Dobson, Michael, *Performing Shakespeare's Tragedies Today: The Actor's Perspective*. Cambridge University Press, 2006.

Dobson, Michael, *Shakespeare and Amateur Performance: A Cultural History*. Cambridge: Cambridge University Press, 2011.

Dustagheer, Sarah, *Shakespeare's Two Playhouses: Repertory and Theatre Space at the Globe and the Blackfriars*, 1599 - 1613. Cambridge University Press, 2017.

Dutton, Richard, *Shakespeare, Court Dramatist*. Oxford University Press, 2016.

Esche, Edward J., *Shakespeare and His Contemporaries in Performance*. Ashgate, 2000.

Escolme, Bridget, *Talking to the Audience: Shakespeare, performance, self*. Routledge, 2005.

Everett, June; Langley, Andrew, *Shakespeare's Theatre*. Oxford University Press, 1999.

Flachmann, Michael, *Shakespeare in Performance: Inside the Creative Process*. University of Utah Press, 2011.

Floyd - Wilson, Mary, *Occult Knowledge, Science, and Gender on the Shakespearean stage*. Cambridge University Press, 2013.

Fontane, Theodor, *Shakespeare in the London Theatre* 1855 - 58. The

Society for Theatre Research, 1999.

Foulkes, Richard, *Performing Shakespeare in the Age of Empire*. Cambridge University Press, 2002.

Foulkes, Richard, *Shakespeare and the Victorian Stage*. Cambridge University Press, 1986.

France, Richard, *Orson Welles on Shakespeare: the W. P. A. and Mercury Theatre Playscripts*. Routledge, 20010.

Gamboa, Brett William, *Shakespeare in 3D: The Depth, Dimensionality and Doubling of Shakespeare's Actors*. DISS. Harvard University, 2010.

Gielgud, John; Miller, John, *Acting Shakespeare*. Scribner, 1992.

Grote, David, *The Best Actors in the World: Shakespeare and his Acting Company*. Greenwood Press, 2002.

Gurr, Andrew, *Playgoing in Shakespeare's London*. Cambridge University Press, 1987.

Gurr, Andrew, *Shakespeare's Opposites: the Admiral's Company*, 1594－1625. Cambridge University Press, 2009.

Gurr, Andrew, *Shakespeare's Workplace: Essays on Shakespearean Theatre*. Cambridge University Press, 2017.

Gurr, Andrew, *The Shakespeare Company*, 1594－1642. Cambridge University Press, 2004.

Gurr, Andrew, *The Shakespearean Stage*, 1574－1642. Cambridge University Press, 2008.

Gurr, Andrew, *The Shakespearian Playing Companies*. Oxford University Press, 1996.

Gurr, Andrew; Karim-Cooper, Farah, *Moving Shakespeare Indoors: Performance and Repertoire in the Jacobean Playhouse*. Cambridge University Press, 2014.

Halio, Jay L., *Understanding Shakespeare's Plays in Performance*. Manchester University Press, 1988.

Hall, Peter, *Shakespeare's Advice to the Players*. Oberon, 2003.

Hartley, Andrew James, *Shakespeare on the University Stage*. Cambridge University Press, 2014.

Hartley, Andrew James, *The Shakespearean Dramaturg: A Theoretical and Practical Guide*. Palgrave Macmillan, 2005.

Heller, Steven, Ilić, Mirko, *Presenting Shakespeare*. Princeton Architectural Press, 2015.

Higbee, Helen, Weimann, Robert; West, William, *Author's Pen and Actor's Voice: Playing and Writing in Shakespeare's Theatre*. Cambridge University Press, 2000.

Hill, Errol, *Shakespeare in Sable: a History of Black Shakespearean Actors*. University of Mass. Press, 1984.

Hodgdon, Barbara, *Shakespeare, Performance and the Archive*. Routledge, 2016.

Hodgdon, Barbara, Worthen, W. B., *A Companion to Shakespeare and Performance*. Wiley-Blackwell, 2007.

Hodgdon, Barbara. "Absent Bodies, Present Voices: Performance Work and the Close of 'Romeo and Juliet' 's Golden Story." *Theatre Journal*, Vol. 41, No. 3, 1989, pp. 341-359.

Höfele, Andreas, *Stage, Stake, And Scaffold: Humans and Animals in Shakespeare's Theatre*. Oxford University Press, 2011.

Holland, Peter, *English Shakespeares: Shakespeare on the English Stage in the* 1990*s*. Cambridge University Press, 1997.

Holland, Peter, *Shakespeare, Memory and Performance*. Cambridge University Press, 2006.

Homan, Sidney, *Directing Shakespeare: a Scholar Onstage*. Ohio University Press, 2004.

Howard, Jean E., *Shakespeare's Art of Orchestration: Stage Technique and Audience Response*. University of Illinois Press, 1984.

Howard, Tony, *Women as Hamlet: Performance and Interpretation in Theatre, Film and Fiction*. Cambridge University Press, 2007.

Huang, Alexa. "Shakespearean Performance as a Multilingual Event: Alterity, Authenticity, Liminality." *Interlinguicity, Internationality, and Shakespeare*. edited by MICHAEL SAENGER, McGill-Queen's University Press, 2014, pp. 190-208.

Huang, Alexander, "Global Shakespeare 2.0 and the Task of the Performance Archive." *Shakespeare Survey*, Vol. 64, 2011, pp. 38-51.

Ichikawa, Mariko; Gurr, Andrew, *Staging in Shakespeare's Theatres*. Oxford University Press, 2000.

Jarrett-Macauley, Delia, *Shakespeare, Race and Performance: the Diverse Bard*. Routledge, 2016

Kanelos, Peter; Buccola, Regina, *Chicago Shakespeare Theater: Suiting the Action to the Word*. Northern Illinois University Press, 2012.

Karim-Cooper, Farah, Stern, Tiffany eds., *Shakespeare's Theatres and the Effects of Performance*. London: Bloomsbury, 2013.

Karim-Cooper, Farah; Carson, Christie, *Shakespeare's Globe: A Theatrical Experiment*. Cambridge University Press, 2008.

Keenan, Siobhan, *Acting Companies and Their Plays in Shakespeare's London*. London, New Delhi, New York, Sydney: Bloomsbury, 2014.

Kennedy, Dennis, *Looking at Shakespeare: A Visual history of Twentieth-century Performance*. Cambridge University Press, 2001.

Kermode, Frank, The age of Shakespeare. Modern Library, 2004.

Kiefer, Frederick, *Shakespeare's Visual Theatre: Staging the Personified Characters*. Cambridge University Press, 2003.

Kiernan, Pauline, *Staging Shakespeare At the new Globe*. St. Martin's Press, 1999.

King, T. J., *Casting Shakespeare's Plays: London Actors and Their Roles*, 1590-1642. Cambridge University Press, 1992.

Kinney, Arthur F., *Shakespeare by Stages: An Historical Introduction*. Blackwell Pub, 2003.

Knight, Rhonda; Castaldo, Annalisa, *Stage Matters: Props, Bodies, And Space in Shakespearean Performance*. Fairleigh Dickinson University Press, 2018.

Knutson, Roslyn Lander, *Playing Companies and Commerce in Shakespeare's Time*. Cambridge University Press, 2001.

Kottman, Paul A., *Tragic Conditions in Shakespeare: Disinheriting the Globe*. Johns Hopkins University Press, 2009.

Laoutaris, Chris, *Shakespeare and the Countess: The Battle That Gave*

Birth to the Globe. W. W. Norton & Co. Inc., 2015.

Laroque, Francois, *Shakespeare's Festive World: Elizabethan Seasonal Entertainment and the Professional Stage*. Cambridge University Press, 1991.

Lennox, Patricia, Mirabella, Bella, *Shakespeare and Costume*. Bloomsbury Arden Shakespeare, 2015.

Levin, Richard A., *Shakespeare's Secret Schemers: The Study of an Early Modern Dramatic Device*. University of Delaware Press, Associated University Presses, 2001.

Lin, Erika T., *Shakespeare and the Materiality of Performance*. Palgrave Macmillan, 2012.

Lomax, Marion, *Stage Images and Traditions: Shakespeare to Ford*. Cambridge University Press, 1987.

Loney, Glenn Meredith, *Staging Shakespeare: Seminars on Production Problems*. Garland, 1990.

Lopez, Jeremy. "Shakespeare and Middleton at the RSC and in London, 2008." *Shakespeare Quarterly*, Vol. 60, No. 3, 2009, pp. 348-365.

Lupton, Julia Reinhard, *Shakespeare Dwelling: Designs for the Theater of Life*. University of Chicago Press, 2018.

Mahood, M. M., *Bit Parts in Shakespeare's Plays*. Cambridge University Press, 1993.

Mahood, M. M., *Playing Bit Parts in Shakespeare*. Routledge, 1998.

Mariko Ichikawa, *The Shakespearean Stage Space*. Cambridge University Press, 2013.

Massai, Sonia, *World-Wide Shakespeares: Local Appropriations in Film and Performance*. Routledge, 2006.

McLuskie, Kathleen, Bristol, Michael D., *Shakespeare and Modern theatre: the Performance of Modernity*. Routledge, 2001.

Meagher, John C., *Pursuing Shakespeare's Dramaturgy: Some Contexts, Resources, and Strategies in his Playmaking*. Fairleigh Dickinson University Press, Associated University Presses, 2003.

Meagher, John C., *Shakespeare's Shakespeare: How the Plays Were Made*. Continuum, 1997.

Menon, Madhavi, *Unhistorical Shakespeare: Queer Theory in Shakespearean Literature and Film*. Palgrave Macmillan, 2008.

Nelsen, Paul; Schlueter, June, *Acts of Criticism: Performance Matters in Shakespeare and His Contemporaries*. Fairleigh Dickinson University Press, 2006.

Noble, Adrian, *How to do Shakespeare*. Routledge, 2010.

Occhiogrosso, Frank, *Shakespeare in Performance: A Collection of Essays*. University of Del. Press, 2003.

Orgel, Stephen, *The authentic Shakespeare, and Other Problems of the Early Modern Stage*. Routledge, 2002.

Orrell, John; Gurr, Andrew, *Rebuilding Shakespeare's Globe*. Routledge, 1989.

Pangallo, Matteo A., *Playwriting Playgoers in Shakespeare's Theater*. University of Pennsylvania Press, 2017.

Paul, J. Gavin, *Shakespeare and the Imprints of Performance*. Palgrave Macmillan, 2014.

Prescott, Paul, *Reviewing Shakespeare: Journalism and Performance From the Eighteenth Century to the Present*. Cambridge University Press, 2013.

Ray, Sid; Loomis, Catherine, *Shaping Shakespeare for Performance: The Bear Stage*. Fairleigh Dickinson University Press, 2015.

Reynolds, Bryan, West, William N., *Rematerializing Shakespeare: Authority and Representation on the Early Modern English Stage*. Palgrave Macmillan Limited, 2005

Reynolds, Paige, *Performing Shakespeare's Women: Playing Dead*. Bloomsbury Publishing Plc, 2019.

Richmond, Hugh M., *Shakespeare's Theatre: A Dictionary of His Stage Context*. Continuum, 2002.

Rivier, Estelle, Brown, Eric C., *Shakespeare in Performance*. Cambridge Scholars Publishing, 2013.

Rutter, Tom, *Shakespeare and the Admiral's Men: Reading Across Repertories on the London Stage*, 1594-1600. Cambridge University Press, 2016.

Rutter, Tom, *Work and Play on the Shakespearean Stage*. Cambridge University Press, 2008.

Schalkwyk, David, *Speech and Performance in Shakespeare's Sonnets and Plays*. Cambridge University Press, 2002.

Scheil, Katherine West, *The Taste of the Town: Shakespearian Comedy and the Early Eighteenth-century Theater*. Bucknell University. Press, 2003.

Schoch, Richard W., *Shakespeare's Victorian Stage: Performing History in the Theatre of Charles Kean*. Cambridge University Press, 1998.

Sheen, Erica, *Shakespeare and the Institution of Theatre: The Best in This Kind*. Palgrave Macmillan, 2009.

Shurgot, Michael W., *Stages of Play: Shakespeare's Theatrical Energies in Elizabethan Performance*. University of Del. Press, 1998.

Sohmer, Steve, *Shakespeare's Mystery Play: The Opening of the Globe Theatre* 1599. Manchester University Press, Distributed in the USA by St. Martin's Press, 1999.

Stern, Tiffany, *Rehearsal From Shakespeare to Sheridan*. Oxford University Press, 2000.

Syme, Holger Schott, *Theatre and Testimony in Shakespeare's England: a Culture of Mediation*. Cambridge University Press, 2012.

Thomson, Peter, *Shakespeare's Theatre*. Routledge & Kegan Paul, 1983.

Trewin, J. C., *Five & Eighty Hamlets*. New Amsterdam Bks., 1989.

Tribble, Evelyn B., *Cognition in the Globe: Attention and Memory in Shakespeare's Theatre*. Palgrave Macmillan, 2011.

Tribble, Evelyn, *Early Modern Actors and Shakespeare's Theatre: Thinking With the Body*. Bloomsbury USA Academic, 2017.

Tucker, Patrick, *Secrets of Acting Shakespeare: the Original Approach*. Routledge & Theatre Arts Book, 2002.

Wagner, Matthew D., *Shakespeare, Theatre, And Time*. Routledge, 2011.

Warren, Roger, *Staging Shakespeare's Late Plays*. Oxford University Press, 1990.

Weimann, Robert, & Bruster, Douglas, *Shakespeare and the Power of Performance: Stage and Page in the Elizabethan Theatre*. Cambridge: Cambridge University Press, 2008.

Weimann, Robert, *Shakespeare and the Popular Tradition in the Theater:*

Studies in the Social Dimension of Dramatic Form and Function. Johns Hopkins University Press, 1987.

Weimann, Robert. "Representation and Performance: The Uses of Authority in Shakespeare's Theater." *PMLA*, Vol. 107, No. 3, 1992, pp. 497-510.

Wells, Stanley & Stanton, Sarah eds., *The Cambridge Companion to Shakespeare on Stage*. Cambridge: Cambridge University Press, 2002.

Wells, Stanley, *Shakespeare in the Theatre: An Anthology of Criticism*. Oxford University Press, 1997.

White, Paul Whitfield; Westfall, Suzanne R., *Shakespeare and Theatrical Patronage in Early Modern England*. Cambridge University Press, 2002.

Wiles, David, *Shakespeare's Clown: Actor and Text in the Elizabethan Playhouse*. Cambridge University Press, 1987.

Wilson, Jean, *The Archaeology of Shakespeare: the Material Legacy of Shakespeare's Theatre*. Sutton, 1995.

Wilson, Richard, *Secret Shakespeare: Studies in Theatre, Religion and Resistance*. Manchester University Press, 2004.

Worster, David. "Performance Options and Pedagogy: 'Macbeth.'" *Shakespeare Quarterly*, Vol. 53, No. 3, 2002, pp. 362-378.

Worthen, W. B., *Shakespeare and the Force of Modern Performance*. Cambridge: Cambridge University Press, 2003.

Worthen, W. B., *Shakespeare Performance Studies*. Cambridge: Cambridge University Press, 2014.

Worthen, William B., *Shakespeare and the Authority of Performance*. Cambridge University Press, 1988.

Wyver, John, *Screening the Royal Shakespeare Company*. The Arden Shakespeare, 2019.

Yachnin, Paul, Slights, Jessica, *Shakespeare and Character: Theory, History, Performance and Theatrical Persons*. Palgrave, 2009.

Zimmerman, Susan, *The Early Modern Corpse and Shakespeare's Theatre*. Edinburgh University, 2005.

三 莎士比亚传播、影响与改编研究

Andrews, John F., *William Shakespeare: His World, His Work, His Influence*, 3*v*. Scribner, 1985.

Bassi, Shaul, *Shakespeare's Italy & Italy's Shakespeare: Place, "Race," Politics*. Palgrave Macmillan, 2016.

Berry, Edward, "Teaching Shakespeare in China." *Shakespeare Quarterly*, Vol. 39, No. 2, 1988, pp. 212-216.

Bennett, Susan; Carson, Christie, *Shakespeare Beyond English: A Global Experiment*. Cambridge University Press, 2013.

Berkowitz, Joel, *Shakespeare on the American Yiddish Stage*. University of Iowa Press, 2002.

Berlin, Normand, *O'Neill's Shakespeare*. University of Mich. Press, 1993.

Brayne, Mark, "A Watershed Event: China's Shakespeare Festival." *Foreign Language Teaching and Research*, Issue 2, 1986, pp. 45-46.

Bristol, Michael D., *Shakespeare's America, America's Shakespeare*. Routledge, 1990.

Brockbank, J. Philip, "Shakespare Renaissance in China." *Shakespeare Quarterly*, Vol. 39, No. 2, 1988, pp. 195-204.

Brown, John Russel, *New Sites for Shakespeare: Theatre, The Audience, And Asia*. Routledge, 1999.

Calbi, Maurizio, *Spectral Shakespeares: Media Adapations in the Twenty-First Century*. Palgrave Macmillan, 2013.

Cooper, Roberta Krensky, *The American Shakespeare Theatre, Stratford* 1955-1985. Folger Books, Associated University Press, 1986.

D'Amico, Jack, *Shakespeare and Italy: The City and the Stage*. University Press of Florida, 2001.

Dash, Irene G., *Shakespeare and the American Musical*. Indiana University Press, 2010.

Dessen, Alan C., *Rescripting Shakespeare: The Text, The Director, And Modern Productions*. Cambridge University Press, 2002.

Dionne, Craig, Kapadia, Parmita, *Native Shakespeares: Indigenous Ap-*

propriations on a Global Stage. Ashgate, 2008.

Dionne, Craig, Kapadia, Parmita, *Bollywood Shakespeares*. Palgrave Macmillan, 2014.

Dobson, Michael, *The Making of the National Poet: Shakespeare, Adaptation and Authorship*, 1660－1769. Oxford University Press, 1992.

Dromgoole, Dominic, *Hamlet Globe to Globe: Two Years*, 190, 000 *Miles*, 197 *Countries*, *One Play*. Grove Press, 2017.

Fazel, Valerie M., Geddes, Louise, *Shakespeare User: Critical and Creative Appropriations in a Networked*. Palgrave Macmillan, 2017.

Fischlin, Daniel, *OuterSpeares: Shakespeare, Intermedia, And the Limits of Adaptation*. University of Toronto Press, 2014.

Fischlin, Daniel, Fortier, Mark, *Adaptations of Shakespeare: A Critical Anthology of Plays From the Seventeenth Century to the Present*. Routledge, 2000.

Fujita, Minoru, Pronko, Leonard, *Shakespeare East and West*. St. Martin's Press, 1996.

Gager, Valerie L., *Shakespeare and Dickens: The Dynamics of Influence*. Cambridge University Press, 1995.

Gregor, Keith, *Shakespeare in the Spanish Theatre: 1772 to the Present*. Continuum, 2010.

Guntner, J. Lawrence; McLean, Andrew M. ed., *Redefining Shakespeare: Literary Theory and Theater Practice in the German Democratic Republic*. University of Del. Press, 1998.

Hanna, Sameh, *Bourdieu in Translation Studies: The Socio－cultural Dynamics of Shakespeare Translation in Egypt*. Routledge, 2016.

Hansen, Adam, Wetmore, Kevin J., *Shakespearean Echoes*. Palgrave Macmillan, 2015.

Henderson, Diana E., *Collaborations With the Past: Reshaping Shakespeare Across Time and Media*. Cornell University Press, 2006.

Hodgdon, Barbara, *The Shakespeare Trade: Performances and Appropriations*. University of Pennsylvania Press, 1998.

Hoenselaars, A. J., *Shakespeare's History Plays: Performance, Translation and Adaptation in Britain and Abroad*. Cambridge University Press, 2004.

Holderness, Graham, *Tales from Shakespeare: Creative Collisions*. Cambridge University Press, 2014.

Honigmann, E. A. J., *Shakespeare's Impact on His Contemporaries*. Barnes & Noble Bks., 1982.

Hortmann, Wilhelm; Hamburger, Michael, *Shakespeare on the German Stage: The Twentieth Century*. Cambridge University Press, 1998.

Huang, Alexa; Rivlin, Elizabeth ed., *Shakespeare and the Ethics of Appropriation*. Palgrave Macmillan US, 2014.

Huang, Alexander C. Y., *Chinese Shakespeares: Two Centuries of Cultural Exchange*. Columbia University Press, 2009.

Hulme, Peter; Sherman, William H., *The Tempest and Its Travels*. University of Pennsylvania Press, 2000.

International Shakespeare Association, *Shakespeare and His Contemporaries: Eastern and Central European Studies*. University of Del. Press, 1993.

Jansohn, Christa; Fotheringham, Richard; White, R. S., *Shakespeare's World/world Shakespeares: The Selected Proceedings of the International Shakespears Association World Congress*. University of Delaware Press, 2008.

Johnson, David, *Shakespeare and South Africa*. Clarendon Press, Oxford University Press, 1996.

Kawachi, Yoshiko, *Japanese Studies in Shakespeare and His Contemporaries*. University of Del. Press, 1998.

Kennedy, Dennis, *Foreign Shakespeare: Contemporary Performance*. Cambridge University Press, 1993.

Kennedy, Dennis; Yong Li Lan, *Shakespeare in Asia: Contemporary Performance*. Cambridge University Press, 2010.

Kidnie, Margaret Jane, *Shakespeare and the Problem of Adaptation*. Routledge, 2008.

Kirwan, Peter; Depledge, Emma, *Canonising Shakespeare: Stationers and the Book Trade*, 1640–1740. Cambridge University Press, 2017.

Knowles, Richard Paul, *Shakespeare and Canada: Essays on Production, Translation, And Adaptation*. P. I. E. –Peter Lang, 2004.

Knowles, Richard Paul, *The Shakespeare's Mine: Adapting Shakespeare in*

Anglophone Canada. Playwrights Canada Press, 2009.

Knutson, Susan, *Canadian Shakespeare*. Playwrights Canada Press, 2010.

Levith, Murry J., *Shakespeare in China*. London & New York: Continuum, 2004.

Lynch, Stephen J., *Shakespearean Intertextuality: Studies in Selected Sources and Plays*. Greenwood Press, 1998.

Makaryk, Irene Rima; Brydon, Diana, *Shakespeare in Canada: A World Elsewhere?* University of Toronto Press, 2002.

Marcus, Leah S., *How Shakespeare Became Colonial: Editorial Tradition and the British Empire*. Routledge, 2017.

Marrapodi, Michele, *Shakespeare and Renaissance Literary Theories: Anglo-Italian Transactions*. Ashgate, 2011.

Marrapodi, Michele, *Shakespeare and the Ltalian Renaissance: Appropriation, Transformation, Opposition*. Ashgate, 2015.

Marrapodi, Michele; Melchiori, Giorgio, *Ltalian Studies in Shakespeare and His Contemporaries*. University of Del. Press, 1999.

Marsden, Jean I., *The Appropriation of Shakespeare: Post-Renaissance Reconstructions of the Works and the Myth*. St. Martin's Press, 1992.

Marsden, Jean I., *The Re-imagined Text: Shakespeare, Adaptation, & Eighteenth-Century Literary Theory*. University Press of Kentucky, 1995.

Massai, Sonia, *World-Wide Shakespeares: Local Appropriations in Film and Performance*. Routledge, 2005.

McMullan, Gordon; Flaherty, Kate; Mead, Philip; Houlahan, Mark; Ferguson, Ailsa Grant, *Antipodal Shakespeare: Remembering and Forgetting in Britain, Australia and New Zealand*, 1916-2016. Bloomsbury Arden Shakespeare, 2018.

McMurtry, Jo, *Understanding Shakespeare's England: a Companion for the American Reader*. Archon Bks., 1989.

Minami, Ryuta; Carruthers, Ian; Gillies, John, *Performing Shakespeare in Japan*. Cambridge University Press, 2001.

Ney, Charles, *Directing Shakespeare in America: Current Practices*. Bloomsbury Arden Shakespeare, 2016.

Novy, Marianne, *Cross - Cultural Performances: Differences in Women's Re-Visions of Shakespeare*. University of Illinois Press, 1993.

O'Neill, Stephen, *Broadcast Your Shakespeare: Continuity and Change Across Media*. Bloomsbury USA Academic, 2017.

Panja, Shormishtha, Panja, Shormishtha; Saraf, Babli Moitra; Saraf, Babli Moitra, *Performing Shakespeare in India: Exploring Indianness, Literatures and Cultures*. SAGE, 2016.

Parfenov, Alexandr, Price, Joseph G. ed., *Russian Essays on Shakespeare and His Contemporaries*. University of Del. Press, 1998.

Parker, G. F., *Johnson's Shakespeare*. Oxford University Press, 1989.

Pemble, John, *Shakespeare Goes to Paris: How the Bard Conquered France*. Hambledon & London, 20050.

Purcell, Stephen, *Popular Shakespeare: Simulation and Subversion on the Modern Stage*. Palgrave Macmillan, 2009.

Quince, Rohan, *Shakespeare in South Africa: Stage Productions During the Apartheid Era*. Lang P., 2000.

Rawlings, Peter, *Americans on Shakespeare*, 1776-1914. Ashgate, 1999.

Rhu, Lawrence F., *Stanley Cavell's American Dream: Shakespeare, Philosophy, And Hollywood Movies*. Fordham University Press, 2006.

Ross, Charles S., Huang, Alexander C. Y., *Shakespeare in Hollywood, Asia, and Cyberspace*. Purdue University Press, 2009.

Santos, Rick J., Kliman, Bernice W., *Latin American Shakespeares*. Fairleigh Dickinson University Press, 2005.

Sawyer, Robert, Desmet, Christy, *Harold Bloom's Shakespeare*. Palgrave, 2002.

Sawyer, Robert, Desmet, Christy, *Shakespeare and Appropriation*. Routledge, 1999.

Schuman, Samuel, *Nabokov's Shakespeare*. Bloomsbury, 2014.

Shapiro, James, *Shakespeare in a Divided America: What His Plays Tell us About Our Past and Future*. Penguin Press, 2020.

Shapiro, James, *Shakespeare in America: An anthology From the Revolution to Now*. Literary Classics of the United States, Inc., 2014.

Shiffman, John, *Operation Shakespeare: The True Story of aA Elite iIternational Sting*. Simon & Schuster, 2014.

Shurbanov, Aleksandur; Sokolova, Boika, *Painting Shakespeare Red: An East-European Appropriation*. University of Delaware Press, Associated University Presses, 2001.

Sousa, Geraldo U. de., *Shakespeare's Cross - Cultural Encounters*. St. Martin's Press, 1999.

Stribrny, Zdenek, *Shakespeare and Eastern Europe*. Oxford University Press, 2000.

Studing, Richard, *Shakespeare in American Painting: A Catalogue From the Late Eighteenth Century to the Present*. Fairleigh Dickinson University. Press, 1993.

Sturgess, Kim C., *Shakespeare and the American Nation*. Cambridge University Press, 2004.

Tatlow, Antony, *Shakespeare, Brecht, And the Intercultural Sign*. Duke University Press, 2001.

Taylor, Gary, Jowett, John, *Shakespeare Reshaped*, 1606-1623. Clarendon Press, Oxford University Press, 1993.

Teague, Frances N., *Shakespeare and the American Popular Stage*. Cambridge University Press, 2006.

Thompson, Ayanna, *Passing strange: Shakespeare, Race, and Contemporary America*. Oxford University Press, 2011.

Trivedi, Poonam, Bartholomeusz, Dennis, *India's Shakespeare: Translation, Interpretation, and Performance*. University of Delaware Press, 2004.

Trivedi, Poonam; Minami Ryuta, *Re-playing Shakespeare in Asia*. Routledge, 2010.

Vaughan, Alden T., Vaughan, Virginia Mason, *Shakespeare in America*. Oxford University Press, 2012.

Viswanathan, S., Nagarajan, S., *Shakespeare in India*. Oxford University Press, 1987.

Williams, Simon, *Shakespeare on the German Stage*. Vol. 1: 1586-1914. Cambridge University Press, 1990.

Wilson-Lee, Edward, *Shakespeare in Swahililand: in Search of a Global Poet. Farrar, Straus & Giroux*, 2016.

四 莎士比亚理论研究

Bretzius, Stephen, *Shakespeare in Theory: The Postmodern Academy and the Early Modern Theater*. University of Michigan Press, 1997.

Bulman, James C., *Shakespeare, Theory, And Performance*. Routledge, 1996.

Cox, John D., *Shakespeare and the Dramaturgy of Power*. Princeton University. Press, 1989.

Danson, Lawrence, *Shakespeare's Dramatic Genres*. Oxford University Press, 2000.

Faas, Ekbert, *Shakespeare's Poetics*. Cambridge University Press, 1986.

Kastan, David Scott, *Shakespeare After Theory*. Routledge, 1999.

Kiernan, Pauline, *Shakespeare's Theory of Drama*. Cambridge University Press, 1996.

O'Rourke, James, *Retheorizing Shakespeare Through Presentist Readings*. Routledge, 2012.

Teague, Frances, *Acting Funny: Comic Theory and Practice in Shakespeare's plays*. Fairleigh Dickinson University Press, 1994.

Wells, Robin Headlam, *Shakespeare's Politics: A Contextual Introduction*. Continuum, 2009.

五 莎士比亚与大众传媒、新媒体研究

Best, Michael, "*The Internet Shakespeare Editions*: Scholarly Shakespeare on the Web", Shakespeare, Vol. 4, No. 3, 2008.

Best, Michael. "Shakespeare on the Internet and in Digital Media." *The Edinburgh Companion to Shakespeare and the Arts*, edited by Mark Thornton Burnett et al., Edinburgh: Edinburgh University Press, 2011, pp. 558-576.

Brusberg-Kiermeier, Stefani; Helbig, Jorg, *Shakespeare in the Media: From the Globe Theatre to the World Wide Web*. Peter Lang, 2004.

Burt, Richard eds., *Shakespeare After Mass Media*. Palgrave, 2002.

Burt, Richard eds., *Shakespeares After Shakespeare: An Encyclopedia of the Bard in Mass Media and Popular Culture*. Greenwood, 2006.

Carson, Christie, "Shakespeare and performance", *Shakespeare*, Vol. 4, No. 3, 2018.

Cavell, Richard. "Mediatic Shakespeare: McLuhan and the Bard." *Shakespeare and Canada: Remembrance of Ourselves*, edited by Irena R. Makaryk and Kathryn Prince, University of Ottawa Press, 2017, pp. 157-176.

Desmet, Christy. "Teaching Shakespeare with YouTube." *The English Journal*, Vol. 99, No. 1, 2009, pp. 65-70.

Donaldson, Peter S., "The Shakespeare Electronic Archive: Collections and multimedia tools for teaching and research, 1992-2008", *Shakespeare*, Vol. 4, No. 3, 2018.

Ehrlich, Jeremy, "Back to basics: Electronic pedagogy from the (virtual) ground up", *Shakespeare*, Vol. 4, No. 3, 2018.

Eric, Rasmussen, "Shakespeare's The Tempest, App for iPad", in Tom Bishop and Alexa Huang ed., *The Shakespearean International Yearbook: 14: Special Section, Digital Shakespeares*. Ashgate, 2014.

Galey, Alan, "Networks of Deep Impression: Shakespeare and the History of Information." *Shakespeare Quarterly*, Vol. 61, Issue 3, 2010, pp. 289-312.

Greenhalgh, Susanne, "Shakespeare and Radio." *The Edinburgh Companion to Shakespeare and the Arts*, edited by Mark Thornton Burnett et al., Edinburgh University Press, 2011, pp. 541-557.

Hett, Dorothy Marie. "Shakespeare Is Alive and Well in Cyberspace: An Annotated Bibliography." *The English Journal*, Vol. 92, No. 1, 2002, pp. 94-97.

Holland, Peter, Onorato, Mary, "Article Scholars and the Marketplace: Creating Online Shakespeare Collections", *Shakespeare*, Vol. 4, No. 3, 2018.

Hope, Jonathan, Witmore, Michael, "The Hundredth Psalm to the Tune of 'Green Sleeves': Digital Approaches to Shakespeare's Language of Genre", *Shakespeare Quarterly*, Volume 61, Issue 3, 2010.

Huang, Alexander C. Y. "Online Media Report: 'Global Shakespeares and Shakespeare Performance in Asia: Open-Access Digital Video Archives." *Asian Theatre Journal*, Vol. 28, No. 1, 2011, pp. 244-250.

MacLean, Sally-Beth, Somerset, Alan, "Shakespeare on the Road: Tracking the Tours with the REED Web Project." *College Literature*, Vol. 36, Issue 1, 2009, pp. 67-76.

Maher, Mary Z. "Hamlet's BBC Soliloquies." *Shakespeare Quarterly*, Vol. 36, No. 4, 1985, pp. 417-426.

Mueller, Martin, "Digital Shakespeare, or Towards a Literary Informatics", *Shakespeare*, Vol. 4, No. 3, 2018.

O'Dair, Sharon, " 'Pretty Much How the Internet Works', or, Aiding and Abetting the Deprofessionalization of Shakespeare Studies." *Shakespeare Survey*, Vol. 64, 2011, pp. 83-96.

O'Neill, Stephen, *Shakespeare and YouTube: New Media Forms of the Bard*. Bloomsbury Methuen Drama, 2014.

Osborne, Laurie E. "Clip Art: Theorizing the Shakespeare Film Clip." *Shakespeare Quarterly*, Vol. 53, No. 2, 2002, pp. 227-240.

O'Neill, Stephen, "YouTube, Shakespeare and the *Sonnets*: Textual Forms, Queer Erasures", in Tom Bishop and Alexa Huang ed., *The Shakespearean International Yearbook: 14: Special Section, Digital Shakespeares*. Ashgate, 2014.

Rumbold, Kate, "From 'Access' to 'Creativity': Shakespeare Institutions, New Media, and the Language of Cultural Value." *Shakespeare Quarterly*, Vol. 61, No. 3, 2010, pp. 313-336.

Smith Howard, Alycia, *Studio Shakespeare: The Royal Shakespeare Company at the Other Place*. Ashgate, 2006.

Straznicky, Marta, " 'A Stage for the Word': Shakespeare on CBC Radio, 1947-1955." *Shakespeare in Canada: A World Elsewhere?*, edited by Diana Brydon and Irena R. Makaryk, University of Toronto Press, 2002, pp. 92-107.

Thompson, Ayanna, "Unmooring the Moor: Researching and Teaching on YouTube." Shakespeare Quarterly, Vol. 61, Issue 3, 2010, pp. 337-356.

Versteeg, Robert. "A Multi-Media Production of 'Romeo and Juliet'."

Educational Theatre Journal, Vol. 21, No. 3, 1969, pp. 259-274.

六　文化视域中的莎士比亚研究

（一）莎士比亚与影视文化研究

Aebischer, Pascale, *Screening Early Modern Drama: Beyond Shakespeare*. Cambridge University Press, 2013.

Aldama, Frederick Luis, "Race, Cognition, and Emotion: Shakespeare on Film." *College Literature*, Vol. 33, Issue 1, 2006, pp. 197-213.

Anderegg, Michael A., *Cinematic Shakespeare*. Rowman & Littlefield, 2004.

Anderegg, Michael A., *Orson Welles, Shakespeare, And Popular Culture*. Columbia University Press, 1999.

Barnes, Jennifer, *Shakespearean Star: Laurence Olivier and NationalCcinema*. Cambridge University Press, 2017.

Bellamy, William, *Shakespeare's Verbal Art*, Cambridge Scholars Publishing, 2015.

Boose, Lynda E.; Burt, Richard eds., Shakespeare, *The Movie: Popularizing the Plays on Film, TV, And Video*. Routledge, 1997.

Brode, Douglas C., *Shakespeare in the Movies: From the Silent Era to Shakespeare in Love*. Oxford University Press, 2004.

Brown, John Russell, *The Routledge Companion to Directo' Shakespeare*. Routledge, 2008.

Buchanan, Judith, *Shakespeare on Film*. Routledge, 2005.

Buchanan, Judith, *Shakespeare on Silent Film: An Excellent Dumb Discourse*. Cambridge University Press, 2009.

Buchanan, Judith. "Shakespeare and Silent Film." In*The Edinburgh Companion to Shakespeare and the Arts*, edited by Burnett Mark Thornton, Streete Andrian, and Wray Ramdona, Edinburgh: Edinburgh University Press, 2011, pp. 467-83.

Buchman, Lorne Michael, *Still in Movement: Shakespeare on Screen*. Oxford University Press, 1991.

Buhler, Stephen M., *Shakespeare in the Cinema: Ocular Proof*. State University of New York Press, 2002.

Bulman, James C. ; Coursen, Herbert R., *Shakespeare on Television: An Anthology of Essays and Reviews*. University Press of New England, 1988.

Burnett, Mark Thornton, *Filming Shakespeare in the Global Marketplace*. Houndmills: Palgrave Macmillan, 2007.

Burt, Richard; Boose, Lynda E., *Shakespeare, The Movie, II: Popularizing the Plays on Film, TV, Video, And DVD*. Routledge, 2003.

Camp, Gerald M., "Shakespeare on Film." *Journal of Aesthetic Education*, Vol. 3, No. 1, 1969, pp. 107–120.

Caroti, Simone, "Science Fiction, Forbidden Planet, and Shakespeare's *The Tempest*." *CLCWeb: Comparative Literature & Culture*, Vol. 6, Issue 1, 2004, pp. 1–12.

Cartmell, Deborah, *Interpreting Shakespeare on Screen*. St. Martin's Press, 2000.

Collick, John, *Shakespeare, Cinema, And Society*. Manchester University Press, 1989.

Coursen, H. R., *Shakespeare in Space: Recent Shakespeare Productions on Screen*. Peter Lang, 2002.

Coursen, Herbert R., *Shakespeare: The Two Traditions*. Fairleigh Dickinson University Press, 1999.

Crowl, Samuel, *Shakespeare and Film: A Norton Guide*. New York: Norton, 2008.

Crowl, Samuel, *Shakespeare Observed: Studies in Performance on Stage and Screen*. Ohio University Press, 1992.

Crowl, Samuel, *Shakespeare's Hamlet: the Relationship Between Text and Film*. Bloomsbury Arden Shakespeare, 2014.

Davies, Anthony, *Filming Shakespeare's Plays: The Adaptations of Laurence Olivier, Orson Welles, Peter Brook and Akira Kurosawa*. Cambridge University Press, 1990.

Donaldson, Peter Samuel, *Shakespearean Films/Shakespearean Directors*. Unwin Hyman, 1990.

Franek, Mark. "Producing Student Films: Shakespeare on Screen." *The*

English Journal, Vol. 85, No. 3, 1996, pp. 50-54.

Franssen, Paul, *Shakespeare's Literary Lives: The Author As Character in Fiction and Film*. Cambridge University Press, 2016.

French, Emma, *Selling Shakespeare to Hollywood: The Marketing of Filmed Shakespeare Adaptations From* 1989 *Into the New Millennium*. University of Hertfordshire Press, 2006.

Fuegi, John. "Explorations in No Man's Land: Shakespeare's Poetry as Theatrical Film." *Shakespeare Quarterly*, Vol. 23, No. 1, 1972, pp. 37-49.

Ghita, Lucian, "Bibliography for the Study of Shakespeare on Film in Asia and Hollywood." *CLCWeb: Comparative Literature and Culture*, Vol. 6. Issue. 1, 2004.

Griffin, Alice Venezky. "Shakespeare Through the Camera's Eye—Julius Caesar in Motion Pictures; Hamlet and Othello on Television." *Shakespeare Quarterly*, Vol. 4, No. 3, 1953, pp. 331-336.

Griffin, Alice. "Shakespeare Through the Camera's Eye: Ⅲ." *Shakespeare Quarterly*, Vol. 7, No. 2, 1956, pp. 235-240.

Guneratne, Anthony R., *Shakespeare, Film Studies and the Visual Cultures of Modernity*. Palgrave Macmillan, 2008.

Harold, Madd, *The Actor's Guide to Performing Shakespeare for Film, Television, and Theatre*. Lone Eagle, 2002.

Harrison, Keith, *Shakespeare, Bakhtin, And Film: A Dialogic Lens*. Palgrave Macmillan, 2017.

Hatchuel, Sarah, *Shakespeare, From Stage to Screen*. Cambridge: Cambridge University Press, 2004.

Hatchuel, Sarah., & Vienne - Guerrin, Nathalie. eds., *Shakespeare on Screen: The Tempest and Late Romances*. Cambridge: Cambridge University Press, 2017.

Henderson, Diana E. eds., *A Concise Companion to Shakespeare on Screen*. Blackwell Publishing, 2006.

Hindle, Maurice, *Studying Shakespeare on Film*. Palgrave Macmillan, 2007.

Howlett, Kathy M., *Framing Shakespeare on Film*. Ohio University

Press, 2000.

Huang, Alexander C. Y, "Shakespeare and the Visualization of Metaphor in Two Chinese Versions of *Macbeth*." *CLCWeb*: *Comparative Literature and Culture*, Vol. 6. Issue. 1, 2004.

Jackson, Russel, eds., *The Cambridge Companion to Shakespeare on Film*. Cambridge: Cambridge University Press, 2000.

Jackson, Russell, *Shakespeare and the English-Speaking Cinema*. Oxford University Press, 2014.

Jackson, Russell, *Shakespeare Films in the Making*: *Vision*, *Production and Reception*. Cambridge: Cambridge University Press, 2007.

Kennedy, Dennis, *Looking at Shakespeare*: *A Visual History of Twentieth-Century Performance*. Cambridge University Press, 1993.

Lehmann, Courtney, *Shakespeare Remains*: *Theater to Film*, *Early Modern to Postmodern*. Cornell University Press, 2002.

Lehmann, Courtney; Starks, Lisa S., *Spectacular Shakespeare*: *Critical Theory and Popular Cinema*. Fairleigh Dickinson University Press, 2002.

Lehmann, Courtney; Starks, Lisa S., *The Reel Shakespeare*: *Alternative Cinema and Theory*. Fairleigh Dickinson University Press, 2002.

Lin, Samantha Xin Ying, *Shakespeare and the Soundtrack*. Diss. Queen's University Belfast, 2016.

Melzer, Annabelle; Rothwell, Kenneth Sprague, *Shakespeare on Screen*: *An International Filmography and Videography*. Neal-Schuman, 1990.

Moeller, Victor, *Socrates Does Shakespeare*: *Seminars and Film*. Rowman & Littlefield Education, 2005.

Phillips, James E. " 'Julius Caesar': Shakespeare as a Screen Writer." *The Quarterly of Film Radio and Television*, Vol. 8, No. 2, 1953, pp. 125-130.

Pilkington, Ace G. "Shakespeare on the Big Screen, the Small Box, and in Between." *The Yearbook of English Studies*, Vol. 20, 1990, pp. 65-81.

Reitz-Wilson, Laura, "Race and Othello on Film." *CLCWeb*: *Comparative Literature and Culture*, Vol. 6. Issue. 1, 2004.

Rhu, Lawrence F., *Stanley Cavell's American Dream*: *Shakespeare*, *Phi-*

losophy, And Hollywood Moveis. New York: Fordham University Press, 2006.

Ross, Charles, "Introduction to Shakespeare on Film in Asia and Hollywood." *CLCWeb: Comparative Literature and Culture*, Vol. 6, Issue. 1, 2004.

Ross, Charles. "Underwater Women in Shakespeare Films." *CLCWeb: Comparative Literature and Culture*, Vol. 6. Issue. 1, 2004.

Rothwell, Kenneth Sprague, *A History of Shakespeare on Screen: A Century of Film and Television*. Cambridge University Press, 1999.

Sabatier, Armelle, *Shakespeare and Visual Culture*. Bloomsbury USA Academic, 2016.

Shaughnessy, Robert, *Shakespeare on Film*. St. Martin's Press, 1998.

Sillars, Sillars, *Shakespeare and the Visual Imagination*. Cambridge: Cambridge University Press, 2015.

Smith, Emma, *The Cambridge Guide to the Worlds of Shakespeare*. Cambridge: Cambridge University Press, 2012.

Stratyner, Leslie; Keller, James R., *Almost Shakespeare: Reinventing His Works for Cinema and Television*. McFarland & Co, 2004.

Styan, J. L. "Sight and Space: The Perception of Shakespeare on Stage and Screen." *Educational Theatre Journal*, Vol. 29, No. 1, 1977, pp. 18-28.

Thornton Burnett, Mark, *Shakespeare and World Cinema*. Cambridge: Cambridge University Press, 2012.

Wadsworth, Frank W. " 'Sound and Fury': King Lear on Television." *The Quarterly of Film Radio and Television*, Vol. 8, No. 3, 1954, pp. 254-268.

Wells, Stanley W.; Davies, Anthony, *Shakespeare and the Moving Image: The Plays on Film and Television*. Cambridge University Press, 1994.

Willis, Susan, *The BBC Shakespeare Plays: Making the Televised Canon*. University of N. C. Press, 1991.

Willson, Robert Frank, *Shakespeare in Hollywood*, 1929-1956. Fairleigh Dickinson University. Press, 2000.

Wray, Ramona; Burnett, Mark Thornton, *Screening Shakespeare in the Twenty-First Century*. Edinburgh University Press, 2006.

Young, Alan R., *Hamlet and the Visual Arts*, 1709–1900. University of Del. Press, 2002.

（二）莎士比亚与青年文化

Burdett, Lois, *A child's Portrait of Shakespeare*. Black Moss Press, 1995.

Cox, Carole, *Shakespeare Kids: Performing His Plays, Speaking His Words*. Libraries Unlimited, 2010.

Daubert, Todd; Nelson, Pauline, *Starting With Shakespeare: Successfully Introducing Shakespeare to Children*. Teacher Ideas Press, 2000.

Hulbert, Jennifer, Wetmore Kevin J. Jr., and York Robert L., *Shakespeare and Youth Culture*. New York: Palgrave Macmillan, 2009.

Miller, Naomi J., *Reimagining Shakespeare for Children and Young Adults*. Routledge, 2003.

Richmond, Velma Bourgeois, *Shakespeare as Children's Literature: Edwardian Retellings in Words and Pictures*. McFarland & Co., 2008.

Rokison, Abigail, *Shakespeare for Young People: Productions, Versions and Adaptations*. Continuum, 2012.

Rutter, Carol Chillington, *Shakespeare and Child's Play: Performing Lost Bodys on Stage and Screen*. Routledge, 1970.

Wozniak, Jan, *The Politics of Performing Shakespeare for Young People*. Bloomsbury Arden Shakespeare, 2016.

（三）莎士比亚与文化解读

Aagesen, Colleen; Blumberg, Margie, *Shakespeare for Kids: His Life and Times: 21 Activities*. Chicago Review Press, 1999.

Arnold, Oliver, *The Third Citizen: Shakespeare's Theater and the Early Modern House of Commons*. Baltimore: Johns Hopkins University Press, 2007.

Bates, Robin, *Shakespeare and the Cultural Colonization of Lreland*. London: Routledge, 2008.

Belsey, Catherine, *Shakespeare and the Loss of Eden: The Construction of Family Values in Early Modern Culture*. Macmillan Education, 1999.

Berry, Edward I., *Shakespeare and the Hunt: A Cultural and Social Study*. Cambridge University Press, 2001.

Beyad, Maryam; Salami, Ali, *Culture-blind Shakespeare: Multiculturalism and Diversity*. Cambridge Scholars Publishing, 2016.

Bradshaw, Graham, *Misrepresentations: Shakespeare and the Materialists*. Cornell University Press, 1993.

Bruster, Douglas, *Shakespeare and the Question of Culture: Early Modern Literature and the Cultural Turn*. Palgrave Macmillan, 2003.

Burnett, Mark Thornton, Streete, Adrian, Wray, Ramona eds., *The Edinburgh Companion to Shakespeare and the Arts*. Edinburgh University Press, 2011.

Burt, Richard, *Unspeakbale ShaXXXspeares: Queer Theory and American Kiddie Culture*. New York: St Martin's Press, 1998.

Calvo, Clara, & Kahn, Coppélia eds., *Celebrating Shakespeare: Commemoration and Cultural Memory*. Cambridge: Cambridge University Press, 2015.

Carey-Webb, Allen. "Shakespeare for the 1990s: A Multicultural Tempest." *The English Journal*, Vol. 82, No. 4, 1993, pp. 30-35.

Chrisotides, R. M., *Shakespeare and the Apocalypse: Visions of Doom From Early Modern Tragedy to Popular Culture*. Bloomsbury Academic, 2012.

Cohen, Derek, *Searching Shakespeare: Studies in Culture and Authority*. University of Toronto Press, 2003.

Cummings, Brian B., *Mortal Thoughts: Religion, Secularity, & Identity in Shakespeare and Early Modern Culture*. Oxford University Press, 2013.

Desmet, Christy, *Reading Shakespeare's Characters: Rhetoric, Ethics, and Identity*. Univerity of Massachusetts Press, 1992.

Doty, Jeffrey, *Shakespeare, Popularity and the Public Sphere*. Cambridge: Cambridge University Press, 2017.

Egan, Gabriel, *Shakespeare and Marx*. Oxford University Press, 2004.

Erne, Lukas, *Shakespeare and the Book Trade*. Cambridge: Cambridge University Press, 2013.

Fitzpatrick, Joan, *Food in Shakespeare: Early Modern Dietaries and the Plays*. Ashgate, 2007.

Foakes, R. A., *Hamlet versus Lear: Cultural Politics and Shakespeare's Art*. Cambridge University Press, 1993.

Gajowski, Evelyn, *Shakespeare and Cultural Materialist Theory*. Bloomsbury USA Academic, 2019.

Garber, Marjorie, *Shakespeare and Modern Culture*. Pantheon Books, 2008.

Grady, Hugh eds., *Shakespeare and Modernity: Early Modern to Millennium*. Routledge, 2000.

Grady, Hugh, *The Modernist Shakespeare: Critical Texts in a Material World*. Oxford University Press, 1991.

Halsey, Katie, Vine, Angus eds., *Shakespeare and Authority: Citations, Conceptions and Constructions*. London: Palgrave Macmillan, 2018.

Hart, Jonathan, *Columbus, Shakespeare, and the Interpretation of the New World*. New York: Palgrave MacMillan, 2003.

Howard, Jean E., Shershow, Scott Cutler, *Marxist Shakespeares*. Routledge, 2013.

Hunt, Maurice, *Shakespeare's As You Like It: Late Elizabethan Culture and Literary Representation*. Palgrave Macmillan, 2008.

Kinney, Arthur F., *Lies Like Truth: Shakespeare, Macbeth, and the Cultural Moment*. Wayne State University Press, 2001.

Klett, Elizabeth, *Cross-Gender Shakespeare and English National Identity: Wearing the Codpiece*. Palgrave Macmillan, 2009.

Knowles, Ronald, *Shakespeare and Carnival: After Bakhtin*. Macmillan, 1998.

Lamb, Mary Ellen, *The Popular Culture of Shakespeare, Spenser and Jonson (Routledge Studies in Renaissance Literature)*. Routledge, 2006.

Lanier, Douglas, *Shakespeare and Modern Popular Culture*. Oxford: Oxford University Press, 2006.

Levine, Lawrence W. "William Shakespeare and the American People: A Study in Cultural Transformation." *The American Historical Review*, Vol. 89, No. 1, 1984, pp. 34-66.

Levy-Navarro, Elena, *The Culture of Obesity in Early and Late Modernity: Body Image in Shakespeare, Jonson, Middleton, and Skelton*. New York: Palgrave Macmillan, 2008.

Makaryk, Irena, McHugh, Marissa, *Shakespeare and the Second World*

War: *Memory*, *Culture*, *Identity*. University of Toronto Press, Scholarly Publishing Division, 2012.

Montrose, Louis Adrian, *The Purpose of Playing*: *Shakespeare and the Cultural Politics of the Elizabethan Theatre*. University of Chicago Press, 1996.

Neema, Parvini, *Shakespeare and Contemporary Theory*: *New Historicism and Cultural Materialism*. Bloomsbury Academic, 2012.

Nordlund, Marcus, *Shakespeare and the Nature of Love*: *Literature*, *Culture*, *Evolution*. Northwestern University Press, 2007.

O'Dair, Sharon, *Class*, *Critics*, *And Shakespeare*: *Bottom Lines on the Culture Wars*. University of Michigan Press, 2000.

Parker, Patricia, *Shakespeare From the Margins*: *Language*, *Culture*, *Context*. University of Chicago Press, 1996.

Platt, Peter G., *Shakespeare and the Culture of Paradox* (*Studies in Performance and Early Modern Drama*). Ashgate, 2009.

Porterfield, Melissa Rynn, *The Festive Remembrance of Shakespeare*: *A Comparative Study of the Mission*, *Identity*, *and Rhetoric of Three American Shakespeare Companies*. DISS. University of Pittsburgh, 2013.

Putz, Adam, *The Celtic Revival in Shakespeare's Wake*: *Appropriation and Cultural Politics in Ireland*, 1867-1922. Palgrave Macmillan, 2013.

Pye, Christopher, *The Vanishing*: *Shakespeare*, *The Subject*, *And Early Modern Culture*. Duke University Press, 2000.

Reynolds, Bryan; Hedrick, Donald Keith, *Shakespeare Without Class*: *Misappropriations of Cultural Capital*. Palgrave, 2000.

Selleck, Nancy, *The Interpersonal Idiom in Shakespeare*, *Donne and Early Modern Culture*. Palgrave Macmillan, 2008.

Sen, Suddhaseel, *The afterlife of Shakespeare's plays*: *A study of Cross-cultural Adaptations Into Opera and Film*. University of Toronto, 2010.

Shaughnessy, Robert eds., *The Cambridge Companion to Shakespeare and Popular Culture*. Cambridge: Cambridge University Press, 2007.

Shellard, Dominic; Keenan, Siobhan, *Shakespeare's Cultural Capital*. Palgrave Macmillan, 2016.

Siegel, Paul N., *Shakespeare's English and Roman History plays*: *a*

Marxist Approach. Fairleigh Dickinson University. Press, 1986.

Sinfield, Alan, *Shakespeare, Authority, Sexuality: Unfinished Business in Cultural Materialism*. Routledge, 2006.

Sinfield, Alan; Dollimore, Jonathan, *Political Shakespeare: Essays in Cultural Materialism*. Cornell University Press, 1994.

Smith, Bruce R., *Homosexual Desire in Shakespeare's England: A Cultural Poetics*. University of Chicago Press, 1991.

Tulloch, John, *Shakespeare and Chekhov in Production and Reception: Theatrical Events and Their Audiences*. University of Iowa Press, 2005.

Werstine, Paul, *Early Modern Playhouse Manuscripts and the Editing of Shakespeare*. Cambridge: Cambridge University Press, 2012.

Yachnin, Paul Edward; Dawson, Anthony B., *The Culture of Playgoing in Shakespeare's England: A Collaborative Debate*. Cambridge University Press, 2001.

七　多元理论视角中的莎士比亚研究

（一）人类学视角

Altman, Joel B., *The improbability of Othello: Rhetorical Anthropology and Shakespearean Selfhood*. The University of Chicago Press, 2010.

Bock, Philip, K., *Shakesepare and Elizabethan Culture: An Anthropological View*. New York: Schocken Books, 1984.

Garber, Marjorie, *Coming of Age in Shakespeare*. London & New York: Methuen, 1981.

Sherbert, Garry, Grande, Troni Y. eds., *Northrop Frye's Writings on Shakespeare and the Renaissance*. University of Toronto Press, 2010.

Smith, Peter J., "'Rude Wind': King Lear——Canonicity Versus Physicality." *Shakespeare Survey*, Vol. 72, 2019, pp. 234-242.

Van Oort, Richard, *Shakespeare's Big Men*. University of Toronto Press, 2016.

Verma, Rajiva, *Concepts of Myth and Ritual, And Criticism of Shakespeare, 1880-1970*. Diss. University of Warwick, 1972.

（二）女性主义与性别批评视角

Alexander, Catherine M. S.; Wells, Stanley W., *Shakespeare and Sexuality. Cambridge University Press*, 2001.

Bamber, Linda, *Comic Women, Tragic Men: A Study of Gender and Genre in Shakespeare*. Stanford University Press, 1982.

Barker, Deborah, Kamps, Ivo., *Shakespeare and Gender: A History*. London & New York: Verso, 1995.

Berry, Philippa, *Shakespeare's Feminine Endings: Disfiguring Death in the Tragedies*. Routledge, 1999.

Bulman, James C., *Shakespeare Re-dressed: Cross-gender Casting in Contemporary Performance*. Fairleigh Dickinson University Press, 2008.

Burt, Richard, *Unspeakable ShaXXXspeares: Queer Theory and American Kiddie Culture*. St. Martin's Press, 1998.

Callaghan, Dympna ed., *A Feminist Companion to Shakespeare*. Blackwell, 2000.

Callaghan, Dympna, *Shakespeare Without Women: Representing Gender and Race on the Renaissance Stage*. Routledge, 2002.

Cusack, Sinead; Rutter, Carol Chillington, *Clamorous Voices: Shakespeare's Women Today*. Routledge, 1989.

Daileader, Celia R., *Racism, Misogyny, And the Othello Myth: Interracial Couples From Shakespeare to Spike Lee*. Cambridge, 2005.

Dash, Irene G., *Wooing, Wedding, And Power: Women in Shakespeare's Plays*. Columbia University Press, 1981.

Davies, Stevie, *The Feminine Reclaimed: The Idea of Woman in Spenser, Shakespeare and Milton*. University Press of Ky., 1986.

Duncan, Sophie, *Shakespeare's Women and the Fin de Siècle*. Oxford University Press, 2017.

Dusinberre, Juliet, *Shakespeare and the Nature of Women*. Palgrave Macmillan, 1996.

Eggert, Katherine, *Showing Like a Queen: Female Authority and Literary Experiment in Spenser, Shakespeare, And Milton*. University of Pa. Press, 2000.

Erickson, Peter, *Rewriting Shakespeare, Rewriting Ourselves*. University of

California Press, 1991.

Findlay, Alison, *Women in Shakespeare: A Dictionary*. Continuum, 2010.

Gay, Penny, *As She Likes it: Shakespeare's Unruly Women*. Routledge, 1994.

Gillen, Katherine, *Chaste Value: Economic Crisis, Female Chastity and the Production of Social Difference on Shakespeare's Stage*. Edinburgh University Press, 2017.

Kahn, Coppelia, *Roman Shakespeare: Warriors, Wounds, And Women* (*Feminist Readings of Shakespeare*). Routeledge, 1997.

Kamaralli, Anna, *Shakespeare and the Shrew: Performing the Defiant Female Voice*. Macmillan, 2012.

Keevak, Michael, *Sexual Shakespeare: Forgery, Authorship, Portraiture*. Wayne State University Press, 2001.

Kimbrough, Robert, *Shakespeare and the Art of Humankindness: The Essay Toward Androgyny*. Humanities Press Int., 1990.

Klett, Elizabeth, *Cross-gender Shakespeare and English National Identity: Wearing the Codpiece*. Palgrave Macmillan, 2009.

Lehmann, Courtney. "Crouching Tiger, Hidden Agenda: How Shakespeare and the Renaissance Are Taking the Rage out of Feminism." *Shakespeare Quarterly*, Vol. 53, No. 2, 2002, pp. 260-279.

Levine, Nina S., *Women's Matters: Politics, Gender, And Nation in Shakespeare's Early History Plays*. University of Delaware Press, Associated University Presses, 1998.

Marshall, Gail, *Shakespeare and Victorian Women*. Cambridge University Press, 2009.

Masten, Jeffrey, *Queer Philologies: Sex, Language, And Affect in Shakespeare's Time*. University of Pennsylvania Press, 2016.

Mazzola, Elizabeth, *Women and Mobility on Shakespeare's Stage: Migrant Mothers and Broken Homes*. Routledge, 2017.

McCandless, David Foley, *Gender and Performance in Shakespeare's Problem Comedies*. Indiana University Press, 1997.

McMullan, Gordon, Vaughan, Virginia Mason, Orlin, Lena Cowen, *Women Making Shakespeare: Text, Reception and Performance*. Bloomsbury Academic, 2014.

Menon, Madhavi, *Shakesqueer: A Queer Companion to the Complete Works of Shakespeare*. Duke University Press, 2011.

Neely, Carol Thomas; Greene, Gayle; Lenz, Carolyn Ruth Swift, *The Woman's Part: Feminist Criticism of Shakespeare*. University of Illinois Press, 1980.

Novy, Marianne, *Shakespeare and Feminist Theory*. Bloomsbury Arden Shakespeare, 2017.

Novy, Marianne, *Transforming Shakespeare: Contemporary Women's Re-visions in Literature and Performance*. St. Martin's Press, 1999.

Orgel, Stephen, *Impersonations: The Performance of Gender in Shakespeare's England*. Cambridge University Press, 1996.

Orrell, John, *The Quest for Shakespeare's Globe*. Cambridge University Press, 1983.

Rackin, Phyllis, *Shakespeare and Women*. Oxford University Press, 2005.

Rackin, Phyllis; Howard, Jean E., *Engendering a Nation: A Feminist Account of Shakespeare's English Histories*. Routledge, 1997.

Rutter, Carol Chillington, *Enter The Body: Women and Representation on Shakespeare's Stage*. Routledge, 2001.

Sanders, Julie, *Novel Shakespeares: Twentieth - century Women Novelists and Appropriation*. Manchester University Press, 2002.

Schafer, Elizabeth, *Ms-directing Shakespeare: Women Direct Shakespeare*. St. Martin's Press, 2000.

Scheil, Katherine West, *She Hath Been Reading: Women and Shakespeare Clubs in America*. Cornell University Press, 2012.

Schwarz, Kathryn, *What You Will: Gender, Contract, And Shakespearean Social Space*. University of Pennsylvania Press, 2011.

Singh, Jyotsna G. ; Helms, Lorraine Rae; Callaghan, Dympna, *The Weyward Sisters: Shakespeare and Feminist Politics*. B. Blackwell, 1994.

Smith, Bruce R., *Shakespeare and Masculinity*. Oxford University Press, 2000.

Stanivukovic, Goran, *Queer Shakespeare: Desire and Sexuality*. Bloomsbury USA Academic, 2017.

Stapleton, Michael, *Fated Sky: The Femina Furens in Shakespeare*. University of Del. Press, 2000.

Tassi, Marguerite A., *Women and Revenge in Shakespeare: Gender, Genre and Ethics*. Susquehanna University Press, 2011.

Traub, Valerie, *The Oxford Handbook of Shakespeare and Embodiment: Gender, Sexuality, And Race*. Oxford University Press, 2016.

Walker, Julia M., *Medusa's Mirrors: Spenser, Shakespeare, Milton, And the Metamorphosis of the Female Self*. University of Del. Press, 1998.

Walter, Harriet, *Brutus and Other Heroines: Playing Shakespeare's Roles for Women*. London: Nick Hern Books, 2016.

Wayne, Valerie, *The Matter of Difference: Materialist Feminist Criticism of Shakespeare*. Cornell University Press, 1991.

Wells, Stanley W., *Looking for Sex in Shakespeare*. Cambridge University Press, 2004.

Werner, Sarah, *Shakespeare and Feminist Performance: Ideology on Stage*. Routledge, 2001.

Williams, Gordon H., *Shakespeare, Sex and the Print Revolution*. Bloomsbury Publishing PLC, 2000.

Winfield, Jess, *My Name is Will: A Novel of Sex, Drugs, And Shakespeare*. Twelve, 2008.

(三）精神分析视角

Anderson, M. K., "The death of a mind: a study of Shakespeare's Richard Ⅲ." *The Journal of Analytical Psychology*, Vol. 51, Issue 5, 2006, pp. 701–716.

Armstrong, Philip, *Shakespeare in Psychoanalysis*. Routledge, 2001.

Armstrong, Philip, *Shakespeare's Visual Regime: Tragedy, Psychoanalysis, And the Gaze*. Palgrave, 2000.

Aronson, J. K.; Ramachandran, M., "The diagnosis of art: Durer's squint–and Shakespeare's?" *Journal of The Royal Society of Medicine*, Vol. 102, Issue 9, 2009, pp. 391–393.

Bergmann, Martin S., *The Unconscious in Shakespeare's Plays*. London: Karnac Books, 2013.

Biberman, Matthew, *Shakespeare, Adaptation, Psychoanalysis: Better Than New*. Routledge, 2017.

Boyd, Ryan L.; Pennebaker, James W., "Did Shakespeare Write Double Falsehood? Identifying Individuals by Creating Psychological Signatures With Text Analysis." *Psychological Science*, Vol. 26, Issue 5, 2015, pp. 570-582.

Brown, Carolyn Elizabeth, *Shakespeare and Psychoanalytic Theory*. Bloomsbury Academic, 2015.

Brown, Peter, *Reading Dreams: The Interpretation of Dreams From Chaucer to Shakespeare*. Oxford University Press, 1999.

Chessick, R. D., "The rise and fall of the autochthonous self: from Italian Renaissance art and Shakespeare to Heidegger, Lacan, and intersubjectivism." *The Journal of The American Academy of Psychoanalysis And Dynamic Psychiatry*, Vol. 38, Issue 4, 2010, pp. 625-653.

Collins, Dan, *Lacanian Readings (Jacques Lacan, Sigmund Freud, William Shakespeare)*. Diss. State University of New York, 2006.

Edmundson, Mark, "Freud and Shakespeare on Love." *Raritan*, Vol. 24, Issue 1, 2004, pp. 51-74.

Girard, Rene, *A Theater of Envy: William Shakespeare*. Oxford University Press, 1991.

Jang, Seon Young, *Psychoanalysis, Race, And Sexual Difference in Renaissance Literature: The Case of Three Shakespeare Plays, "Othello", "The Merchant of Venice", and "The Tempest"*. Diss. State University of New York, 2008.

Krims, M. B., "A psychoanalytic exploration of Shakespeare's Sonnet 129." *Psychoanalytic Review*, Vol. 86, Issue 3, 1999, pp. 367-382.

Langis, Unhae, "Shakespeare and Prudential Psychology: Ambition and Akrasia in*Macbeth*." *Shakespeare Studies*, Vol. 40, 2012, pp. 44-52.

Langley, Eric, *Narcissism and Suicide in Shakespeare and His Contemporaries*. Oxford University Press, 2009.

Lewis, Alan, *Shakespearean Subjectivity: Scenes of Desire, Scenes of writing (William Shakespeare)*. Diss. The University of British Columbia, 2003.

Lupton, Julia Reinhard, Reinhard, Kenneth, *After Oedipus: Shakespeare in Psychoanalysis*. Cornell University Press, 1993.

Lupton, Julia Reinhard, *Shakespeare and Freud*: *Studies in Narrative and Genre*. Diss. Yale University, 1989.

Mahon, E., "Parapraxes in the plays of William Shakespeare." *The Psychoanalytic Study of The Child*, Vol. 55, 2000, pp. 335-370.

Mahon, Eugene, "A Mouthful of Air: A Freud Shakespeare Dialogue." *Art Criticism*, Vol. 20, Issue 2, 2005, pp. 49-61.

Matthews, Paul M. ; McQuain, Jeff., *The Bard on the Brain*: *Understanding the Mind Through the Art of Shakespeare and the Science of Brain Imaging*. Dana Press, 2003.

Reid, Robert Lanier, *Renaissance Psychologies*: *Spenser and Shakespeare*. Manchester University Press, 2017.

Samuels, Robert, *Writing Prejudices*: *The Psychoanalysis and Pedagogy of Discrimination From Shakespeare to Toni Morrison*. State University of New York Press, 2001.

Schoenfeldt, Michael C., *Bodies and Selves in Early Modern England*: *Physiology and Inwardness in Spenser*, *Shakespeare*, *Herbert*, *And Milton*. Cambridge University Press, 1999.

Schwaber, P., "Hamlet and psychoanalytic experience." *Journal of The American Psychoanalytic Association*, Vol. 55, Issue 2, 2007, pp. 388-406.

Stockton, William, *Sex*, *Sense*, *And Nonsense*: *The Anal Erotics of Early Modern Comedy*. Diss. Indiana University, 2007.

Waugaman, Richard M., "The Bisexuality of Shakespeare's Sonnets and Implications for De Vere's Authorship." *Psychoanalytic Review*, Vol. 97, Issue 5, 2010, pp. 857-879.

Westlund, Joseph, *Shakespeare's Reparative Comedies*: *A Psychoanalytic View of the Middle Plays*. University of Chicago Press, 1984.

Whissell, C., "Emotion and the humors: scoring and classifying major characters from Shakespeare's comedies on the basis of their language." *Psychological Reports*, Vol. 106, Issue 3, 2010, pp. 813-831.

Whissell, C., "Explaining inconsistencies in Shakespeare's character Henry V on the basis of the emotional undertones of his speeches." *Psychological*

Reports, Vol. 108, Issue 3, 2011, pp. 843-855.

（四）物质主义与生态批评视角

Bach, Rebecca Ann, *Birds and Other Creatures in Renaissance Literature: Shakespeare, Descartes, And Animal Studies*. Routledge, 2018.

Boehrer, Bruce Thomas, *Shakespeare Among the Animals: Nature and Society in the Drama of Early Modern England*. Palgrve, 2002.

Bradshaw, Graham, *Misrepresentations: Shakespeare and the Materialists*. Cornell University Press, 1993.

Brayton, Daniel, *Shakespeare's Ocean: An Ecocritical Exploration*. Charlottesville: University of Virginia Press, 2012.

Bruckner, Lynne; Brayton, Daniel, *Ecocritical Shakespeare*. Ashgate, 2011.

Egan, Gabriel, *Green Shakespeare: From Ecopolitics to Ecocriticism*. Routledge, 2006.

Egan, Gabriel, *Shakespeare and Ecocritical Theory*. Bloomsbury, 2015.

Estok, Simon C., *Ecocriticism and Shakespeare: Reading Ecophobia*. Palgrave Macmillan, 2011.

Knowlton, Edgar C. "Nature and Shakespeare." PMLA, Vol. 51, No. 3, 1936, pp. 719-744.

Laroche, Rebecca; Munroe, Jennifer, *Shakespeare and Ecofeminist Theory*. Bloomsbury Arden Shakespeare, 2017.

Macfaul, Tom, *Shakespeare and the Natural World*. Cambridge University Press, 2012.

Martin, Randall, *Shakespeare and Ecology*. Oxford University Press, 2015.

O'Dair, Sharon, "To fright the animals and to kill them up: Shakespeare and Ecology." *Shakespeare Studies*, Vol. 39, 2011, pp. 74-83.

Rees, Darcie, *Players in a Storm: Climate and Political Migrants in* The Tempest *and* Othello. MA. Eastern Michigan University, 2018.

Schultheis, Melissa, *Green Economies: An Ecofeminist Perspective on the* Winter's Tale *and* Hamlet. Diss. University of Colorado - Boulder, 2016.

Scott, Heidi, "Ecological Microcosms Envisioned in Shakespeare's RICHARD Ⅱ." *Explicator*, Vol. 67, Issue 4, 2009, pp. 267-271.

Shannon, Laurie, *The Accommodated Animal: Cosmopolity in Shakespearean Locales*. University of Chicago Press, 2013.

Wong, Timothy Michael, *Shakespeare's Political Zoology: Creature Life and the Rise of Constituent Power*. Diss. University of California, 2012.

（五）认知理论视角

Cook, Amy, *Shakespeare, The Illusion of Depth, And the Science of Parts: An Integration of Cognitive Science and Performance Studies*. Diss. University of California, 2006.

Cook, Amy, *Shakespearean Neuroplay: Reinvigorating the Study of Dramatic Texts and Performance Through Cognitive Science*. Palgrave Macmillan, 2010.

Crane, Mary Thomas, *Shakespeare's Brain: Reading With Cognitive Theory*. Princeton: Princeton University Press, 2000.

Helms, Nicholas Ryan, *A Body of Suffering: Reading Shakespeare's Tragedies Through Cognitive Theory*. MA. The University of Alabama, 2009.

Johnson, Laurie; Sutton, John; Tribble, Evelyn, *Embodied Cognition and Shakespeare's Theatre: The Early Modern Body-mind*. Routledge, 2014.

Kibbee, Matthew, "The Mind Transfigur'd: Brain, Body, and Self in the Drama of Shakespeare and Marlowe." Diss. Cornell University, 2018.

Kinney, Arthur F., *Shakespeare and Cognition: Aristotle's Legacy and Shakespearean Drama*. Routledge, 2006.

Lyne, Raphael, *Shakespeare, Rhetoric and Cognition*. Cambridge University Press, 2011.

Oatley, Keith, "Simulation of Substance and Shadow: Inner Emotions and Outer Behavior in Shakespeare's Psychology of Character." *College Literature*, Vol. 33, Issue 1, 2006, pp. 15-33.

Pandit, Lalita; Hogan, Patrick Colm, "Introduction: Morsels and Modules: On Embodying Cognition in Shakespeare's Plays." *College Literature*, Vol. 33, Issue 1, 2006, pp. 1-14.

Parvini, Neema, *Shakespeare and Cognition: Thinking Fast and Slow Through Character*. Palgrave Macmillan, 2015.

Pierce, Jennifer Ewing, *That Within Which Passeth Show: Interiority, Re-*

ligion, And the Cognitive Poetics of "Hamlet". Diss. University of Pittsburgh, 2010.

Raman, Shankar; Gallagher, Lowell, *Knowing Shakespeare: Senses, Embodiment and Cognition*. Palgrave Macmillan, 2010.

Spolsky, Ellen, *Word vs Image: Cognitive Hunger in Shakespeare's England*. Palgrave/St. Martin's Press, 2007.

Tribble, Evelyn B., Tribble, Lyn, *Cognition in the Globe: Attention and Memory in Shakespeare's Time*. Palgrave Macmillan, 2011.

Tribble, Evelyn; Sutton, John, "Cognitive Ecology as a Framework for Shakespearean Studies." *Shakespeare Studies*, Vol. 39, 2011, pp. 94-103.

（六）空间理论视角

Farabee, Darlene, *Shakespeare's Staged Spaces and Playgoers' Perceptions*. Palgrave Macmillan, 2014.

Fitzpatrick, Tim, *Playwright, Space and Place in Early Modern Performance: Shakespeare and Company*. Ashgate, 2011.

Habermann, Ina, Witen, Michelle, *Shakespeare and Space: Theatrical Explorations of the Spatial Paradigm*. Palgrave Macmillan, 2016.

Hiscock, Andrew, *The Uses of This World: Thinking Space in Shakespeare, Marlowe, Cary and Jonson*. University of Wales Press, 2004.

Hopkins, D. J., *City/Stage/Globe: Performance and Space in Shakespeare's London*. Routledge, 2008.

Poole, Kristen, *Supernatural Environments in Shakespeare's England: Spaces of Demonism, Divinity, and Drama*. Cambridge University Press, 2011.

Wagner, Matthew Drew, *Towards a New Shakespearean Historiography: Mapping the Space of Shakespeare*. Diss. University of Minnesota, 2001.

West, Russell, *Spatial Representations and the Jacobean Stage: From Shakespeare to Webster*. Palgrave, 2002.

（七）符号学视角

McNabb, Cameron Hunt. "Shakespeare's Semiotics and the Problem of Falstaff." *Studies in Philology*, Vol. 113, No. 2, 2016, pp. 337-357.

Price, John Alden, *Signs of Shakespeare: Alternative Theory and*

Postmodern Practice. Diss. The University of Texas at Dallas, 2001.

Siemon, James R., *Word Against Word: Shakespearean Utterance*. University of Massachusetts Press, 2002.

Snyder, Lindsey Diane, *Sawing the Air Thus: American Sign Language Translations of Shakespeare and the Echoes of Rhetorical Gesture*. Diss. University of Maryland, 2009.

Tatlow, Antony, *Shakespeare, Brecht, And the Intercultural Sign*. Durham, University of North Carolina Press, 2001.

Wilson, Jeffrey Robert, *Stigma in Shakespeare*. Diss. University of California, 2012.

（八）语言学与修辞视角

Bevington, David, *Action is Eloquence: Shakespeare's Language of Gesture*. Harvard University Press, 1984.

Brantlinger, Patrick, *Who Killed Shakespeare? What's Happened to English Since the Radical Sixties*. Routledge, 2001.

Busse, Ulrich, *Linguistic Variation in the Shakespeare Corpus: Morpho-syntactic Variability of Second Person Pronouns*. J. Benjamins Pub. Co, 2002.

Coliaianni, Louis; Pritner, Cal, *How to Speak Shakespeare*. Santa Monica Press LLC, 2001.

Coye, Dale F., *Pronouncing Shakespeare's Words: A Guide From A to Zounds*. Greenwood Press, 1998.

Crider, Scott F., *With What Persuasion: An Essay on Shakespeare and the Ethics of Rhetoric*. Peter Lang, 2009.

Crystal, Ben; Crystal, David, *Shakespeare's Words: a Glossary and Language Companion*. Penguin Bks., 2002.

Crystal, David, *Think on My Words: Exploring Shakespeare's Language*. Cambridge University Press, 2008.

Culpeper, Jonathan; Ravassat, Mireille, *Stylistics and Shakespeare's Language: Transdisciplinary Approaches*. Continuum, 2011.

Dent, R. W., *Shakespeare's Proverbial Language: An Index*. University of California Press, 1981.

Desmet, Christy, *Reading Shakespeare's Characters: Rhetoric, Ethics,*

And Identity. University of Mass. Press, 1992.

Elam, Keir, *Shakespeare's Universe of Discourse*: *Language-games in the Comedies*. Cambridge University Press, 1984.

Gross, Kenneth, *Shakespeare's Noise*. University of Chicago Press, 2001.

Hoenselaars, Ton, *Shakespeare and the Language of Translation*. Arden Shakespeare, 2004.

Ichikawa, Mariko, *Shakespearean Entrances*. Palgrave Macmillan, 2002.

Kermode, Frank, *Shakespeare's Language*. Allen Lane, 2000.

Kerrigan, John, *Shakespeare's Binding Language*. Oxford University Press, 2016.

Kronenfeld, Judy, *King Lear and the Naked Truth*: *Rethinking the Language of Religion and Resistance*. Duke University Press, 1998.

Lamb, Jonathan P., *Shakespeare in the Marketplace of Words*. Cambridge University Press, 2017.

Lynch, Jack, *The Lexicographer's Dilemma*: *The Evolution of Proper English*, *From Shakespeare to South Park*. Walker & Co., 2009.

Magnusson, Lynne, *Shakespeare and Social Dialogue*: *Dramatic Language and Elizabethan Letters*. Cambridge University Press, 1999.

McDonald, Russ, *Shakespeare and the Arts of Language*. Oxford University Press, 2001.

Newman, Karen, *Shakespeare's Rhetoric of Comic Character*: *Dramatic Convention in Classical and Renaissance Comedy*. Methuen, 1985.

Petersen, Lene B., *Shakespeare's Errant Texts*: *Textual Form and Linguistic Style in Shakespearean "bad" Quartos and Co-authored Plays*. Cambridge University Press, 2010.

Rodenburg, Patsy, *Speaking Shakespeare*. Methuen, 2002.

Schalkwyk, David, *Shakespeare*, *Love and Language*. Cambridge University Press, 2018.

Shelley, John; Sutcliffe, Jane, *Will's Words*: *How William Shakespeare Changed the Way You Talk*. Charlesbridge, 2015.

Sokol, Mary; Sokol, B. J., *Shakespeare's Legal Language*: *A Dictionary*. Athlone Press, 2000.

Thorne, Alison, *Vision and Rhetoric in Shakespeare: Looking Through Language. St. Martin's Press*, 2000.

Trousdale, Marion, *Shakespeare and the Rhetoricians*. University of N. C. Press, 1982.

Willbern, David, *Poetic Will: Shakespeare and the Play of Language*. University of Pennsylvania Press, 1997.

Wills, Garry, *Rome and Rhetoric: Shakespeare's* Julius Caesar. Yale University Press, 2011.

Wright, George Thaddeus, *Shakespeare's Metrical Art*. University of California Press, 1988.

Younts, Shane Ann; Scheeder, Louis, *All the Words on Stage: A Complete Pronunciation Dictionary for the Plays of William Shakespeare*. Smith and Kraus, 2001.

（九）历史视角

Barker, Deborah, Kamps, Ivo., *Shakespeare and Gender: A History*. Verso, 1995.

Beauclerk, Charles, *Shakespeare's Lost Kingdom: The True History of Shakespeare and Elizabeth*. Grove Press, 2010.

Depledge, Emma, *Shakespeare's Rise to Cultural Prominence: Politics, Print and Alteration*, 1642-1700. Cambridge University Press, 2018.

Dobson, Michael, *Shakespeare and Amateur Performance: A Cultural History*. Cambridge University Press, 2011.

Fulton, Thomas; Coiro, Ann Baynes, *Rethinking Historicism From Shakespeare to Milton*. Cambridge University Press, 2012.

Ghose, Indira, *Shakespeare and Laughter: A Cultural History*. Manchester University Press, 2008.

Goy - Blanquet, Dominique, *Shakespeare's Early History Plays: From Chronicle to Stage*. Oxford University Press, 2003.

Hart, Jonathan, *Shakespeare: Poetry, History, and Culture*. Palgrave Macmillan, 2009.

Hirsh, James E., *Shakespeare and the History of Soliloquies*. Fairleigh Dickinson University. Press, 2003.

Jardine, Lisa, *Reading Shakespeare Historically*. Routledge, 1996.

Kennedy, Dennis, *Looking At Shakespeare: A Visual History of Twentieth-century Performance*. Cambridge University Press, 1993.

King, Douglas J., *Shakespeare's World: The Tragedies: A Historical Exploration of Literature*. Greenwood, 2018.

Knowles, Ronald, *Shakespeare's Arguments With History*. Palgrave, 2002.

Lord, Suzanne, *Music From the Age of Shakespeare: A Cultural History*. Greenwood, 2003.

Maltby, Arthur, *Shakespeare as a Challenge for Literary Biography: A History of Biographies of Shakespeare Since* 1898. Edwin Mellen Press, 2009.

Mayer, Jean-Christophe, *Shakespeare's Early Readers: A Cultural History From* 1590 *to* 1800. Cambridge University Press, 2018.

Murphy, Andrew, *Shakespeare in Print: A History and Chronology of Shakespeare Publishing*. Cambridge University Press, 2003.

Parvini, Neema, *Shakespeare and New Historicist Theory*. Bloomsbury USA Academic, 2017.

Parvini, Neema, *Shakespeare's History Plays: Rethinking Historicism*. Edinburgh University Press, 2012.

Rothwell, Kenneth Sprague, *A History of Shakespeare on Screen: A Century of Film and Television*. Cambridge University Press, 1999.

Schoch, Richard W., *Shakespeare's Victorian Stage: Performing History in the Theatre of Charles Kean*. Cambridge University Press, 1998.

Taylor, Gary, *Reinventing Shakespeare: A Cultural History From the Restoration to the Present*. London: Hogarth Press, 1989.

Vaughan, Virginia Mason; Vaughan, Alden T., *Shakespeare's Caliban: A Cultural History*. Cambridge University Press, 1992.

Walsh, Brian, *Shakespeare, The Queen's Men, And the Elizabethan Performance of History*. Cambridge University Press, 2009.

West, Anthony James, *The Shakespeare First Folio; The History of the Book, V. 2: A new worldwide census of first folios*. Oxford University Press, 2002.

West, Anthony James, *The Shakespeare First Folio; The History of the*

Book, *V.* 1: *An Account of the First Folio Based On Its Sales and Prices*, 1623–2000. Oxford University Press, 2001.

Yachnin, Paul, Slights, Jessica, *Shakespeare and Character: Theory, History, Performance and Theatrical Persons*. Palgrave, 2009.

八 其他

Akhimie, Patricia, *Shakespeare and the Cultivation of Difference: Race and Conduct in the Early Modern World*. Taylor & Francis, 2018.

Anderson, Mark, *Shakespeare By Another Name: The Life of Edward De Vere, Earl of Oxford, The Man Who Was Shakespeare*. Gotham Books, 2005.

Anderson, Thomas Page, *Performing Early Modern Trauma From Shakespeare to Milton*. Ashgate, 2006.

Archer, John Michael, *Citizen Shakespeare: Freemen and Aliens in the Language of the Plays*. Palgrave Macmillan, 2005.

Barton, Anne, *Essays, Mainly Shakespearean*. Cambridge University Press, 1994.

Bate, Jonathan, *How the Classics Made Shakespeare*. Princeton University Press, 2019.

Bate, Jonathan, *Shakespeare and Ovid*. Oxford University Press, 1993.

Bate, Jonathan, *Shakespeare and the English Romantic Imagination*. Oxford University Press, 1986.

Beauman, Sally, *The Royal Shakespeare Company: A History of Ten Decades*. Oxford University Press, 1982.

Beckwith, Sarah, *Shakespeare and the Grammar of Forgiveness*. Cornell University Press, 2011.

Bell, Millicent, *Shakespeare's Tragic Skepticism*. Yale University Press, 2002.

Belsey, Catherine, *Why Shakespeare?* Palgrave, 2007.

Bennett, Robert B., *Romance and Reformation: The Erasmian Spirit of Shakespeare's* Measure for measure. University of Del. Press, 2000.

Berkeley, David Shelley; Smith, Alan R.; Rollins, Peter C., *Shakespeare's Theories of Blood, Character, And Class: A Festschrift in Honor of Dr. David Shelley*

Berkeley. Lang, P., 2001.

Bevington, David, *Shakespeare's Ideas: More Things in Heaven and Earth*. Wiley-Blackwell, 2008.

Black, Jeremy, *Mapping Shakespeare: An Exploration of Shakespeare's Worlds Through Maps*. St. Martin's Press, 2018.

Blake, Norman F., *Shakespeare's Non-standard English: a Dictionary*. Continuum, 2004.

Blank, Paula, *Shakespeare and the Mismeasure of Renaissance Man*. Cornell University Press, 2006.

Blits, Jan H., *Spirit, Soul, And City: Shakespeare's Coriolanus*. Lexington Books, 2006.

Bloom, Harold, *Shakespeare: The Invention of the Human*. Riverhead Bks., 1998.

Booth, Stephen, King Lear, Macbeth, *Indefinition, And Tragedy*. Yale University. Press, 1983.

Burke, William Kenneth, *A New Approach to Shakespeare's Early Comedies: Theoretical Foundations*. Vantage Press, 1998.

Calderwood, James L., *If it Were Done*: Macbeth *and Tragic Action*. University of Mass. Press, 1986.

Cantor, Paul A., *Shakespeare's Roman Trilogy: The Twilight of the Ancient World*. University of Chicago Press, 2017.

Cartelli, Thomas, *Repositioning Shakespeare: National Formations, Postcolonial Appropriations*. Routledge, 1999.

Cartmell, Deborah; Scott, Michael, *Talking Shakespeare: Shakespeare Into the Millennium*. Palgrave, 2001.

Chapman, Robin, *Shakespeare's Don Quixote: A Novel in Dialogue*. Book Now, 2011.

Charney, Maurice, "*Bad*" *Shakespeare: Revaluations of the Shakespeare Canon*. Fairleigh Dickinson University. Press, 1988.

Charney, Maurice, *Shakespeare on Love & Lust*. Columbia University Press, 2000.

Charney, Maurice, *Wrinkled Deep in Time: Aging in Shakespeare*.

Columbia University Press, 2009.

Chrisp, Peter, *Welcome to the Globe: The Story of Shakespeare's Theater*. Dorling Kindersley, 2000.

Clark, Sandra, *Shakespeare and Domestic Life: A Dictionary*. Bloomsbury Publishing Plc, 2018.

Clark, Sandra, *The Shakespeare Dictionary*. NTC Pub. Group, 1994.

Cliff, Nigel, *The Shakespeare Riots: Revenge, Drama, And Death in Nineteenth-Century America*. Random House, 2007.

Coodin, Sara, *Is Shylock Jewish ? Citing Scripture and the Moral Agency of Shakespeare's Jews*. Edinburgh University Press, 2017.

Cooper, Helen, *Shakespeare and the Medieval World*. Arden Shakespeare, 2010.

Corcoran, Neil, *Reading Shakespeare's Soliloquies: Text, Theatre, Film*. Bloomsbury USA Academic, 2018.

Curran, Kevin, *Shakespeare's Legal Ecologies: Law and Distributed Selfhood*. Northwestern University Press, 2017.

Davies, Oliver Ford, *Shakespeare's Fathers and Daughters*. Bloomsbury Arden Shakespeare, 2017.

Doran, Gregory, *The Shakespeare Almanac*. Hutchinson, 2009.

Doty, Jeffrey S., *Shakespeare, Popularity and the Public Sphere*. Cambridge University Press, 2016.

Dubrow, Heather, *Shakespeare and Domestic Loss: Forms of Deprivation, Mourning, And Recuperation*. Cambridge University Press, 1999.

Duncan - Jones, Katherine, *Shakespeare: From Upstart Crow to Sweet Swan*. Arden Shakespeare, 2011.

Edwards, Philip, *Shakespeare: A Writer's Progress*. Oxford University Press, 1986.

Elam, Keir, *Shakespeare's Pictures: Visual Objects in the Drama*. Bloomsbury Arden Shakespeare, 2017.

Ellis, David, *Shakespeare's Practical Jokes: An Introduction to the Comic in His Work*. Bucknell University Press, 2007.

Enterline, Lynn, *The Rhetoric of the Body From Ovid to Shakespeare*. Cambridge University Press, 2000.

Erne, Lukas, *Shakespeare as Literary Dramatist*. Cambridge University Press, 2003.

Erne, Lukas, *Shakespeare's Modern Collaborators*. Continuum, 2008.

Espinosa, Ruben, *Masculinity and Marian Efficacy in Shakespeare's England*. Ashgate, 2011.

Everett, Barbara, *Young Hamlet: Essays on Shakespeare's Tragedies*. Oxford University Press, 1989.

Farley-Hills, David, *Shakespeare and the Rival Playwrights*, 1600-1606. Routledge, 1990.

Ferington, Esther, ed., *Infinite Variety: Exploring the Folger Shakespeare Library*. Folger Shakespeare Lib., 2002.

Fernie, Ewan, *Shakespeare for Freedom: Why the Plays Matter*. Cambridge University Press, 2017.

Fernie, Ewan, *Shame in Shakespeare*. Routledge, 2002.

Findlay, Alison; Markidou, Vassiliki, *Shakespeare and Greece*. Bloomsbury Arden Shakespeare, 2017.

Fineman, Joel, *Shakespeare's Perjured Eye: The Invention of Poetic Subjectivity in the Sonnets*. University of California Press, 1986.

Finnerty, Paraic, *Emily Dickinson's Shakespeare*. University of Massachusetts Press, 2006.

Fitzpatrick, Joan, *Renaissance food from Rabelais to Shakespeare: culinary readings and culinary histories*. Ashgate, 2010.

Foakes, R. A., *Shakespeare and Violence*. Cambridge University Press, 2003.

Freinkel, Lisa, *Reading Shakespeare's Will: The Theology of Figure From Augustine to the Sonnets*. Columbia University Press, 2002.

Friedman, Michael D., *The World Must be Peopled: Shakespeare's Comedies of Forgiveness*. Fairleigh Dickinson University Press, 2002.

Garber, Marjorie, *Shakespeare After All*. Pantheon Books, 2004.

Garfield, Leon; Foreman, Michael, *Shakespeare Stories*. Schocken Bks., 1985.

Giese, Loreen L., *Courtships, Marriage Customs, And Shakespeare's Comedies. Palgrave Macmillan*, 2006.

Grady, Hugh, *Shakespeare and Impure Aesthetics*. Cambridge University Press, 2009.

Gray, Patrick, *Shakespeare and the Fall of the Roman Republic: Selfhood, Stoicism and Civil War*. Edinburgh University Press, 2018.

Greenblatt, Stephen J., *Shakespearean Negotiations: The Circulation of Social Energy in Renaissance England*. University of California Press, 1988.

Greenblatt, Stephen, *Shakespeare's Freedom*. The University of Chicago Press, 2010.

Greenblatt, Stephen, *Tyrant: Shakespeare on Politics*. W. W. Norton & Co Inc., 2018.

Gross, Kenneth, *Shylock is Shakespeare*. University of Chicago Press, 2006.

Habib, Imtiaz H., *Shakespeare and Race: Postcolonial Praxis in the Early Modern Period*. University Press of America, 2000.

Hackett, Helen, *Shakespeare and Elizabeth: The Meeting of Two Myths*. Princeton University Press, 2009.

Hadfield, Andrew, *Shakespeare, Spenser and the Matter of Britain*. Palgrave Macmillan, 2003.

Hales, Michael, *Shakespeare in the Garden: A Selection of Gardens and An Alphabet of Plants*. Abrams, 2006.

Halpern, Richard, *Shakespeare's Perfume: Sodomy and Sublimity in the Sonnets, Wilde, Freud, and Lacan*. University of Pennsylvania Press, 2002.

Hapgood, Robert, *Shakespeare the Theatre-poet*. Oxford University Press, 1988.

Harris, Jonathan Gil, *Untimely Matter in the Time of Shakespeare*. University of Pennsylvania Press, 2009.

Hart, Jonathan, *Columbus, Shakespeare, And the Interpretation of the New World*. Palgrave Macmillan, 2003.

Hart, Jonathan, *Theater and World: The Problematics of Shakespeare's History*. Northeastern University. Press, 1992.

Hawley, William M., *Shakespearean Tragedy and the Common Law: The*

Art of Punishment. Lang P., 1998.

Healy, Margaret, *Shakespeare, Alchemy and the Creative Imagination: The Sonnets and A Lover's Complaint*. Cambridge University Press, 2011.

Henke, Robert, *Pastoral Transformations: Italian Tragicomedy and Shakespeare's Late Plays*. University of Del. Press, 1997.

Hillman, Richard, *Shakespearean Subversions: The Trickster and the Play-text*. Routledge, 1992.

Hiscock, Andrew; Wilder, Lina Perkins, *The Routledge Handbook of Shakespeare and Memory*. Routledge, 2017.

Holbrook, Peter, *Shakespeare's Individualism*. Cambridge University Press, 2010.

Hopkins, David, *Conversing With Antiquity: English Poets and the Classics, From Shakespeare to Pope*. Oxford University Press, 2010.

Hopkins, Lisa, *Beginning Shakespeare*. Manchester University Press, 2005.

Hopkins, Lisa, *The Shakespearean Marriage: Merry Wives and Heavy Husbands*. Macmillan, 1998.

Hutson, Lorna, *The Invention of Suspicion: Law and Mimesis in Shakespeare and Renaissance Drama*. Oxford University Press, 2007.

Innes, Paul, *Class and Society in Shakespeare: A Dictionary*. Continuum, 2007.

International Shakespeare Association/World Congress, *Shakespeare and the Twentieth Century: The Selected Proceedings of the International Shakespeare Association World Congress, Los Angeles*, 1996. University of Del. Press, 1998.

Jackson, MacDonald P., *Defining Shakespeare: Pericles As Test Case*. Oxford University Press, 2003.

Jones, Robert C., *These Valiant Dead: Renewing the Past in Shakespeare's Histories*. University of Iowa Press, 1991.

Joseph, Paterson, *Julius Caesar and Me: Exploring Shakespeare's African play*. Methuen Drama, 2018.

Kahan, Jeffrey, *Reforging Shakespeare: The Story of a Theatrical Scandal*. Lehigh University. Press, 1998.

Kahn, Paul W., *Law and Love: The Trials of* King Lear. Yale University

Press, 2000.

Keenan, Siobhan, *Travelling Players in Shakespeare's England*. Palgrave, 2002.

Kells, Stuart, *Shakespeare's Library*: *Unlocking the Greatest Mystery in Literature*. Counterpoint, 2019.

Kennedy, William J., *Petrarchism at Work*: *Contextual Economies in the Age of Shakespeare*. Cornell University Press, 2016.

Kerrigan, John, *On Shakespeare and Early Modern Literature*: *Essays*. Oxford University Press, 2001.

Kerrigan, John, *Shakespeare's Originality*. Oxford University Press, 2018.

Khan, Amir, *Shakespeare in Hindsight*: *Counterfactual Thinking and Shakespearean Tragedy*. Edinburgh University Press, 2017.

Kirp, David L., *Shakespeare*, *Einstein*, *and the Bottom Line*: *The Marketing of Higher Education*. Harvard University Press, 2003.

Kirsch, Arthur; Auden, W. H., *The Sea and the Mirror*: *A Commentary on Shakespeare's* The tempest. Princeton University Press, 2003.

Klein, Lisa M., *Lady Macbeth's Daughter*. Bloomsbury, 2009.

Kliman, Bernice W., *Approaches to Teaching Shakespeare's* Hamlet. Modern Language Association of America, 2001.

Knapp, James A., *Image Ethics in Shakespeare and Spenser*. Palgrave Macmillan, 2011.

Kornstein, Daniel, *Kill All the Lawyers?*: *Shakespeare's Legal Appeal*. Princeton University Press, 1994.

Kott, Jan, *The Bottom Translation*: *Marlowe and Shakespeare and the Carnival Tradition*. Northwestern University Press, 1987.

Lafont, Agnes; Valls - Russell, Janice; Coffin, Charlotte, *Interweaving Myths in Shakespeare and His Contemporaries*. Manchester University Press, 2017.

Leggatt, Alexander, *Shakespeare's Tragedies*: *Violation and Identity*. Cambridge, 2005.

Lemon, Rebecca, *Treason by Words*: *Literature*, *Law*, *And Rebellion in Shakespeare's England*. Cornell University Press, 2006.

Levith, Murray J., *Shakespeare's Cues and Prompts*. Continuum, 2007.

Little, Arthur L., *Shakespeare Jungle Fever: National-imperial Re-visions of Race, Rape, And Sacrifice*. Stanford University Press, 2000.

Loomba, Ania, *Shakespeare, Race, And Colonialism*. Oxford University Press, 2002.

Loomba, Ania; Orkin, Martin, *Post-colonial Shakespeares*. Routledege, 1998.

Lupton, Julia Reinhard, *Thinking With Shakespeare: Essays on Politics and Life*. The University of Chicago Press, 2011.

Maguire, Laurie, *Shakespeare's Names*. Oxford University Press, 2007.

Marche, Stephen, *How Shakespeare Changed Everything*. HarperCollins Canada, 2011.

Marcus, Leah S., *Puzzling Shakespeare: Local Reading and Its Discontents*. University of California Press, 1989.

Marshall, Gail; Poole, Adrian, *Victorian Shakespeare*, 2*V*. Palgrave Macmillan, 2003.

Martindale, Charles; Taylor, A. B., *Shakespeare and the Classics*. Cambridge, 2004.

Martineau, Jane, *Shakespeare in Art*. Merrell, 2003.

McDonald, Russ, *Shakespeare's Late Style*. Cambridge University Press, 2006.

McEachern, Claire, *Believing in Shakespeare*. Cambridge University Press, 2018.

McLeish, Kenneth, *Shakespeare's Characters: A Players Press Guide: Who's Who of Shakespeare*. Players Press, 1992.

McMahon, Vanessa, *Murder in Shakespeare's England*. Hambledon and London, 2004.

Mentz, Steve, *At the Bottom of Shakespeare's Ocean*. Continuum, 2009.

Meron, Theodor, *Bloody Constraint: War and Chivalry in Shakespeare*. Oxford University Press, 1998.

Muir, Kenneth, *Shakespeare: Contrasts and Controversies*. University of Okla. Press, 1985.

Muir, Kenneth, *The Sources of Shakespeare's Plays*. Yale University

Press, 1978.

Murphy, Andrew, *Shakespeare for the People: Working - class Readers, 1800–1900*. Cambridge University Press, 2008.

Nemerov, Alexander, *Acting in the Night: Macbeth and the Places of the Civil War*. University of California Press, 2010.

Newman, Karen, *Essaying Shakespeare*. University of Minnesota Press, 2009.

Nolen, Stephanie; Bate, Jonathan, *Shakespeare's Face*. Knopf, 2002.

Nuttall, A. D., *A New Mimesis: Shakespeare and the Representation of Reality*. Methuen, 1983.

Nuttall, A. D., *Shakespeare the Thinker*. Yale University Press, 2007.

Orgel, Stephen, *Imagining Shakespeare*. Palgrave Macmillan, 2003.

Orgel, Stephen; Holland, Peter, *From Performance to Print in Shakespeare's England*. Palgrave Macmillan, 2006.

Packer, Tina; De Marcken, Gail, *Tales From Shakespeare*. Scholastic Press, 2004.

Parvini, Neema, *Shakespeare's Moral Compass*. Edinburgh University Press, 2018.

Patterson, Annabel M., *Shakespeare and the Popular Voice*. B. Blackwell, 1990.

Pearce, Joseph, *Quest for Shakespeare*. Ignatius, 2008.

Pensalfini, Rob, *Prison Shakespeare: For These Deep Shames and Great Indignities*. Palgrave Macmillan, 2015.

Perry, Curtis; Watkins, John, *Shakespeare and the Middle Ages*. Oxford University Press, 2009.

Phillippy, Patricia Berrahou, *Shaping Remembrance From Shakespeare to Milton*. Cambridge University Press, 2018.

Pollinger, Gina; *Chichester–Clark, Emma, Something Rich and Strange: A Treasury of Shakespear's Verse*. Kingfisher, 1995.

Poole, Adrian, *Shakespeare and the Victorians*. Arden, 2003.

Porter, S., *Shakespeare's London: Everyday Life in London* 1580 – 1616. Amberley Pub., 2009.

Pressly, William L., *The Artist As Original Genius: Shakespeare'sFfine Frenzy in Late-eighteenth-century British Art*. University of Delaware Press, 2007.

Price, Joseph G. ; Makaryk, Irena Rima, *Shakespeare in the Worlds of Communism and Socialism*. University of Toronto Press, 2006.

Puljcan Juric, Lea, *Illyria in Shakespeare's England*. Fairleigh Dickinson University Press, 2019.

Purkis, James, *Shakespeare and Manuscript Drama: Canon, Collaboration and Text*. Cambridge University Press, 2016.

Raber, Karen, *Shakespeare and Posthumanist Theory*. Bloomsbury Arden Shakespeare, 2018.

Raffield, Paul, *The Art of Law in Shakespeare*. Hart Publishing, 2017.

Reid, Robert Lanier, *Shakespeare's Tragic Form: Spirit in the Wheel*. University of Delaware Press, Associated University Presses, 2000.

Reynolds, Bryan, *Transversal Enterprises in the Drama of Shakespeare and His Contemporaries: Fugitive Explorations*. Palgrave Macmillan, 2006.

Rosenbaum, Ron, *The Shakespeare Wars: Clashing Scholars, Public Fiascoes, Palace Coups*. Random House, 2006.

Rosenberg, Marvin, *The Masks of Hamlet*. University of Del. Press, 1992.

Rosenblum, Joseph, *The Definitive Shakespeare Companion: Overviews, Documents, And Analysis*. Greenwood, 2017.

Ross, Charles Stanley, *The Custom of the Castle: From Malory to Macbeth*. University of California Press, 1997.

Ryan, Patrick; Mayhew, James, *Shakespeare's Storybook: Folk Tales That Inspired the Bard*. Barefoot Books, 2001.

Sabor, Peter; Yachnin, Paul, *Shakespeare and the Eighteenth Century*. Ashgate, 2008.

Salkeld, Duncan, *Shakespeare and London*. Oxford University Press, 2018.

Schalkwyk, David, *Shakespeare, Love and Service*. Cambridge University Press, 2008.

Schoch, Richard W., *Not Shakespeare: Bardolatry and Burlesque in the Nineteenth Century*. Cambridge University Press, 2002.

Schwartz, Regina M., *Loving Justice, Living Shakespeare*. Oxford University Press, 2016.

Scott, Charlotte, *The Child in Shakespeare*. Oxford University Press, 2018.

Shannon, Laurie, *Sovereign Amity: Figures of Friendship in Shakespearean Contexts*. University of Chicago Press, 2002.

Shapiro, James S., *Shakespeare and the Jews*. Columbia University Press, 1996.

Shohet, Lauren, *Temporality, Genre and Experience in the Age of Shakespeare: Forms of Time*. Bloomsbury Arden Shakespeare, 2018.

Sillars, Stuart, *Painting Shakespeare: The Artist As Critic*, 1720-1820. Cambridge University Press, 2006.

Sillars, Stuart, *The Illustrated Shakespeare*, 1709-1875. Cambridge University Press, 2008.

Slights, William W. E., *The Heart in the Age of Shakespeare*. Cambridge University Press, 2008.

Smith, Bruce R., *Phenomenal Shakespeare*. Wiley-Blackwell, 2010.

Smith, Emma, *Shakespeare's First Folio: Four Centuries of An Iconic Book*. Oxford University Press, 2016.

Smith, Emma, *This Is Shakespeare*. Penguin Books Ltd., 2019.

Smith, Sarah, *Chasing Shakespeares*. Atria Books, 2003.

Snyder, Susan, *Shakespeare: A Wayward Journey*. University of Delaware Press; Associated University Presses, 2002.

Sohmer, Steve, Reading Shakespeare's mind. Manchester University Press, 2017.

Sokol, B. J., *Shakespeare and Tolerance*. Cambridge University Press, 2008.

Sokol, B. J., *Shakespeare's Artists: The Painters, Sculptors, Poets, And Musicians in His Plays and Poems*. Bloomsbury Arden Shakespeare, 2018.

Stewart, Alan, *Shakespeare's Letters*. Oxford University Press, 2008.

Stott, Andrew McConnell, *What Blest Genius? The Jubilee That Made Shakespeare*. W. W. Norton & Company, 2019.

Swisher, Clarice, *Readings on the Sonnets of William Shakespeare*. Greenhaven Press, 1997.

Swisher, Clarice, *Readings on the Tragedies of William Shakespeare*. Greenhaven Press, 1996.

Tanner, Tony, *Prefaces to Shakespeare*. Belknap Press of Harvard University Press, 2010.

Taylor, A. B., *Shakespeare's Ovid: The Metamorphoses in the Plays and Poems*. Cambridge University Press, 2000.

Taylor, Gary; Wells, Stanley W., *William Shakespeare, A Textual Companion*. Oxford University Press, 1987.

Taylor, Mark, *Shakespeare's Imitations*. University of Del. Press, 2002.

Taylor, Michael, *Shakespeare Criticism in the Twentieth Century*. Oxford University Press, 2001.

Thompson, Ayanna, *Colorblind Shakespeare: New Perspectives on Race and Performance*. Routledge, 2006.

Tromly, Fred B., *Fathers and Sons in Shakespeare: The Debt Never Promised*. University of Toronto Press, 2010.

Trounstine, Jean R., *Shakespeare Behind Bars: The Power of Drama in a Women's Prison*. St. Martin's Press, 2001.

Tudeau-Clayton, Margaret, Jonson, *Shakespeare and Early Nodern Virgi*l. Cambridge University Press, 1998.

Vendler, Helen Hennessy, *The Art of Shakespeare's Sonnets*. Harvard University. Press, 1997.

Vickers, Brian, *Appropriating Shakespeare: Contemporary Critical Quarrels*. Yale University. Press, 1993.

Vickers, Brian, *Returning to Shakespeare*. Routledge, 1989.

Vickers, Brian, Shakespeare, *A Lover's Complaint, And John Davies of Hereford*. Cambridge University Press, 2007.

Vickers, Brian, *Shakespeare, Co-author: A Historical Study of Five Collaborative Plays*. Oxford University Press, 2002.

Vienne-Guerrin, Nathalie, *Shakespeare's Insults*. Bloomsbury Academic, 2016.

Wagner, J. A., *Voices of Shakespeare's England: Contemporary Accounts of*

Elizabethan Daily Life. Greenwood, 2010.

Walsh, Marcus, *Shakespeare, Milton and Eighteenth - century Literary Editing: The Beginnings of Interpretative Scholarship*. Cambridge University Press, 1997.

Wells, Robin Headlam, *Shakespeare's Humanism*. Cambridge University Press, 2005.

Wells, Stanley W., *Shakespeare: A Bibliographical Guide*. Oxford University Press, 1990.

Wells, Stanley W., *The Cambridge Companion to Shakespeare Studies*. Cambridge University Press, 1986.

Wells, Stanley, *Shakespeare, Sex, & Love*. Oxford University Press, 2010.

Whipday, Emma, *Shakespeare's Domestic Tragedies: Violence in the Early Modern Home*. Cambridge University Press, 2019.

Whitfield, Peter, *Illustrating Shakespeare*. University of Chicago Press, 2013.

Wills, Garry, *Witches and Jesuits: Shakespeare's Macbeth*. Oxford University Press, 1994.

Winder, Robert, *The Final Act of Mr Shakespeare*. Little, Brown, 2010.

Wright, Richard Bruce, *Mr. Shakespeare's Bastard*. Harper Collins Canada, 2010.

参考文献

一　中文文献

Abby Willis Howes：《大戏曲家莎士比亚小传》，杨介夫译，《美育》1920 年第 3 期。

Abby Willis Howes：《莎士比亚之历史》，汤志谦译，《南京高等师范学校校友会杂志》1998 年第 1 卷第 1 期。

C. T. Winchester：《莎士比亚的人格》（*Shakespeare the Man*），谢颂羔译，《青年友》1924 年第 4 卷第 6 期。

G. D. Benouville：《莎士比亚之谜：附图》，黄铁球译，《文坛》（广州）1947 年第 5 卷第 3 期。

J. Lindsay：《威廉·莎士比亚》，何封译，《民族公论》1938 年第 1 卷第 2 期。

［德］阿莱达·阿斯曼：《回忆空间：文化记忆的形式和变迁》，潘璐译，北京大学出版社 2016 年版。

安鲜红：《林译〈欧史遗闻〉：一部被封存的〈科里奥兰纳斯〉译本》，《中国翻译》2019 年第 1 期。

卞之琳：《莎士比亚悲剧论痕》，生活·读书·新知三联书店 1989 年版。

汴豫：《莎士比亚之谜与档案》，《上海档案》1989 年第 4 期。

曹树钧、孙福良：《莎士比亚在中国舞台上》，哈尔滨出版社 1989 年版。

曹树钧：《莎士比亚的春天在中国》，香港天马图书有限公司 2002

年版。

曹顺庆：《南橘北枳：曹顺庆教授讲比较文学变异学》，中央编译出版社 2014 年版。

曹顺庆：《比较文学概论》（第二版），高等教育出版社 2018 年版。

曹顺庆：《比较文学史》，四川人民出版社 1991 年版。

曹晓青：《莎士比亚与中国》，《湖南社会科学》2010 年第 1 期。

查明建：《论莎士比亚的经典性与世界性》，《外语教学与研究》2016 年第 6 期。

陈茂庆：《戏剧中的梦幻——汤显祖与莎士比亚比较研究》，博士学位论文，华东师范大学，2006 年。

陈星：《谁的莎士比亚？——2010—2015 年国外莎士比亚研究述评》，《当代外国文学》2016 年第 3 期。

程朝翔：《莎士比亚的文本、电影与现代战争》，《国外文学》2005 年第 2 期。

程朝翔：《中国新文化身份塑造中的莎士比亚》，《英美文学研究论丛》2016 年春（第 24 辑）。

程雪芳：《莎士比亚两部长诗的文体研究》，博士学位论文，上海外国语大学，2012 年。

程雪猛、祝捷：《解读莎士比亚戏剧》，武汉大学出版社 2008 年版。

从丛：《〈哈姆莱特〉中国接受史研究的路径整合及其当下价值——一个复调的接受史研究论纲》，《艺术百家》2014 年第 1 期。

从丛：《相映生辉的悲剧性格塑造——〈哈姆莱特〉与〈窦娥冤〉比较研究新探》，《国外文学》1997 年第 3 期。

从丛：《再论哈姆莱特并非人文主义者》，《南京大学学报》（哲学·人文科学·社会科学版）2001 年第 5 期。

戴丹妮：《莎士比亚戏剧与节日文化研究》，博士学位论文，武汉大学，2013 年。

丁小曾：《作家介绍：莎士比亚的故事》，《文莽》1946 年第 1 期。

董琦琦：《柯尔律治的莎士比亚评论综述》，《山西大学学报》（哲学社会科学版）2005 年第 2 期。

范德民：《沙翁名曲“哈姆雷特”的来源说》，《现代青年》（广州）1920 年第 37 期。

范若恩：《麻木的群氓文学流变视野中的〈裘力斯·凯撒〉群氓场景反思》，博士学位论文，复旦大学，2012 年。

冯伟：《评〈遗嘱分歧：谁创作了莎士比亚？〉》，《外国文学》2015 年第 4 期。

冯伟：《夏洛克的困惑：莎士比亚与早期现代英国法律思想研究》，北京大学出版社 2017 年版。

傅光明：《莎士比亚的黑历史——莎士比亚戏剧的“原型故事”之旅》，东方出版社 2019 年版。

甘文平、商程群：《“点”文化和“面”文化的互动——两本〈莎士比亚在中国（英文版）〉的对比分析》，《山东外语教学》2014 年第 4 期。

高莲芳：《莎士比亚四大悲剧与〈圣经〉的互文性研究》，博士学位论文，上海外国语大学，2013 年。

歌德：《说不尽的莎士比亚》（1826），杨周翰编选：《莎士比亚评论汇编》（上），中国社会科学出版社 1979 年版。

龚德培、黄瑞华译编：《如你所愿（译莎士比亚故事）》，《辟才杂志》1929 年第 6 期。

龚丽可：《巨人斑驳的身影——“莎士比亚传记”的三个不同文本之比较》，《现代传记研究》2015 年第 2 期。

辜正坤：《镜中哈姆雷特：中国传统戏剧审美视界下的莎士比亚戏剧〈哈姆雷特〉》，博士学位论文，北京大学，2008 年。

顾绶昌：《莎士比亚的版本问题》、《莎士比亚的版本问题》（续），《外国文学研究》1986 年第 1/2 期。

桂扬清：《伟大的剧作家和诗人：莎士比亚》，上海外语教育出版社 2010 年版。

郭立华：《关于莎士比亚：他的诽谤和他和天才》，《中国文艺》（北京）1942 年第 4 期。

和建伟：《马克思与西方经典作家关系研究——以但丁、莎士比亚、歌德、巴尔扎克为中心》，博士学位论文，华东师范大学，2016 年。

侯靖靖：《婆娑一世界，半掩两扇门——1949—1966 年间英美戏剧在中国的译介研究》，博士学位论文，上海外国语大学，2008 年。

胡开宝：《基于语料库的莎士比亚戏剧汉译研究》，上海交通大学出版社 2015 年版。

胡昕明：《试析莎士比亚之谜》，《沈阳师范学院学报》（社会科学版）1993 年第 2 期。

华泉坤、洪增流、田朝绪：《莎士比亚新论：新世纪、新莎士比亚》，上海外语教育出版社 2007 年版。

华泉坤：《当代莎士比亚评论的流派》，《外国语》1993 年第 5 期。

华治武：《启航：汤显祖—莎士比亚文化交流合作》，浙江大学出版社 2013 年版。

华治武：《汤显祖—莎士比亚文化高峰论坛暨汤显祖和晚明文化学术研讨会论文集》，浙江大学出版社 2012 年版。

华治武：《汤显祖与莎士比亚文化国际学术研讨会论文集》，浙江大学出版社 2015 年版。

黄大宏：《重写：文学文本的经典化途径》，《陕西师范大学学报》（哲学社会科学版）2006 年第 6 期。

黄鸣奋：《20 世纪中国古代散文在英语世界之传播》，《厦门大学学报》（哲学社会科学版）1996 年第 4 期。

黄诗芸：《莎士比亚的中国旅行：从晚清到 21 世纪》，孙艳娜、张晔译，华东师范大学出版社 2016 年版。

季思：《美国“对华文明冲突论”的背后是冷战思维和种族主义》，《当代世界》2019 年第 6 期。

贾志浩、朱海萍、郑永风：《西方莎士比亚批评史》，社会科学文献出版社 2014 年版。

剑锷译：《莎士比亚传》，《中国文艺》（北京）1940 年第 2 期。

蒋度平：《载记的传说的莎士比亚》，《现实》（南京）1935 年第 2/3 期。

金惠敏：《差异即对话》，中国社会科学出版社 2019 年版。

金震：《莎士比亚叙传》（上），《珊瑚》1932 年第 8 期。

金震：《莎士比亚叙传》（下），《珊瑚》1932 年第 9 期。

濑户宏：《再论春柳社在中国戏剧史上的位置——兼谈中国话剧的开端是否为春柳社》，《戏剧艺术》2014 年第 3 期。

濑户宏、陈凌虹：《莎士比亚在中国：中国人的莎士比亚接受史》，广东人民出版社 2017 年版。

[英] 兰姆：《吟边燕语》，林纾、魏易译，商务印书馆1981年版。

乐黛云：《多元文化发展与跨文化对话》，《民间文化论坛》2016年第5期。

乐黛云、陈跃红等：《比较文学原理新编》，北京大学出版社1993年版。

[英] 雷蒙·威廉斯：《关键词：文化与社会的词汇》，刘建基译，生活·读书·新知三联书店2005年版。

[英] 雷蒙·威廉斯：《文化与社会》，吴松江、张文定译，北京大学出版社1991年版。

李春江：《译不尽的莎士比亚：莎剧汉译研究》，天津社会科学院出版社2010年版。

李凤亮：《新文科：定义·定位·定向》，《探索与争鸣》2020年第1期。

李慕白：《开始写剧后的莎士比亚：英国文学漫谈之二》，《世纪评论》1947年第23期。

李慕白：《莎士比亚评传》，中国文化服务社印行，1944年。

李庆涛：《本己的回归——海德格尔"本真"理论下的〈哈姆雷特〉解读》，博士学位论文，上海外国语大学，2005年。

李伟昉：《接受与流变：莎士比亚在近现代中国》，《中国社会科学》2011年第5期。

李伟昉：《梁实秋莎评研究》，商务印书馆2011年版。

李伟昉：《说不尽的莎士比亚》，中国社会科学出版社2004年版。

李伟民：《东西方文化交流中的〈哈姆莱特〉的一个特殊译本〈天仇记〉》，《国外文学》2008年第3期。

李伟民：《光荣与梦想——莎士比亚在中国》，上海文艺出版社2002年版。

李伟民：《艰难的进展与希望：近年来中国莎士比亚研究述评》，《四川外语学院学报》2006年第1期。

李伟民：《莎士比亚戏剧在中国语境中的接受与流变》，中国社会科学出版社2019年版。

李伟民：《莎士比亚之谜》，《高校社科信息》1998年第7期。

李伟民：《在西方正典的旗帜下：哈罗德·布鲁姆对莎士比亚的阐

释》，《戏剧艺术》2011 年第 5 期。

李伟民：《中国莎士比亚批评：现状、展望与对策》，《英美文学研究论丛》2008 年第 2 期。

李伟民：《中国莎士比亚研究：莎学知音思想探析与理论建设》，重庆出版社 2012 年版。

李伟民：《中西文化语境里的莎士比亚》，上海外语教育出版社 2009 年版。

李宪章：《名人小传：莎士比亚》（附图），《好朋友》1940 年第 29 期。

李新亚：《阐释爱情故事内涵的语言巨匠：莎士比亚〈爱的徒劳〉〈仲夏夜之梦〉〈罗密欧与朱丽叶〉研究》，博士学位论文，上海外国语大学，2012 年。

李艳梅：《20 世纪国外莎士比亚历史剧评论综述》，《沈阳师范大学学报》（社会科学版）2007 年第 2 期。

李艳梅：《莎士比亚历史剧研究》，中国社会科学出版社 2009 年版。

李艳梅：《莎士比亚历史剧与元代历史剧比较研究》，中国社会科学出版社 2014 年版。

李莹：《威廉·赫士列特之莎士比亚评论》，《文艺争鸣》2016 年第 6 期。

梁工：《莎士比亚与圣经》，商务印书馆 2006 年版。

梁实秋：《“哈姆雷特”问题》，《文艺月刊》1934 年第 1 期。

梁实秋：《关于莎士比亚》（附表），《自由评论》（北平）1935 年第 4 期。

梁实秋：《莎士比亚研究之现阶段》，《东方杂志》1936 年第 7 期。

梁实秋：《莎翁名剧哈姆雷特的两种译本》，《图书评论》1932 年第 2 期。

林国材：《世界文坛情报：（三）英美文坛：B. 莎士比亚的新研究》，《华北月刊》1935 年第 1 期。

林同济：《丹麦王子哈姆雷的悲剧》，中国戏剧出版社 1982 年版。

凌冰：《莎士比亚的生平和创作》，《电大文科园地》1983 年第 1 期。

舲客：《戏剧家轶事：莎士比亚》（未完），《晨报副刊·剧刊》1926 年第 2 期。

刘继华：《欢乐中的深刻：莎士比亚喜剧〈爱的徒劳〉〈仲夏夜之梦〉〈第十二夜〉研究》，博士学位论文，上海外国语大学，2012年。

刘继华：《莎士比亚欢乐喜剧主题深刻性研究》，中国社会科学出版社2016年版。

刘丽霞：《世界十大文学家：艾汶河畔的天鹅》，河北人民出版社2012年版。

刘小枫、陈少明：《莎士比亚笔下的王者》，华夏出版社2007年版。

刘小枫、陈少明：《政治哲学中的莎士比亚》，华夏出版社2007年版。

刘勰：《文心雕龙注》，范文澜注，人民文学出版社1958年版。

刘翼斌：《概念隐喻翻译的认知分析——基于〈哈姆雷特〉对比语料库研究》，博士学位论文，上海外国语大学，2011年。

刘云雁：《朱生豪莎剧翻译——影响与比较研究》，博士学位论文，浙江大学，2011年。

刘云雁、朱安博：《中国莎剧翻译群体性误译研究》，世界图书出版公司2015年版。

陆正兰：《流行音乐传播符号学》，四川大学出版社2019年版。

［法］罗易·阿尔都塞：《保卫马克思》，顾良译，商务印书馆1984年版。

［法］罗贝尔·埃斯卡皮：《文学社会学》，王美华、王沛译，安徽文艺出版社1987年版。

［英］罗素：《一个自由人的崇拜》，胡品清译，时代文艺出版社1988年版。

罗益民：《莎士比亚十四行诗版本批评史》，科学出版社2016年版。

罗益民：《时间的镰刀：莎士比亚十四行诗主题研究》，四川辞书出版社2004年版。

孟宪强：《三色堇：〈哈姆莱特〉解读》，商务印书馆2007年版。

［德］米克·巴尔：《绘画中的符号叙述：艺术研究与视觉分析》，段炼译，四川大学出版社2017年版。

宁平：《莎士比亚英国历史剧研究》，外语教学与研究出版社2012年版。

彭磊、马涛红：《莎士比亚戏剧与政治哲学》，华夏出版社2011

年版。

钱理群：《丰富的痛苦：堂吉诃德与哈姆雷特的东移》，北京大学出版社 2007 年版。

乔国强、李伟民：《纪念威廉·莎士比亚逝世四百周年——当代西方文论与“莎学”二人谈》，《四川戏剧》2016 年第 8 期。

邱永川：《试论马、恩对莎士比亚的评价——兼谈莎剧研究》，《福建师范大学报》（哲学社会科学版）1983 年第 3 期。

全凤霞：《多情的莎士比亚》，清华大学出版社 2015 年版。

冉从敬、李新来、赵洋等：《数字人文视角下的莎士比亚研究热点计量分析》，《图书馆建设》2018 年第 5 期。

冉从敬、赵洋、吕雅琦等：《数字人文视角下的莎士比亚学术传播研究》，《图书馆杂志》2018 年第 3 期。

［法］热奈特等：《文学理论精粹读本》，阎嘉主编，中国人民大学出版社 2006 年版。

人堡：《莎士比亚之谜：历时三百余年，终不过疑局一场》，《三六九画报》1941 年第 7 期。

阮元：《十三经注疏》，中华书局 1980 年版。

莎士比亚：《安顿尼与葛兰白》，顾家铨译，《山音》1933 年创刊号。

莎士比亚：《暴风雨》，高昌南译，《文艺月刊》1935 年第 6 期。

莎士比亚：《朱理亚·恺撒》，高昌南译，《文艺月刊》1935 年第 2 期。

莎士比亚：《哈孟雷德》，田汉译，《少年中国》1921 年第 12 期。

莎士比亚：《哈孟雷特》，田汉译，中华书局 1922 年版。

莎士比亚：《威尼斯商人》，王志恒译，《春花》（毕业纪念刊）1923 年。

史建：《共生·多元·传统——对后现代主义文艺思潮的思考》，《文艺研究》1988 年第 5 期。

宋海萍：《文化性与生物性的对抗：生物—文化批评视角下的莎士比亚古希腊罗马剧》，博士学位论文，西南大学，2013 年。

苏福忠：《瞄准莎士比亚》，人民文学出版社 2017 年版。

孙家琇：《马克思恩格斯和莎士比亚戏剧》，中国戏剧出版社 1981 年版。

孙家琇：《莎士比亚辞典》，河北人民出版社1992年版。

孙家琇：《所谓"莎士比亚问题"纯系无事生非》，《群言》1986年第7期。

孙艳：《对莎士比亚及其作品的文化物质主义解读》，博士学位论文，上海外国语大学，2009年。

孙媛：《"重复建设"还是"多重建设"——文献计量学视野下的中国哈姆雷特研究40年》，《四川戏剧》2019年第1期。

汤平：《魔幻与现实：莎士比亚戏剧中的超自然因素研究》，四川大学出版社2015年版。

田汉：《罗蜜欧与朱丽叶》，《少年中国》1923年第1期。

田汉：《罗蜜欧与朱丽叶》（续），《少年中国》1923年第2期。

汪乐：《莎士比亚之谜》，《青艺》1999年第4期。

王冰青：《从英语语言修辞视角研究莎士比亚四大悲剧中的人物塑造》，博士学位论文，上海外国语大学，2014年。

王改娣：《莎士比亚十四行诗研究》，外语教学与研究出版社2010年版。

王国维：《王国维文集》（第三卷），姚金铭、王燕编，中国文史出版社1997年版。

王金波：《黄龙研究：著述、翻译思想与影响》，《上海翻译》2016年第3期。

王冷：《欧美文人轶事（四）：莎士比亚（附图）》，《艺术与生活》1941年第20期。

王丽莉：《文学达尔文主义与莎士比亚研究》，《外国文学》2009年第1期。

王丽莉：《新历史主义的又一实践——评格林布拉特的新作〈尘世间的莎士比亚〉》，《外国文学》2006年第5期。

王宁：《"后理论时代"西方理论思潮的走向》，《外国文学》2005年第3期。

王宁：《比较文学、世界文学与翻译研究》，复旦大学出版社2014年版。

王宁：《经典化、非经典化与经典的重构》，《南方文坛》2006年第5期。

王晓凌：《莎士比亚圣经文学研究》，安徽大学出版社 2010 年版。

王岫庐：《莎士比亚戏剧是抄袭的吗?》，《光明日报》2019 年 6 月 5 日 16 版。

王玉洁：《莎士比亚的“性别之战”：莎翁戏剧作品的女性解读》，厦门大学出版社 2013 年版。

王岳川：《后现代：科学、宗教与文化反思》，《上海社会科学院学术季刊》2002 年第 3 期。

吴辉：《As You Like It——莎士比亚：大众文化的回归》，《四川外语学院学报》2007 年第 5 期。

吴辉：《影像莎士比亚：文学名著的电影改编》，中国传媒大学出版社 2007 年版。

吴勇：《莎士比亚戏剧中强调语的语用分析》，外语教学与研究出版社 2015 年版。

武进等译：《微臬司商人又名肉券：第一幕，第一场微臬司街景》，《上海泼克》1918 年第 2 期。

武静：《元漫画：评绘本小说〈睡魔〉对莎士比亚的重构》，《外语教学》2016 年第 3 期。

奚永吉：《莎士比亚翻译比较美学》，上海外语教育出版社 2007 年版。

肖四新：《莎士比亚戏剧与基督教文化》，巴蜀书社 2007 年版。

辛雅敏：《20 世纪莎士比亚批评研究》，博士学位论文，吉林大学，2013 年。

熊辉：《莎剧的版本考证、故事溯源即文本新读——谈傅光明〈天地一莎翁：莎士比亚的戏剧世界〉对中国莎学的贡献》，《东吴学术》2018 年第 1 期。

熊云甫：《20 世纪西方莎士比亚传记研究》，《武陵学刊》1995 年第 4 期。

修海涛：《“莎士比亚问题”——一个人为的历史之谜》，《外国史知识》1985 年第 1 期。

虚生：《莎士比亚问题之一个解决》，《猛进》1925 年第 6 期。

徐畔：《拓扑心理学认知空间下的莎士比亚十四行研究》，博士学位论文，上海外国语大学，2013 年。

徐鹏：《莎士比亚的修辞手段》，苏州大学出版社 2001 年版。

徐新建：《我非我：戏剧本体论》，徐新建《从文化到文学》，贵州教育出版社 1991 年版。

许勤超：《阿克罗伊德的〈莎士比亚传〉中莎士比亚成就的空间解读》，《现代传记研究》2018 年第 1 期。

［法］雅克·德里达：《论文字学》，汪家堂译，上海译文出版社 1999 年版。

［古希腊］亚里士多德：《诗学》，陈中梅译注，商务印书馆 1996 年版。

严绍璗：《“文化语境”与“变异体”以及文学的发生学》，杨乃乔、伍晓明主编：《比较文学与世界文学：乐黛云教授七十五华诞特辑》，北京大学出版社 2005 年版。

杨慧林：《诠释与想象的空间：批评史中的莎士比亚与〈哈姆雷特〉》，《外国文学研究》2006 年第 6 期。

杨慧林：《西方文化心理结构中的莎士比亚》，《文艺研究》1988 年第 6 期。

杨金才：《当前英语莎士比亚研究新趋势》，《外语教学与研究》（外国语文双月刊）2016 年第 6 期。

杨俊峰：《莎士比亚词汇研究 110 例》，外语教学与研究出版社 2007 年版。

杨燕迪：《莎士比亚的音乐辐射》，《文汇报》2016 年 4 月 21 日第 011 版。

杨正润：《莎士比亚传记：传统话语的颠覆》，《现代传记研究》2018 年第 1 期。

叶舒宪：《文学与人类学——知识全球化时代的文学研究》，博士学位论文，四川大学，2003 年。

叶庄新：《跨越文化的戏剧旅程——莎士比亚与中国现代戏剧》，博士学位论文，福建师范大学，2007 年。

［德］于贝斯菲尔德：《戏剧符号学》，宫宝荣译，中国戏剧出版社 1970 年版。

袁祺：《传记的创新还是解构——评〈俗世威尔——莎士比亚新传〉》，《现代传记研究》2015 年第 1 期。

张冲、张琼：《视觉时代的莎士比亚（莎士比亚电影研究）》，北京大学出版社 2009 年版。

张冲：《论当代莎评的“莎士比亚+”——兼评〈莎士比亚与生态批评理论〉及〈莎士比亚与生态女性主义理论〉》，《外国文学》2019 年第 4 期。

张冲：《莎士比亚专题研究》，上海外语教育出版社 2004 年版。

张冲：《探究莎士比亚：文本·语境·互文》，复旦大学出版社 2005 年版。

张丽：《莎士比亚戏剧分类研究》，中国社会科学出版社 2009 年版。

张玲、付瑛瑛：《汤显祖与莎士比亚》，江西高校出版社 2016 年版。

张玲：《汤显祖和莎士比亚的女性观与性别意识——女性主义文学批评/性别诗学视角下的汤莎人文思想比较》，博士学位论文，苏州大学，2006 年。

张沛：《哈姆雷特的问题》，北京大学出版社 2006 年版。

张泗洋：《莎士比亚的三重戏剧：研究·演出·教学》，硕士学位论文，东北师范大学，1988 年。

张泗洋：《莎士比亚的舞台生涯》，《艺圃》1986 年第 1 期。

张泗洋：《莎士比亚大辞典》，商务印书馆 2001 年版。

张威：《莎士比亚戏剧汉译定量分析研究》，博士学位论文，上海外国语大学，2014 年。

张薇：《当代英美的马克思主义莎士比亚评论》，中国社会科学出版社 2018 年版。

张薇：《世界莎士比亚演出与研究的新趋向》，《戏剧艺术》2018 年第 2 期。

张炜：《书籍史研究：核心议题与关键概念》，《光明日报》2016 年 11 月 19 日第 11 版。

张卫平：《中国舞台莎翁剧之洋人观——读列维思的〈莎士比亚在中国〉》，《上海戏剧》2005 年第 2 期。

张雯：《跨文化传播视域中的文学经典形成》，《福建师范大学学报》（哲学社会科学版）2014 年第 4 期。

张晔：*A Study of the Clowns and Fools in Shakespeare's Plays*，博士学位论文，南京师范大学，2014 年。

张瑛：《中国莎学新动态——2014 年全国莎士比亚研讨会暨中莎会年会综述》，《外国文学研究》2014 年第 4 期。

张中载：《约翰逊评莎士比亚——纪念莎士比亚逝世 400 周年》，《中华读书报》2016 年 6 月 1 日第 17 版。

赵澧：《莎士比亚传论》，中国人民大学出版社 1991 年版。

赵秋棉：《概说后现代语境下的莎士比亚研究范畴及方法》，《衡水学院学报》2008 年第 3 期。

赵一凡：《西方文论关键词》，外语教学与研究出版社 2006 年版。

赵毅衡：《符号学：原理与推演》（修订本），南京大学出版社 2016 年版。

赵毅衡：《哲学符号学：意义世界的形成》，四川大学出版社 2017 年版。

郑土生：《莎士比亚研究与考证》，江苏教育出版社 2005 年版。

郑土生：《关于莎士比亚的遗嘱和丧葬》，《读书》1986 年第 7 期。

郑正秋：《新剧考证百出》，赵一骥校勘，学苑出版社 2015 年版。

支宇：《再传统——中国当代艺术的文化立场与记忆模式》，《文艺争鸣》2013 年第 9 期。

志廉：《文学：英国戏剧与莎士比亚》，《学林》1921 年第 1 期。

中国莎士比亚研究会：《莎士比亚在中国》，上海文艺出版社 1987 年版。

周俊章：《莎士比亚散论》，陕西人民出版社 1999 年版。

周仁成：《数字媒体语境下莎士比亚在中国的传播与阅读》，《出版科学》2012 年第 3 期。

周越然：《莎士比亚》，商务印书馆 1929 年版。

周振甫：《文心雕龙今译》，中华书局 2015 年版。

周庄萍译：《哈梦雷特》，启明书局 1938 年版。

朱杰勤：《莎士比亚研究》，《国立中山大学文学院专刊》1935 年第 2 期。

朱立元：《当代西方文艺理论》（第二版），华东师范大学出版社 2005 年版。

朱莉雅：《莎士比亚传奇剧中父女关系的探索》，博士学位论文，上海外国语大学，2012 年。

朱雯、张君川：《莎士比亚词典》，安徽文艺出版社 1992 年版。

朱熹：《朱子全书》（第 14 册），朱杰人、严佐之、刘永翔主编，上海古籍出版社；安徽教育出版社 2002 年版。

朱志荣：《西方文论史》，北京大学出版社 2007 年版。

二　英文文献

Abend, Dror, '*Scorned my nation*': *A comparison of translations of "The Merchant of Venice" into German, Hebrew and Yiddish*. Diss. New York University, 2001.

Abram, David, *The Spell of the Sensuous*: *Perception and Language in A More-than-Human World*. Vintage Books, 1996.

Accardo, Pasquale J., "Deformity and Character Dr Little's Diagnosis of Richard Ⅲ", *JAMA*, Vol. 244, No. 24, 1980.

Adelson, Lester, "The Coroner of Elsinore — Some Medicolegal Reflections on Hamlet", *NEJM*, No. 262, 1960.

Alscher, Peter Jack, *Shakespeare's "The Merchant of Venice"*: *Toward a radical reconciliation and a "final solution" to Venice's Jewish problem*. Washington University in St. Louis, 1990.

Bacon, Delia, *The Philosophy of the Plays of Shakespeare Unfolded*, AMS Press, 1970.

Baker, William, *William Shakespeare*. Continuum, 2009.

Barad, Karen, *Meeting the University Halfway*: *Quantum Physics and the Entanglement of Matter and Meaning*. Duke University Press, 2007.

Bate, Jonathan, "'The infirmity of his age': Shakespeare's 400th anniversary", *The Lancet*, Vol. 387, Issue 10029, 2016.

Bate, Jonathan, *Shakespeare and the English Romantic Imagination*. Oxford University Press, 1986.

Bate, Jonathan, *Soul of the Age*: *A Biography of the Mind of William Shakespeare*. Random House Trade Paperbacks, 2010.

Baxter, John, *Shakespeare's Poetic Styles*: *Verse into Drama*. Routledge, 2005.

Bean, William B., "Shakespeare's Politics", *JAMA Internal Medicine*,

Vol. 116, No. 2, 1965.

Bean, William B., "Shakespeare's Son - in - Law: John Hall, Man and Physician", *JAMA Internal Medicine*, Vol. 114, No. 5, 1964.

Bell, Millicent, *Shakespeare's Tragic Skepticism*. Yale University Press, 2002.

Berry, Edward, "Teaching Shakespeare in China." *Shakespeare Quarterly*, Vol. 39, No. 2, 1988, pp. 212-216.

Berry, Ralph, *Changing Styles in Shakespeare*. Routledge, 2005.

Bevington, David, *Murder Most Foul: Hamlet Through the Ages*. Oxford University Press, 2011.

Bevington, David, *Shakespeare and Biography*. Oxford University Press, 2010.

Bevington, David, *Shakespeares Ideas: More Things in Heaven and Earth*, John Wiley & Sons, Incorporated, 2009.

Billing, Christian M., "The Roman Tragedies", *Shakespeare Quarterly*, Volume 61, Issue 3, 2010.

Blocksidge, Martin, *Shakespeare in Education*. Bloomsbury, 2005.

Bloom, Harold ed., *Bloom's Modern Critical Interpretations: William Shakespeare's* The Merchant of Venice — *New Edition*. Bloom's Literary Criticism, 2010.

Bloom, Harold, *Shakespeare: The Invention of the Human*. Penguin, 1999.

Bloom, Harold, *The Western Canon: The Books and School of the Ages*. Harcourt Brace & Company, 1994.

Bourus, Terri, *Young Shakespeare's Young Hamlet: Print, Piracy, and Performance*. Palgrave Macmillan, 2014.

Brayne, Mark, "A Watershed Event: China's Shakespeare Festival." *Foreign Language Teaching and Research*, Issue 2, 1986, pp. 45-46.

Brennan, Anthony, *Shakespeare's Dramatic Structures*. Routledge, 2005.

Bristol, Michael D., "Reviewed Work: The Real Shakespeare: Retrieving the Early Years, 1564-1594. by Eric Sam", *Renaissance Quarterly*, Vol. 50, No. 2, 1997.

Brockbank, J. Philip, "Shakespare Renaissance in China." *Shakespeare Quarterly*, *Vol.* 39, No. 2, 1988, pp. 195–204.

Brooks, Douglas A., *From Playhouse to Printing House: Drama and Authorship in Early Modern England*. Cambridge University Press, 2000.

Brown, John Russell, *Shakespeare and His Comedies*. Routledge, 2005. Brown, John Russell, *Shakespeare Dancing: A Theatrical Study of the Plays*. Palgrave Macmillan, 2005.

Bruster, Douglas and Palfrey, Simon, *To Be or Not to Be*. Bloomsbury, 2007.

Campbell, Lily Bess, *Shakespeare's Tragic Heroes: Slaves of Passion*. Cambridge University Press, 2009.

Cao, Shunqing, Han, Zhoukun, "The Theoretical Basis and Framework of Variation Theory", *Comparative Literature and Culture*, Vol. 19, Issue 5, 2017.

Cao, Shunqing, *The Variation Theory of Comparative Literature*, Heidelberg: Springer, 2014.

Charlton, Debra, *Holistic Shakespeare: An Experiential Learning Approach*. Intellect Books Ltd, 2012.

Charlton, H. B., *Shakespearian Comedy*. Routledge, 2005. Charney, Maurice, *Hamlet's Fictions*. Routledge, 1988.

Charney, Maurice, *Shakespeare's Style*. Fairleigh Dickinson University Press, 2014.

Charney, Maurice, *Style in Hamlet*. Princeton University Press, 2015.

Chopoidalo, Cindy, *The possible worlds of "Hamlet": Shakespeare as adaptor, adaptations of Shakespeare*. University of Alberta (Canada), 2009.

Church, Joseph, *To Be and Not to Be: Negation and Metadrama in "Hamlet"* by James L. Calderwood, book review, *Theatre Journal*, Vol. 36, 1984.

Clemen, Wolfgang, *The Development of Shakespeare's Imagery*. Routledge, 2005. Comilang, Susan, "Review: Caroline Bricks. *Midwiving Subjects in Shakespeare's England*", *Shakespeare Quarterly*, Vol. 55, Issue 3, 2004, pp. 350–352.

Conte, Carolina Siqueira, *Bonds: A theory of appropriation for Shakespeare's "The Merchant of Venice" realized in film*. Diss. Ohio University, 2005.

Cox, John D., *Seeming Knowledge: Shakespeare and Skeptical Faith*. Baylor University Press, 2007.

Craig, W. J., *Shakespeare: Complete Works*, Oxford University Press, 1905.

Crane, Mary Thomas and Crane, Mary Thomas Thomas, *Shakespeare's Brain: Reading with Cognitive Theory*. Princeton University Press, 2000.

Cutrofello, Andrew, *All for Nothing: Hamlet's Negativity*. MIT Press, 2014.

Dalrymple, Theodore, "Baconians versus Stratfordians", *BMJ*, No. 339, 2009.

Dalrymple, Theodore, "Much ado about nothing", *BMJ*, No. 340, 2010.

Damrosch, David, *What is World Literature?*, Princeton University Press, 2003.

Depledge, E., Kirwan, P. eds., *Canonising Shakespeare: Stationers and the Book Trade*, 1640-1740. Cambridge University Press, 2017.

Derrida, Jacques, Signéponge / Signsponge. translated by Richard Rand. Columbia University Press, 1984.

Donaldson, Peter S., "The Shakespeare Electronic Archive: Collections and multimedia tools for teaching and research, 1992-2008", *Shakespeare*, Vol. 4, No. 3, 2018.

Eagleton, Terry, *Literary Theory: An Introdution*. 2nd ed. Foregn Language Teaching and Research Press & Blackwell, 2004.

Eden, Avrim R.; Opland, Jeff, "Bartolommeo Eustachio's De Auditus Organis and the Unique Murder Plot in Shakespeare's Hamlet", *NEJM*, No. 307, 1982.

Edwards, Philip, *Shakespeare and the Confines of Art*. Routledge, 2005.

Ehrlich, Jeremy, "Back to basics: Electronic pedagogy from the (virtual) ground up", *Shakespeare*, Vol. 4, No. 3, 2018.

Erickson, Peter, *Rewriting Shakespeare, rewriting ourselves*. University of California Press, 1991.

Faldetta, Kimberly F.; Norton, Scott A., "The Toxic Touch—Cutaneous

Poisoning in Classics and Shakespeare", *JAMA Dermatol*, Vol. 152, No. 7, 2016.

Featherstone, Mike, eds., *Global Culture: Nationalism, Globalism and Modernity*. Sage, 1990.

Gadmaer, Hans - Georg, *Truth and Method*. Translation revised by Joel Weinsheimer and Donald G. Marshall. Bloomsbury, 2013.

Galey, Alan, "Networks of Deep Impression: Shakespeare and the History of Information", *Shakespeare Quarterly*, Vol. 61, Issue 3, 2010.

Gatens, Moira, *Imaginary Bodies: Ethics, Power and Corporeality*. Routledge, 1996.

Ginzburg, Carlo, "Latitude, Slaves, and the Bible: An Experiment in Microhistory", *Critical Inquiry*, Vol. 31, No. 3, 2005.

Gooch, Bryan N. S., and Thatcher, David S., Charles Haywood, *A Shakespeare Music Catalogue*. 5 vols. Clarendon Press, 1991.

Goodman, Neville W., "From Shakespeare to Star Trek and beyond: a Medline search for literary and other allusions in biomedical titles", *BMJ*, No. 331, 2005.

Gray, Arthur, *A Chapter in the Early Life of Shakespeare: Polesworth in Arden*. Cambridge University Press, 2009.

Greenblatt, Stephen, *Hamlet in Purgatory*. Princeton University Press, 2013.

Greer, Germaine, *Shakespeare's Wife*. HarperCollins e-books, 2008.

Hallett, Charles A. and Hallett, Elaine S., *Artistic Links Between William Shakespeare and Sir Thomas More: Radically Different Richards*. Palgrave Macmillan, 2011.

Hansen, Adam, *Shakespeare and Popular Music*. Continuum, 2010.

Hatchuel, Sarah, *Shakespeare and the Cleopatra/Caesar Intertext: Sequel, Conflation, Remake*. Fairleigh Dickinson University Press, 2011.

Hawkes, Terence, *Shakespeare in the Present*. Routledge, 2002.

He, Qi-xi, *Shakespeare through Chinese Eyes*. Kent State University, 1986.

Hodge, Nancy Elizabeth, *Shakespeare's Merchant and His Venice: Setting

Antonio to Scale in His Proper World. Diss, Vanderbilt Univerity, 1984.

Holland, Peter, Onorato, Mary, "Article Scholars and the Marketplace: Creating Online Shakespeare Collections", *Shakespeare*, Vol.4, No.3, 2018.

Honan, Park, *Shakespeare: A Life*, Oxford University Press. Incorporated, 1998.

Hope, Jonathan, Witmore, Michael, "The Hundredth Psalm to the Tune of 'Green Sleeves': Digital Approaches to Shakespeare's Language of Genre", *Shakespeare Quarterly*, Vol. 61, Issue 3, 2010.

Huang, Alexander C. Y., *Chinese Shakespeares: Two Centuries of Cultural Exchange*. Columbia University Press, 2009.

Hughes, Jacob Alden, *Shakespeare's Chaucerian entertainers*. Diss. Washington State University, 2014.

Hulbert, Jennifer, Wetmore Kevin J. Jr., and York Robert L., *Shakespeare and Youth Culture*. Palgrave Macmillan, 2009.

Iovino, Serenella; Oppermann, Serpil ed., *Material Ecocriticism*. Indiana University Press, 2014.

Jardine, Lisa, *Reading Shakespeare Historically*. Routledge, 1996.

Johnson, Laurie, *The Tain of Hamlet*. Cambridge Scholars Publishing, 2013.

Jr., Harry Berger, *Harrying: Skills of Offense in Shakespeare's Henriad*. Fordham University Press, 2015.

Keith, Arthur, "An Anthropological Study of Some Portraits of Shakespeare and of Burns", *Br Med J.*, No. 1, 1914.

Kennedy, Dennis, Yong, Li Lan eds., *Shakespeare in Asia: Contemporary Performance*. Cambridge University Press, 2010.

Khadawardi, Hesham, *Shylock and the economics of subversion in "The Merchant of Venice"*. Diss. The University of Nebraska, 2005.

Kinney, Arthur F., "Review: From *Playhouse to Printing House: Drama and Authorship in Early Modern England* by Douglas A. Brooks", *South Central Review*, Vol. 21, No. 1, 2004.

Lancashire, Ian, "Cognitive Stylistics and the Literary Imagination", Susan Schreibman, Ray Siemens, John Unsworth ed., *A Companion to Digital Humani-*

ties. Blackwell, 2004.

Lancashire, Ian, "The State of Computing in Shakespeare", W R. Elton and John M. Mucciolo, ed., *The Shakespearean International Yearbook. Vol. 2, Where Are We Now in Shakespearean Studies?*. Ashgate, 2002.

Lander, Jesse M., "Review of*The Lodger*: *Shakespeare on Silver Street*", *Common Knowledge*, Vol. 16, No. 1, 2010.

Leahy, William, *Shakespeare and His Authors*: *Critical Perspectives on the Authorship Question*. Continuum, 2010.

Lee, John, *Shakespeare's Hamlet and the Controversies of Self*. Oxford University Press, 2000.

Leech, Clifford, "Shakespeare's Life, Times and Stage", in Allardyce Nicoll ed., *Shakespeare Survey*. Cambridge University Press, 1953, pp. 154-163.

Lefevere, André eds., *Translation*, *History*, *Culture*: *A Source Book*. London: Routledge, 1992.

Lemay, Vicky Blue, *Shakespeare's posthumus God*: *Postmodern theory*, *theater*, *and theology*, Indiana University, 2007.

Lethbridge, J. B., *Shakespeare and Spenser*: *Attractive Opposites*. Manchester University Press, 2013.

Levith, Murry J., *Shakespeare in China*. Continuum, 2004.

Lewin, Ross Daniel, *Shylock in Germany*. Diss. Stanford University, 2000.

Liggett, Leticia C., *The animal trials of Shakespeare's "Merchant of Venice" and "King Lear"*: *Law and ethics*. Diss. Indiana University, 2014.

Lindley, David, *Shakespeare and Music*. Bloomsbury, 2006.

Liu, Hao, "Shakespeare and Tang Xianzu: their significance to the formation of world drama", *Neohelicon*, Vol. 46, Issue 1, 2019.

Loughnane, Rory; Power, Andrew J., *Early Shakespeare*, 1588 - 1594. Cambridge University Press, 2020.

Lucking, David, *Making Sense in Shakespeare*. Editions Rodopi, 2012.

Maguire, Laurie E. and Smith, Emma, 30 *Great Myths about Shakespeare*. John Wiley & Sons, Incorporated, 2012.

Mahood, M. M., *Shakespeare's Wordplay*. Routledge, 2003.

Mallin, Eric S., Simon Palfrey, and Ewan Fernie, *Godless Shakespeare*. Bloomsbury., 2007.

Marino, James J., *Owning William Shakespeare: The King's Men and Their Intellectual Property*. University of Pennsylvania Press, 2011.

McAlindon, T., *Shakespeare's Tragic Cosmos*. Cambridge University Press, 1991.

Milne, Drew, "What Becomes of the Broken-hearted: King Lear and the Dissociation of Sensibility", in Peter Holland ed., *Shakespeare Survey*. Cambridge University Press, 2002, pp. 53-66.

Moffatt, Laurel, *Shakespeare's use of "nothing"*. Diss. The Catholic University of America, 2006.

Moran, Joe, *Interdisciplinary*. Routledge, 2002.

Mousley, Andrew, *Re - Humanising Shakespeare: Literary Humanism, Wisdom and Modernity*, Edinburgh University Press, 2007.

Muir, Kenneth, *Shakespeare's Sources: Comedies and Tragedies*, Routledge, 2005. Muir, Kenneth, *Shakespeare's Tragic Sequence*. Routledge, 2005. Murray, Vicki Elizabeth Joan, *Shakespeare's "Rape of Lucrece": A new myth of the founding of the Roman Republic*. The University of Dallas, 2003.

Newman, Karen, *Essaying Shakespeare*. University of Minnesota Press, 2009.

Newman, Karen, *Shakespeare's Rhetoric of Comic Character*. Routledge, 2005.

Nicholas Orme, "The Lodger: Shakespeare on Silver Street", *History Today*, Vol. 58, No. 1, 2008.

Nicholl, Charles, *The Lodger Shakespeare: His Life on Silver Street*. Allen Lane, 2007.

Palfrey, Simon and Stern, Tiffany, *Shakespeare in Parts*. Oxford University Press, 2007.

Parker, Patricia; Hartman, Geoffrey eds., *Shakespeare and the Question of Theory*. Methuen, 2005.

Parry, Catherine, *Other Animals in Twenty-first Century Fiction*. Palgrave

Macmillan, 2017.

Paster, Gail Kern, *Humoring the Body: Emotions and the Shakespearean Stage*. University of Chicago Press, 2010.

Pogue, Kate Emery, *Shakespeare's Family*. Westport, Coon. & Oxford: Praeger, 2008; Review: *Shakespeare's Family*. *Comparative Drama*. Vol. 43, Issue 1, Spring 2009.

Polka, Brayton, *Shakespeare and Interpretation, or What You Will*. University of Delaware Press, 2011.

Porterfield, Melissa Rynn, *The festive remembrance of Shakespeare: A comparative study of the mission, identity, and rhetoric of three American Shakespeare festivals*. Diss. University of Pittsburgh, 2013.

Potter, Lois, *Life of William Shakespeare: A Critical Biography*. Wiley-Blackwell, 2012.

Price, John Alden, *Signs of Shakespeare: Alternative theory and postmodern practice*. Diss. The University of Texas at Dallas, 2001.

Priest, Graham, *Doubt Truth to Be a Liar*. Oxford University Press, 2006.

Pyles, Timothy, *Shakespeare's supernatural skepticism: A study of Shakespeare's skeptical and transversal engagement with the supernatural*. Diss. Indiana University, 2016.

Reynolds, Lou Agnes; Sawyer, Paul, "Folk Medicine and the Four Fairies of *A Midsummer-Night's Dream*", *Shakespeare Quarterly*, Vol. 10, Issue 4, 1959, pp. 513-521.

Ribner, Irving, *Patterns in Shakespearian Tragedy*. Routledge, 2005.

Ritchie, Fiona and Sabor, Peter, *Shakespeare in the Eighteenth Century*. Cambridge University Press, 2012.

Rudman, J., "Authorship Attribution: Statistical and Computational Methods", *Encyclopedia of Language & Linguistic*, 2nd ed., 2006.

Rumbold, Kate, "From 'Access' to 'Creativity': Shakespeare Institutions, New Media, and the Language of Cultural Value", *Shakespeare Quarterly*, Vol. 61, Issue 3, 2010.

Said, Edward W., "Traveling Theory" in *the World, the Text, and the Critic*. Harvard University Press, 1983.

Said, Edward W., "Orientalism Reconsidered", *Cultural Critique*, No. 1, 1985.

Schalkwyk, David, *Hamlet's Dreams: The Robben Island Shakespeare*. Bloomsbury, 2013.

Schanzer, Ernest, *The Problem Plays of Shakespeare: A Study of Julius Caesar, Measure for Measure. Antony and Cleopatra*. Routledge, 2005.

Schoenbaum, Samuel, *Shakespeare's Lives*. Clarendon press, 1991.

Schwartzberg, Mark Ira., *Mooncalves and indigested lumps: The monster figure in Shakespeare*. New York University, 2001.

Sen, Suddhaseel, *The afterlife of Shakespeare's plays: A study of cross-cultural adaptations into opera and film*. Diss. University of Toronto (Canada), 2010.

Shapiro, James, *A Year in the Life of William Shakespeare*: 1599. Harper-Collins Publishers, 2005.

Shirley, Frances A., *Swearing and Perjury in Shakespeare's Plays*. Routledge, 2005.

Shuger, Debora Kuller, *Political Theologies in Shakespeare's England: The Sacred and the State in* Measure for Measure. Palgrave Macmillan, 2001.

Smith, Shawn Bryan, *Shakespeare and the theater of pity*. Yale University, 2001.

Stagman, Myron, *Metaphoric Resonance in Shakespearean Tragedy*. Cambridge Scholars Publishing, 2010.

Stagman, Myron, *Shakespeare's Double-Dealing Comedies: Deciphering the "Problem Plays"*. Cambridge Scholars Publishing, 2010.

Stopes, Charlotte Carmichael, *Shakespeare's Family*. James Pott & Company, 1901.

Stopes, Charlotte Carmichael, *The Bacon-Shakespeare Question Answered*. Cambridge University Press, 1889.

Tassi, Marguerite A., *Women and Revenge in Shakespeare: Gender, Genre and Ethics*. Susquehanna University Press, 2011.

Vickers, Brian, *The Artistry of Shakespeare's Prose*. Routledge, 2005.

Vyvyan, John, *Shakespeare and Platonic Beauty*. Shepheard-Walwyn, 2013.

Vyvyan, John, *Shakespearean Ethic*. Shepheard-Walwyn, 2011.

Wagner, Matthew Drew, *Towards a new Shakespearean historiography: Mapping the space of Shakespeare*. Diss. University of Minnesota, 2001.

Wang Shu-hua, *Politics into Play: Shakespeare in Twentieth-century China*. Diss. The Pennsylvania Sate University, 1993.

Wearing, J. P., *The Shakespeare Diaries: A Fictional Autobiography*. Santa Monica Press, 2007.

Weis, René, *Shakespeare Revealed: a biography*. John Murray, 2007.

Wells, Stanley, *Literature and Drama: With Special Reference to Shakespeare and His Contemporaries*. Routledge, 1970.

Welsh, Alexander, *Hamlet in His Modern Guises*. Princeton University, 2001.

Werstine, Paul, "Past is prologue: Electronic New Variorum Shakespeares", *Shakespeare*, Vol. 4, No. 3, 2008.

Williams, Raymond, *Marxsim and Literature*. Oxford University Press, 1977.

Wilson, J. Dover, *The Manuscript of Shakespeare's Hamlet and the Problem of its Transmission*. Cambridge University Press, 1934.

Wilson, Jeffrey Robert, *Stigma in Shakespeare*. University of California, 2012.

Yang, Lingui, *Materialist Shakespeare and modern China*. Texas A & M University, 2003.

Yang, Qing, "Mulan in China and America: From Premodern to Modern", *Comparative Literature: East & West*, Issue 1, 2018.

三 网站

"莎士比亚研究"：

https://www.cambridge.org/core/what-we-publish/collections/shakespeare-survey#

The Year of Lear: Shakespeare in 1606:

http://www.jamesshapiro.net/

Bryan Ferry's *Sonnet* 18:

https://music.163.com/#/song?id=16661158

"Music in Shakespeare" 数据库：

http：//www. shakespeare-music. hull. ac. uk/

Hamlet，*Pow Pow Pow* 单曲与演出视频：

https：//music. 163. com/#/song? id=19553045

https：//v. youku. com/v_ show/id_ XMzQ3NDExMTc0NA = =. html? refer=seo_ operation. liuxiao. liux_ 00003303_ 3000_ Qzu6ve_ 19042900